破烂王

熊广平◎著

江西人民出版社
Jiangxi People's Publishing House
全国百佳出版社

图书在版编目(CIP)数据

破烂王 / 熊广平著. —南昌 : 江西人民出版社，2021.5

ISBN 978-7-210-13074-1

Ⅰ. ①破… Ⅱ. ①熊… Ⅲ. ①长篇小说-中国-当代 Ⅳ. ①I247.5

中国版本图书馆CIP数据核字(2021)第082490号

破烂王 **POLAN WANG**

熊广平　著

责任编辑:徐　旻

封面设计:上尚装帧设计

出版发行:江西人民出版社

地　　址:江西省南昌市三经路47号附1号(邮编:330006)

经　　销:各地新华书店

编辑部电话:0791-88629871

发行部电话:0791-86898815

网　　址:www.jxpph.com E-mail:web@jxpph.com

2021年5月第1版　2021年5月第1次印刷

开　　本:787毫米×1092毫米　1/16

印　　张:19

字　　数:330千字

ISBN 978-7-210-13074-1

赣版权登字—01—2021—157

定　　价:68.00元

承 印 厂:南昌市红星印刷有限公司

目录

楔子

滔滔赣江水，蜿蜒曲折流淌不息。沿途泥沙俱下，把沿江一带的土壤浸润得厚重而肥沃。千百年来，人们逐水而居，本来处于三苗蛮荒之地的赣鄱大地顿然人口稠密，生机勃勃。

赣江顺势而下，几经改道，到丰城境内，多个旧时河道变成空旷开阔的沙滩。先民们看好这里广袤而平阔的土地，纷纷择地拓基，繁衍生息，把本来贫瘠荒凉的沙地改造成宜耕宜种的熟地良田，又依托这里平缓而开阔的江面，泛舟江上，捕鱼捞沙。贫穷而充满挑战的生活，让生活在江畔的人们，性格简单而执着，开朗而富有激情。

但是，并不是所有江边生活的人都是这样。二十世纪四五十年代之前，赣江洪水肆虐，经常决堤。即便是到了七十年代，这种状况仍未得到改善。生活在这里的人们，既要面对无情的洪水侵袭，又要面对因人口增长而带来的粮食短缺，饥饿、贫困和疾病成为困扰他们的最大问题。

天无绝人之路。一辈子与江水打交道、与贫穷抗争的沿江百姓，自古便养成了天不怕地不怕的倔强性格，他们以天当房，以地当床，走南闯北，外出营生，渐渐形成了一种独特的营生——鸡毛换糖，每天挑着糖担，从附近的村庄，一直走到省内外，足迹遍布长江中下游的大部分省市，有的更北上河南、山东，西出陕西、新疆，南下两广、海南，把丰城的文化传播出去，又把外地的奇闻逸事带回丰城，日子过得清苦而逍遥。

龙洲村，便是处于赣江边的一个普通小村。龙洲者，顾名思义，是蛟龙出没的洲地。相传很久以前，这一带曾经盘踞着一条巨大的蛟龙，神龙见首不见尾，人们不知道它什么时候出现、会出现在哪里。人们只知道，蛟龙一旦出现，轻则毁田坏屋，重则吃男食女，令当地人闻龙色变。后来赣江改道，龙潭变沙洲，王姓人徙居于此，慢慢把这里改造成一方并不富庶的安居之所。

定居龙洲以后，虽然过了一代又一代，但人口艰涩，长期以来人口不满百，要么因赣江决堤冲散，要么因粮食匮乏饿死。困顿中的龙洲人不得不离乡背井，四出谋生，而尤以鸡毛换糖为甚。从明朝一直延续到民国，外出换糖及经营其他行业者不计其数。鸡毛换糖，成了龙洲人骨血里的基因，代代相继，世世相传。

岁月的车轮进入二十世纪八十年代。巨大的历史变革激发出蓬勃的活力，似乎就在一夜之间，龙洲村多出了上百副糖担，村中十三四岁的男子几乎人人挑着糖担，外出换糖。女人则在家里打理家务，分拣垃圾。龙洲村顿时成了远近闻名的破烂村。而破烂村的核心人物，便是一个名叫王九根的汉子，在江湖上有一个诨号，叫作“破烂王”。久而久之，村民中间流行起一句口头禅：“跟着王九根，赚点零花钱。”

当年在废品收购界叱咤风云的王九根，现在已是年逾八旬的老人。虽然精神依然矍铄，毕竟岁月无情，在他的脸上、身上刻下了深深的烙印。每天除了在老宅院里浇浇花、听听收音机，或者打理一下房子的卫生，九根偶尔也会转到儿女们的厂子里去看看，在现代化的厂房里寻找不曾远去的记忆。

这天，九根的家里迎来了一位小客人，令寂寥的老宅顿然有了生机。小客人在房子里上蹿下跳，不亦乐乎。九根跟在后面亦步亦趋，生怕小客人摔着、碰着。好不容易逮着小客人，把他抱起来，坐到门前的躺椅里，九根佯着不高兴地说：“鲁生，不准乱跑了好不好？再乱跑的话，爷爷就把你送到你大姑家去。”

鲁生只有六七岁，坐在爷爷腿上，叹了一口气：“唉，真无聊！”

九根奇怪地问：“小小年纪，晓得什么叫无聊吗？”

“爷爷不陪我玩，又不让我自己玩，当然无聊。”

“那爷爷陪你玩好不好？”

“好啊！我们玩什么？”

“就玩……我教你一个丰城的土话好不好？”

“什么土话？”

九根想了想，绘声绘色地表演起来：

萝卜叽，酱羹叽，配饭晓得几好叽；
擦菜叽，肉皮叽，肚子撑得滚圆叽；
米古叽，糖饼叽，恰得口里纠韧叽；
鲫皮叽，鱼冻叽，嘎会喉煞老婆叽。

这是丰城（城区）方言中最有名的一个段子，大意是说，萝卜干、辣椒酱、腌菜和肉皮都是下饭的好东西，米粿、糖饼吃起来很有韧性，鲫鱼和鱼冻都是老太太的最爱。纯正的丰城城里话中，“子”读作“叽”，类似于北京方言中的儿化音，比如桌叽（桌）、凳叽（凳）、相片叽（相片）、擦菜叽（腌菜）等等。

九根边说边哈哈大笑，又让鲁生跟着说。鲁生跟着学了没两遍，噘着小嘴说：“什么叽啊叽的，一点也不好玩。不学了！”说罢，刺溜一下从九根腿上扭身挣脱下地，跑进屋里去。

九根摇了摇头，只得起身，继续去看护鲁生。还没等他进屋，就听到里面传出叮叮咣咣的敲击声，他吓了一跳，正要进去，却见鲁生一手拿着糖铲、一手握着小铁槌出来，叮叮咣咣敲着，笑得很开心。

“爷爷，快教我打这个吧，我要学换糖！”

“小心莫割到手了！”九根紧张得连忙叮嘱，伸手要去抢过。鲁生躲开爷爷，在院子里绕着圈子，边打边笑。

九根干脆停下不追，回到躺椅上坐下，叫道：“鲁生，不是这样打的，来，爷爷教你。”

“真的教我？不许骗人！”

“不骗你！”

鲁生回到爷爷身边，将信将疑把糖铲和铁槌交给爷爷。九根抚摩了一会儿，将糖铲虚握在左掌心，右手握着铁槌，试着敲了几下，然后挺直身子，双手配合，敲击出一串韵味十足的声音：

“叮叮笃，叮叮笃，叮笃叮笃叮叮笃！”

“怎么样？好听吧？”

“真好听！我也要打。”

九根把糖铲和铁槌交到鲁生手上，教他握糖铲，教他握铁槌，然后握着他的小手相互配合，就像小学老师手把手教初入学的学生写字一样。

鲁生的小手勉强能够抓过糖铲。他挣脱爷爷的双手，自己按节奏敲打着，虽然音律相同，但因手掌太小，无法形成共鸣腔，终究少点韵味。

又练了几遍，鲁生已经能够敲打出完整的音韵了。久违的声音勾起九根无穷的记忆，他突然心里一热，折身进屋，出来时肩上多了一副糖担，向鲁生兴奋地招手道：“鲁生，把家伙拿来！”

鲁生见爷爷挑着担子，觉得新鲜，听话地把铲和槌交到爷爷手上。九根抬头挺胸，调整好扁担的位置，然后腾出两手，一手握糖铲，一手握小槌，在院子里有模有样地踱起步来。一串清晰嘹亮的敲打声之后，高声吆喝道：

“换糖——有鸡毛鸭毛鹅毛换个么？有乌龟壳脚（甲）鱼壳换个么？有烂凉鞋旧塑料空牙膏瓶子拿来换糖嘞——”

大概觉得这样吆喝得不过瘾，清了清嗓子，九根又手舞足蹈、活灵活现地吆喝道：

“丰城的桂花糖，楼上香到楼下香。老人吃了眼放光，崽里吃了会做文章，妹子吃了更漂亮！换糖喽——”

鲁生跟在九根身后，乐得高兴地拍手叫道：“好啊，真好玩！”

爷孙俩乐了一阵子，鲁生靠在九根怀里，好奇地问道：“爷爷，您以前就是这样子到外面换糖么？”

九根小心抱着孙子，抬头望着远处呼啸而过的动车，思绪回到了从前。

01 鸡毛换糖

时光倒回到四十多年前。

虽然已经进入仲秋季节，但天气依然酷热，是江南地区典型的“秋老虎”天气。

在八景镇歇息一天后，九根的气力稍稍有所恢复，估摸着一时半会儿还到不了家，决定趁着午后暑气开始减退，赶路回家。因为是头一回走这条线路，九根不大熟悉，只隐约知道过了泉港之后，沿着赣江堤岸一路东行，便可从扬子洲坐渡船过河，进入拖船之后，离家就不远了。他稍稍休息了一会儿，向当地人问明泉港的方向，挑上糖担就出发。

俗话说，归心似箭。想到当晚就可以到家，九根有点兴奋。这趟出来，从河西绕道高安、上高，连头带尾总共五天时间，带来的五块糖饼还没有全部换完，但两只箩筐早已塞得满满的，都是些值钱的套鞋、凉鞋、塑料、龟甲、鸡肫皮（鸡内金），还意外收到了一些废旧铜、铝等，收获颇丰。就这一担货，除掉铜、铝不好卖，剩下的橡胶塑料龟甲少说能卖个二三十块钱，再想办法把铜、铝卖掉，也能卖个一二十块，加起来有三四十块。交掉五天的工分钱，扣掉糖饼的成本，还能赚到几十块钱。这可是一笔不小的收入啊！

正所谓“春风得意马蹄疾”，九根越想越兴奋，走起路来分外得劲儿。转眼间过了肖江，进入泉港地界，见前面有个村庄，止不住心里发痒，把糖担从左肩转到右肩，腾出双手，左手虚握糖铲，右手持小槌，两手一抖，敲出一段韵味十足的声音：

“叮叮笃，叮叮笃，叮笃叮笃叮叮笃！”

连敲了几段，这才扯起喉咙吆喝道：

“换糖喽！有乌龟壳水鸡（甲鱼）壳烂套鞋烂凉鞋旧塑料换个么——”

声音悠扬浑厚，借助着微弱的西南风，很快传进村庄。躲在树荫下巷子里纳凉的村民听到吆喝声，好奇地伸长脖子，朝声音的源头探去。不多久，九根走到村前的祠堂前，卸下糖担，站在墙阴下，一边敲打一边吆喝，引来一个光着身子的小男孩，男孩的身后跟着一个短衫短裤的妇女，手上拎着一只撕裂了大半的套鞋。

九根笑看着男孩，斜眼看了看妇女手上的套鞋，又吆喝了一通，被妇女打断，骂道："叫魂啊你？吵得人不得安生！"九根笑道："换糖啊？"妇女嗔道："要不是你在这里鬼叫，我伢子哪里会吵着来换糖吃？"

"莫这么讲。这么好的糖哪个不爱吃？再说了，一只烂了的套鞋放在家里又穿不得，还碍事，拿来换点糖给孩子吃有什么不好哩？"九根笑呵呵地说。

妇女气呼呼地把烂套鞋丢在九根跟前，没好气地说："快，给我换糖！"

"好呐！"九根答应一声，掀开覆在箩筐上的传盘，露出白花花的米糖："这是今年头道的桂花糖，您闻闻，多香，就像掉进了桂花堆里。"他左手用糖铲在米糖上比画着，右手用小铁槌往糖铲上轻轻一敲，一块米糖从糖饼上瞬间剥落。

小男孩飞快拾起敲下的米糖就往嘴里塞，被妇女一把夺过，用牙齿咬下一小块，又从嘴里吐出，塞进男孩嘴里："就晓得自己吃啊？你哥哥姐姐不要吃点？"小男孩咂巴着小嘴，快速咀嚼，眼睛仍盯着传盘里的米糖。

九根笑道："这位大姐，这糖您也尝到味了，真的好甜吧？"见妇女舔着嘴唇，又说，"要么您再去家里找找，看看还有没有可以换糖的东西，鸡毛鸭毛鹅毛、乌龟壳水鸡壳牙膏盒、旧套鞋烂凉鞋废塑料都可以。废旧东西不值几个钱，关键是给孩子换个开心。您说是不是？"

妇女白了九根一眼，也不答话，拖着孩子便走。九根也不计较，继续敲了一阵，又吆喝起来。没一会儿，妇女再次出现在面前，手里拎着一把废塑料："哎，换糖的，这个可以换糖吧？"

九根看了看她手上的废塑料，点头说："可以，只要家里不用的东西，都可以拿来换。不过您这塑料不值钱，换不到好多糖。"换糖和旧时的当铺都有一个习惯，把新东西说成旧东西，把好东西说成坏东西，尽量往低里说，这样才能给自己更大的余地。"不过，"他话锋一转，"我看您也是个明事理的人，又第一个关照我的生意，我就多给您敲点糖。您觉得我这个人不坏的话，就帮我到村里去喊几声，让大家把家里旧的用不上的东西都拿来换，我也就谢谢您了！"

他先敲下一小块，接着又敲下一点，见妇女表情由阴转晴，又说："您看，多给了您这么多，没让您吃亏吧？"

妇女转嗔为笑:“我看你就晓得花言巧语哄骗人。好了,我帮你去喊两声。”她转身离去后,对着巷子里观望的人说:“看什么哩?想吃就去家里拿东西来换撒!”巷子里好几个人果然纷纷起身,四散而去。没多久,每人手里各自拿着一些废旧物品,围到九根身边叽叽喳喳要换糖。一群大大小小的孩子把小脑袋从人缝里钻进来,看着白花花的米糖,垂涎欲滴。

九根一边谈笑风生与人搭讪,一边娴熟地收货、敲糖,哄得前来换糖的人个个喜笑颜开。

这一站本来即兴而来,没想到收获也不小,林林总总有十来斤废品。原本担子就不轻,加上刚刚收到的,糖担的总重量已经有一百五六十斤。眼看太阳开始偏西,虽然路途不远,但要挑着这么重的担子走回去也非易事。

陆续还有人拿着废品来换糖,九根决定收工赶路。最后收下一位老太太的几副龟板,敲下一块糖之后,对老太太说:“老人家,天色不早,我还要赶路回去,今天就到这儿了。下回再来的时候,您老人家帮我吆喝吆喝,谢谢您啦!”老太太小心翼翼地用衣角包着糖,点头道:“好好好!你也不容易,快走吧。”转身时,嘴里还喃喃说道:“不容易,都不容易啊!”

过了泉港之后,九根沿着江边一路东行,虽然江堤坎坷,脚底依旧生风,肩上的担子随着脚步上下起伏。从扬子洲搭乘渡船过江,上了岸,站在江堤上就可以看到村庄了。太阳已然西沉,江面泛起金色波光,令人心旷神怡。

九根已经是汗流浃背,肩膀被磨压得生疼,脚也有些发软,但仍然咬着牙疾步行走。等到了家好好泡泡脚,让老婆炒几个小菜,喝上几盅解解乏,心里这样想着,脚下也就轻松了一些。

天色入暗时,九根已经到了村前。他尽量避开大路,沿着偏僻的小道进村。他本以为没有引起村民注意,但是在进村的拐角处时,有一个人早已看到了他,并悄悄跟了上来。

九根一进屋,就把糖担卸下。妻子秀莲和五个儿女正在吃饭,见他回来,秀莲忙丢下碗筷迎了上来,儿女们围坐在八仙桌四向,不约而同地停下碗筷,齐刷刷地看着他。

“累死了累死了!”九根丢下糖担,重重吐了几口气,一屁股坐在竹椅上,两脚相互磨蹭,把两只颜色不同的鞋子蹭掉,光脚踩在冰凉的地面上。

秀莲一手拿着湿毛巾,一手端着一大瓢水。九根接过水瓢,咕噜咕噜一气喝下,又接过毛巾胡乱擦拭了一通。小儿子小华溜下桌,蹒跚着跑到九根面前,稚气地叫了声:“爸爸!”九根满身疲惫,但看到乖巧的小华,还是满面笑意,招了一下手说:“满崽,过来!”

“满崽”就是最小的孩子，“满”寓意圆满，就是说不想再生了。九根和秀莲一共生有五个孩子，老大金娥已经十七岁，老二大华也有十四岁，老三细华十二岁，老四银娥十岁。“满崽”小华刚刚五岁。听到父亲招呼，小华把整个身子塞进父亲怀里，金娥、大华、细华、银娥也慢慢走到父亲身旁，眼巴巴地望着他。

九根变戏法似的从口袋里掏出几颗水果糖，一人分发一颗。孩子们快速剥掉糖纸，把果糖塞进嘴里，津津有味地品尝着果糖的滋味。九根脸上露出满足的笑意。

秀莲抱怨着说：“就晓得惯孩子，每次都买这么贵的糖！”

九根笑了笑：“也值不了几个钱。昨晚在八景住，正好旅社旁边的商店没关门，就进去称了二两，带回来给孩子们解解馋。——还有剩饭没有？赶紧给我盛一碗来，我都快饿死了！”他摸着瘪瘪的肚子说。

“不晓得你几点到家，所以没准备你的。”秀莲忙说，“要么我去给你煎个蛋，炒点菜——要不要喝点酒解解乏？”

九根咂着嘴说：“有菜的话，还真的想喝几口。家里还有下酒的菜么？”

秀莲说：“这个你就莫管了。金娥，去帮我烧火。”

金娥“嗯”了一声，跟着母亲进了厨房。秀莲从碗橱上取出盐罐，从里面掏出一块巴掌大的猪肉，切出一小块，想想又切下几片，重新把猪肉放进盐罐里。金娥坐在灶前烧火，眼睛却巴巴地看着锅里。

当秀莲端着菜回到堂屋时，见丈夫对面站着一个人，仔细看时，却是村支书王宝财。九根低着头，一脸的窘迫。秀莲刚想转身回厨房，宝财已经看到了她，呵呵笑道：“在外面就闻到香味了，这是给九根准备的下酒菜吧？”

秀莲反应得快，马上应道：“是啊。九根跑了一天，还没顾上吃晚饭，就随便给他添了两个菜。支书要一起喝点吗？”

宝财斜着眼睛看着九根说：“我倒是想喝，就怕有人不答应啊。”

九根不自然地笑笑：“哪里的话？要是支书愿意，坐下来一起喝一杯。秀莲，赶紧打酒来。”

秀莲站在原地，还在犹豫，九根催促道：“叫你打酒，没听到啊？”秀莲这才答应一声，把菜放在桌上，又把孩子们的碗筷拢到一边，转身到厨房打酒。

九根招呼道：“支书既然来了，就请坐吧。”说罢，稳步坐到桌前。宝财也不客气，往上首坐下。九根抓起筷子，看着宝财：“不知支书此来何事？”

宝财笑道：“没什么事。我也是散步路过你家门口，顺便进来瞧瞧。”

九根心里冷笑一声，心想，黄鼠狼给鸡拜年，哪里有什么好心？八成是为换糖的事而来！说到换糖，九根心里与宝财隔着一层肚皮。

早几年，为了提高生产大队的副业收入，每个生产队都成立了三五人不等的副业组，由大队出具介绍信，四出换糖，然后由大队统一收购，拿到县里的收购部去卖。刚开始的时候，副业组的运行情况尚好，每个组每天都能够有上十块钱的收入，大队里共有四个副业组，每天的收入就有三五十块钱。这是一个不小的收入。按照宝财的说法，可以极大地缓解大队人多田少收成低的问题，避免发生饿死人的现象。当时，九根是生产队的副业组组长，每天带着副业组的社员外出换糖，虽然辛苦，但是外出时可以放开肚量吃，还可以公费开支买香烟，不仅把家里的口粮省下来了，还减少了买香烟的开支。因此，九根和副业组的社员们做得都很开心，一时走新余、下吉安、闯湖南，天南海北，跋山涉水，十分卖力。

后来，宝财提出，每个生产队的副业收入全都要交归大队统筹，除了大队里的开支，分到每个生产队的钱很少，分到每位社员手上的钱就寥寥无几了，几乎和成立副业组之前差不多。九根知道了之后，就有点不自在。有一回，他从另一个生产队副业组的社员口中得知，宝财把大队里截留的钱挪作私用，家里每天大鱼大肉，每顿白花花的大米饭，吃不完就倒给家里的猪吃。而且全家人年年做新衣服，没穿烂的就送给亲戚家，日子过得跟地主一样。九根听了，决定退出副业组，自己单干。

不过，单干是不允许的。如果没有拿到大队开具的介绍信，不仅要冒着割资本主义尾巴的风险，还会被查抄货物，挂牌子挨批斗。所以，他想了个主意，借口生病，不出去搞副业。他不去，副业组的其他社员自然也没人去。别的副业组听说了宝财私吞副业款的事，也消极怠工，才刚刚成立一年多的副业组形同虚设，走向解体。

过了一段时间，宝财又提出一个想法，鼓励大队里的社员外出搞副业，前提是每人每天需向生产队上交一块五毛钱，名曰“工分钱”，由生产队记十分工分。九根二话没说，第一个响应，没出几天，就赚了几十块钱。在他的带动下，村里其他参加过副业组换糖的人也纷纷效仿，一时之间，全村再次出现了起早贪黑外出换糖搞副业的盛况。不过，时间一长，有的人因为收入不高，又太辛苦，打起了退堂鼓，真正坚持下来的不过三五人，而坚持得最好的还是九根。九根腿勤眼快嘴巴甜，走到哪里都受欢迎，收入更是比在集体开工强百倍。

九根清楚，自己的情况，宝财多少风闻一些，只不知他此来的目的到底是什么。因此，宝财一开口，九根就起了戒心。这时，秀莲已摆好两副碗筷，领着孩子们到门口乘凉去了。九根指指桌上，客气地说：“难得书记这么看得起。正好我还没吃饭，要么一起喝一杯？”

宝财推辞道:“我吃过饭了,酒就不喝了,坐坐就走。”话虽这么说,却丝毫没有要挪步的意思。

九根又劝道:“来得早不如来得巧,就喝一杯吧。”说罢,先给宝财倒满一杯,又给自己倒上一杯。

宝财呵呵一笑,端起酒杯:“那好,恭敬不如从命,来,喝一杯。”

九根本来极饿,想喝几杯酒后吃饭休息。但半道上杀出个程咬金,又不知他的来意,心里很不痛快,巴望着宝财早点滚蛋。他端着酒杯,跟宝财碰了一下,一饮而尽。宝财微微一笑,把酒杯送到嘴边,夸张地吱溜一声,其实只抿了一小口。他放下酒杯,赞叹道:“有酒有肉有鸡蛋,小日子过得滋润啊!”

听到宝财言不由衷的赞美,九根有点倒胃口,揶揄道:“滋润什么啊?每天在外酱油辣椒配饭,油星子都见不到一滴。哪里有支书家里那么好,每天大鱼大肉的,快要把我们这些穷人羡慕死了!”

“你看你说哪里的话?我家里平时吃的还不是和你一样,每天辣椒茄子豆角加上一碗辣椒酱,哪里有什么大鱼大肉?你莫要听别人瞎讲。”

“瞎讲不瞎讲的我不晓得,反正你过得比我们强多了。”

宝财对九根的态度不以为然,抬眼环顾着九根的房子,又把目光停在九根身上:“你这样说我也不否认。不过,我虽然没换过糖,倒也晓得你们在外面过得辛苦,你们很不容易!”

“那我倒要谢谢支书的体贴了。”九根又是一句揶揄,斜睨着宝财。宝财呵呵笑了笑:“其实你也晓得,我们村地少人多收入低,我守这么个大摊子也不容易。”

九根心道,你除了大会上念念报纸,到公社里开开会,每天吃香喝辣穿得笔挺,还好意思诉苦?想到这里,已经有些不耐烦:“支书到底有什么事,就直说吧,乡里乡亲,用不着拐弯抹角。”

宝财笑道:“你看你还是一副急性子。好吧,我也实话实说吧,现在村里副业组解散了,出去换糖搞副业的人也少了,大队里的副业收入减少了很多,大队里想要救济一些特困户也是捉襟见肘。想来想去,只有一个办法,就是增加一点换糖搞副业的工分钱,解一下燃眉之急。”

九根心里一惊,质问道:“怎么能这样?”

“那你说该怎样?”宝财两手一摊,露出无可奈何的神情,“都是大队社员,你忍心眼睁睁看着别人家揭不开锅?这也是没办法的事,谁让我们落在这个十年九不收的龙洲呢?”

九根叹了一口气。虽然宝财说得冠冕堂皇,却也是实情。他活到这么大年纪，亲眼看到过不少人家因为贫穷饿死人的现象。他无力地问：“打算增加几多？”

“一块五。”

“一块五？那就是说一天要交三块钱，这也太多了吧！”

“我也是前几天在公社里开会，跟其他几个大队的支书在一起聊天时听他们说的，他们年初就提到三块钱一天了。”

“在生产队出工一天才几毛钱，我们要交这么多，有点过分吧？”

“你莫急，听我解释，增加这点钱也是有根据的。你也晓得，今年的年景不好，早稻收入亩产不到二百斤，很多社员家里分到的口粮还不够还旧欠的。现在又到了晚稻分蘖期，天旱了这么久，浇水都困难。要是你这样的壮劳力都只顾自己赚钱出去换糖，稻田的浇灌哪个来做？不浇灌的话，晚稻怎么办？所以，为了提高社员浇灌的积极性，你们出去搞副业的同志就要多交一些钱出来，这对大家也是一种鼓励嘛。”

“鼓励个屁！”九根听不下去，生气地说，“我们一天才赚几多钱？要是都交给队里了，我们喝西北风去啊？”

宝财斜了一下还在堂屋里放着的糖担：“我看，你也不用跟我在这里叫穷。我虽然没换过糖，但是没吃过猪肉还没见过猪跑？你一根扁担压得跟弯弓一样，一副箩筐都拖到地上了，这一担少说也有一百五六十斤吧？这一百多斤的废品拿出去卖，少说也能卖三四十块钱吧？你这趟出去五天，除掉米糖的成本，再扣掉一天三块的工分钱，还能赚好几十块钱。你说，你是在家上工划算，还是每天交三块钱划算？”

九根没想到宝财居然把自己的底摸得这么清，好在他并不知道自己的箩筐里还藏了一些铜和铝，否则麻烦会更大。他不想平白无故增加这么大的支出，却又想不出什么办法对付这个讨厌的宝财，独自喝掉杯里的酒，转身去厨房盛出一碗饭来。

宝财满面堆笑道：“九根哪，我们虽然不是一个房下的，但是一笔写不出两个王字，就算不是支书，看在我的年纪比你大了将近一轮的分上，你也要支持我。而且，听老辈人说，我爷爷和你爷爷解放前就一起外出换糖，换糖换到了武汉和衡阳，我们两家也算是世交了。要不是看在这么亲的分上，你去年退出副业组，我能睁一只眼闭一只眼，而且给你开介绍信，批准你出去换糖？”他故意把“介绍信”三个字说得很重。

九根有点泄气。的确，如果宝财不给他开介绍信，他哪里都去不了，只能在家里每天按时开工，按时收工，晚出早归过日子，而家里的处境就很难说了。他叹口气，瓮声瓮气地说：“随你的便吧，反正别人怎么样我就怎么样。”

宝财满意地点点头:“这才像话嘛。要么怎么说一个好汉三个帮呢? 要不是你们这些人支持我,我怎么当这个村支书呢? 那就这样说,我也不打扰你吃饭了。我跟你们队里会计说一下,从这个月开始,你们的工分钱就增加到三块。我走了,你不用送。”他起身离去,走到门口时,和蔼地跟秀莲和孩子们说笑了几句,扬长而去。

九根一肚子无名火无处发泄,气得把碗筷往桌上一拍,恶狠狠地蹦出三个字:“王八蛋!”

02　有女初长

老百姓生活本来拮据,赚点钱不容易,听说工分钱增加到三块,又有几个人打退堂鼓,不再出去,只有九根等为数不多的人还在继续坚持。九根本想停歇一段时间,等天气稍稍凉快点之后再出去,但看到很多人收起了糖担,心里就隐隐有些不痛快。就算换糖的利润不高,但比起每天在生产队吃大锅饭磨洋工,还是强很多。歇了几天之后,九根再次挑起糖担出门。

这次,九根就在门口的石上码头坐渡船过赣江,然后沿着丰城到高安的公路,一路北行。进入尚庄之后,看到四周山坡上起起伏伏堆着小山似的煤矸石,知道这是矿务局的地界。他知道,矿务局是煤矿工人集中的地方,不仅矿区的街道很宽,商店很多,各方面条件比县城还好。这里的工人不愁吃喝,不愁穿戴,而且个个都很洋气。他突然产生了去看一看的念头。

心念一起,九根便不由自主地往矿务局的方向走去。看着林立的厂房和高耸的烟囱,以及不时疾驰而过的运煤车,他心里既羡慕又兴奋,糖铲儿敲得溜溜儿的响,吆喝声叫得更有韵味。

试着走到几家厂区的门口吆喝了一阵,被厂里的纠察队赶出来,九根摸到了一些门道,专门往低矮的生活区走。不过,生活区的大人孩子们似乎对他的米糖兴趣并不大,很多人从家里拿出各种金属、橡胶废品,要求换糖的并不多,只希望卖给他。他出门时带了十几块钱,不敢乱花,而且那些人对废品的价格很清楚,不好忽悠,利润空间不大。他有点失望。

离开生活区,看到马路上男的大多穿着工装,女的很多人穿着花裙子,走起路来十分神气。他想,要是给秀莲和金娥也买条这样的裙子,走在村里一定会很神气。他鼓起勇气,走进一家商店,看着琳琅满目的商品,有些眼花缭乱，不过很快镇定下来。因为他走到一些小百货面前时，想到的不再是秀莲和金娥，而是他换糖时经过的小山村。很小的时候，他就听父亲讲过，父亲以前出去换糖，米糖是小头，大头倒是一些针头线脑小百货，因为米糖不是生活必需，家家户户都少不了这些日用小百货。要是把这些红红绿绿的头绳、各式各样的松紧带以及纽扣顶针蛤蜊油针头线脑带到山村里面去，也许会更受欢迎。

九根放下糖担，专门挑着小件的商品逐一询问价格，售货员虽然不耐烦，却也没有拒答。他决定每样都购进一些，算账的时候总共花费了十一块多钱。身上只剩下两块多，他仔细算了算，这两块多钱还是能够撑下几天的。

离开商店后，九根马上离开了矿务局，尽量往偏僻的村庄走。一路下来，小百货的受欢迎程度大大出乎他的意料，不仅换到了更多的东西，而且还卖到了十来块钱。这让他的心里更有底气，干脆继续往偏僻的山区走，一直走到安义山区。

再次启程回家的时候，已经是七天后。由于换到的东西太多，几乎有三四百斤，九根无法挑着这么重的废品回家，便从安义乘客车到南昌车站，再从南昌车站换乘客车回到丰城，一路的喜悦自不待言。

在丰城汽车站下了车，九根请了一辆板车，刚到村口时，却见有一个人面朝他这边站着，不是宝财却又是谁！

“回来了？”宝财笑吟吟地望着他。

“回来了。”九根有点意外，心里却像吞下了一只苍蝇。其实他跟宝财并无冤仇，却不知为什么一看到他就有种说不出的厌恶感，不愿意搭理这个人见人嫌的支书。

“回来就好。”宝财亲热地说，甚至伸出白嫩的手，帮着推了一把。

九根忙摆手道：“不麻烦了，我自己能行。”说罢，将身体挡在宝财面前，和师傅一道用力推着板车。

宝财也不在意，在九根后面亦步亦趋：“这一趟出去又是五六天吧？”

“介绍信上写着日子呢，少不了你的工分钱。”九根瓮声瓮气地说。

宝财也不计较，继续跟在后面，边走边说：“九根哪，我晓得你在心里跟我赌气，不理解我的做法。我也是没办法啊！把工分钱增加到三块，是大队革委会集体研究决定的，并不是我一个人的意见。其实我也觉得高了点，不过少数服从多数，我也不能违反组织原则，你说是吧？”

九根嘲弄地说：“是啊，你是个很讲原则的人。”

宝财仍然跟在后面，套起了近乎："我们两家是世交，跟亲兄弟一样，我怎么会故意为难你？帮你还来不及呢。我在外面可一直都是帮你讲好话，特别是在副业组的时候，大会小会上都是讲你的好话，还在公社里介绍你的先进经验。不信你去打听打听，看看是不是真的。"

九根觉得就像耳边有一只苍蝇嗡嗡嗡叫个不停，听得直皱眉，又不好赶他走，只得有一句没一句地应和着。

进了家门，秀莲和孩子们忙围过来，帮着卸东西。宝财也挽袖子要帮忙，秀莲连忙阻止他："使不得使不得！怎么能脏了支书的手？"

卸完东西，九根勉强对宝财说了句客套话，站在原地一动不动。宝财看着他："愣着干什么？不累啊？快歇会儿吧！"九根依然站在他面前一动不动，意思再明白不过了。

秀莲推了丈夫一把，嗔道："傻站着干吗？还不请支书坐会儿？"又对宝财说，"支书啊，劳烦你了，快请坐吧。"

宝财也不客气，从九根身旁走过，往一条长凳上坐下，眼睛四处搜寻，最后落在已经发育得身材丰满的金娥身上。

金娥初中毕业后辍学在家，跟着村里的裁缝师父学做裁缝，已经学了两年，差不多能够自己独立剪裁衣服了。虽然家里人多，分的口粮少，但这几年九根先是参加副业组，省下不少口粮，又自己换了一年多的糖，家庭条件还算宽裕，不像有的人家大人孩子都要挨饥受饿。金娥正是抽条长身体的时候，有了饱饭吃，又没有干重活，身体发育得很快，也很匀称，才十七岁的年纪，就已出落成一个丰满高挑的大姑娘。

九根本来又饿又累，巴不得宝财赶紧走人，自己好吃饭洗澡，早早休息睡觉。但宝财却像癞皮狗一样，就是不肯走。虽然不知道宝财来意如何，但凭直觉，宝财此来绝对不是为了帮忙这么简单。

尽管心里不舒服，九根还是耐着性子说："支书，还没吃饭吧？要不让秀莲加个菜，我们再喝两杯？"

宝财的目光一直追着金娥走进走出，直到金娥走进房间，还盯住房门不肯移开。听到九根说话，这才醒过神来，忙应道："嗯，啊？这个，不用不用，吃过了吃过了。"

"吃过也没关系，喝杯酒吧。"

"真的不用，吃过，我真的吃过了！"

九根巴不得他这么说，顺水推舟道："那好，那你随便坐，我去厨房扒几口饭吃。"

"你赶紧去吃饭吧，莫管我。"宝财随口应了一句，见九根转身进厨房，又叫道:“九根呐,我今天来呢,其实是有事找你商量的。”

九根回过头看着宝财,警惕地问:“什么事?不会又要增加工分钱吧?”

“嗯,这个……”宝财也站起来,绞着双手,左顾右盼了一番,像是下了很大决心似的,“这个嘛……干脆明说了吧,我看金娥妹子也长大了,该给她找个婆家。我家红卫呢,也二十好几了,找上门来提亲的人也不少,可他就是看不上,非说喜欢金娥。你看,我们不如两好合一好,结成亲家怎么样?”

“什么?”九根几乎不敢相信自己的耳朵。这个人见人嫌的宝财,居然会打上女儿的主意,让女儿嫁给他家那个半痴半傻的混世魔王儿子,真亏他想得出来!

宝财育有一女一子,女儿红枚早些年嫁到县城里供销社的一个干部,后来全家人调到省城,让人羡慕得很。红卫是他的独子,从小非常聪明,读书成绩很好。十一岁的时候得了脑膜炎,宝财千方百计四处求医,虽然保住了小命,却还是落下了病根,变得有点痴呆,回到学校又读了几年书,到十五岁时勉强读完小学,就再也不想进学校了。因为家庭条件好,宝财舍不得让红卫吃苦,一直推说他身体不好,不让他到生产队上工,口粮照领不误。现在二十几岁的人,还是成天游手好闲,跟着几个混混在外面偷鸡摸狗,回到家里就装疯卖傻,就是不走正路。

九根气得差点跳起来,强忍着怒火说道:“你莫到这里胡扯瞎扯!金娥才多大,你就要打她的主意?再说,我们都是一个祖宗下来的,同姓不结亲的古训你不记得了?”

宝财似乎早就知道九根会这么说,也不生气,腆着脸道:“九根你莫急撒,先听我说。首先,金娥妹子这么大了,可以找婆家了,就算她还没满十八岁,可以先定下来,到了明年再办婚事嘛,你不也是十八岁结的婚吗?那个时候秀莲还不到十八呢,所以年龄不是问题。这其次嘛,虽然我们是一个祖宗下来的,可是按照科学的说法,近亲结婚指的是三代以内不能结婚,我们两家算起来都隔了不止五代吧?不存在近亲结婚的说法,我们都要相信科学是不是?这第三嘛,同姓不结亲是封建残余思想流毒,我们要用唯物主义的思想观点对待新生事物,要用革命的先进思想取代反革命的保守思想。你可不能死守着封建旧思想不放啊!这第四嘛……”

“够了!”九根打断宝财的话,气愤地说:“你说的话我都听不懂!我只晓得,我的女儿绝对不会嫁到你家去!”

秀莲听到二人争吵声,急忙从厨房出来,奇怪地问:“发生了什么事?怎么好好地就吵起来了?”

九根没好气地说:“滚!没事的话赶紧给我滚一边去,老子要吃饭了!”

宝财听得出九根这是在指桑骂槐，对他下逐客令。但他并不生气，脸上仍然挂着笑容，正要跟秀莲说出来意，九根推了秀莲一把："快去帮我把饭盛出来，老子快要饿死了！"

秀莲莫名其妙地看看二人，重新进到厨房去了。宝财便又对九根说："九根哪，你莫跟吃了枪药一样，一点就炸，怎么不好好听人说话呢？"

"说人话可以，要是说混账话，就是天王老子来了我也是这个态度！"

"那你说，我说的是人话还是混账话？"

俗话说，抬手不打笑面人。不管九根怎么说，宝财都是挂着一副不温不火的笑容。九根不好跟他翻脸，只得强忍着。宝财在大队里一手遮天，上面人脉又熟，有翻手为云覆手为雨的本事，要是惹急了他，回过头来给自己小鞋穿，那一家人日后的日子就不好过了。想到这里，九根缓了缓口气，说："我这人脾气是不好，你也是晓得的。但是眉毛要遮得眼睛过，大家乡里乡亲，你敬我一尺，我就敬你一丈。如果动歪脑筋打歪主意欺负到我的头上，我也是不答应的。"

宝财脸上依旧堆着笑："谁敢欺负你啊？在全大队里，就数你九根脑子精灵，又吃得苦，是一把好劳力。我也就找你商量一下事，看把你急的。这事今天说不好，以后还可以继续商量的……"

"这事没得商量！"九根态度很坚决，"我说过了，金娥还小，还没这么早找婆家。就算今后到了结婚年龄，也不会嫁给本姓的人！"

宝财尴尬地说："你看你看，一说就急。我也没说今天就要定下来，这不是商量呢嘛？其实啊，一姓有一姓的好处，一村有一村的优势。我们放下那些大道理不说，就来说一说现实的情况。我呢，女儿早嫁了，我外孙子都有两个了。红卫本来小时候也是很聪明的，也是老天瞎了眼，让他得坏了病，影响了成绩，人身体还是没什么影响，挺正常的一个后生，走到哪里都招人喜欢。我也就希望他能找一个勤快贤惠的好姑娘，帮我多生几个孙子，延续我这一支的血脉。我这么大的家业，今后还不都是他们的？你十七岁就没了父亲，这么多年一直靠自己打拼，成家立业，娶妻生子。说实话，我也是蛮佩服你的，又肯吃苦，又勤快，硬是在无依无靠的情况下把一个家撑了起来，而且过得还不错。像你这样有骨气有志气的人，我们大队里也没几个。但是，人在社会上生存，除了真本事，也还是要有点关系的。一个好汉三个帮嘛，要是哪天遇到点什么事，没点关系没点路子的话怎么行？所以……"

九根明白，宝财所谓的关系，无非就是他这个村支书，还有在省城的女儿女婿。可是，自己靠卖劳动力吃饭，只要不偷不抢，有什么可怕的？他从鼻子里"哼"了一声。

秀莲端着一大碗饭从厨房里出来，递到丈夫手上，满面堆笑地说："支书啊，你要不要在我家吃一点？"

宝财呵呵笑道："不用了。秀莲，刚才我和九根说了一会儿话，他可能一下子没完全听进去，有空你们两口子好好唠唠，好好想一下我说的话。要是觉得我说的还有些道理的，听得进去的话，我当然很高兴。如果听不进去，也不要放在心上，就当我没说。大家乡里乡亲的，低头不见抬头见，有什么话不好说啊？你说是不是啊秀莲？"

秀莲忙说："晓得了晓得了。支书啊，九根就是个直肠子，心里藏不住事，有什么得罪的地方你也莫见怪。回头我好好劝劝他。"

宝财笑道："那就好那就好。"他站起来，看着九根，"九根哪，你睡不着的时候也好好琢磨琢磨，不要急着表态。我走了啊！"

秀莲把宝财送到门口。九根大口扒着饭，虽然秀莲在碗底藏了几块肉，但他居然没有吃出味来。

吃过饭后，九根把饭碗扔在桌上，仍在喘着粗气。秀莲收拾完碗筷，来到九根身边："宝财到底跟你说些什么，把你气成这样？"

九根气呼呼地说："这个王八蛋，居然……"他抬起头，突然看到金娥泪眼婆娑地从房间里走出来，马上停下了嘴。

金娥显然听到了父亲和宝财的对话，慢慢走到父母面前，眼里流着泪："爸，妈，我不会嫁给红卫的。"

秀莲惊问："死妮子，你说什么呢？"又看着丈夫，"难道，宝财刚才来家里，真的是说这事？"

九根叹了口气，说："你以为他安的什么好心呢？金娥，别怕，爸爸不会让你嫁给他家那个傻小子的。"

秀莲说："要说宝财家条件还不错，省里又有人，红卫看上去也一表人才。可是……唉，怎么这样的事就摊我们家了呢？"

九根恨恨地说："我就不信这个邪，现在又不是旧社会，他还敢欺男霸女上门来抢人啊？"

话虽这样说，九根还是郁闷了好久，虽然一路劳顿，却辗转反侧，一夜没入睡。

由于担心宝财再次登门提出结亲的事，本来计划歇几天后再次出去换糖的九根始终没有出门的意思，每天和生产队的社员一起开工、收工，日子无聊得很。

进入秋收之后，大部分村庄出现繁忙的收割场面，但龙洲村却显得很平静，社员们的表情出现了异常的迷茫。

原来，由于入秋后一直大旱，本来就沙多泥少的龙洲，上游来水一直很少，导致晚稻分蘖受到严重影响。加之之后持续干旱，又再次影响到晚稻灌浆，稻粒干瘪而苍白，孤独地立在秋风里摇曳。社员们世代耕种，这样的情形却也少见。很多社员私下里嘀咕，看这个样子，今年的口粮又将成大问题了。

虽然收成不好，大家还是该开工开工，该收割收割，尽量做到颗粒归仓。很多农妇收工之后，带着孩子早出晚归，悄悄跑到别的村庄稻田拾稻穗，回家之后，赶紧把稻粒搓下来，虽然数量不多，却也能解一时的燃眉之急。

宝财每天虎着脸，到各个生产队去检查秋收情况。为了防止有人偷粮食，每天安排大队里的基干民兵盯着禾场，甚至不惜动用枪支驱赶那些前来抢食的麻雀。即使这样，龙洲大队收成减少已成现实。

天气渐渐寒冷，辛苦了一年的社员们守着少得可怜的口粮，家家户户犯起了愁。孩子们要饭吃、要衣穿，可是生产队分到的口粮还掉旧欠之后，已经所剩无几，分到的几个工分钱连一个像样的年都过不好，更不要说给全家人添置新衣服了。于是有人想到到赣江里去打鱼，有的人想到找亲友支借钱粮，更多青壮年劳力竟然不约而同地想到了同一件事：换糖。

这天，九根正坐在门口抽着闷烟，生产队的社员福银、赣胜、国华等人急匆匆地过来，寒暄一阵后，福银大声说：“九根哥，你再带我们出去跑一跑吧。再不想点办法，一家老小都没法活了！”

这几个人都是以前跟着九根在副业组的同伴，彼此私下里关系不错。福银一说到正题，赣胜、国华等人纷纷应和。九根眯着眼，抬头逐个看着他们，又悠然自得地吸着烟。

赣胜提议道：“九根，我晓得你早就有这个想法，你就说句话吧，只要你肯牵头，我们肯定跟着你干！”

国华也附和道：“要么我们再组建一个副业组，趁着年前农闲，再出去好好闯一闯，总比坐在家里饿死强。”

九根盯着国华不说话。福银也瞪了国华一眼：“搞什么副业组，大家各干各的，多赚少赚就凭自己的本事！”赣胜也点头道：“对，各干各的！”

九根丢掉烟头，说：“你们真这么想的？”

“真这么想的！”众人齐声说道。福银补充说：“别的生产队也有好多社员准备出去换糖，我们可不能落后了。”

九根慢慢站起来，说道：“其实我也一直在考虑这个问题。今年的钱粮少，根本不够过年的，不想点办法肯定不行。”

赣胜说："九根哥，那你说吧，我们怎么干？"

九根道："还能怎么干？换糖呗。换糖是我们祖宗留下来的手艺，要不是换糖，我们村的人早死绝了，还能活到现在？"

赣胜道："我晓得是去换糖！我是说，我们要去哪里换？你给我们指条活路呗。"

九根说："要成立副业组，大家一起干也行，大队里肯定会同意。不过，人窝在一起，就出不了活，赚的有多有少，分配起来容易产生矛盾。所以我想，还是各干各的来得自在。"

国华疑问道："九根，你不带我们一起去？"

九根笑道："不是不带，是一起出去，但各干各的，赚多赚少全凭自己的本事。"

福银说："九根哥肯定会带我们一起出去的。"

九根笑了笑："不过，现在出去，每个人每天要交三块钱的顶工钱，如果一天赚不到三块钱，可就要自己打倒贴了。这可不是在生产队副业组，吃大锅饭搞平均主义，你们可要想清楚了。"

国华说："是啊，要是赚不到三块钱，还要打倒贴，那不是雪上加霜吗？要么你去大队里跟宝财说说，现在是农闲时期，坐在家里也没什么事。可不可以减少点工分钱，也好减轻点我们的压力啊？"

"要去你去！"提到宝财，九根心里就不痛快。

福银鄙夷地说："国华，要是你觉得连工分钱也赚不到，就莫在这里瞎掺和，回去吃你的老米吧！"

国华解释说："我也是担心嘛。再说，现在本来就没什么事，开工也就是纺纺绳烤烤火，磨磨洋工混混日子，哪里值得了这么多嘛！"

福银听得有点不耐烦："莫啰嗦了，听九根哥怎么说。"国华便不再发牢骚，知趣地退到一旁。

九根沉吟道："减少顶工钱肯定是不可能的，我也不可能去求宝财。我想好了，现在到处都在农闲，都有一些旧凉鞋烂套鞋废塑料没用的化肥袋等着处理。而且，临近年关，人们都要开始杀鸡宰鹅，杀猪过年，鸡胗皮、猪鬃毛、鹅毛鸭毛鸡毛都可以收到不少。至于怎么做，总不要我教你们吧？"

福银眨着眼睛，神秘地说："那是！别的废旧物品也可以收一些，就看每个人的手段了。"

九根瞪了福银一眼："反正各换各的，有本事尽管使出来。"

赣胜有点兴奋："那我们今天就开始熬糖准备糖担，择个吉日就出发吧，怎么样？"

国华插嘴问道:“那我们去哪里?要几天时间?我好回家跟我老婆商量一下。”

福银踢了国华一脚,说:“就你这样,还是莫去了。”

九根缓缓地说:“如果就我们四个人的话,就先熬一百斤米糖,每个人二十五斤。这次出门估计要半个月左右,我们走一趟湖南!”

福银和赣胜兴奋得摩拳擦掌,连声说:“好,就去湖南!”国华有点犹豫,坐在一边没有吱声。

03　提亲遭拒

穷则思变。

和九根他们一样,整个龙洲村的青壮劳力纷纷外出换糖,走了将近一半。而宝财居然很高兴,亲自给每个外出的社员开具介绍信,还热情洋溢地说了一番鼓励的话。大家各显神通,有早出晚归当天来回的,有就近走周边地区两三天回来的,也有走得远一点到九江吉安抚州赣州一个礼拜回来的。唯独九根决意远赴湖南,冒险闯一闯。

临出门头一天晚上,国华找到九根,期期艾艾说了半天,九根总算听出了来意:国华改变了主意,不敢冒这么大的险,决定跟着别人就近转转,早出晚归图个稳当。

九根知道国华为人胆小谨慎,他老婆又脾气暴躁,稍不如意便骂得国华狗血淋头。他把国华名下多出的二十块糖饼全都得下来,在家里存下五块,剩余四十块全都带上。他甚至有点暗自庆幸,庆幸自己多得了这二十块糖饼,否则还担心不够用。为了确保所有的废品能够全部带回来,他有意多带了几条绳子,又准备了几个大麻袋。

从丰城乘火车到了长沙,九根和福银、赣胜三人先是在城里转了半天。虽然人生地不熟,但九根知道,换糖的方法和技巧都是相通的,因此没有丝毫的胆怯,相反,在这个陌生的地方反倒有点快活自如的轻松感,一点也不感到拘谨。

当天晚上,三人寄住在一家小旅社。九根甚至带着福银和赣胜到城里的小街和商店转了转,还买回一些日用小商品。在九根的影响下,福银和赣胜也都买了一些。

次日一早,三人挑着糖担出门,向人问了问路,就往常德方向一路走去。

湖南人很热情，听说他们是江西来的，都亲切地称他们为“江西老表”。王九根早就听父亲说过，“江西老表”的说法与湖南人有着深厚的渊源。当年，朱元璋建立明朝后，从江西大量迁移人口到湖南湖北一带，这就是著名的“江西填湖广”的人口大迁徙运动。江西和湖广地区的人有着剪不断理还乱的血缘关系，看到江西人就像看到自己的表亲一样，“江西老表”的说法由此而来。想到这个掌故，九根底气更足，把糖铲敲得叮当作响，吆喝声也更加自信。

来到洞庭湖边的一个小村，因天色已晚，九根便主动向当地一位村民提出请求，能否在他们家借宿一晚。没想到村民满口答应，还给他们准备了刚刚洗晒的被窝，让九根等人十分感动。晚上，村民又煮了一大锅饭请三人吃。吃饭聊天时，九根了解到，这位村民姓李，祖先居然是从丰城迁过去的。次日，九根提出要算一下住宿和吃饭的钱，老李坚决不肯答应，九根知道老李一家人也不容易，挑了几件日用小物品送给老李的妻子，还敲了一些糖给他的孩子们吃，两下里欢喜而散。福银、赣胜对九根的灵活大度十分佩服。

三人继续在常德一带换糖。因为换来的物品越来越多，九根便想着找一户可靠人家住下来，把废品存在他家，然后轻装上阵。找到一户杨姓人家，说明来意后，老杨果然痛快地答应下来。为了让老杨放心，九根三人每个人预先支付了一块钱的定金。此后，以这户人家为中心，三个人分头出发，每天早出晚归。老杨让堂客每天早上起来煮好饭，有时提供一些咸菜，有时只有酱油和辣椒粉，九根等人吃得很有味。晚上吃得稍好一点，有点新鲜蔬菜吃，有时还跟老杨一起喝点酒。换糖的日子虽然辛苦，九根等人过得清贫而快乐。

转眼十几天过去，带来的糖饼和小百货差不多见底，每个人的收获都很大。九根更是出手不凡，换到的废品比两个人的还多。福银有点不服气，提出要跟九根一路，看看九根到底是怎样做的。九根呵呵一笑，答应了。

次日，赣胜单独行动，福银跟着九根同到一个村庄。见九根吆喝得很卖力，福银也同样卖力地吆喝。九根坐下来跟晒太阳的老婆婆聊天，福银还在巷头巷尾卖力地吆喝。可是，九根就像是使了魔法一样，找他换糖的人越聚越多，而自己东奔西走，生意却明显冷淡得多。

回去的路上，福银不解地问：“九根哥，为什么你坐在那里，人家都会拼命地找你换糖。我四处奔走脚都跑断了，还是没你换得多？”

九根呵呵笑道：“我告诉你吧，我们换糖的有句老话，‘会换糖的门口坐，不会换糖的门口过’。你没听老辈人讲过？”

福银琢磨了一会儿，说：“这话我也听说过，可还是不了解它是什么意思。”

九根解释道：“你光会吆喝，挑着一副糖担从人家门前一飘而过，等人家找来东西出来换糖的时候，你人都没影了，人家还会追着你来换啊？”

福银恍然大悟：“噢！是这样是这样，只怪我没耐心停下来等一下。”他想了想，又问，“可是，有时我们在一个场子上，为什么围着你的人多，来我这里的人却少呢？”

九根笑了笑：“人都会贪点小便宜的，你出手不要小气，多给人家点甜头，人家自然就会找你了。”

福银道：“也是。不过，”他搔着后脑，说，“要是多给了，岂不是我们要吃亏吗？哪里有这么多糖给人家？”

九根神秘地笑笑，并不直接回答，而是意味深长地说：“这也不是一句两句讲得清楚的，你自己慢慢体会去吧。做生意要晓得动脑筋，光靠别人教是永远学不会的。”

回程路上，北风呼啸，天气已越发的冷了。福银担心会下雪，想趁着年前给房子捡一下漏，九根也考虑东西太多，不好带回去。回到房东家，又找赣胜商量，赣胜也说母亲年纪大身体不好，出来十多天担心出什么事。三人一拍即合，当即决定结束行程回家。

三人又在一起合计。九根提出，老杨夫妇人厚道本分，不能白吃白住，就按每人每天两毛钱，作为住宿和吃饭的钱。在老杨家一共住了十一天，每人两块二，总共六块六毛钱。老杨和妻子一下子收到这么多钱，有点不知所措，晚上特地加烧了一条鱼、一盘拆骨牛肉、一碟花生米，又打了二斤烧酒，四个人痛痛快快喝了一顿。

饭后，老杨夫妇帮着三人打包。次日，老杨又叫来几位村民，帮着九根三人把废品送到汽车站，然后依依不舍告别。福银和赣胜跟着九根远赴湖南，此行所获甚丰，对九根佩服得五体投地。

回到家之后，九根重新清理了一下废品，进行分拣归类。让大华帮着秀莲去收购部卖掉了大部分废品，只留下一些管控得很严的金属废品，还有一些现洋和古董。

次日，他特地找了几个外出换糖的人聊天，借此了解情况，发现大部分人的收入并不乐观，有个别人非但没有赚到钱，反而打了倒贴，反过来欠下大队里的工分钱。只有少数人赚了钱，但并不多，勉强可以补贴一下家用。很多人对外出换糖失去了信心，不想去受这份洋罪了。

九根知道，福银和赣胜肯定是有赚头的，特地去他们两家转了转，见二人情绪高涨,便提出是不是趁着年前还有段时间,再出去看看。福银忙着处理废品,还没有捡房子的漏。赣胜的老母亲因为哮喘发作,身体越来越差,也不敢出去。国华和九根在路上碰到过几次,九根主动问及他外出换糖的情况,国华支支吾吾,语焉不详。九根估计他没有什么收获,便不再问,决定趁着过年还有些日子,自己单独再出去转转。

金娥这几天也都很忙,每天都要跟着师父到人家家里去做新衣服。九根突然想,既然做新衣服,肯定少不了要用纽扣。而且又临近过年,很多人尤其是孩子喜欢一些花里胡哨的东西,要是采购一些这类东西,肯定会有不小收获。他特地到南昌采购了一些日用小百货,又装好几块剩下的糖饼,顶着寒风再次出发。

这一趟他没打算走远。一是因为过年临近,而且眼看又要下雪,担心路上不便;二也是想早点儿回家,辛苦了一年,好好和家里人过个团圆年。因此,他乘车到了高安,又沿320省道东行至新建县,然后又从新建折返丰城,前后不过五六天。眼看雪下得越来越大,他决定回去。

眼看明天就是小年二十四了。小年意味着正式进入过年的节庆中。小年这一天,除了要正式祭灶之外,家家户户要开始做米糖、炸油子、炒花生瓜子,同时要开始杀鸡、买鱼、称肉,备齐各式各样的年货。没有请裁缝做新衣裳的家里还要抓紧做新衣裳,让孩子们穿新衣戴新帽欢欢喜喜过个年。

雪,一直在下。平日里泥泞的土路,已辨不清哪里是路哪里是水。九根凭着印象,深一脚浅一脚走在雪地里,偶尔陷进泥淖中,拔起来又继续赶路。担子越挑越重,事实上今天也的确比往日重一些,虽然四块糖饼只换掉了不到三块,但两头的箩筐却塞得满满的,带来的两只麻布袋也塞满了。这些货拿到收购部去卖,起码能够卖几十块钱,够让孩子们买上新鞋、做身新衣了。

快到十点了吧?九根边走边想,不知秀莲留了什么菜给自己吃。从凌晨四点多钟吃了一大碗蛋炒饭出门,到现在已经快十八个钟头,除了中途在路过的镇上买了两个馒头吃,早已是腹中空空。不过想到马上就要到家,可以吃上热腾腾的饭菜,九根马上浑身有了力气,又加快了脚步。

回到家时,已经十点多钟,金娥还在连夜赶做衣服,大华、细华和银娥都睡了,只有秀莲抱着小华坐在堂前。九根放下糖担,小声问:“还没睡?”

秀莲忙起身,一手抱着小华,一手去拍打丈夫身上的雪花。九根说:“莫管我,你先把孩子放到床上去,给我弄点热饭吃,饿死了。”秀莲转身正要把小华放下,没想到小华却醒了,睡眼惺忪地叫了声:“爸爸!”九根朝小华笑了笑,伸手去抱过小华,顺便从口袋里掏出一颗果糖,剥开糖纸,塞进小华嘴里。

“好吃吗?”九根笑问。

“好吃!”小华开心地说。

金娥听到客厅里的声音,也从房间出来,走到父亲身边。九根问:“这么晚还没睡?”金娥说道:“赶做衣服的太多,白天忙不过来。”

“哦。”九根顺口问,“这是在给谁家赶做啊?”

“是东头三婶家的。她家就两件衣服,不用我和师父上门,晚上加加班就行了。”

“嗯,赶紧做完了,好好过个年。”

“不行啊,还有好几家要赶做呢。本来早就约下了,但是师父说,支书家里也要做,而且要做三四天,所以就把别家都辞了,衣服少的就师父和我拿回家晚上加班赶。”

“什么?”九根吃惊道,“他家要做这么多?”

“是啊,师父说支书家每个人都要做两身。他家的料子又好,要做得特别细心。”

“哦,那你跟师父去做吧。不过,吃了晚饭后就早点回来,不要在他家停留太久!”

金娥有点犹豫地说:“爸,我不想到他家去做。”

九根知道女儿担心什么。上次宝财前来商量结亲的事情之后,九根就多了一份戒心,还好后来几个月都一直没来骚扰,也没有再次提及,九根稍稍放下心来。没想到,金娥还放在心上。他安慰道:“没关系,自己注意点就行。”又关心地说,“你也早点睡吧,天气太冷,你的手都冻成馒头了。再说明天还要早起,要当心身体。”

在民间,有“裁缝早,博士(木匠)晏(晚),石匠进门吃早饭”的谚语,是说裁缝师傅天一亮就要出门,因为东家大清早就会来接。木匠去东家做事要稍晚一些,天大亮才去。石匠师傅不用起早,赶到东家吃早饭就行。现在已经将近晚上十一点,离开亮也只有六七个小时,金娥正在发育,要保证足够的睡眠。她懂事地点点头,又回到房间去了。

九根叹了口气,心想,希望宝财只是随口说说,千万不要真的打上金娥的主意才好。

秀莲端着热菜出来,问九根要不要喝点酒,九根说:“酒就不喝了,明天小年再喝。你给我打碗饭来,另外多烧点热水,我好好洗洗脸泡泡脚,一放下糖担子全身就作冷了。”秀莲转身又进了厨房。

九根早已饿极,大口扒着碗。低头看时,小华已在怀里睡着,嘴里还含着没吃完的糖。九根轻声咀嚼着,生怕自己的动作发出响声,惊扰了孩子的好梦。

俗话说,年年难过年年过。过年是中国民间最隆重的传统民俗,即使家里再穷,砸锅卖铁也要过一个像样的年。

进入腊月二十四,就是小年了。虽然没有条件像样地吃一顿团圆饭,但浓重的仪式感已经让所有人一下子变得神圣起来,不管是穿衣戴帽,还是见面打招呼,人们嘴巴里总离不开关于“年”的话题,空气中开始弥漫着浓浓的年味。

大清早,秀莲就起来了,独自开门,打爆竹,扫地,祭灶,生火做饭。金娥也起得很早,在家里帮着妈妈做了些家务,听到师父在门口叫,就出去了。眼看着早饭将熟,秀莲一个个叫醒孩子,最后才去叫丈夫起床。

孩子们陆续起来,并没有像往常一样跑到厨房里看吃什么,而是亦步亦趋地跟在父亲后面。父亲以前出去换糖时,总是会出人意料地带些外面买的糖果饼干回来,孩子们吃甜了嘴,每回父亲出门,最渴望的便是能够吃到一些想吃而没吃过的东西。

小华在床上时,已经把昨晚吃过的糖纸拿出来把玩,故意在哥哥们面前炫耀。大华和细华很是妒忌,在他身上口袋掏了半天,确定没有多余的,这才把注意力转移到父亲身上,相信父亲同样会给他们带来惊喜。

果然,九根洗刷过后,意味深长地朝孩子们一笑,转身去还没整理的糖担里,取出一只塑料袋,朝孩子们晃了晃,大声对秀莲说:“他娘,把这几个肉包子热一下,好香的!”他故意把“肉包子”三个字说得很响亮。孩子们一窝蜂跟着父亲来到灶前,看着妈妈把塑料袋打开,将包子一只只摊在蒸架上,放在锅里,盖上锅盖,眼珠子差点掉进锅里。

“九个!”细华激动地点完数字,对哥姐们说。大华打了他一下说:“就你识得数!”眼神里充满鄙夷。

九根笑道:“瞧你们这些没出息的样!”忽然像变戏法一样,手里多出一把果糖。孩子们一阵欢呼,注意力马上从锅里转到他的手上,围在他身边打转。九根一人一颗,分发给孩子们后,手里还剩下一些,又走到秀莲面前,亲手剥开一颗。秀莲躲了一下,但还是用嘴接住了。“瞧把你能的,”她嗔道,“就晓得惯孩子!”

“有吃就不错了。要是在以前,孩子们只有看别人吃的分,现在我们自己能赚到钱,不就是让孩子们开心吗?”九根笑着说罢,把剩余的果糖交给秀莲。

孩子们津津有味地吃着果糖,不时还伸出舌头,比比谁吃得慢。不一会儿，细华不知什么原因推了小华一把，小华生气地哭了起来。秀莲忙起身，赶过去在细华的屁股上打了一下："有吃还这么不安分！打他干什么？"又搂着小华道，"莫哭。大过年的，哭什么哭？"

细华不满地说："小华吃了两个，我们都只有一个！"

秀莲骂道："他小，不能多吃一个吗？"

细华争辩道："你偏心！"

秀莲又抬了一下手，做出要打的架势："我偏心？我偏什么心？你看你都多大了，还跟弟弟争食。你看你身上穿的，再看弟弟穿的。你想想，弟弟什么时候做过一件新衣服？还不都是你穿旧了不穿的才给弟弟穿？"

见孩子们不再争吵，秀莲便去准备早餐。见孩子们都站着不动，秀莲明白，他们是在等着锅里冒着香气的肉包子呢，笑骂道："真是些吃货，就晓得挑好的吃。"她掀开锅盖，拿出锅里的肉包子，在每个碗里放上一个，剩下的又盖上了锅盖。孩子们忽地蹿上桌，抓起肉包子，狼吞虎咽起来。

九根把自己碗里的包子夹到细华的碗里。秀莲也把包子夹到大华碗里。银娥和小华同时叫道："我也要，我也要！"秀莲喝道："没有了！"银娥说："有，锅里还有三个！"秀莲说："你看你爸都没吃，金娥也没吃，不要留给他们吃啊？"银娥又说："金娥去别人家做裁缝，有好吃的。"

九根笑道："再给他们一人一个吧，剩下一个你吃掉，莫留出矛盾来了。"秀莲瞪了孩子们一眼，把剩下三个包子都拿出来，分给银娥和小华每人一个，剩下一个硬塞进了丈夫嘴里。

吃完早饭，秀莲带着细华和银娥分拣废品，九根叫上大华一起出去。大华道："爸，我们这是去哪里啊？"

九根道："去竹溪买些糖饼回来。"

"我还要做寒假作业呢。"

"做什么作业？还有半年就初中毕业了，毕业了还不是要做这些事？我已经帮你订好了一副糖担子，明天就跟我一起出去换糖，今天先带你去走一下，今后就你自己来买。"

大华已经进入变声期，说话虽然腼腆，但语气很坚决：

"不行！老师说了，过完年就让我参加县里的比赛。我要在家里做作业，看书！"

"现在不是假期吗？不是快过年了吗？年前换糖的生意特别好，你跟我出去看看就晓得了。"

"我不去换糖，我要看书，要参加比赛！"

"比赛？看书？能当饭吃？你每个学期拿个三好学生的奖状回来，不一样饿肚子？莫去比了，也莫看什么书，明天就跟我出去！”

九根对儿子犟嘴很是不满，失去了说服的耐心，口气很生硬。大华还想说什么，秀莲扯了他一下，小声劝道：“你就听你爸的，明天跟着出去。比赛不是还要等过完年吗？等你这趟换糖回来，再去看书也不迟。”

大华倔强地把头扭到一旁，他的眼里噙着泪，却强忍着不让眼泪流下来。九根见状，缓了缓口气，说：“也不是不让你念书。你看我们村那几个念得书多的，郎不郎秀不秀的，挑不了担子扶不了犁，还把眼睛读瞎了。我们家没有当官的命，就是读的书再多也没用，吃不到商品粮。”见大华不作声，又加重了语气，“你看看，你碗里今天就比别人家多了两个肉包子，就连吃商品粮的人家也不一定有吃。为什么？还不是因为换糖换来的吗？只要我们赚到了钱，想吃什么就可以吃什么，想穿什么就有什么，就是你想读书，以后还可以再读！”

九根的语气坚定，没有商量的余地。大华愣在那里，牙齿咬得格格响，很不情愿地跟着父亲出门而去。

来到竹溪，糖已经煎好，正在压成饼。这种糖是通常所说的“麦芽糖”，糯米蒸熟摊凉，拌入斫碎的麦芽，密封发酵五六个小时以后用纱布滤出里面的水，入大锅煎熬至红褐色，就成了液态的麦芽糖。冷却之后，上架拉扯，使其充分氧化，逐渐变白变硬，然后根据需要做成相应的形状，有大饼，有小饼，有块饼，也有颗粒状糖粒。

九根跟煎糖的黄师傅很熟，不用多说话，甚至不用谈价格。“要几饼？”“好，我给你装好。”交易就谈成了。大华虽然不情愿，却也是从小耳濡目染，熟知这一流程。九根之所以把他带来，无非是让他熟悉路径，认识一下黄师傅，今后若是不方便，便可以让他自己来。

晚上，一家人正吃着饭，金娥垂头丧气回来。秀莲正要问她发生了什么事，突然见金娥的师父、大队会计金龙的媳妇美莲喜笑颜开跟了进来。秀莲忙起身笑脸相迎：“哎哟，我以为是谁，是她师父啊？怎么？是不是金娥这孩子不听话，没做好活啊？”

美莲脸上笑开了花：“秀莲嫂子，您说哪里去了？金娥这妹子不光人长得俊，脑子也倍儿灵光的，学起裁缝来更是没得说，别人家的孩子三年才能做像样的衣服，金娥这妹子才一年半的时间就什么都会做了，都快赶上师父我了。要是她再这么学下去，过上几年就会抢掉我的生意！”

秀莲谦虚地说：“她师父，看您这话说的！金娥从小脑子笨，要不是您这个师父调教得好，针线都不会拿呢，怎么学得会裁缝，怎么抢得了您的生意啊？”

美莲又说：“话不是这么说的。要说金娥这孩子，真是心灵手更巧，带到哪家做事，哪家都喜欢得不得了，做出来的衣服有模有样，穿在身上都快赶上城里人了！好多东家都说，今后除了金娥，别的师父都不请。您看看，真是教会了徒弟饿死师父，我的生意不是被她抢去了么？哈哈哈！”

美莲平时虽然话多，但因为丈夫是大队会计，自己又是村上为数不多的手艺人，在村里也算有头有脸，说话从来都是直来直去，难得听到她这么夸人。因此，秀莲听她口吐莲花，颇觉意外，不知她葫芦里到底卖的什么药，只得虚与应付道：“她师父，您真会说笑。如果她真的学得好，那也是您这个当师父的厉害，名师出高徒啊！”

九根在一旁听了，也是一头雾水，便客气地说：“她师父，快坐下说话吧。”

美莲像是想起了什么，把手里拎着的一袋东西亮在王九根夫妇面前，说：“这里呢，有点小礼物，是送给你们的。”

秀莲问道：“什么东西啊？谁送来的？”

金娥听到这里，脸上马上变得通红，小声说了句：“师父，您请坐。爸妈，我到房间里去了。”丢下话就扭头走了。

美莲把袋子塞到秀莲手里，说：“一点小礼品，你先收下吧。”

九根有所警觉：“无功不受禄，这东西到底谁送来的？”

美莲喜滋滋地说：“还能有谁啊？宝财支书呗，人家看上你们家金娥了，让我出面说合说合。”

九根一听，二话不说，从秀莲手里夺过礼品，生气地塞还给美莲：“这事没得谈，你把东西还给他吧。”秀莲站在一旁发怔。

美莲不解地问：“话还没说清楚，九根兄弟，你着什么急啊？”

九根忍着怒气，说：“已经很清楚了，这事没得谈！”

美莲似乎没有看到九根已经生气，继续滔滔不绝地说：“九根兄弟啊，话莫说得这么绝，你听我把话说完嘛。宝财支书家就红卫一个宝贝儿子，这红卫呢也算是一表人才，二十几岁的后生，长得人高马大，真的是人见人爱吔，配你们家金娥那真叫那什么，天造地设的一对！别人家想攀还攀不上呢，你怎么问也不问清就辞掉人家呢？”

九根冷冷地问：“说完了吗？”

美莲道：“没呢。莫说后生长得俊，人家家里条件在村里也是数一数二的啊！你看吧，宝财当着书记，红卫他妈呢，又是下放的知青，在城里有关系。红卫他姐红枚，你也是看着长大的，嫁给了吃商品粮的，现在又调到省城去了。一家人当官的当官,进城的进城,多让人眼红啊?要是你们两家结了亲,莫说金娥可以跟着进城,就是你们全家老小也可以托他家的福,这么好的事……”

九根脸上冷得像铁,一字一顿地问:“你说完了没有?”

美莲这才注意到九根的情绪不对,看秀莲时,也是冷着脸,一脸的不快。她不知哪里出了问题,赔着小心问:“九根兄弟,秀莲,这门亲事你们到底怎么看的啊?怎么一个个横眉冷对,像谁欠了你们几担谷?”

“她师父,别的都好说,唯独这件事,我坚决不答应。”

“到底怎么回事啊?”

“没怎么回事,我们不稀罕!”

美莲笑道:“什么稀罕不稀罕的。男大当婚女大当嫁,天经地义嘛。金娥长大了总要嫁人,到哪里寻得到这么好的人家?我也晓得,你们是嫌红卫小时候得过病,可这病不是治好了吗?人也没怎么的,一样可以生儿育女嘛。你们不要想多了!”

秀莲插话道:“她师父,您就别再说了,我们……这事真的不合适。”

美莲劝道:“合适不合适,试了才晓得啊。你们真得仔细掂量掂量,虽然金娥是个百里挑一的好姑娘,可是宝财支书家的条件那也是百里挑一,哦不,千里挑一,万里挑一,他俩真的非常般配。虽说我们村有同姓不结亲的古训,可人家宝财支书也说了,你们这是五代以外,不算是近亲结婚。人家都没嫌弃咱,咱有什么好挑三拣四的?”

九根绷着脸说:“不是我们挑,就算我们讨饭,也用不着巴结谁!”

美莲发觉味道有点不对劲,忙赔着笑脸说:“那好吧,我也不多说了。结亲也讲一个你情我愿,既然死咬着不松口,我再说也是浪费口水。”

秀莲歉疚地说:“她师父,你不要多心,我们不是针对你,也不是针对谁。我们主要考虑金娥还小,还在学艺,再说,人家要权有权,要地位有地位,我们可不敢高攀。”

美莲知道再劝也没有什么用,便自己找了一个台阶:“我晓得你们的意思了。这我吧,一张嘴也管不住,喜欢多管闲事。这不今天在宝财书记家做裁缝吗?吃晚饭的时候,宝财书记专门把我拉到一边,很认真地说起这事,红卫他妈还专门叮嘱要带上这个礼品,说是红枚从上海买回来的。我也不好却他们的面子是不是?所以嘛,这个……”

秀莲看了看阴沉着脸的九根,对美莲说:“我也晓得,您这是关心我们家金娥,可这事不同儿戏,她爸是生死不肯拐弯的人,金娥也生死不肯答应,您看……真是不好意思,让您这么费心。”

美莲摆摆手说:“说哪里的话?什么关心不关心、费心不费心的?金娥还不是跟我的亲闺女一样?俗话说得好,一家有女百家求,您看金娥这姑娘人见人爱的,不出一两年,上门提亲的还不踏破你家门槛?就算我不来说,今后别人也还是会来提的。算了算了,今天这事咱就不提了,算我没说,没说!”说罢就要走。

九根见美莲要走,觉得自己的态度太过生硬,心里有些过意不去,诚恳地说:“她师父,真是对不住。今天这事就像您说的,当作没说,莫往心里去。回头宝财要是问起您,您就回他四个字:不敢高攀!”

美莲连声说:“晓得晓得。那你们忙,我走了啊!”不等王九根夫妇应答,转身就走。

九根皱眉看着美莲背影,哼了一声,气愤地说:“要不是看在她是金娥师父的分上,我早就拿扁担轰她了!”

秀莲劝道:“她爸,话已经说清了,就莫生气了。”

九根指了指金娥的房间说:“好了,你去看看金娥吧。”秀莲连忙进入房间,劝慰女儿去了。

04 言传身教

次日一大早,九根就起了床,本来想叫起大华早点出门,又放心不下金娥。整理了一下糖担后,又独自抽了一会儿烟,眼看天已放亮,见金娥低着头走出房间,便叫住了她。“金娥,”他起身走到金娥身边,见她眼睛红肿,头发凌乱,关心地问,“没睡好啊?”

金娥不答。

九根说:“莫多想,莫担心,好好做你的事,天塌不下来!”

金娥“嗯”了一声。九根正要转身,金娥小声说:“爸,我今天不想去他家做了。”

九根知道,金娥所说的“他”,指的是宝财。他想了想,说道:“好,不去也好,就在家里帮你娘做做家务,准备年货。”

金娥点点头,进到厨房洗刷去了。

九根叫醒大华,秀莲早已准备好他俩的早饭。大华十分不情愿,禁不住父亲亦步亦趋跟在身旁催促,只得加快动作。二人吃过早饭后,九根跟秀莲叮嘱了一阵,父子俩一人一副糖担,出门去了。

九根准备的两副糖担外表上一模一样，不过他给自己的糖担里放的是八块糖饼，给大华的糖担里只放了四块。丰城民间有一句很古老的谚语："一副担子一把伞，走遍天下当老板。"丰城人很早就有走江湖的传统，至少从明代中期开始，丰城人就远走中原、闽浙、湖广、西南等地。他们依靠打小练出来的武艺防身，有的靠做手艺谋生，有的则挑着货郎担走村串户，大多是行踪不定，居无定所，通常要漂泊几年或几十年才回家。当然，也有不少人因此客死他乡，或者干脆就在当地定居，从此与家乡音讯隔绝。那个时候，挑货郎担的人就开始通过制作麦芽糖的方法，附带些针头线脑，把换来的东西兑为金银等硬货以便夹带，回家后再大兴土木，当上人人羡慕的逍遥富翁。

做出来的麦芽糖通常做成一尺左右直径、一寸来厚的糖饼，用塑料布包好后，放在铁皮桶或箩筐里，糖饼和糖饼之间撒些炒熟的米面粉，以防粘连。通常糖担子除了一头放着糖饼之外，另一头则是放的衣服、简易的被褥，方便在外夜宿。这就是丰城民间所说的"一头被窝一头家伙"的由来。铁皮桶或箩筐的上面各放一只四方形的木盒，也有的各放一只传菜用的传盘。传盘里放着一饼麦芽糖，随时买卖。

大华虽然平时经常要给家里挑水、挑禾、挑各种东西，对于挑担并不陌生，但出门换糖还是第一次，挑着糖担很是别扭。加上挑糖担时还要敲打吆喝，一副担子在肩，挑起来并不轻松。

九根知道，大华并不情愿跟着自己出来。他正处于非常敏感的年龄，脸皮薄，虚荣心强，哪里愿意去走村串户、遭人白眼呢？就算是王九根自己，也不愿意过这样的日子，厚着脸皮、低声下气这种类似乞讨的日子。可是，家里上有老下有小，特别是五个儿女，眼看着一个个吹着长起来，张口就要吃，开门就要钱，不寻点活路，哪里过得下去？

想到这些，九根觉得浑身发热，身上突然起了劲，走起路来也轻快了许多，把大华远远甩在了身后。他一转头，见大华还在磨磨叽叽地走着，身子左摇右摆，马上来了气，喝道："不会快点啊？"

大华正眼也不瞧父亲，觉得父亲简直不可理喻。自己喜欢读书有什么错？凭什么要跟着出来受这份洋罪？正低着头想心事，猛地听到父亲喝骂，心里一虚，脚下一个趔趄，差点摔了一跤。但还是马上调整身体，继续赶路，并不理会父亲的态度。

"你快点啊！"九根嚷道，"马上天就大亮了，你是想让全世界的人都看到你的狼狈样啊？"

大华心里一惊。是啊，要是被人看到自己挑着糖担的样子，不是更丢人吗？他赶忙加快了脚步，没想到脚下一滑，又差点摔倒。

“看你没出息的样！”九根很是不满，挑个担走个路都歪歪倒倒的，还有什么用？他干脆停下来，转过身等大华。九根知道，大华年龄尚小，又是第一次挑糖担出门，心里难免有些想法。要不是生活拮据，谁愿意把十几岁的孩子往这条乞讨似的路上引呢？等大华走近，他和颜悦色地说：“走路稳着点。刚下过雪，地上结了冰，走路打滑，莫摔倒了。”

大华嘘了一口气，也停了下来，刚想放下担子歇会，九根又说：“莫放下。才走了几里路就歇肩，这样练不出肩劲。人都是逼出来的，今天能走五里，明天就能走十里，肩劲就是这样练出来的。”大华鼻子里哼了一下，赌气继续往前走。

九根跟在后面，开导道：“你这个年纪，说大不大，说小也不小了。我十一岁上就没了父亲，比你现在还小了几岁，我不得不扶犁骑耙，当家里的劳动力，还不是一样过来了？”他唉了一声，又说，“我晓得你脸皮子薄，又一心只想着读书，这是好事。可是，连饭也吃不饱，哪能安得下心来读书写字？等赚到钱了，我保证让你继续去读书，去参加那个什么比赛。”

大华不再吭声。父子二人一直往前走着，大华虽然跌跌撞撞，居然没有摔过一次。眼看不远处隐约可见一个村庄，晨曦氤氲中，炊烟袅袅，鸡鸣犬吠，九根不由得精神一振，兴奋地说道：“我们快点走，到前面那个村看看。”大华斜睨了父亲一眼，脚下依然迟疑。

九根并不在意儿子的表情，继续兴奋地说道：“你是第一次来换糖，没有经验。等下看我怎么做，你跟着学就行。”

临近村庄，天已大亮。九根抖擞精神，解开最上头的衣扣，调整好扁担的位置，腾出双手，有节奏地敲击着：

“叮叮笃，叮叮笃，叮笃叮笃叮叮笃。”

连续敲了几遍，这才扯开喉咙吆喝道：“换糖喽——”

大华跟在后面，听着父亲娴熟而兴奋的吆喝声，居然有些脸臊心热，几乎把脸埋进了衣领里。

九根回头瞪了大华一眼，喝道：“还害臊啊？出都出来了，好好学着！”接着又是敲着糖铲，又是吆喝。这当儿，已经进村了。

一位老汉拎着土箕和小铲，弯腰捡着猪屎狗屎，见王九根父子迎面走来，抬头打招呼：“这么早啊？”王九根忙停下脚步，赔着笑脸：“嗯呐。赶早出来换点鸡毛鸭毛鹅毛，您家有没？”

老汉露出一丝苦笑：“鸡仔还小，还舍不得杀。”

九根又赔笑道：“那村里哪家这两天杀了鸡啊鸭的？”

老汉想了想，指着一条巷里，说："你往那头走，走到巷头上有户人家，他们家有人在外面当官，要回来过年，听说杀了几只鸡。"

"好嘞！劳烦您了！"

九根点头哈腰，回头看了一眼大华，便朝着老汉指的方向快步走去。来到老汉所指点的人家门口，敲了几段，又扯着喉咙吆喝道："换糖喽——好香的糖！有鸡毛鸭毛鹅毛换个么？有脚（甲）鱼壳乌龟壳牙膏瓶子烂凉鞋废塑料换个么——"尾音又长又厚重，特别有韵味。大华在身后听了，忽然觉得有趣，嘴唇嚅嗫了几下，似乎在学着父亲的吆喝，但并没有喊出来。

大门吱呀一声打开来，一位六十来岁、长相富态的妇女打开门，探出头朝王九根说："喂，换糖的，我这里有鸡毛。"

九根应了一声，忙大步跨了过去，在她门前把糖担放下，眼睛朝里面瞄了一下，发现这的确是户殷实人家。"大姐，您家有鸡毛要换？"他隐约听见屋里有孩子的声音，心里一动。

妇女在屋里"嗯"了一声，拎出一只填得鼓鼓的大塑料袋，往王九根面前一扔，说："这里是两只鸡公、两只蒲鸭的毛，你看看能换多少糖？"

九根快速看了一下塑料袋，笑眯眯地说："要不说大姐长得这么年轻，这么富态，一看就是当大官的家庭。我看大姐您也不缺吃不少穿的，这种糖肯定吃得不想吃了。不过这是刚拉出来的新鲜米糖，好吃不粘牙，要是给您的孙子吃了，肯定长得更聪明可爱！"

妇女原本板着脸，听九根这么一说，脸上松了下来，笑道："哎哟，你这个师傅真会说话，你怎么晓得我家里有个孙子？"

九根满脸堆着笑，讨好地说："一看您的样子，就是个福气相。您家孙子肯定是个城里崽吧？"

妇女笑道："还真是。我孙子刚放了学，就吵着要回来和奶奶住。我这不也没办法吗？乡下条件差，哪里比得上省城。"

"哎哟，原来还是省城来的！"九根嘴上抹了蜜，话音里也带着甜味，"真羡慕您哪大姐！真不知您哪里修来的福气，还有个城里的孙子。不像我，祖宗八代都是贫农，世世代代没有离开过田地。"

妇女又笑道："莫夸了，赶紧给我敲糖吧。"

九根掀开盖在传盘上的塑料纸，先敲下一大块，又敲下一小块："好，给你多敲点，再多一点，让您孙子吃得甜甜蜜蜜，开开心心！"末了，又敲下一小薄片，递到妇女手上说："再给您加一点。您看，没少给您吧？"

妇女满意地点着头，说："没少没少。"

"您家还有别的什么用不着的东西吗？"九根朝她家里瞄了瞄。

妇女想了想，说："好像还有点。你等着，我去找找看。"

九根应道："好嘞！"又连敲带吆喝了一阵，回头看着大华，说："看到没？人都喜欢听好话。你到前面去吆喝一下看看，不要怕，早晚要开声的。"大华挪了挪脚步，却并没有走动一步。王九根摇摇头，把鸡毛塞进箩筐里。

不一会儿，妇女手上拎着一大把东西，递到王九根面前，说："看看，这些能不能换糖？"

九根一看，除了几只牙膏盒，还有一件破损的铜质灯架，两双半新半旧的塑料底布鞋，一双开了鞋口的套鞋，一卷废塑料。王九根知道这些东西都很值钱，不过还是故作皱眉道："可是可以换，不过值不得几多钱，不能换好多。"

妇女大方地说："那就随便换点吧。放在家里也占位置，也用不上。"

九根心里一喜，脸上却不轻易表露，掀开塑料纸，敲下一块糖，说："就值这么多了。"

妇女道："没事没事，反正孩子也不缺吃。"

九根问道："这边上还有哪家杀了鸡准备了年货？"

妇女道："多着呢。我们村庄大，在外面当官的也多，要不你往前面走一点点，到门前塘边去看看。"

九根忙谢道："多谢大姐！"

妇女正要进屋，迟疑了一下，又回过头来看着大华，问九根："这个后生是你一起的？"

九根尴尬地笑笑，道："是的。在家里闲着没事，出来换点糖，赚点口粮。"

妇女说："真是不容易。"又对大华说："要学会开口，不开口人家晓得你是来做什么的？"

大华臊得一脸通红，低下头不敢看对方。

妇女笑道："莫害臊，谁都有困难的时候。晓得跟出来谋生就不错了。"

九根急着要赶场子，忙替大华打着圆场："不害臊。他也是想跟着学学，等下就能开口了。谢谢大姐！"挑上担子便朝禾场赶去。大华跟在后面，亦步亦趋。

门前塘呈半月形，位于村庄的中间，约有两亩地的面积，水面清澈可鉴。塘岸是清一色的大麻石条，不少村民围在塘边洗衣洗菜，有不少人还洗着鸡鸭。虽然雪后寒冷，但村民的言谈举止中，还是洋溢着浓浓年味。

门前塘和村庄中间，是一个偌大的禾场，是村民打禾晒谷的场所。整个村庄以门前塘为中心，一字排列着七个门头，门头相互连接着，形成一个整体。每个门头上面各有石额，题着各种各样的字。门头后面，是深幽的麻石巷道。从房屋的建筑形制来看，这个村应该在以前出过不少大官财主。

村庄一侧，是一座低矮而肃穆的祠堂。祠堂前面，有一棵高耸参天的古樟树。树下有一座小庙，看上去像是土地庙。

九根在禾场中间放下担子，清了清嗓子，接连敲了两遍，然后吆喝道："换糖喽——"

他示意了一下大华，希望他也能扯开喉咙吆喝起来，但大华仍然低着头，一双眼睛紧盯着地上。他不便发作，又敲了一遍，继续吆喝道：

"换糖喽，好香的糖！有鸡毛鸭毛鹅毛换个么？有脚(甲)鱼壳乌龟壳牙膏瓶子烂凉鞋废塑料换个么——"

路过的以及围在门前塘洗涮的村民一齐把目光投向九根父子。九根愈发兴奋，吆喝道：

"换糖喽，好香的桂花糖！吃得口里满嘴香，老人吃得眼放光！后生吃得会文章，妹子吃得更漂亮！快来换糖喽——"

吆喝声未停，围在门前塘洗涮的妇女们早已嘎嘎笑了起来，就连一些沉着脸低头走路的男人们也面带笑容，好奇地望着他们。

不一会儿，门前塘边一位中年妇女拎着一只光溜溜的鸡站起来，迟疑地问道："鸡毛都能换糖么？"其他人先是沉默了一下，马上哄笑起来。

"能啊！"九根不假思索地说，"鸡毛鸭毛鹅毛，脚(甲)鱼壳乌龟壳牙膏瓶子烂凉鞋废塑料都可以拿来换糖！"

中年妇女回头看看起哄的村民，拎着鸡起身便走。走过九根身边时，还回头问了一句："能换到几多糖？"

"看了再说啊。"王九根笑道，"肯定不会少给你。"

没多久，中年妇女拎着一只化肥袋走来。化肥袋鼓鼓的，看样子塞满了各类羽毛。王九根打开化肥袋看了看，又把手伸进去探了一探，里面有干有湿，有软有硬，知道里面放的有很早的干毛，也有刚杀的鸡毛，思忖了一会儿，笑着说："里面好多毛没什么用。这样吧，因为你是第一个来换糖的，帮我开了张，我给你多敲一点糖。"说罢，敲下并不大的一块交给中年妇女。

中年妇女似乎有点失望："就这么点？"

九根笑道："确实只值得这么多。这样吧，我再敲点给你，你也莫要再讲了。"又敲下一小块。

中年妇女稍觉满意，这才笑盈盈离去。正在塘岸洗涮的其他人及过往行人纷纷过来围观，也有人回家去拿了些鸡毛鸭毛及牙膏盒、废塑料来，场面一下子变得热闹而嘈杂起来。

九根似乎早就意识到会出现这种火热场面，有条不紊地收货、敲糖，还不时笑着和大家打趣、调侃。大华站在一旁，虽然装着极不情愿的样子，不过还是在父亲没注意的时候，悄悄关注父亲的言行举止。

不一会儿，九根的空箩筐已装满，他大声对大华说道："站在那里干什么？快帮着收货！"大华便快速把父亲面前的各种货物塞进箩筐里。

忙碌了好一阵，拿东西来换糖的人以及围观看热闹的人慢慢离去，场面变得平静。但九根并没有要离去的意思，而且显得情绪特别高。他趁着空，又吆喝了一阵，把一段吆喝词说得更加生动诱人：

"换糖喽，好香的糖！恰(吃)得口里满嘴香，老人恰得眼放光！后生恰得会文章，妹儿恰得更漂亮！快来换糖喽——"

这时有一男孩拿着一只空牙膏盒走来，又一个大点的男孩拿着几只破旧的凉鞋走来，接着又有几个孩子拉着父母走来。王九根和颜悦色地接待着每一位顾客，不停地说着："好，一个一个来！好吃不？好吃就回去再找些烂凉鞋废塑料来，拿得越多，换的糖越多，吃得越香甜！"

不知不觉中，九根父子已在这里站了两个多小时，但九根还没有走的意思。不一会儿，又有一个衣衫褴褛的女孩牵着一位老妪走来，老妪拄着拐棍，一摇三晃。

"你总在这里叫魂呐！"老妪边走边埋怨道，"吵得人不得安生。"

九根一看架势，知道孩子想吃糖，但又拿不出东西，吵得老太太没办法，这才出来找他理论。

"瞧您老说的。"九根笑呵呵地说，"您家里不要的东西拿来换点糖，也让孩子高兴一下是不是？瞧您这孩子，是您的孙女儿吧？长得多水灵。给她换点糖吃，她一高兴，准保就更聪明好看了。"

"莫瞎扯！"老妪不满地说，"不是你叫魂叫的，她能缠着我要糖吃？"她走近王九根，一双昏黄的眼睛贴上糖担去看，试图看清糖是什么样子。王九根干脆掀开覆在米糖上的塑料，敲下指甲盖大小的一块，递给老妪。老妪拿在嘴里吮吸了一下，咂巴着嘴，又递给身旁垂涎欲滴的女孩。女孩把糖塞进嘴里，津津有味地吃着。

老妪早已没了牙齿，不过味觉还算灵敏，咂巴了一会儿，说："味道真好。我小时候在娘家的时候也吃过，不过早忘记它的味道了。现在尝尝，好像还是小时候的味道。"

九根忽然起了恻隐之心，本想再给祖孙二人敲点糖吃，可想了一想，还是忍了。他和气地笑笑，说："老人家，我这个糖就是老辈子留下来的手艺，味道当然跟小时候一样了。您再想想,家里还有什么不要的东西么?如果有的话,就去找来,我多给您敲点糖。”

老妪叹了口气,说:“家里除了跳蚤臭虫,哪里还有什么东西可换?眼看过年了,人家杀鸡宰猪,我家里只能吃西北风啊!唉!”

九根同情地点着头,像这样的家庭并不在少数。自己虽说年轻力壮,但家里人多田少,产量又低,也是吃了上顿愁下顿。他只能把对祖孙二人的同情埋在心底,暗暗叹了一声。

老妪左右看了看,见没有人注意,便摸索着从口袋里拿出一件黑漆漆的东西。王九根接在手上,稍一掂量,便知道这是一件铜器,可能是古代的铜镜。这是个好东西呢。他在心里想,但没有表现出来。

“这个东西能换糖吧?”老妪低声说,“这要是放在以前,可值钱呢。”她期待地望着王九根,女孩一双水灵的眼睛也随着老妪的举动来回转动,不时瞄一眼糖担。

九根说:“这个东西……不好收啊!”他有些迟疑。要是被上面的人知道他在收购金属废品,会引来麻烦的。

老妪继续低声说:“我放着也没什么用。你看着敲吧,好歹换点糖,给这个苦命的孩子解解馋,让她过个开心的年。唉——”

九根心里一颤,看得出,老妪跟他说的都是大实话。这个女孩看上去只有八九岁的年纪,可是穿得衣不蔽体,头发蓬乱,一脸恐惧。他痛快地说:“好!我给你敲块糖,让孩子多吃点。”

他敲下一大块糖,找了张油纸包着,递给老妪。老妪掂了一下分量,说:“好嘞!你是个好人!”说完,牵着女孩走了。九根忙把铜镜藏进箩筐底下,盖严实。若干年后,九根在跟一位广东来的客商洽谈生意时,这块铜镜被广东客商以50万元的价格收走。他曾产生过前来感谢老妪的想法,但终于没有成行,在心里留下了一分很深的歉疚。

村民陆续回家吃饭。村口的村民很多人端着大搪瓷碗,站到门口来吃。九根看一眼儿子,大华看着吃饭的村民,咽着口水。九根小声说:“饿了?敲点糖吃吧。”

大华倔强地说:“不饿。”把眼睛斜向别处。

九根继续说:“学到了吧?换糖要眼勤嘴甜腿巴子勤,不能像电线杆子样站在那里一动不动。像你这样,什么时候赚得到饭吃?”

大华仍然看着别处。

九根又说:“换东西也要看。鸡毛鸭毛猪鬃套鞋凉鞋牙膏盒塑料价钱不一样,敲糖的时候也要估摸着敲,不要一次敲太多。如果他们吵得难过,东西又值钱的话，就再补一点给他。”他大概想到了刚才来换糖的祖孙俩，感慨地说：“有的人并不一定拿得出像样的东西，但又想吃，就给她敲一点，让她尝到甜头，她就会想方设法找东西来换。这样拿出来的东西一般都是好东西，可以多给她敲点糖。不过，废旧金属是不能明着换的，也不好卖，所以要注意点，莫声张，要是被人告发了说不好要去坐牢的。”

正说着，一位老汉端着一只大碗走来。九根热情地招呼道：“吃饭啦？”

“吃了么？”老汉也打着招呼道。他的碗里还有半碗稀饭，稀饭上面是一堆咸菜。

“早吃了。”九根笑着说。

“听你的口音，像是县城那边的？”

“我是县城边上龙洲的。”

“我听说你们那里的人胆子好大，人也精明，天生就会做生意。我们这里就不行，就晓得守着这一亩三分田过日子。”

“你们这里的条件还不错。家家户户有吃有用的，哪里要吃这个苦，走街串巷当叫花子哦？”

老汉点点头，用筷子指着大华说道：“这个是你崽吧？这么点年纪就跟着出来，不怕吃苦啊？”

大华勉强笑笑，并不答话。九根如实说道：“怕吃苦噢！你看出来半天，一句话也没说。”

老汉笑道：“要得要得，能跟着出来就不错了。后生崽脸皮薄，多见见世面就好了。”他又指指大碗，“要不到我家里再吃点？”

“真的吃过了，多谢多谢！你家里有东西要换的吗？”

“没有没有，我家里哪有东西换？”

“不要紧。你帮我看看咯，如果有要换糖的帮我带过来，算帮我个忙吧。”他敲下一小块糖，说，“尝尝看，很好吃的。”

老汉半推半就，尝了一下，又把糖捏在手心，似乎是不舍得吃，满口答应道：“要得要得，我帮你去看看。”

老汉端着碗转身离去，没多久果然空着手带了几个人过来，有男有女，有老有少，手上拿着五花八门各种废品。老汉帮腔道：“这个换糖的我认得，人好实在，不会少给你们糖的。”

九根一一量货敲糖，很快又装了半箩筐。换了半上午，见确实再没有人来，九根这才整理好糖担，向老汉告别，带着大华离开村庄。

之后，父子俩又接连走了几个村庄，村庄有大有小，生意有好有坏。大华虽然满心不情愿，还是学着父亲的样子，胡乱敲打吆喝，还和父亲分道，独自到一个村庄上去换糖,居然也换到了一些东西。九根看在眼里喜在心上,心想不管怎样,这小子总算是开了张。

眼看天色渐晚,气温下降。王九根本来备足了糖饼,准备此行要走几天,考虑到大华是头一次出门,而且两副糖担也差不多塞满了,收成也不错,便决定提早收工,带着大华往回家的方向走。

换糖的人,通常事先都要对线路作个初步规划,一般不走回头路。九根领着大华尽量避开来时的村庄,照样敲打吆喝,一路走一路换。

天色已经大暗,雪后的道路开始结冰,父子俩走在坚硬的路面上,步履疲乏而坚定。

05 被迫辍学

回到家后,父子二人总算吃上了热饭。由于是第一次一天只吃两顿饭,大华吃了整整两大碗,甚至吃得比父亲还多。他觉得,这是这么多年来吃得最香的一顿饭。

秀莲悄悄拉过九根,先是告诉他说国华早上的时候来家里看过,似乎是想问你们到哪里去了。九根冷笑了一声,说国华这个人又想赚钱又怕吃苦,又有想法又怕老婆,这样的人最没出息,把话岔开了。

秀莲又说,美莲早上就来叫过金娥,让金娥跟她一起去宝财家做事,但秀莲以身体不适为由帮她遮掩过去了。傍晚的时候,美莲又来了,和秀莲说了一大堆话,说宝财整天都很不高兴,说是让九根当心点。九根听到这里的时候,重重地"哼"了一声,说:"我等着他,看他能把我怎么样!"秀莲还说,美莲也劝了金娥半天,让金娥不要因为生气丢下生意不做,如果闹得影响大了,今后就再没有人请她了。九根气呼呼地说:"别听她瞎说!说了不去就不去,大不了今后不做裁缝了!"秀莲叹了口气,也不知如何说下去。

九根的情绪并没有受宝财提亲之事的影响,一门心思只在换糖上。翌日,九根又带着大华就近转了一些村庄,收获也算不错。晚上回家得早,他特地让秀莲做了几个好菜,又打了一斤烧酒。

金娥在帮妈妈烧火,银娥、细华、小华都吃了饭上床疯去了,大华被父亲叫去整理收来的废品。酒菜上齐后,父子二人坐在灶台的风箱旁,一盏煤油灯在锅里飘出的雾气中忽闪忽闪,锅里正煮着白花花的大米饭。

九根拿出两只碗、两双筷子,给自己倒上一大碗酒后,又给大华的碗里倒上半碗。大华一边推辞，一边揉着双肩。秀莲在旁边见了，心疼地说：“换了几天糖，大华一定又累又饿。你就别让他喝酒，让他多吃碗饭就是。”

九根瞪了秀莲一眼，秀莲知趣地进到堂屋，和金娥继续整理废品。

“来，陪爸喝点酒。”九根端起酒碗，在大华面前的酒碗上碰了一下，吱溜一声，喝下一大口。见大华还在揉肩，劝道，“喝啊！”

大华勉强沾了一小点，呛得直咳嗽。

九根哈哈大笑：“难喝吧？”他又抿了一口，响亮地咂着嘴，说，“嗯，好酒！”

大华说：“难喝死了，我不喝！”

九根笑道：“刚开始难喝，多喝几口就不难喝了。你再喝一口试试。”

大华又皱着眉喝了一小口，吐着舌头说：“好难喝！”

九根夹了一块肉放在大华面前，说：“喝口酒，吃点肉，再苦的酒也会有味道。”

大华吃下肉，觉得好受了些。九根道：“还行吧？再来一口。”大华又喝下一口，果然不那么辣口了。

喝了一会儿，九根说道：“这两天表现不错！是真的吃了苦。”

大华低头吃菜。

“不管你理解不理解，爸今天给你说几句心里话。爸也是没办法，逼着你去抛头露面做这种下贱的生意，要是不想点办法补贴点家用，全家人都得饿死。爸小的时候，你爷爷就死了，怎么死的？饿死的！后来，你奶奶也死了，怎么死的？病死的，病了没钱去治。眼看着你们兄弟姊妹一个个长大，一个个要饭吃，要衣穿，要上学，要结婚娶媳妇，要分家要盖房子，没有钱怎么办？我晓得你喜欢念书，成绩又好，将来保不准能考个大学，分个好工作。可是远水解不了近渴，现在的日子就过不下去了，哪里还顾得了以后？”

大华喝了一大口酒，沉默不语。

“我们换糖收破烂，好的时候一天可以赚个十块八块，不好的时候也能赚到三块五块，除了上交生产队里的，还有些剩头，足够我们一家人吃饭穿衣了。但是，”他又喝了一口酒，接着说，“但是，如果不做下去，会怎么样？还是饿肚子，穿旧衣裳，回到老路上去。”

九根谈兴正浓，见大华一直不开口说话，便又说道：“我们村里现在好几个人都在偷偷跑出去换糖。不光我们村里，别的村也有好些人出去找门路。为什么？穷啊！都是上有老下有小，开门就要钱，不想点活路怎么办呢？”

大华吃着菜，似乎在沉思。

“但是，像这样偷偷摸摸跟做贼一样，也不是办法。看这个世道，早晚得变。都是逼得没办法，不变不行啊！如果可以光明正大地做生意，哪怕多交点钱给队里，大家都愿意，总比生产队里吃大锅饭磨洋工强啊！”他突然有些兴奋，“真希望早点变。到时候，我们爷儿俩就可以挺直腰杆，名正言顺地去收购各种废品了。”他端着碗又跟大华碰了一下：“来，喝掉！我们再加一点。”

不知是赌气还是兴奋，大华居然也把碗里的酒喝了个底朝天。

九根大笑道：“好，有点像老子的脾气。来，再加点。”

大华也不推辞，任由父亲添酒。不过九根这次只添了个碗底：“难得今天陪老子喝酒，这也是对你的奖励。明天呢，你跟我往奉新方向去。别的地方都被换糖的走遍了，我们到那些没人换过糖的地方去。奉新这个地方不错，我前几年到那里拉过木料，好多山，人很厚道，不会欺生。”

大华张着嘴，似乎有点惊讶。不过酒壮人胆，底气似乎也足了一些，赌气地说：“去就去，去哪里都不怕！”

九根拍了一下大华的肩膀，高兴地说：“好，有志气！不过这次去肯定不止一天，可能要好几天，要到年三十才回来。”

“初一回来也不怕！”大华居然跟父亲犟上了。

九根端着酒碗说：“好！饭也熟了。我们干掉这碗酒，喝完酒后你多吃点饭。明天我们早点上路。”

次日天未亮，睡得正香的大华就被父亲叫醒。迷迷糊糊中，穿衣，刷牙，洗脸，隐约记得头天晚上跟父亲的对话，这才想起今天要出远门，脑子也马上清醒了。

糖担早已准备好。父母忙前忙后，最后把大华叫到厨房，灶台上盛着两大碗饭，锅里还煮着半锅面，面里敲了几个鸡蛋，正飘着诱人的香味。

“快吃饭！”九根端起饭碗，扒了几口，说，“一会儿我们就到县城去坐车。”

大华容不得多想，顺从地端起饭碗。想到今天要乘车，要去遥远的奉新，似乎有点兴奋，吃饭的动作也很快。

吃过饭后，父子二人便挑着担出门。临出村的时候，九根看到一个佝偻的背影，手上拎着一只土箕，似乎在捡狗屎。九根想了想，觉得那个人很像国华，因为隔得远，并没有打招呼，继续沿着国道，一直往县城走。大华并无牢骚，咬紧牙关，紧跟着父亲的脚步。

天刚蒙蒙亮，二人就到了县城的汽运公司。汽运公司的铁门大开，很多赶路的人为了不耽误乘车，抢得一个好座位，早早就赶来。去往南昌的汽车车门未开，人们早已从洞开的车窗上钻进车里，坐在座位上打瞌睡。

二人找到南昌的班车，把糖担放下。九根爬上车篷看了看，已经摆放着几副糖担，他向大华示意，让大华托着箩筐，自己在车篷上接着，把两副糖担稳稳固定在车篷上。

车上净是大包小包拖家带口回家过年的人。日子虽然清贫，每个人脸上都洋溢着喜悦和兴奋。王九根紧裹棉袄，蜷缩在座位上打盹。大华头一回出远门，左顾右盼，觉得很是好奇。他一边看着窗外的风景，一边听人们谈论着过年的事，想到别人都是兴高采烈地回家过年，而自己却还要离乡背井远赴他乡去做一个居无定所的换糖人，在别人的白眼下像叫花子一样讨生活，多少有点忧伤。他拿出一本书，努力想让自己静下心来，回到书本的世界里去，可看了半天，居然一个字也没看进去。

汽车走走停停，沿途不时有人上车下车，乘客的口音越来越丰富，有的口音大华还听不大懂。大华觉得很有趣，为什么同样是人，说出来的口音千差万别呢？他用心琢磨着乘客们的口音，把他们的话前后连贯起来听，居然也不是太难懂。当他觉得能够顺利听懂乘客们交谈的时候，心下便坦然道，原来他们唠叨的，也不过是一些家长里短的寒暄罢了。

两个多小时的颠簸之后，汽车终于进入了省长途客运站。

走出车站，九根让大华看好行李，又去买往奉新的汽车票。车票并不难买，但车次不是很多，上午发往奉新的车已经没有了，后面的一班还要待到下午两点。王九根问也没问，给大华买来一碗炒米粉："大华，你就在这里看好东西，哪里也不要去。我去四处看看，顺便买点小百货。"大华懵里懵懂答应了。

吃完米粉之后，大华看了看挂在候车室墙上的挂钟，还不到十二点，还要等两个多小时才能乘车。他也想出去看看，看看省城的风景，可是东西没人照看，只得作罢，坐下来继续看书。

眼看时间已过了一点半，奉新方向的通道已经有人排起了队。大华有点着急，不知父亲什么时候才能回来。他甚至有点担心，父亲是不是迷路走丢了。

大华一会看看时间，一会又到候车室门口张望，左等右等看不到父亲的影子。大华看看挂钟，一点四十五。候车室的广播开始提醒："旅客同志们，开往奉新的班车在第七检票口，有前往奉新的旅客请收拾好自己的行李，准备检票上车。"

大华急得坐立不安。他第一次遇到这种事，一时有些不知所措，爸爸什么时候到啊？

又过了五分钟，检票口开始检票，排队的人陆续检票进站了，父亲还是没有回来。

大华急得快哭了，眼巴巴地看着候车室门口。

又过了五分钟，检票口已经空荡荡的，去往奉新的乘客都检好票进站了。检票员大声吆喝："还有没有去奉新的？有去奉新的旅客同志快点检票了，班车马上要开了！"

父亲还是没有回来！

大华顾不上看东西，冲出候车室，在门口四处张望，还是没见父亲的身影。张望了一会儿，担心行李，又跑进候车室，看行李还在。抬眼看挂钟时，离发车时间还有两分钟！

他怔怔地看着挂钟秒针一秒一秒地移动，真恨不得把秒针拉住，不让它走。可是，秒针依旧无情地移动着，时间到了一点五十九分！检票员四下里看了看，收起检票夹，准备关闭通道大门。

就在检票员关闭通道大门的一刹那，大华不知从哪里来的勇气，突然大声叫道："等一下，还有人没上车！"

声音太大而且突然，候车室的人们都好奇地看着大华。检票员也看了一眼大华，又看看挂钟，继续关门。

大华冲过去，用身体挡住即将关闭的大门，一只手拿着两张车票，另一只手抓着检票员的胳膊，喝道："我说等一下，我爸爸还没来！"

检票员冷冷地说："这位小同志，时间已经到了，班车不能等了。"

大华紧抓着检票员的手不放，带着哭腔恳求道："同志，我爸爸出去买东西了，请您再等等，好吗？求求您啦！"

检票员喝道："放开你的手！这是公家的车，不是你家的。你再这样无理纠缠，影响交通秩序，我就通知值班室派人把你抓起来！"

大华不顾一切，用身体死死挡着大门，抓着检票员的手也越来越紧。检票员大声叫道："来人啊！这里有人搞破坏，妄图阻碍班车发车，快把他抓起来！"

从车站值班室冲过来两个人，一左一右按住大华，老鹰抓小鸡般把大华提了起来。大华大声叫道："放开我！等一下开车，我爸爸还没有回来，我们还没有上车！"

这时，从候车室座位上走来一个戴着眼镜、面相斯文的青年，对抓住大华的两人和颜悦色地说道："同志，不要激动，有话好说。"又对检票员说："同志，请您再等一等，我看这位小同志的确是在等人，不像是在胡闹。"

检票员说道："他就是在胡闹，是在搞破坏，否则为什么叫了半天不上车，到点了就开始瞎闹？”

“人家不是说了吗，他的父亲出去买东西还没有回来。我知道到点了就要发车，可是现在遇到了特殊情况，你们就特殊对待一下，再等几分钟也耽误不了大事嘛。”

“你是什么人，为什么要帮他说话？”

“我是个大学生，这是我的学生证。不是我帮他说话，您看马上过年了，坐个车也不容易，要是错过了这趟车就要等到明天了。”

检票员接过学生证看了看，确认无误，仍冷冷地说道：“这里没你的事。现在时间已经到了，我们不能再等了。”

正在检票员准备关门的时候，身后有人叫道：“等一下！”

大华听到叫声，猛地挣开二人，扑向来人，失声痛哭道：“爸！”

九根拎着一只小包，拍了拍大华的背，把他松开，冲到检票口，对检票员说道：“对不起对不起，我来晚了，耽误大家的时间！请您开下门，我们这就上车去。”

检票员检验了车票，又看了看九根父子，极不情愿地打开铁门，冷冷地说道：“上车吧，快点！”戴眼镜的青年热心地帮着九根父子俩，一齐把二人的糖担行李搬上车。车子发动，大华惊魂未定，朝窗外看去时，戴眼镜的青年还站在原地，面带微笑朝他招手。大华隔着车窗看着他，充满感激。

客车一路向前。大华情绪仍未稳定，胸口一起一伏。

九根怀着歉意说道：“崽啊，对不起！爸出去转了好久，才找到小百货的批发部。但是，我们又不是单位，没有证明，人家不给批量卖给我。我只好软磨硬泡，求爷爷告奶奶，人家才同意卖给我们一点点。本来我也担心赶不上班车，想早点回来，可是在回来的路上，又碰到另一家卖小百货的小公司，这里的货更便宜，花样也多，而且不要什么证明，我就又在那家小公司批发了一些。紧赶慢赶，还是来迟了。让你受委屈了！”

大华仍在哽咽，生气道：“你就想到换糖、赚钱，根本不考虑我的感受。要是晚来一会儿，班车就开走了，我也要被当作破坏分子抓去坐牢了！”

九根宽慰道：“好了好了，没事了，这不好好地坐在这儿吗？”又高兴地说，“你今天表现不错，为了让爸坐上车敢大闹候车室，是爸的种！”

今天虽然难堪，但并没有影响行程，而且父亲又一直陪着说好话，大华心里的委屈减轻了一些，心情也平复了许多。他心有余悸地说：“以后不要再这样了，我都吓死了！”

九根笑道：“乖崽，不会有下一次了。”

大华擦干脸上的泪痕,紧紧挨着父亲坐着。患难见真情,经过此番波折,大华终于明白,关键时刻爸爸才是自己最亲近的人,为了爸爸他什么都可以舍得。他觉得胸口有点发热,情不自禁把头倚靠在父亲肩上。

九根长吁了一口气,缓缓地说:“大华,我以前跟你讲过,我十七岁的时候,你爷爷就走了,我独自一人支撑起一个家,一路走到了今天。”

大华显得很疲惫,有气无力地说:“你讲过好多回了。”

九根问:“可是,你晓得我今天为什么要再次给你讲吗?”

“不晓得。”大华靠在父亲肩头上,眯着眼睛不想说话。

九根说:“那时,你奶奶也去世了,家里只有我一个人。每到晚上关后门的时候,我都会很难过,独自一人坐在那里流泪。”

“为什么啊?”

“在以前呢,父母都在,虽然不是衣食无忧吧,但家里的事不用我考虑,父母都会替我考虑好。那时候也是年轻,不懂得这些,不知道父母在的时候是件多么幸福的事,有事没事还会跟父母顶顶嘴,抱怨这个抱怨那个。后来,父母都不在了,什么都要依靠自己,莫说耕田种地,就连洗衣服做饭、洗碗扫地这样的琐事一样都不能少。所以就特别怀念父母,怀念父母在世的日子。”

大华虽然眯着眼,听得却很认真。

“有一年的夏天,我和村里的几个小伙伴一起去玩,当时玩得太疯,都不记得要回家。我们在赣江里捉到几条鱼,又去别人家地里偷了几根黄瓜,几个人就一边烤鱼,一边吃黄瓜,吃饱了还躺在沙滩上睡觉,睡着了。醒来时都不知道几点了,我们急忙回家,走在路上一点声音也没有,我们都感到很害怕。我不敢走前门,就想从后门进屋,正走在后门的巷子里,突然蹿出一个黑影,在我面前晃了一下,又忽然不见了。我以为遇到了鬼,吓得尖叫起来。这时,你爷爷、奶奶吱呀一声打开了后门,看到是我,骂了我几句,又打了我几下,然后就把我拖进屋去了。”

“那时您多大?”

“也差不多你这么大吧,可能还比你小点儿。”

“那个黑影是什么?肯定不会是鬼,因为这个世界上根本没有鬼。”

“你还小,有些事情不要说得这么绝对。世界上有没有鬼,我也说不清。不过,那一次之后,我真的吓病了,浑身发烧,上下无力。你爷爷奶奶很是着急,两人轮流抱着我不肯放手,敷头的湿毛巾不知换过了多少次,就是不退烧。过了几天,我已经烧得满嘴起泡,老是说胡话。他们很害怕,就去找了个村里的神婆,俗话叫‘问神’。神婆问了情况之后,说是我在后门口遇到了邪气，被鬼魂吓着了，要帮我‘收吓’。”说到这里，九根笑了笑，说，“你肯定也会认为这是迷信，我当时也不相信。但是，你爷爷奶奶还是照着神婆的话做了，就在后门口点上了香，打了爆竹烧了纸，请神婆在那里念念有词。神婆念完之后，让你奶奶拿个竹耙在前面拖着走，边走边呼唤‘九根崽快跟我回来吧’，神婆就在后面又是抓又是撒，应着‘回来啦’。也真奇怪，请了神婆‘收吓’之后，我的烧马上退了，泡也消了，精神也恢复了，一点事儿也没有。”

“那是迷信，或者说是你们的心理作用，收不收吓都会退烧的。”

九根也不跟大华辩解，仍然沉浸在自己的思绪里：“那以后，不管我多晚回来，你爷爷奶奶都会轮流坐在后门口等着我回家，然后紧闩后门。我习惯了有他们守候、有他们闩门的生活，你爷爷奶奶走了之后，每当我走到后门口去关门的时候，小时候的情形便会浮现在眼前，眼泪就在皮下，经常一个人偷偷地哭。”

大华没有说话，紧紧依偎在父亲肩上。

九根轻轻抹了抹眼睛，看了一眼大华：“不管什么时候，父母对孩子的爱永远是无私的。不管碰到什么情况，父母总是不顾一切地呵护着孩子。从你爷爷奶奶去世后，我就晓得，这个世界上再也没有人可以依靠了，只能依靠自己。我必须挑起生活的重担，哪怕再艰难再凶险，也要迎难而上，没有退路，也决不后退。”

大华陷入了沉思。长这么大，头一回听父亲如此完整地讲述自己的过去，用朋友一般的口气诉说自己的人生。他很感动。他想起了前几天晚上父亲让他喝酒，他还以为只是好玩，可是他错了。也许，从那个时候开始，父亲就把他当作大人，当作朋友了。回想起在车站发生的那件事，他突然觉得很骄傲，觉得那是他头一回像大人一样去做一件事。因为他相信，要是换作父亲，他也一定会这样做的，而且会做得更加镇定，更加泰然。也许从这一刻起，他知道，自己真的长大了，该有些担当了。他的眼睛有些模糊，不敢去直视父亲，但是他发现，他对父亲更理解也更崇拜了。

走过了平坦的公路之后，汽车进入崎岖的山路。虽然两旁山峦连绵，白雪皑皑，但汽车行驶在起起伏伏的山路上，又颠又抖，几乎要把肠胃翻出来。大华无力欣赏沿途风光，使劲抓住前排座椅，尽量不让自己从座位上颠下来。

06 初出茅庐

卸完行李走出站，已是掌灯时分。冬天的黑夜来得早，才五点左右，就已暮色重重。也许因为天气寒冷，街面上已经很少有行人，晦暗的路灯像寒夜里的萤火虫，忽闪忽闪的，除了勉强可以辨明方向，根本看不清路上的行人和街道两旁的店铺名。

这里的气温似乎比家里的更低。父子俩站在出站口，几乎同时紧了紧衣服，防止寒风侵入。王九根左右看了看，带着大华来到县招待所，点了两个菜，每个人打了半斤米饭。吃饭的时候，父子俩商量，先找地方住下来再说。

九根见旁边坐着一位二十来岁的女服务员，长相清秀，正在嗑着瓜子。他起身走到服务员身边，打了个招呼，询问哪里有旅社可以入住，服务员笑着说："你们是外地人吧？"王九根点头道："我们是丰城来的。"

"哦，丰城啊？"服务员起身热情地指着旅社一侧，说："旁边是招待所的旅社，可以住的。"

九根向服务员道过谢，叫起大华，一起挑起糖担准备去旅社。服务员又问："你们是来换糖的？"九根答道："是啊！"服务员又说："以前也有丰城人来这里换糖，也在这里吃饭，也在隔壁住。"

九根觉得这个服务员人蛮热情，见她头上扎着一条黄色的橡皮筋，便从袋子里找出一条红色头绳裹着的皮筋，送给她："谢谢你小同志！这条皮筋更适合你，你扎上试试。"

服务员惊讶地看着皮筋，问道："你们还换这个？"

九根笑道："是啊。不光橡皮筋，纽扣、发卡、松紧带、顶针、尼龙袋……好多东西我们都换。"

服务员兴奋地问道："是吗？这么多？"她让王九根把装小商品的袋子打开一看，里面果然花花绿绿，琳琅满目。她开心地说："太好了，我也要换一些！对了，我有个同学在旅社那里，晚上正好是她值班，我带你们过去。"

九根很高兴，小声问道："多少钱一晚上？"

服务员也小声说："不知道。不过没关系，我那个同学的爸爸是县公安局的，可以不要钱。"

九根见服务员单纯朴实，便问："小同志，我姓王，请问你贵姓？"

“我姓罗，叫罗小莹。”服务员真是个真诚善良的姑娘。

九根向大华示意了一下，二人挑着糖担，跟着小莹走出食堂，来到招待所的前台。一个胖姑娘正在那里织毛线。

“秋萍。”小莹欢快地叫道。被叫作秋萍的胖姑娘愣了一下，马上站起来，把手上的毛线一扔，噘着厚厚的嘴唇说道：“你可来了，快教教我织毛衣吧。”

小莹把秋萍拉到一边，说：“等下教吧。这两位是来住宿的。”边说边指着九根父子。

秋萍职业性地沉下脸，冷漠地一伸手，说：“介绍信。”

九根早有准备，从内衣口袋取出一张皱巴巴的纸，小心摊开，双手交到秋萍手上。秋萍斜了一眼，又伸出一只手：“交钱。”

小莹忙扯了她一下，小声说：“人家是丰城来换糖的。你等下看看，他们有好多新鲜东西换呢，比我们这里的东西多多了，看看能不能关照一下人家嘛。”说罢，朝九根使了个眼色。

九根心领神会，故意把装着小商品的袋子口开得大大的，露出里面的各种小商品。秋萍见状，马上从前台里面奔到柜台前，两只眼珠直勾勾看着袋子里琳琅满目的小物件。

“这么多啊！”秋萍感叹道，“这么好啊！”

九根留心看了看，柜台旁边的值班表上写有“李秋萍”的名字，便不动声色地说道：“李同志看一下，喜欢什么尽管挑，我一定给你优惠。”

秋萍一气挑了十几样东西，双手都快要拿不下了，想了想，又放下一大半，只留下几件在手上，问道：“先挑这些，要多少钱？”罗小莹在一旁看了，直吐舌头。

九根估量了一下，那些东西在南昌采购的时候，加起来不过一块多钱，如果拿去换废品的话，起码要换十几块钱的东西。他笑道：“李同志要是喜欢的话，全部送给你。”

“真的啊？”秋萍深感意外，“全部送？”

九根肯定地说：“对，全部送。”

秋萍又弯下丰满的身体，找出五粒鲜艳的纽扣，问道：“那这些呢？”

九根又笑道：“如果李同志喜欢，也送给你。”

小莹看看王九根，又抓着秋萍的手说：“不会吧秋萍？你也太贪得无厌了！人家是来换糖的，又不是给你送东西的，你怎么能这样做呢？”

秋萍白了小莹一眼，大大咧咧地说：“不白送。我去所长那里开个条子，给他们开免费的房间。”又对九根道，“怎么样？说了不白送吧？”

九根微笑着点点头。

小莹又道:“那也不行。招待所是公家的,又不是你私人的,你不是以权谋私吗?再说,人家住一晚也就一块钱,你要了人家这么多东西呢。”

秋萍若无其事地说:“你怎么尽向着他们说话啊?什么以权谋私啊?他送东西给我,就说明跟我很亲。我亲戚来了,在这里住几天,又能怎么样啊?你家亲戚来了不让人家住的吗?至于住几晚,那是他们的事。要是想多住几天也无所谓,反正东西我已经收下了。”

小莹气得甩掉秋萍的手,站到一边去了。

九根忙不迭地点头道:“谢谢李同志!我们今天先住下来。要是明天不走的话,就还来麻烦李同志。”他又找出一只发卡和五粒同样的纽扣送给小莹,小莹坚决不肯收下。

父子俩住下后,九根特地带着大华到大街上去转了转,一是熟悉地理方位,二也是了解一下当地人情风俗。但大街上北风呼啸,极少见到路人,大华有点灰心。好在奉新的街道不多,只有一条主干道和几条狭小的巷道,没多久就转完了。

回到招待所,热水瓶是空着的,九根拎着热水瓶,到走廊的煤球炉上去上水。因为天冷,九根见招待所空无一人,干脆把煤球炉提到房间,这才稍稍有点暖和。

大华心里还有些不爽。回想着秋萍大大咧咧贪财的样子,他很不舒服,赌气不跟父亲说话。

九根并不计较大华的情绪。他一直盘算着这几天的行程,见大华一直不说话,便问道:“大华,是不是心里没底啊?怎么不见你说话?”

“不想说。”

“为什么?”

“不想说就是不想说,没有为什么。”

“既然不想说话,那就早点休息,明天出去好好换糖。”

次日早上吃饭的时候,又看到了罗小莹,小莹也看到了他们,不过小莹并没有和他们打招呼,而是自顾自地做着自己的事。吃早饭的人并不多,低头不见抬头见,大家的目光还是不可避免地碰到了一起。九根向小莹笑着点点头,小莹也勉强挤了个笑脸,马上又移开了。大华不敢看小莹,觉得父亲给人送礼是件很丢人的事。

饭后,九根把多余的行李卸下,匀了一些小百货给大华,分别告诉他各种商品的价格。大华一一默记在心里。二人轻装上阵,出了招待所的大门,略一辨认方向，便朝着大街，一路吆喝叫卖。

“叮叮笃，叮叮笃，叮笃叮笃叮叮笃！”“换糖喽，好香的糖！有鸡毛鸭毛鹅毛换个么？有脚（甲）鱼壳乌龟壳牙膏瓶子烂凉鞋废塑料换个么——”

纯粹的丰城口音虽然显得有些不合时宜，但依然嘹亮，吸引着县城居民的目光。九根愈发兴奋，吆喝道：

“换糖喽，好香的糖！恰（吃）得口里满嘴香，老人恰得眼放光！后生恰得会文章，妹几恰得更漂亮！快来换糖喽——”

九根走在街道的左侧，大华有意避开父亲，走到了街道的右侧。大华先是低着头走路，走了一段之后，觉得既来之则安之，便也敲起了糖铲，扯着稚嫩的声音吆喝道：

“换糖喽，好香的糖！有鸡毛鸭毛鹅毛换个么？有脚（甲）鱼壳乌龟壳牙膏瓶子烂凉鞋废塑料换个么——”

县城居民的目光更多地聚集在大华的身上，大华的脸涨得通红。

很快，便有沿街的居民拎来东西，与九根父子一番讨价还价之后随即成交，生意却也说得过去。

走到分岔路口，九根说：“我走南边，你走北边。一会儿认得回招待所的路吧？”

“认得！”经过几天的锻炼，大华已然适应了这种万众注目的换糖生活，回答得很坦然。他甚至巴不得和父亲分开，尝试用自己的方式去体验这种生活。

和父亲分开之后，大华挑着糖担，沿着北街一路行走一路吆喝。北街其实是一条小巷，宽度不足三米，沿巷居民把煤球炉甚至锅灶都移到了门口，巷道显得愈发狭窄。

“换糖喽，好香的糖！有鸡毛鸭毛鹅毛换个么？有脚（甲）鱼壳乌龟壳牙膏瓶子烂凉鞋废塑料换个么——”

大华路过居民门口的时候，有意停下来，多吆喝几声，以期房子的主人能够听见，能够光顾他的生意。

果然，从一间木壁房子里探出一位老太太的脸，问道：“你是干什么的？”

大华第一次出远门，对奉新方言还不大熟悉，不过从老太太的语气和表情上看得出，她似乎是在问自己是来干什么的。他指着糖担上的传盘，大声说：“您要换糖么？换小百货也行。”

“换糖？”老太太走出大门，走到大华身边，上下打量着，似乎不相信他这么年轻会做这个行当。

大华放下糖担，掀开传盘上的塑料，露出白花花的米糖，又翻开另一头的小百货，露出花花绿绿的各种小百货。

老太太明白了大华的意思，示意道：“你等下。”说罢，转身进屋。不一会儿，拿出几件废品，放到大华面前。大华问道：“奶奶，您是要换糖，还是换小百货？”

老太太说道：“糖也敲一点，让我小孙女尝尝。可不可以再换橡皮筋什么的？少给点糖也行。”大华想也不想便说：“好的。”先敲下一块糖，又打开小百货，数了几条橡皮筋，交给老太太。老太太尝着糖，点点头，竖起拇指说道：“嗯，好吃。”又问道，“后生，你是哪里人啊？”

“丰城。”

“丰城来的啊？”老人重复了一句，“丰城我晓得，好大的地方。”

大华问：“奶奶，您去过丰城吗？”

“没去过呢。”老人遗憾地说，“那么远的地方，我哪里去过？”

大华突然觉得，有人愿意和他搭讪，是一件很幸福的事，说道：“也不远，上午坐车，下午就到了。”

老太太喃喃说道：“说远也不远。可是，我去丰城做什么呢？”

大华也不知道如何接话茬，正打算挑担离开，突然从老太太屋里跑出一个长相清丽的小女孩，看年龄也就十一二岁的样子，手里还拿着一支铅笔。小女孩跑到老太太身边，问道：“奶奶，您在做什么呢？”

老太太举着手里的糖说：“换糖，给我的乖孙女儿吃。”她本想把手里的糖块掰开，可是糖块太硬，纹丝不动。大华笑着接过糖块，用糖铲分开几块，一块交到小女孩手里，剩下的还给老太太。

小女孩尝了一下，开心地说道：“真甜！”

老太太说：“小玉，吃了这块糖快去做寒假作业。等下你爸爸妈妈下班回来，又该说你了。”

小玉吐了一下舌头，说：“我已经快做完了，就是还有几个题目不晓得怎么做。”

老太太说：“不会做的等下问你爸爸吧。”

大华想到自己几天前还坐在家里看书复习，突然心里一动，问道：“可以拿给我看下吗？”

老太太问：“你也会做？”

大华笑道：“一般的作业都会做。”

老太太道：“好啊！小玉，快去拿你的寒假作业来，向这位小哥哥请教一下。”等小玉转身进屋，又说，“他爸爸也是半吊子水，读了几年书，还不一定晓得怎么做呢。”

小玉把寒假作业本拿出来，翻出几道空着的题目，递到大华面前。大华看了一下作业本封面，见上面清晰写着“四(1)班罗小玉”，知道这个女孩叫作罗小玉。他翻看那些空着的题目，都是一些很基本的习题，便一一向罗小玉解答。罗小玉不住地点头。

老太太高兴地说：“后生不错啊，什么都懂，谢谢你啦！”罗小玉也开心地说：“谢谢哥哥！”

大华莞尔一笑，道：“没什么。”正准备离开，老太太说：“小同志，你莫急，我晓得这些街坊哪家有破烂废品，我去帮你问问要不要换。”大华连忙称谢。

老太太沿着小巷挨家挨户敲门，跟房子主人嘀咕着，不一会儿，出来十几个人，一齐围在大华身边，七嘴八舌。

老太太说：“街坊们，这是丰城来的后生，来这里换糖的。他的糖可好吃了，还有好多新鲜的小百货，你们看我也换了这么多。你们家里有旧的不穿的凉鞋套鞋，不用的废铜烂铁，不要的鸡毛鸭毛牙膏盒，都可以拿来换。”

大华满心欢喜。本来就不善应付这种人多嘴杂的场合，没想到老太太帮他撑场。他笑着说道：“各位爷爷奶奶、叔叔阿姨，你们家有什么不要的东西都拿过来换吧。我的糖真的好吃不粘牙，吃了以后口齿留香，东西也便宜，可以自己挑。”

老太太继续鼓动道：“你们看这位后生多诚实，多懂事！人家也不容易，大老远从丰城来的呢。”见众人纷纷点头，又说道，“我没说假话吧？莫等了，快去家里找些东西来吧，留到家里也没什么用。”

众人果然听从老太太的提议，各自回家，找出大大小小五花八门一大堆废品，有的甚至把废旧铁锅也搬出来，放到大华面前。大华一一量物给糖给小百货，轮到铁锅时，有些迟疑。父亲说过，金属废品只能由收购部统一收购，私人收购的话抓住了罚款、没收，严重的还要坐牢。万一碰到小件铁器，可以夹藏在废品里时，可以顺带收一些，但大件的坚决不能收。大华赔着笑脸说：“对不起阿姨，这样的铁锅我不能收。”见顾主有些失望，大华的心里也颇觉不舍。

很快，一担箩筐已经装了一大半。大华很是高兴，第一次单独出门，便碰到老太太这样的好心人，帮他吆喝，帮他说话，这让他很是感动。他觉得应该好好感谢一下这位慈祥的老奶奶，见人们逐渐散去，又敲下一块糖，递给老太太。老太太推辞不要，大华则坚决要给。正推让间，一位姑娘翩跹走来，见二人你推我让，叫了一声：“奶奶！”又看着大华，狐疑地问：“换糖的，你在这里做什么？”

大华回头一看，却是县招待所的罗小莹，脸上涨得通红，小声说：“没做什么。”

老太太道：“小莹下班了？”

小莹道：“是啊奶奶，刚下早班。你怎么认识这个小换糖的？”

老太太道：“也是刚认识的。你莫这样说人家，他可是个很懂事的孩子。这不，我也换了些糖，还有几条橡皮筋呢，快，尝一下丰城的米糖。”

小莹说道：“我不吃，留给小玉吃吧。”

老太太又把橡皮筋交给罗小莹，小莹也不接。老太太便奇怪道：“你这是怎么了？好像跟谁怄气了？”

小莹笑道：“没有，奶奶。我是吃了饭才回来的，真的不想吃糖。您赶紧进屋去，把橡皮筋收好，别弄丢了。”

老太太转身进屋。罗小莹绷着脸说：“你怎么跑到我家来了？是不是李秋萍告诉你的？”

大华看到小莹的时候，马上想起了昨天晚上的事，红着脸说：“没有。我也不晓得你就住在这里，早上一出门，就转到这里来了。”

小莹冷笑道：“告诉你，我可不会像秋萍一样，受你们的腐蚀。”

大华争辩道：“我没有腐蚀你。”

小莹道：“就是腐蚀。你和你爸爸一起都不是好人，就是在这里腐蚀革命青年！”

大华本来也看不惯父亲和李秋萍那种交易，但这事并不是他的主意，心里觉得有些委屈，又不好当着罗小莹的面说责怪父亲，便红着脸说：“真的不是，我们没有腐蚀她。”

小莹不依不饶地说：“就是就是！小马屁精！”

老太太又出来了，罗小玉也跟了出来。见二人说话，老太太便笑道：“哎哟，你们聊上了？聊些什么呢？”

小莹笑道：“没聊什么呢。没什么事了，我们进屋去吧。”

老太太说道：“既然你们也认识，就请小同志到家里坐坐吧。对了，后生，你叫什么名字啊？”

大华看看小莹，不敢作声。小莹说道：“快说啊，奶奶问你叫什么名字呢。”大华这才出声说：“我叫王大华。”

老太太高兴地说：“既然大家都是有缘人。小王同志，如果不嫌弃，等下换完糖，就到我家吃晚饭吧。”

大华红着脸推辞道：“不用了不用了，我还要去换糖。”

小莹笑道：“奶奶，刚认识他，怎么就留人家吃饭啊？”

老太太道：“你这个孩子！你没看到啊？人家比你还小着几岁呢，这么小的年纪就在外面闯荡,多不容易！看你一天到晚嘻嘻哈哈的,怎么就不学学人家?”

小莹调皮地笑道:“那我也学他,去外面换糖怎么样?”

老太太虚打了罗小莹一下,说:“就晓得瞎说。我看小玉有些作业不懂,要向小王同志请教一下呢。”

小莹惊讶道:“他还会做作业?”又问大华,“你也读了书?”大华红着脸不答。

小玉道:“姐,刚才这位小哥哥还教了我做作业。”

小莹笑道:“不错嘛,还是读过书的人。谢谢啊!”又小声加了句,“小马屁精!”

大华一脸窘色,挑起糖担慌忙离去。

一天下来,收成颇丰。街道上路灯闪烁,人影稀疏,多数人家关起了大门,有的只留下一条门缝,等待出门的人回家。大街上飘荡着饭菜的香味,大华顿时感到饥肠辘辘,想到了满桌清香的饭菜。但他知道,只要人们还没睡觉,就还有换糖的机会。从小巷走上大街,又零散换了一会儿糖,听到后面传来父亲的吆喝声,便也故意大声吆喝,把糖铲敲得清脆嘹亮。快到招待所时,这才停下来,和父亲一起,进了招待所。两下里一对比,大华换到的废品居然比父亲还多。

次日,九根父子把收来的废品整理打包,在李秋萍的帮助下,存放在招待所的废弃仓库里。二人把剩余糖饼全部带上,出了县城,一路西行。

已经是腊月二十八,又恰逢立春。雪后未晴,又兼细雨霏霏,天气更觉寒冷。但大华并没有寒冷的感觉,反而显得很兴奋。有了头一天的经验,大华底气很足,信心倍增。

一路换糖一路西行。由于沿途村舍并不多,换糖的也少,大华颇觉有些泄气,肩上的糖担也觉得越来越重。

“爸,我们还是坐车到人多一点的地方去吧。”大华瓮声瓮气地说。

九根挑得多,也有点累,头上隐隐冒着热气,不时用衣袖抹汗。他喘了一口气,说:“不要急,慢慢就会有人来换糖了。”

大华不满地说:“你就是舍不得坐车的钱!”

九根边走边说:“不是舍不得钱。几角钱不是事,问题是我们没换到东西,还要花钱坐车,不划算。再说,我们是出来做什么的?不就是出来换糖吗?如果坐车,万一错过了生意,不就可惜了?”

大华小声道:“反正你怎么说都有理!”说罢,加快步伐,赶到了父亲前面去。

见公路旁有个大村庄，九根道："我们到那个村庄去看看。"

大华说："你去吧，我去那个村庄。"他伸手指向另一头的村庄。

九根顺着大华手指的方向看去，果然在树木掩映处，有一个更大的村庄，便笑道："好，我们分头去换。等下他们吃饭的时间就出来，我们还是在这里等，不要走散了。"

大华应了一声，二人分头而去。

依旧是走街串巷，挨家挨户吆喝。到午后，二人回到原地碰头时，都很失望，除了换到一些鸡毛和零碎的废旧塑料，收成并不多。二人决定先到一个集镇去，一来可以换糖，二来也可以找住宿的地方落脚。

二人继续顺着路走，前面不远，果然看到炊烟袅袅，人声喧闹，这里就是集镇了。

集镇的人口相对稠密，生活条件也较好，生意比较好做些。二人到了集镇，一边四处巷头巷尾转悠，一边留心旅社。果然看到几家旅社，一问，因为过年，旅社已经放假关门了。

二人无奈，只得继续寻找，眼看又近天黑，问到一户人家，是一对五十多岁的夫妇，几个孩子都在外面没回来，九根决定住在他们家。

"刘哥刘嫂，我们是丰城来这里换糖的，可以在你们家歇个脚么？"九根闯荡多年，颇有些经验，在了解了对方的姓名之后很客气地询问道。

刘哥有点为难地看着妻子，倒是刘嫂大方，热情地说："谁还顶着个房子出门啊？要是不嫌弃，你们就在我们家住下来吧。条件简陋，你们将就点就行。"

九根又谨慎地说："是这样的，我们可能要在你们家住一两天，我们会算钱给你们的。我们也带了些小百货，如果你们需要，给你们小百货也行。"

刘嫂客气地说："什么钱不钱的？又不是图你们的东西，尽管住吧，想住多久都成。我们的孩子都去了外地，房间空着也是空着……还愣着干什么，快进屋啊，外面怪冷的。"

进了屋，见堂屋中间摆着个火盆，火盆中木炭晓得旺旺的，比外面暖和多了。大华连忙把担子放下，搓了搓肩膀。王九根也把担子放下，把两副担子挪到墙边，尽量腾出一些空间。刘嫂让刘哥领去看房间，自己到厨房里弄饭去了。

"这是我儿子的房间。"刘哥说，"我儿子在福建当兵，已经七八年了，很少回来。"

九根细看时，才发现房间靠窗户的桌子上摆着一幅照片，是一个英俊的军装照，便讨好地问道：“那你儿子已经是军官吧？”

刘哥自豪地说：“已经当副连长了。”

九根不胜羡慕，高兴地说：“真好，真好！那我们就住这间，也好沾沾你儿子的官气。”

出了房间，刘哥又指着另一间房间说：“那边是我女儿住的。大女儿嫁出去了，小女儿分在省城的医院，说这个春节要值班，要晚几天才能到家。”

九根感叹道：“你们一家真好，个个都有出息。”

刘哥客气了一阵，让他们坐下歇息，自己到厨房帮忙去了。王九根仔细打量着，房子收拾得十分整洁，看得出刘哥刘嫂都是十分讲究的人，便看了看大华，示意他注意举止，不要随意。

大华也四处打量，注意力最后集中在墙面的一个相框上面。相框里，摆放着十几张大大小小的照片，有全家人的，也有单人的，还有一张是一群军人的。大华心想，这家人个个都很幸福，都走出了属于自己的路。而自己却不得不放下书本，跟着父亲出来，做这种乞讨似的营生，不禁有点自卑。

不一会儿，刘哥刘嫂已经准备好了饭菜，招呼王九根父子吃饭。刘嫂不安地说道：“随便吃点饭吧，都是随菜便饭，没有好招待，不要见怪啊！”

九根感激地说道：“说哪里的话，这样已经很好了。像我们这种四处漂泊谋生的，能有个落脚的地方，能吃上热饭热菜，已经很知足了。”

刘嫂笑道：“不嫌弃就好，快吃吧，我看你们都饿坏了吧？来，我们一起吃！”

吃过饭后，九根和刘哥刘嫂又聊起了天。通过聊天，九根了解到，这一带是山区，除了少量的田地之外，主要是依靠畜牧林业。这里养鸭养鹅的人很多，要是收鸭毛鹅毛的话，倒是很有市场呢。

次日就是除夕，为了尽量多收一些废品，九根父子商量了半夜，决定以刘家为基点，分头行动，换糖、换百货都可以。大华摩拳擦掌，决定使出浑身解数，大展一番身手，多收些废品回家过年。

起床后，在刘家吃了早饭，父子俩一个往西，一个往北，分头行动。刘嫂还特地叮嘱他们，记得早点收工，千万不要迷路。

大华走的是一条大路。走过几个村庄之后，虽然收到一些废品，但并不像想象中那么好，心有不甘，继续西行。

又走了几个村，眼看着家家户户门前已经贴上了春联，孩子们成群结队，听到哪里响爆竹就往哪里跑。他心里不禁唏嘘，要是在家，自己不也是这样吗？只可惜快乐的童年已经永远过去，自己的脚下，是一条迷茫而艰辛的路。但越是这样想，越是激发出他内心争强好胜的强烈冲动。来到一个

较大的村庄，大华在村庄禾场上摆开阵势。

“叮叮笃，叮叮笃，叮笃叮笃叮叮笃！”

大华悟性很高，已经能够熟练地敲打糖铲，两手配合得十分默契。根据这段时间的心得，在合上糖铲的一瞬间，他特地转动一下手腕，在“笃”上面合住手腕，与糖铲之间形成一个共鸣腔，发出沉闷而果断的声音。他觉得这样敲出来的声音既悠扬又清脆，虽然没有父亲老到，但也充满节奏感。

一些孩子听到敲击声，好奇地围过来。大华见有人围拢，便扯开喉咙大声吆喝道：

“换糖嘞！鸡毛鸭毛鹅毛、乌龟壳水鸡壳牙膏盒、烂凉鞋烂套鞋废塑料换糖！”

“换糖换百货！鸡毛鸭毛鹅毛、乌龟壳水鸡壳牙膏盒、烂凉鞋烂套鞋废塑料换糖换百货！”

大华把覆在米糖上的塑料布掀开，又把小百货也都全部摊开，还吹起了几个气球，张挂在竖立着的扁担上端。

很快，周围围上了十几个孩子，有男孩有女孩，看着白花花的米糖和百货，惊羡不已。

大华故意大声问道：“想吃糖吗？”孩子们齐声答道：“想！”

大华又问道：“喜欢气球吗？”孩子们又答道：“喜欢！”

大华便笑了笑，说道：“想吃糖、喜欢气球的话，就去家里找一些废品来换。”

哄地跑掉了五六个孩子。

一个小男孩指着五颜六色的气球问：“可以用钱买吗？”

“可以，两毛钱一个！”

男孩快速掏出两毛钱，大华挑出一个长条形气球，拉了拉，鼓起腮帮吹起来，扎好口之后，在手上随便扭了几下，把气球扎成蝴蝶状，交给男孩，男孩开心地跑了。其他男孩急得抓耳挠腮，有一个男孩便问：“我爸爸还没给我压岁钱，晚上才给，你晚上不走吧？”

大华知道，很多家庭都是吃过团圆饭之后才给压岁钱，便笑着说：“好，我不走，等你过来。”那个男孩欢呼一声跑走了。

一个小女孩怯怯地问道：“换糖的，你这些发夹、橡皮筋、纽扣也可以用钱买吗？”

大华痛快地说：“也可以啊！”女孩挑了几件小物件，把钱交给大华，也高兴地走了。

不一会儿，刚才跑开的孩子有的领着大人，有的自己拎着废品过来，要求换糖换东西。大华娴熟地交易着，忙得不亦乐乎。

紧接着，又有更多的人过来，很多是大人，有不少还是老人，都拎着大大小小的废品过来。大华一直忙到天色向晚，陆续有人燃放起爆竹，大华知道，这是他们在一起吃团圆饭。

这时，禾场上的人已经很少，除了几个孩子举着气球相互追打嬉闹，已经没有大人在外面了。糖担已经塞得满满的，糖饼换掉了好几块，小百货也连换带卖用掉了不少，大华觉得很满足。不过，看着空荡荡的禾场，想象着一家人其乐融融吃团圆饭的情形，却有点高兴不起来。

不知父亲回去了没有。他想。如果父亲回到了刘家，他有没有吃饭呢？吃些什么？是和刘家人一起吃还是单独吃？有没有给自己留一点？

大华的心里很是失落。眼看着生意清冷，他收拾好糖担，准备回去，突然想到曾答应过那个小男孩，觉得自己不能失约，让男孩失望。又一想，也许其他孩子也是这样，得到压岁钱之后还会过来买气球买百货，便又摊开百货，决定继续等下去。

果然，没等多久，那个小男孩气喘吁吁地跑来了，手里抓着钱，开心地说："我来了，我买个气球！"

大华会心一笑，挑出一个大红的长条形气球，吹好，扭成公鸡形状，等着男孩一手交钱一手交气球。

男孩大声说："我要买五个！"说罢，递过一块钱。

大华接过钱，把事先吹好的气球交给男孩之后，又一气帮他吹了四个，扎成各种各样的形状。男孩欢天喜地地跑走了。

又等了一会儿，陆续有一些男孩女孩跑来，有的要买气球，有的要买小物件。大华不停地收钱，不停地卖物件，不停地吹气球，倒也忙乎了好一阵。

眼看人渐渐稀少，大华觉得又累又冷又饿。由于长时间吹气球，嘴唇也似乎有些麻木，腮帮子酸酸的隐隐作痛。他决定收工回去。挑上糖担，身后空无一人，他独自行走在夜色中，努力寻找来时的路，可是由于忙乎了一天，他差不多把来时的路忘记了。一个人在路上来来回回倒腾了好久，这才好不容易找到了刘家。

九根也忙活了一天，担心大华久等，天一黑就回到刘家。一问，大华还没有回来。刘哥刘嫂只有两口子在家，年夜饭也吃得简单，不过还是特地煮了两大碗面条，请九根父子吃。九根饥寒交困，勉强吃完面条，时不时跑到村子外面的大路上看。眼看时间一点点过去，他心里十分着急，担心大华人生地不熟，是不是走丢了。刘哥刘嫂宽慰了多次，九根仍放心不下。眼看时间已近晚上十点，九根心如煎熬，刘哥刘嫂也慌了，找人借了几把手电筒，准备出去寻找。就在这时,大华满头大汗、神色慌张地踉跄着进来了。

“你跑到哪里去了?怎么这么晚才回来?”

九根虽然有点责备,但悬着的心总算落了地,刘哥刘嫂也放下心来,说:“你这孩子也真是,不晓得你爸有多担心呢。”

大华丢下糖担,喘了几口粗气,说:“我忙了一晚上,回来的时候又迷了一下路,所以这才……这才到家。”

刘嫂说:“快歇歇!给你煮的面条都结冰了,我去给你热热。”

大华听到“面条”二字,见刘嫂手上端着一大碗面条,赶快起身去接过来,抓起桌上的筷子,呼啦呼啦,没几下就吃进了肚子。刘嫂又心疼又爱怜,站在一旁不住地摇头,叹道:“这孩子……”

吃完面条,大华连打了几个饱嗝,朝父亲笑了笑,说:“舒服多了!”

九根眼睛红润,看着大华把面条吃完,抹了一下眼泪,喝道:“下回不准这样了!”大华从父亲的呵斥里,听出了一丝哽咽。

洗过脸泡过脚,九根父子早早进入房间。大华详细说了当天的情况,把口袋里的钱全部拿出来清点了一遍,居然有八十多块。一副糖担也是满满的,粗算一下,也能值四五十块。大华高兴得在床上连打了几个滚,自豪地说:“爸,我厉害吧?”

九根也很高兴,没想到儿子头一回出去,就收获这么大,而且对商品的价格、对废品的评价都很准确,真是大大出乎他的想象。他相信儿子是一块好料。他想到几天前儿子还说要读书要比赛的事,不禁有点心酸,要是儿子能够一直读书读下去,肯定能出人头地。他想,这趟回去之后,就不再让儿子出来换糖了,让他好好读书,好好参加比赛。自己再苦再难,不就是希望孩子们过得好,有出息吗?这么优秀的儿子,为什么不能满足他的读书愿望呢?

“不错不错,我九根的崽,当然厉害!”九根由衷地赞叹道。

大华又调皮地问道:“你今天换了多少?肯定没我多吧?”

九根笑笑,说道:“是啊,老子还不如小崽子呢。我今天也卖到了五十多块钱,糖担也装满了。”

大华激动地说:“爸,那我们明天再去换吧。今天好多都是小孩拿着压岁钱来买东西。其他村庄还没去,肯定还可以卖掉好多。我们明天再好好换一天,说不定比今天赚得更多。”

九根笑道:“明天肯定还要去,既然出来了,赶上了这么好的机会,连过年也在外面,不好好赚点钱也对不起你妈妈和你姐姐弟弟妹妹啊!”

大华内心涌起一阵感慨,懂事地点点头。

九根又说道：“不过，你不能再这样做了，你晓得我有多担心吗？”

大华笑道：“你放心吧，你崽不会走丢的。”

九根抬起手，做一个要打的动作，说道：“不行！你不听话就不让你出去。”

大华俏皮地把脸贴到王九根的手掌上，说：“你舍得打啊？你看你崽的脸都吹肿了，吹了几百个气球，现在还痛呢。”

九根轻轻揉着大华的脸：“大华，听爸的话，真的要记得回来，否则我真的不让你单独出去。”

“晓得了！”大华打了个呵欠，含糊说道，“我好累哦，要睡了。”

九根给大华拽好被子，把两人收到的钱压在枕头底下。二人抵足而眠，睡得很踏实。

大年初一这一天，九根父子俩再次分头外出，收获甚丰。到初二这一天，人们相继外出拜年，虽然有所收获，但毕竟不多。又挨了两日，到了初四，九根父子收拾好废品，告别刘哥刘嫂，回到县城。正好李秋萍也在值班，王九根很感激她的帮助，存放在这里的废品一动没动。大华突然很想再次看看罗小莹，跟她道个别，但招待所食堂关了张，罗小莹没有上班，只得作罢。又挨了一日，到初六日的下午，父子俩才满载而归。

07　飞来横祸

虽然这个春节过得并不完整，但是，因为九根和大华的回来，全家人还是很高兴。大华一改平日沉默寡言的性格，在弟弟妹妹面前口若悬河，炫耀此行的功劳。金娥只是低头帮着妈妈分拣废品，细华听得很是向往。银娥和小华只顾疯玩，哪里有心思过问这些？

分拣好废品之后，堂屋里已堆得满满当当，厨房和后间也堆了不少。看着堆积如山的废品，王九根心潮澎湃，这几年下来，历尽千辛万苦，总算胜利在握。他很高兴大华能够如此快速适应换糖的生活，并在种种磨难中快速成长，他相信只要假以时日，大华一定可以胜任更重要的事情，甚至比自己做得更好。他突然有了一种强烈的欲望，把这个换糖的产业做得更大。但是，眼前的形势肯定不容他这样做，又想起要让大华继续上学读书的想法，不禁有些怅然。

回来之后，陆续有些过去一起外出换糖的社员上门拜年，串门。九根担心来来往往的人太多,容易引起某些人的妒忌,在收购部刚刚上班的第一天,就一趟趟拉着这些废品去卖,大部分废品都卖掉了,只留下一些禁收禁售的废品,小心把它们藏了起来,准备待机出售。

到了正月十二,金娥的师父美莲喜笑颜开地登门而来。美莲开门见山,说是受了宝财的托付,正式前来说媒,问九根考虑得怎么样,希望九根接受这门亲事。

九根不听则已,听美莲说起这事,本来愉快的心情一下子跌入谷底。他很严肃地拒绝了美莲的好意,并说出了自己的理由:一是本姓不结亲的古训不能违,二是金娥的年龄与红卫的年龄相差太大,三是两家门不当户不对相差悬殊不合适。

美莲滔滔不绝说了一通,见九根毫不让步,只得灰溜溜而去。

古话说,事不过三。从宝财第一次以商量的名义提亲,到美莲接二连三受托前来,已经是第三次了。九根明白,宝财是铁了心要让金娥嫁给红卫,被自己再三拒绝,脸面已经撕破,凭宝财的为人,肯定不会轻易撒手,一定会找自己的麻烦。他不明白,为什么宝财这么执意要让金娥嫁给红卫?

从美莲上门提亲之后,金娥果然没有再跟美莲去宝财家做事。虽然秀莲和往年一样,带着金娥去给美莲送了年,但金娥似乎已经对做裁缝很抵触,十多天时间没碰过缝纫机了。美莲走了之后,金娥不敢和父亲对视,只是低着头默默做家务。

九根心里明白,这事不能怪金娥,因此看到金娥拼命做事的样子,心里也很难受,把她叫住,安慰道:"孩子,别怕,别往心里去,一切有爸爸为你挡着。"

话虽这样说,九根心里还是像十五只水桶打水,七上八下。他不知道宝财会怎样找自己的麻烦,甚至不知道见到宝财时,自己该说什么。

元宵之后,生产队开始打钟开工。开年后生产队没有什么具体的事,上工时男社员一般是集中在一起纺绳、修犁耙、准备一些生产资料;女社员大多是挑拣花生、黄豆,为开春后的春播春种做着各种准备。社员们三三两两来到队屋,话题中仍然是浓浓的年味,似乎仍然沉浸在过年的气氛中。九根心里藏着事,没心情闲聊,独自一人挑选着上好的稻草,用木槌使劲敲打。

福银悄悄走到九根身边,小声说:"九根哥,听说你过年那几天的收获很大,真后悔没有跟你出去。过年后还出去吗?如果出去的话一定叫上我!"

赣胜也凑了过来,附和着说:"是啊,也要叫上我。我听说大华也表现得很好,奉新的生意那么好做啊?下次也记得叫上我啊!"

九根微微笑了笑,不置可否。他抬头一看,见国华远远地躲在另一边,正与另外几个社员有一下没一下地槌打着稻草，还不时朝他这儿瞟一下，碰到九根的眼光时，马上又低下了头。九根心里有点瞧不起他。

福银神秘地说：“九根哥，听说宝财托美莲嫂子到你家说媒，被你拒绝了，是不是真的？”

赣胜瞪了福银一眼：“这样的事莫去瞎说。金娥怎么能嫁给红卫那个傻小子呢？”

福银撇着嘴说：“我也是这样想的。这不是癞蛤蟆想吃天鹅肉吗？就宝财家那小子，哪里配得上九根哥家的金娥！”

赣胜推了他一下：“那你还说？这话要是传到宝财的耳朵里，要你吃不了兜着走！”

福银连声说道：“是是是，我再不讲了。”

九根知道，纸是包不住火的，宝财托媒之事肯定已经在村里传得沸沸扬扬，从这几天人们看他的眼神就可以知道，只不过慑于宝财的权势，很多人不敢说出来罢了。他暗中猜测，宝财肯定会对他采取报复行动。

正在九根胡思乱想时，生产队长急匆匆过来，附在九根耳畔说：“九根，你快到大队部去走一下，有人找你。”

九根心里咯噔一下，已经猜到了几分。不过自己并没有什么把柄落在宝财手上，宝财会怎么对付自己呢？还没琢磨出一个所以然，就到了大队部。推开大门时，见办公桌一边端坐着四人，其中两位警察、两位干部模样的人。大队支书王宝财打横坐在一侧。五人听到推门声，一齐朝九根看来，目光如炬，令九根不寒而栗。

怎么还有警察？九根脑子里一阵空白，好不容易镇定下来，狠狠地瞪了宝财一眼，然后做了个深呼吸，赔着笑脸，问道：“是找我吗？”

宝财严肃地说：“就是找你，坐那儿吧。”

九根顺从地走向宝财指定的位置，坐到了办公桌的另一侧，与两位警察、两名干部面对面。

“你就是王九根？”

身穿藏青色中山装的干部威严地问道，同时向旁边身穿深灰色中山装的年轻干部示意了一下，年轻干部马上摊开笔记本，掏出钢笔，做出记录的样子。

“是。”九根小心地答道。

藏青色中山装清了清嗓子，说道：“我是县工商局的毛科长，这位是朱主任。那两位是公安局的陈科长和李队长。”

九根起身弯腰，逐一点头打招呼。

毛科长紧盯着九根，严肃地说道："我们接到群众告状信，列举了你投机倒把、收购违禁物品、破坏农业生产的罪行，特地来向你做一个调查。希望你明白坦白从宽、抗拒从严的政策，如实交待自己的罪行，不要有所隐瞒。"

九根的脑子嗡地响了一下。这三条罪状，任何一条都能让他身陷牢笼，无法翻身。他不知这些罪状从何而来，怨毒地看了宝财一眼。他知道，这一切都是宝财的阴谋诡计，是对他的报复。

"我冤枉！"九根痛苦地呻吟了一声。

公安局的陈科长喝了一声："老实点！"

毛科长说道："你先不要叫冤，我们一条一条核实。首先是投机倒把的问题，你有没有利用换糖的机会，从南昌买一些小百货，然后拿到外地去卖？"

"有。"九根如实答道。

毛科长点头道："你是严重的投机倒把的违法犯罪行为，是资本主义尾巴，必须打击，必须割掉！既然你已经承认了，那我问你第二个问题：你有没有收购违禁物品？"

在当时的时代背景下，所有的金属类物品，都是由供销部门设立的废品收购部统一收购，任何个人都不得进行收购和买卖。九根当然很清楚这个政策，他多次侥幸地收购过一些金属类废品，都是零散地跑到很远的收购部去卖，尽量避免让熟人知道。当然，村里有过换糖经历的人大都收过一些金属废品，大家都是乡里乡亲，虽然相互知根知底，但谁都不会往外说。没想到，这样的事还是被人告发，他再次想到这肯定还是宝财做的手脚，瞥了宝财一眼，见宝财表情冷漠。他小声地说道："没有！"

"没有？"毛科长厉声说道，"难道是别人诬陷你？告诉你吧，刚才我们已经到你家搜过，搜出了大量证据，你朝那里看一看。"

顺着毛科长的手指，九根朝墙角看去，见那里堆放着一些铁锅铁犁钢筋铜壶铝线之类的金属废品。他一看就知道那些都是从自己家里收来的，有些后悔没有藏好或早点处理掉。

毛科长问："认识吗？"

九根弱弱地答道："认识。"

毛科长又问："是不是你收来的？"

九根不得不承认："是。"

毛科长缓和了一下表情，说道："这是严重的挖社会主义墙脚，是必须严厉打击的行为。现在问你第三个问题，你有没有带头破坏农业生产？"

九根莫名其妙地说:“没有啊!”

“没有?”毛科长冷笑道,“去年秋天,天气干旱,晚稻分蘖受到严重影响。为了确保晚稻丰收,县革委专门下发了针对抗旱保苗的文件,公社、大队也都开了动员大会,布置了抗旱保苗的工作,要求所有社员全部上工,挑水浇灌。可是,你不仅在这个关键时刻选择出去换糖,而且怂恿带走了大队里好几个壮劳力,严重影响了晚稻浇灌,致使晚稻歉收。你说,你这种行为造成了恶劣的影响,不是破坏农业生产是什么?”

九根哑然。他出去换糖时,干旱现象已经很严重,肩挑手扛无法从根本上解决灌溉问题。而且,他出去时,也是向生产队、大队报告过的。再者,别人出去换糖是别人的自由,怎么能说是怂恿呢?他不知如何争辩,无力地抗辩道:“我冤枉!”

毛科长目光凌厉地看了一下宝财,说道:“支书同志,既然王九根同志不肯承认犯罪事实,那么请你来回答一下,我刚才说的是不是属实?”

宝财赔着笑说:“毛科长,各位领导,我觉得最后这条吧,有点说重了。虽然王九根同志没有参加抗旱保苗劳动,但的确是经过了生产队和大队允许的。我们也就是想,既然灾害已成事实,不如让社员们都出去搞点副业,把赚到的钱交到队里,多少可以解决一下实际困难啊!”

“支书同志,请注意你的政治立场!”毛科长威严地说,“群众的眼睛是雪亮的,你不要在这里包庇王九根了。是非曲直,已经调查得非常清楚了。朱主任,都记好了吧?”

“记好了。”朱主任利落地回答。

毛科长看了看记录,把记录本丢到九根面前:“在上面签个字吧。”

九根说道:“我不签,我冤枉。”

毛科长看了看两个警察,两个警察会意,马上起身走到九根身边,一左一右按着九根的头,逼着他看记录。九根大声叫道:“我冤枉!”

站在右边的李队长喝道:“快签!”九根无奈,歪歪扭扭写下自己的名字,又在警察的强制下按下了指印。

毛科长吹了吹刚按下的指印,嘲弄地看了看九根,又把笔记本递到宝财面前,说:“支书同志,也请你签个字,盖上大队革委会的公章。”

手续履行完毕,毛科长得意地起身,朝两位警察示意:“带走吧。”两位警察掏出锃亮的手铐,把九根双手铐上,带出大队部,众目睽睽之下,把九根塞进停在门口的吉普车,拉响警笛呼啸而去。

九根被捕的消息,马上就在整个龙洲村传开。大家起初不知道发生了什么事，后来有人猜测，可能是因为九根换糖的生意做得太好，被当成“割资本主义尾巴”的对象。一时人心惶惶，议论纷纷，担心自己受到牵连，每天提心吊胆。也有一些人认为，这一定是支书宝财提亲不成对九根打击报复，后来这种猜测成为舆论的主流，大家虽然表面上不敢说，但私下里都对宝财的做法深感不满，觉得他做得太缺德，大家乡里乡亲的，真是“相煎何太急”啊！

消息很快传到了秀莲和孩子们的耳朵里。秀莲先是如雷轰顶，一阵昏厥，被孩子们七手八脚弄醒之后，坐在地上哭天号地，金娥、银娥、小华也在身边哭成一团。

细华哭了一阵，咬牙切齿地骂道：“宝财这个王八蛋，我……我……我要杀了你！”说罢从门背拿起扫帚，拨出木棍，便要冲出去。大华一把抓住他，喝道：“你打得赢他吗？”

细华恨恨地说道：“打不赢也要打，我一定要杀了这个王八蛋！”

大华夺过木棍，丢了一边，喝道：“好了，别闹了！”秀莲也哭着劝道：“你莫去闹了，你要是再出点事，那可怎么办？”

细华恨得两眼冒火，怒气冲冲地站在一旁。

大华说：“我们虽然打不过他们，但也不能便宜了红卫那小子。对，我们就拿他出气。”

细华忙问：“你说，我们怎么对付他？”

大华沉吟道：“我们等下就这样……”

当晚，村里在祠堂门前的禾场上放映露天电影。看完电影后，大华和细华二人提前来到红卫回家必经的小巷道，在巷口的拐弯处拉起一条绳索，兴奋地等待着。

不久，一个高挑个的青年左摇右晃地走来，嘴里还哼着电影里的小曲儿。他就是王红卫。红卫走到巷口停下来，寻思了一会儿又折返。大华和细华二人有点失望，解掉绳索回到家门口时，却见红卫居然站在自己家门口朝家里眺望。细华一看，气不打一处来，想要冲上去，却被大华拖住。大华小声说道：“你要干什么？”细华说：“他又在偷看大姐，我要去打他。”大华说：“你这么小怎么打？”细华生气地说道：“那你说怎么办吧？”大华也不说话，从地上捡起一块砖头，瞄准红卫，用力砸去，然后拉着细华便跑。

石头正砸中后肩，红卫恼羞成怒，回头看时，却不见人，破口骂道：“哪个王八蛋砸我？”说罢便朝着逃跑的脚步声追去。追了一阵，什么也没追上，便觉索然无味，闷闷不乐地朝家里走去。

刚走到巷口，被不知什么东西绊了一下，身体失去重心，扑通一声摔倒在地。正要爬起来，从两边蹿出一高一矮两个黑影，一人拿着一根木棍，便朝红卫打去。红卫还不知哪里来的事,便劈头盖脸挨了一通闷棍,气得哇哇乱叫:“是谁啊?你们是谁?有种就说出你们的名字来,跟老子面对面干一仗,老子要是怕你们,就不是爸生娘养的!”

打了一顿,两个黑影正要逃逸,被红卫伸手一抓,便抓住了小个子黑影的脚,又用力一拽,把小个子拽翻在地。红卫翻身起来,扑向小个子,挥拳便打。大个子黑影连忙回身,用力去推红卫,无奈势单力薄,推他不动。小个子被按在地上,头上、脸上、身上连吃了几记拳头,急得连忙叫道:“哥,快用棍子打他!”

红卫听到声音,停住暴打,狐疑道:“你是细华?”大华趁机用力朝红卫背上打了一棍,王卫红身子一歪,倒在一边,嘴里说道:“大华……”

大华拉起细华,扭头便跑。回到家时,二人躲进房间,细华这才感觉脸上身上麻麻的,有点痛。大华点上煤油灯照着,见细华鼻子正在流血,脸上也是青一块紫一块的。二人不敢声张,胡乱扯了几块破布条,把血渍擦掉,心里仍扑通扑通乱跳。

镇定了一会儿,细华小声说:“这件事谁都不准告诉妈妈!”大华责备道:“都怪你太笨,否则我们跑掉了,红卫那个小王八蛋就不晓得是我们了。现在好了,即使我们不告诉妈妈,红卫也会告诉他爸爸,明天他们肯定会上门来兴师问罪的!”

细华非常紧张,忙问:“那怎么办?”大华想了想,说道:“还能怎么办?兵来将挡,水来土掩,宝财那个老王八蛋陷害咱爸,我们也不能任由他欺负,大不了把我们一家人都抓去坐牢!”

二人嘀咕了半夜,才勉强睡着。细华不时发出怪叫声,显然是做噩梦了。

第二天一早,大华就起了床,装着若无其事的样子,帮着扫地,整理东西。细华多睡了一会儿,鼻子虽然没流血,但脸上的瘀青还在,便故意低着头走路,刻意避开众人的眼光。

吃饭时,秀莲发现了细华的异常,喝骂道:“细华,你又在哪里捣蛋,脸上青一块紫一块的?”

大华低头吃饭,细华掩饰道:“不是……是……昨天夜里看电影回来,不小心摔了一跤。”

秀莲用筷子虚敲了一下,骂道:“一看就不是个省事的东西!你爸爸刚出事,可不许胡来!”

细华低着头不敢说话。大华放下筷子,低眉顺眼站起来说:“妈,对不起,我们惹事了。”

秀莲惊问:“惹什么事了?”

大华嗫嗫地说:“我们昨天晚上跟红卫打架了。”

细华抢着说:“谁叫宝财那个老东西陷害我爸!”

大华继续说:“他昨天晚上看完电影以后,还跑到我们家门口,偷看……”他瞥了金娥一眼,小声说,“偷看金娥。”金娥马上羞红了脸,将头扭向一侧。

秀莲气得把碗筷往桌上一推:“你们也是……你们……唉,这日子怎么过啊!”

一家人马上陷入了沉寂。男主人刚刚被抓坐牢,孩子们就惹出这样的事,一家老小除了小华之外,每个人心里都清楚这意味着什么。不用说,王红卫肯定会去向他父亲告状,而那个一手遮天的宝财,看到爱子受到如此屈辱,哪里会放过他们?

沉默半晌,大华说:“妈,对不起,这件事是我的主意。我现在就去他家认个错,要杀要剐随他的便!”

细华抢着说:“不行!这事主要怪我,要去也是我去。”

秀莲叹气道:“你们都莫争了,事已至此,要怪就怪我们的命不好。现在你们的爸爸还在牢里,你们要是再有个什么事,我怎么向他交代?我看哪,这事的源头还是因金娥而起,看样子只好答应他们家的提亲,才能放过我们一家,才能把你们的爸爸放出来。”

大华和细华异口同声地说:“不行,不能让大姐嫁给那个小王八蛋!”

大华咬牙切齿地说:“我现在就去他们家承认错误。反正我也不想读书了,他们即使不放过我们家,我们也决不能服软。只要不去坐牢,我就出去换糖,我跟爸爸去过很多地方换糖,晓得怎样做才能多赚到钱。”

细华说道:“我也去换糖!”

小华不知道发生了什么事,听两位哥哥都说要去换糖,也奶声奶气地说:“我也要去换糖。”秀莲气得在小华屁股上打了一巴掌:“你也给我添乱!”小华委屈地哭了。

秀莲流着眼泪,说:“你们哪个也不要出去换糖,都在家给我好好待着。金娥,这事就只能委屈你了。你是家里的老大,做的事多吃的苦多,也懂得大人的难处。要是你不肯答应,他们肯定不会放过我们一家人,你爸在牢里就更不晓得什么时候能出来。”

金娥一直没有作声,听到母亲如此说,又见母亲眼巴巴地望着自己,紧咬着下唇,用小得不能再小的声音说:“我全听妈妈的。”秀莲一听,紧搂着金娥哭成一团。

大华恨恨地说:“你们去向他家屈服吧,反正我不管。我不读书了,现在就去准备糖担,明天就出去换糖!”

08　被迫允亲

秀莲以为大华说的是赌气话,并不在意,心里只惦记着宝财能放过自己一家人,同时通过他在上面的关系把丈夫早点放回来。她马上就出门去找金娥的师父美莲,央她去找宝财,转达自己的意思,同意把金娥嫁给红卫。

美莲听了秀莲来意,笑得合不拢嘴,连声说道:“好好好!早这样说不就完了吗?你们两家虽然算不上是门当户对,但也是珠联璧合啊!你看啊,你们家的人都很勤快,又聪明,又能干,特别是金娥这孩子,心灵手巧,做什么像什么,说百里挑一都委屈了她,简直是千里挑一、万里挑一的姑娘!宝财家吧,就更不用说了,在上面人面熟,省城也有关系。红卫这孩子长得是一表人才,又是宝财的独子,掌上明珠,金娥嫁到他们家,能让她吃苦吗?当姑奶奶供起来还来不及呢……”

秀莲无心听她瞎扯,担忧地说道:“她师父,您就别把我家金娥吹上天了,我其实还有一个事,是想请宝财支书帮忙的,就是我家九根的事……”

美莲一听,忙应和道:“就是啊!九根也不知得罪了什么人,落到这样一个结果。不过你放心,这不还没判吗?只要你家和宝财支书家结上了亲,就是一家人了,一家人哪能不帮忙的?就凭他在上面的路子,说个情帮个忙那是一句话的事。你放心,包在我身上!”

讨了金娥八字,送走忧心忡忡的秀莲后,美莲就乐滋滋地往宝财家去了。

刚走到宝财家门口,就听到屋里有呵斥声和争吵声。美莲愣了一下,不敢造次,停下脚步静听,听到宝财大声说:“这还了得,竟敢暗箭伤人,把我儿子打成这样!快告诉我,到底是谁干的?”

另一个声音说:“我也没看清,就晓得有人在后面偷袭了我。打了一下以后就跑掉了。”是红卫的声音。

宝财气呼呼地说:“要查!要严查!把暗藏在村里的地富反坏右分子彻底查出来!”

红卫劝道:“爸,没事,真的没事。打得又不疼,就跟挠痒似的,您就放心好了。”

另一个女人的声音也加入了争吵的行列，是宝财的妻子杨丽华。丽华啜泣道："我早说了，叫你做事留点后路，你就是不听。你去外面听听大家怎么说的，说你提亲不成，诬告陷害九根。都是乡里乡亲的，你叫我怎么出去见人？还有你红卫，平时叫你安分点，认真本事学点好。你可好，成天吊儿郎当游手好闲，跟过去的浪荡公子有什么两样？"

杨丽华是大队小学的老师，平时就很看不惯丈夫作威作福的样子，却也拿他没办法。眼看儿子红卫又如此玩世不恭，与丈夫一般的德性，也是莫可奈何。她平日里极少与宝财说话，闲暇之余，只看看书，侍弄一些金鱼花草打发无聊时光。这次见红卫被人暗算，也是又气又急，一把无名火发在宝财身上。

宝财怒道："你一个妇道人家懂什么？这叫什么？这叫'阶级斗争'！阶级斗争是纲，纲举目张，我们绝不容许有人搞破坏！必须把这些阶级敌人揪来，斗争他，打倒他！"

丽华不屑地冷笑道："斗争？打倒？哼，就这样胡闹下去，粮食也不够吃，人也要饿死了，拿什么去斗争？"

宝财瞪着一双讶异的眼睛，说道："你……你这种思想有很严重的走资派的倾向，非常危险！到外面可不能这样乱说！"

丽华冷笑一声，傲然扭过头去。宝财对儿子说道："红卫，你再仔细想想，还记得那两个人的背影么？只要你说出个大概轮廓来，我就可以排查出来。快，仔细想想！"

红卫挠着头说："真的没看清，就晓得是一高一矮两个人，他们的背影我也说不清。"

宝财沉思片刻，突然兴奋地说："一高一矮？难道是九根家的大华和细华两个小崽子？"

红卫使劲摇手说："不是不是！不是他们！"

宝财紧紧盯着红卫，像是想从他的脸上寻找蛛丝马迹："不是他们？那会是谁？"

"爸，您就别查了！我都说了没事没事，您为什么要没完没了地追问下去呢？您不晓得，现在我出去，人家都不愿理我了，害得我在村里也做不起人。"

宝财看看红卫，又看看丽华，叹了口气，说："你们啊，一个个都是没头脑的人。你们也和大队里的社员一样，把九根的事推到我头上，你们真的以为是我在整他害他？唉，不跟你们说了！"

听到屋里争吵声降了下来，美莲这才整整衣襟，满脸堆笑地进门，叫道：

“哎唷唷,你们都在啊?”

宝财一家人见是美莲,便都调整了表情。宝财背着手走到美莲面前,问:“金龙屋里的,有事啊?”

美莲笑道:“岂止是有事?是有大事,有大喜事!今天一早,我还没出门,就听到门前梧桐树上喜鹊叽叽喳喳叫个不停。我一想,今天莫不是有什么喜事?左寻思右寻思,没想到还没出门,你们猜怎么着?喜事真的找上门来了!”

宝财皱着眉,不耐烦地说:“有什么事快说吧,莫在这里叽叽嘈嘈的。”

美莲愣了一下,马上又满脸堆笑地说:“哎哟,我们的大支书还不高兴哩,等下我一说出来,保准您要乐得合不拢嘴哩。”

宝财背着手走到一旁去。丽华迎上去,对美莲说:“他婶子,莫理他!你快说说,到底是什么好事?”

美莲故意不说,走到红卫面前,从头到脚,又从前到后看了一遍,这才回到丽华面前,拍着手说:“杨老师哎,我就说吧,红卫这孩子天庭饱满,地阁方圆,是个有福气的相。这不,想什么来什么,他的喜事来了!”

丽华问:“他婶子,你就莫卖关子了,快说,到底是什么事?”

美莲一字一句地说:“秀莲答应金娥和红卫的婚事了!”

“什么?”宝财、丽华、红卫三人几乎异口同声。

美莲重复了一遍:“……你们是不晓得啊,上次受了你们的托,我是左一次登门,右一次登门,又是找秀莲又是劝金娥,好说歹说,人家总算同意了!”

“真的吗?”宝财、丽华、红卫三人又同时问。

美莲眉飞色舞地说:“那还能有假?我是得了准信,秀莲前脚刚从我家离开,我后脚就过来报信了。你们说,这不是喜事?是不是大喜事?”

红卫抓住美莲的肩膀,激动地说:“婶子,这是真的吗?金娥她也答应了?”

丽华拖开红卫,嗔道:“这么大个孩子,矜持点,懂点礼貌!”又对美莲说,“秀莲和金娥她们都答应了?”

“答应了,答应了!秀莲刚从我家走,不信你还可以亲自去问她。”

丽华欢喜地说:“果然是好事、喜事!说心里话吧,我是真心喜欢金娥这孩子,从小在我班里读书,一直到五年级都是我教她。不管教什么都是一教就会,不用教第二遍。人又乖巧懂事,从不跟大人顶撞。这一回算红卫没看走眼。真是谢谢你啊,他婶子!”

红卫双手紧绞在一起,激动得在屋里转了几个圈,说:“真是太好了,金娥她答应了!我……我这就去找她去!”说罢,撒腿便要出门,被宝财喝住后,这才乖乖退到一侧。

宝财紧锁双眉,踱到美莲面前,怀疑地问:"你是说,秀莲是主动到你家来说的?"

"是啊!"

"除了说这事,是不是还说了别的事?"

"是啊!"

宝财还是不大相信,又问:"她是不是说,想让我放过九根,让我去托关系找人帮忙,让九根早点出来?"

美莲脱口说道:"是啊!"她脑子转得飞快,马上堆笑道,"这也是情理之中的事啊!您想想哈,金娥要是嫁给了红卫,你们两家就是亲家了。亲家的事,还不跟自己的事一样?您在外面路子广,关系熟,随便找个人说说,九根不就放出来了?"

宝财气愤地说:"扯淡!胡说八道!都把我宝财当成背地里要阴谋诡计的小人了!你滚,快给我滚出去!"

美莲愣然站在原地。丽华挡在美莲面前,质问道:"你怎么说话呢?俗话说举手不打笑脸人,何况人家美莲是来替红卫说亲的,你怎么能这样对人家?"红卫也紧紧拉着美莲的胳膊,生怕她一气之下出去,自己与金娥的亲事就谈不成了。

宝财见形势一边倒,气得直跺脚,重重地呼了几口气,指天发誓道:"我宝财要真是那个告状的人,天打五雷轰,不得好死!"

丽华冷笑道:"可笑!还跟小孩子一样赌起咒来了。你以为你赌个咒,别人就相信你的话了?你不是常说,'群众的眼睛是雪亮的'吗?你到外面去看看,去听听,群众都说了些什么,心里是怎么看你的。"

宝财气呼呼地来回走了几步,停下来对丽华说:"好了,我不说了,我不跟你争了,行了吧?这事你们看着办吧,我是没这个能力去帮他说情了!"

美莲赔着小心说:"支书,支书,您快请消消火吧。咱也没说是您写的告状信,人家秀莲也没这样说啊!不过,如果您不去帮忙说情,红卫和金娥这事恐怕就……"她拿眼睛瞟向红卫。

红卫一听,心下大慌,忙求道:"爸,您别生气了!就算这事与您无关,但九根叔是金娥的亲爸,是我未来的丈人,您就发发慈悲帮帮人家吧!"

宝财摇头叹道:"作孽啊!我宝财虽然算不上什么英雄好汉,但是我也是有党性、讲原则的人,你们怎么就这么不理解我,专把我往坏处想呢?"

丽华冷笑道:"你是什么人,你自己心里清楚,没必要往自己的脸上贴标签。再说,人家金娥她娘也没说怪你,他婶子也没说你怎样,你干吗要'此地无银三百两’，在这里给自己辩解？”

宝财怒喝道：“你少在这里咬文嚼字！好像就你读过书，别人都是睁眼瞎似的！我贴什么标签了？辩解什么了？告诉你，我不做亏心事不怕鬼敲门，管别人胡说什么！”他看看可怜巴巴的红卫，转了口气，说道：“不过，一码归一码，既然秀莲答应了把金娥嫁给红卫，又托金龙屋里的来求情，我就舍下我这张老脸，去找找人说说看。话说回来，我说的话管不管用，人家听不听，我就作不得主了。我尽人事听天命，这样行了吧？看你们一个个的！”

红卫回嗔作喜道：“谢谢爸爸！”

美莲的脸也马上由阴转晴，笑道：“我就说嘛，支书是个通情达理的人。只要您一出马，就没有办不成的事。看样子，我这媒人是当定了，就等着喝红卫和金娥的喜酒了！”

宝财说道：“话也不要说得太满了。我说了是尽人事听天命，不能打包票。公安局又不是我开的，我说放就放？不过吧，九根这事也真有点冤，我尽量帮他澄清一些事，看看能不能有点转机。金龙屋里的，你回去告诉九根屋里的，桥归桥路归路，我们两家结亲是一回事，九根的事是另外一回事，让她莫掺和到一起去。”

美莲喜道：“晓得晓得。那这样吧，找个时间你们和秀莲一起商量商量，怎么个定亲，怎么个请客做酒。”她拍了一下脑袋，从衣袋里掏出一张红纸，说道：“哎哟，你看我这记性！这是金娥的生辰八字，你们好好收着，找个算命先生好好合一合。”

宝财接过红纸，约略一看，便小心折起来，递给丽华。

丽华客气地谢道：“他婶子，真是劳烦你了！刚才的事你也莫往心里去。红卫和金娥的事还少不了要继续费心，请你多担待些。”

美莲说道：“说哪里话？这是天大的喜事，有什么劳烦不劳烦的？杨老师您就放心吧，这事包在我身上。”见宝财脸上仍有不快之色，便想早点脱身，“那就这样说了，我家衣服还浸在水里呢，要赶快回家去洗出来。我这就走了啊。”不等宝财和丽华答应，转身便走。宝财、丽华、红卫一直送到门口。

这个时候，秀莲一家人已经乱成一锅粥。

虽说金娥同意母亲的意见，但毕竟是终身大事，又是迫不得已，因此，当听说母亲已经正式跟美莲说过之后，金娥还是伤心得失声痛哭。秀莲好劝歹劝，金娥依旧抽泣不已。

大华本来就裹着一肚子火，故张声势地准备糖担，见母亲回来说起提亲的事，更是去意已决，任凭秀莲如何劝说，就是不听。

细华一会儿信誓旦旦说要把红卫杀了，一会儿又说也要辍学跟着大哥出去换糖，不停在大哥和大姐面前煽风点火。秀莲又急又气，根本无法招架这种阵势。

“你们好啊，一个个的都不听我的，想气死我是吗？”秀莲没奈何之下，独自坐在小凳子上，一边哭一边抹眼泪，“我这不都是为了这个家，为了你们的爸爸吗？”

大华丝毫不为所动，继续准备着糖担。细华默默跟在大华身后，帮着收拾东西。金娥的啜泣声小了，不敢让母亲听到。只有小华少不更事，拿着换糖的槌子和糖铲，房间、堂屋里敲来敲去。

秀莲哭了一阵，夺过小华手上的槌子糖铲，狠狠掷在地上，一个人提着一大桶脏衣服出去了。银娥乖巧，一直没有作声，此刻忙跟着母亲出去洗衣服。小华不知道发生了什么事，本来想哭，见母亲出去，没有撒娇的对象，只得作罢。

大家群龙无首，闹得也没劲，便各自散去。

这一年，金娥刚刚踏入十八岁的门槛，大华十五岁，细华十三岁，银娥十岁，小华六岁。他们正经历着来到这个世界以后第一场巨大的考验，从来没有过类似的经历，不知道如何去面对。他们年纪太小，而世事又太复杂，幼小的心灵如何去承载这生活的重负？

09　负气出走

都说春寒料峭。烟灰色的江南遭遇了数十年来最寒冷的“倒春寒”，门前的各种树枝树叶上面挂满了晶莹剔透的冰花。池塘里冻得坚固异常，几只鸭子在冰面上行走艰难，不时打滑摔倒。地面上倒结着刀一样锐利的冰碴子，穿着普通的球鞋套鞋踩在上面，一不小心就被划出一道深深的口子。

经过苦口婆心的劝说，大华去意不改。秀莲只得大早起来，给他做了一碗热气腾腾的挂面，碗面上覆着两个刚煎熟的荷包蛋。担心他不够吃，又煮了一锅米饭，炒了几样菜，好让大华吃饱吃暖上路。金娥听从母亲和师父美莲的劝说，清早跟着美莲出门做裁缝去了。细华、银娥、小华似乎一夜之间懂事不少，一个个不待母亲叫唤，都自觉地穿衣起床，站在一旁静静看着大哥吃面、吃饭。

大华像个大人似的，端着大碗，坐在八仙桌的一侧，镇定自若地吃着。

吃完面条之后，又盛了一大碗米饭，一举一动，颇有其父之风范，把旁边的弟弟妹妹们看得呆了。

秀莲心事重重，走进走出脚步不停，忙得实在没事可干了，这才坐到大华一旁，一边看着他吃饭一边说道：“崽啊，我晓得劝不住你。你多吃点！吃了这顿早饭，还不知下一顿饭在哪里，还不晓得有没有吃。要是觉得苦了累了饿了，走了几个村庄就回来，千万莫逞强，莫饿坏了身子，莫走迷了路，啊！”她抹了一把眼泪，说道，“都怪当妈妈的没用，又救不了你爸，帮不了你姐，又养不了你们。我这造的什么孽啊？”说到这里，突然号啕痛哭起来。细华、银娥、小华也陪着掉眼泪。

大华放下碗，淡淡一笑，道：“妈，您这是干什么呀？我又不是去赴刑场，我这是去换糖，搞副业赚钱，您应该高兴才对啊！爸爸不是常跟我们说，一切都要靠自己的吗？再说了，爸爸也是十七岁就独自撑起这个家，您看我们家不是很兴旺吗？我再过两年也十七岁，也可以像爸爸当年一样独立。您就放心吧，我跟爸爸出去换过糖，晓得怎么做。”

他走到弟弟妹妹面前，一个一个叮嘱道：“细华，不能太任性了，不要到外面去惹是生非，要听妈妈的话，好好读书，没事就在家里待着。银娥，我晓得你是最听话的，今后大姐要是出嫁了，你就要多向大姐学习，多帮着妈妈打理家务了，晓得么？小华，我晓得说什么你也不会明白，但是有一点，要乖，要听话，不许惹妈妈不高兴，晓得不？等我回来，要是谁没听妈妈的话，或是在外面惹了什么事，我是不会放过你们的！”

叮嘱完弟弟妹妹，又重新站到母亲面前，诚恳地说道：“妈，我真的不是赌气。就算头几天是赌气，但是现在不是了。我想明白了，赌气是没用的，除了搞得全家人心情不好，还会跟邻里乡亲结怨，对谁都不好。我是想，爸爸出事了，我就是家里的男人，我有责任担当起这个家的重担。现在种田种地连饭都吃不饱，只有换糖才是出路，才是赚钱的途径。我想好了，今后，我会好好做生意赚钱，来孝敬您，来供弟弟妹妹们好好读书，让他们将来个个有好前程，不再受人欺负。”

他突然双膝跪下，向母亲叩了三个响头，说道：“妈，孩子不孝，不能在您身边孝敬您，请您多担待！”说毕，泪如泉涌，紧抱着母亲双腿，抽泣起来。

秀莲忙扶起大华，哭道：“崽啊，你这是干什么啊？你这是要……要老娘的命啊！快别这么说，都好好地，好好地换糖，好好地在外面跟人相处，好好地回来，不许少了一根头发！”说罢，便也蹲下，搂着大华一起痛哭。细华、银娥、小华见状，也一起围了过来，一家人抱在一起，哭成一团。

哭了一阵，大华抹干眼泪，一个个扶起大家，故作轻松地说道：“好了，没事了。你们都吃饭吧,我走了啊。”

他转身挑起糖担,头也不回地说:“妈,弟弟妹妹,等我回来,一定会让大家都好过起来的!告诉姐姐一声,我走了,让她好好做她的裁缝,不要和别人争什么。”

听到大家跟过来的脚步声,大华又大声说:“都不要送我,都在家里好好待着,守好这个家,等着爸爸回来!”

大华走出村庄时,早已是泪流满面。他停下脚步,回望一眼村庄,见炊烟袅袅,村庄早已笼罩在晨雾中。他在心里说:“爸爸,妈妈,姐姐弟弟妹妹们,你们等着我,我不会让你们失望的!”然后头也不回地行走在苍茫的浓雾里。

其实,大华并没有想好要去哪里。十五岁的年纪,很多人还在父母膝下撒娇,衣来伸手饭来张口,对自己、对人生、对社会并没有一个清醒的认识。不过,十五岁的大华已经不是那个在课堂上积极举手回答问题、在家里挑灯读书的学生娃,而是一个懂事的男人,一个遇事不乱、处事果断的男人,一个对前程有着清醒规划的男人。

想也没有想,大华便挑着糖担直奔长途汽运站。他的第一站是省城南昌,然后从南昌出发,可以很方便地去往任何想去的地方。至于具体要去哪里,走一步看一步,船到桥头自然直,哪里没有生活废品,哪里不可以换糖谋生?

到了南昌之后,想起上次和父亲在候车室的遭遇,犹在昨日。他先是查看清楚了去往各地的班车时刻,发现其他车次都得到下午一点钟以后,到达终点的时间太晚,只有一班中午开往德安的班车比较合适,便买了去往德安的车票,找到去德安的候车区,同一位长相慈善的老年乘客聊过之后,便放心地请他帮着看糖担,自己匆匆出去打货。

大华知道,换糖虽然利润不菲,但是太辛苦,又太单一,必须有些小商品小百货,满足各类人群的需要,这样才能把市场做大,把生意做大。他在心里暗暗佩服着父亲,要不是跟着父亲出门学过几回,他是根本不知道这些门道的。只可惜父亲……他顾不上想这些伤心事,问过路人之后,直奔供销社的批发部。

找到批发部时,几个人正百无聊赖地打着纸牌。大华从容地笑着打招呼道:“叔叔阿姨好!我是来打货的。”

一个五十来岁的清瘦男子从眼镜后面探出目光,盯着大华问道:“你是哪个部门的?”

大华笑道："我不是哪个部门的，我是从丰城来的。"

"有介绍信吗？"

"没有。"

"没有介绍信，我们凭什么卖给你？"

大华初生牛犊不畏虎，再者也急于求成，因此并不紧张，继续笑答道："你们的货物不就是拿来卖的吗？你们这墙上写着'发展经济，保障供给'，老百姓需要你们的货物，我帮他们代买，一手交钱一手交货，不是很合理吗？"

另一位四十多岁的胖女人笑道："好一副铜牙铁齿！后生，你多大了？"

大华如实答道："十五岁。"

胖女人又问："这么小年纪，怎么就出来做生意了？"

大华反问道："年纪小怎么就不能做生意了？"

胖女人笑了笑，说："说你铜牙铁齿还来了劲哈。你是换糖的吧？"其他人也好奇地看着大华。

大华答道："是。"

胖女人摇摇头说："我就知道，你们丰城人就是胆大，什么事都敢做，什么地方都敢去，什么人都不怕，今天算是领教了。后生可畏啊！"

大华道："叔叔阿姨，请你们帮帮忙，快点卖些东西给我吧，等下班车就要开了，我会赶不上的。"

清瘦男人看了胖女人一眼，见胖女人点了点头，便说道："我们张主任同意了。你说，要买些什么，我们这里有的都卖给你。"

大华早就把列好的清单捏在手上，见他们答应卖货，马上递了上去。清瘦男人把清单递给那个叫张主任的胖女人，张主任看了看，说："这些货我们倒有不少，不过有几样是不大好卖的，压了几年的仓，你确定要买吗？"

大华肯定地答复道："是的，全都要买。"

张主任对清瘦男人说道："马会计，你去算一下。我看这后生蛮懂事的，这么小年纪就出来闯也不容易，就按批发价发给他吧。"又对旁边两人说道，"你们对着这个单子，去发下货。"说罢，在清单上面快速签了同意发货的意见。结算下来，这趟货居然花费一百多块钱，当大华从口袋里掏出一匝钱熟练地清点时，就连张主任也情不自禁地在心里发出一声感叹。

在张主任的授意下，发货员还帮大华把货物打了包，并询问大华要不要帮忙送到车站。大华早已感激不尽，哪里还敢再麻烦他们？连声道谢之后，变戏法似的从身上找出一条布绳，把货物背在身上，快速往车站走去。

帮大华看行李的老人还在引颈眺望，生怕这个稚气未脱的小后生赶不上车，见大华气喘吁吁赶来，如释重负道："你总算来了，马上就要验票了。"

大华放下货物，连声道谢，调整片刻，从糖担里取出一盒油纸包裹的冻米糖，递给老人，说道："大爷，谢谢您，请您收下。"

老人连忙推辞道："这可使不得！"

大华笑道："这是我们丰城的特产，您拿回去尝尝嘛。"

老人也笑道："我知道，这是你们丰城的冻米糖，特别好吃。可是这么贵重的东西我怎么能收呢？"

大华笑道："也不是什么贵重的礼物，就一点家乡特产，您就收下吧。"

二人一番推让，老人最终还是收下了冻米糖。上车之后，大华又央人和自己换了一下座位，和老人坐到了一起。二人一路聊天一路说笑，从聊天中大华知道老人姓胡，家就在德安县城城郊。老人也约略知道了大华辍学出来换糖的经历，惋惜之余，赞许之情溢于言表。

到站之后，二人分头而行。临分手前，老人主动说道："大华啊，如果在外面吃住觉着不方便的话，就到家来找我，不要不好意思。"

大华高兴地答应下来。

到了德安，大华先是找了家旅社住下，把一些货物留在旅社里，轻装上阵。他的心情格外的好，打货很顺利，乘车很顺利，又遇上胡大爷这样的好人，大华觉得全世界充满爱，换糖的过程中也变得轻松而愉悦。

在德安县城转了两日，收获还算可以。但县城并不大，大街小巷转下来，始终没有归属感，这让他有些遗憾。他决定以县城为中心，扩大活动范围，到城郊周边去碰碰运气。

第三天一早，大华便挑上糖担，沿着街道向东，一路换过去。在一个集镇时，他似乎听到一串熟悉的抑扬顿挫的声音：

"叮叮笃，叮叮笃，叮笃叮笃叮叮笃！"

他的心里涌上一阵莫名的激动。多么熟悉的声音，多么久违的韵味，除了自己之外，在当地根本听不到。他断定，这一定也是从丰城来的！他顾不上吆喝，循着声音追去。敲打声越来越清晰，而且同时响起了两串糖铲重叠的敲打声。他心想，这里肯定不止一个人！

一种"他乡遇故知"的强烈感受，令大华激动得心都快从嗓子眼里跳出来。他的眼睛有点湿润，视线也有点模糊，挑着糖担疾步如风。很快，一个挑着糖担的身影便出现在前面。

"大叔！"他颤抖着用家乡话叫道。

前面那人回过头来，惊讶地上下打量着大华。大华这才认清那人的脸，是一个面相古板、满面胡茬的中年人，四十来岁的光景。他的心里顿时涌起一种亲切感，正在庆幸时，就听那人问道：“你也是丰城的？”

大华开心地说：“是啊！”

那人冷冷地说：“我不认识你。你走吧，莫到这里来。我们早就在这里了。”

大华不解地问：“为什么让我走？我们都是丰城老乡，在一起相互有个照应，不是很好吗？”

那人不耐烦地说：“什么照应不照应，碰到问题，你一个小孩子怎么照应我们？叫你滚就滚，哪里这么多话？”

大华愣了半晌，不解其意。他以为是自己做得还不够谦虚，便从口袋里掏出一包香烟，毕恭毕敬地递上一支，说道：“大叔，请抽根烟。”

那人看了看大华手上的香烟盒，犹豫了一下，还是把香烟拨开。大华本来以为那人会接住，手上一松，香烟掉到地上。他又抽出一支，说：“不好意思，再来一支。”

没想到那人突然怒起，直接把香烟打掉，说道：“你莫在这里讨好我，再讨好也没用。赶快滚蛋。”

大华疑问道：“到底为什么啊？”

那人凶巴巴地说：“跟你明说了吧，这一带早就是我们的地盘，别人莫想到这里来抢我们的生意！”

大华只是在书上看到有所谓“占地为王”“先入为主”的说法，没想到这样的情形居然出现在自己面前，而且是自己的同乡。他觉得有些可笑，同是天涯沦落人，干吗要做得这么狭隘、这么绝情？年轻气盛的大华气血上涌，他不认为这个所谓的“地盘”就是这些人的，一时豪气干云，固执地说：“我就不走！”

那人吃了一惊，重新打量这个愣头愣脑的小后生，不怒反笑道：“你是第一次出来换糖吧？”

“是又怎么样？不是又怎么样？”

“如果是第一次出来的话，就不知者不罪，不跟你计较，赶紧走你的人。如果不是的话，那就对你不客气了。”

大华倔脾气上来：“我就不是第一次出来，看你怎么不客气！”

那人又被噎了一下，气得骂了好几句粗话，说道：“你还敢跟我犟？你是个小孩子，我不打你。快说，你是哪里人？是谁家的孩子？”

“你管我是哪里人，是谁家的孩子？这路又不是你开的，我偏要到这里换糖！”大华说毕，便要从那人身旁越过去。

那人将糖担打横，挡住大华去路。二人僵持了一会儿，又过来一个挑着糖担的中年汉子，老远就叫道："老怪，你在这里干什么呢？"边说边往这边过来。

被叫作"老怪"的人说道："老五，你快过来，我碰到个脾气好臭的小子，在这里跟我顶嘴呢。"

老五快速奔过来，在一旁放下糖担，走到大华面前，问道："你也是丰城的？"

大华没好气地答道："是又怎么样？"

老五愣了一下，喝道："耶？这么呛？快说，你是哪个村的？"

大华道："就不告诉你！"

老五一把抓住大华的扁担，用力往一边扯，大华失去重心，跟着走了几步，这才平衡住身体，大声叫道："你们打人！"

老怪劝道："老五，算了，莫跟这孩子一般见识，赶他走就行了。"

老五气道："不行！还没打，你就开始叫了？"又抓住大华的扁担摇了几下，大华被摇得站立不住，便丢下糖担，略一整理衣服，便伸手去抓老五。

在丰城民间，大部分村庄都有让孩子从小习武的习惯，一是因为千百年来形成的彪悍民风，如果不习武，很容易受到外族的欺负；二是许多村庄都有打狮子的传统，打狮子需要相当深厚的武术功底，又是件抛头露面的事，很受年轻人的追捧，如果功底太差，别说打狮头，就连狮子皮也挨不着，因此为了争强好胜，大家也从小喜欢习武。这种风气一直延续不衰。

龙洲历史上人多地少，土地贫瘠，又是行车过渡的必经之地，平时路过打尖的脚客极多，这些人形形色色，三教九流无所不有，鸡鸣狗盗良莠难分，当然更多的是歇脚的路人和过往的商贾。出于自我保护的需要，村庄上的人更是从小苦练武功，抱成一团，以御外侮，曾经是出了名的"打师窝"（武林高手云集）。解放以后，各级政府加强了对地痞无赖的打击和镇压力度，对各种寻衅滋事、打架斗殴的行为也管控甚严，很多人主动收敛自己，再不做那些强出头的事。

大华四岁时就跟随村里的老师傅练站桩，五岁开始练习拳术和棍术，七岁开始打沙袋，十岁时就入选村里的狮班，跟着师父师兄们练习打狮子的基本功，也积累了比较深厚的武术功底。这时，正值"红卫兵"搞造反行动，一支从县城浩浩荡荡开过来的红卫兵，不知因为什么事，和村里的社员闹起了矛盾，双方大打出手，闻讯赶来的村民加入群殴行列，战况升级。战斗结果，自然是村民完胜，红卫兵完败。此事上报到县革委，追查下来，无人敢应。在大队支书王宝财的斡旋下，勉强解决，但村里所有与武术有关的器械包括打狮子的道具全都收缴销毁。大华不敢再练下去，转而把注意力集中在读书上面，居然越学越有兴趣。要不是父亲出了事，他下半年就可以上高中了。

俗话说，“拳不离手，曲不离口”，丰城民间还有句话叫“拳要打，字要写”，都是说练武不是一朝一夕之功，需要经年累月的刻苦坚持。大华几年不练，手法早已生疏，几乎忘记曾经的习武经历。此刻，出于本能反应，他一伸手，便运上了内力，伸手过去，一下子就拿住了老五的手腕。轻轻往下一压，老五随即弯腰叫痛。

大华松手的同时轻轻一推，老五倒退了三四步，甩甩手，说：“好小子，你还会‘五百钱’？”

“五百钱”是一个传说，是对丰城民间武术中“点穴功”神化了的传说。相传，丰城民间有一种绝顶的“点穴功”，只要轻轻往对手身上一拿一拍，对手轻则伤残，重则丧命，无药可治。很多人出于自卫或报仇的目的，出去拜师学艺。学艺时，有“五百钱点死，五百钱点生”的说法，也就是说，学艺时要交给师父五百文铜钱，学习死穴的点穴法，然后又交五百文铜钱，学习起死复生的点穴法。两套点穴法合起来本来是一千文铜钱，但是很多人急功近利，学会生穴之后便出师回家，也有的是因为交不起另外五百文铜钱的，这种点穴功慢慢就以价钱为名，称作“五百钱”。

其实，“五百钱”并不像传说中那么神奇，而且练功是一件极其残酷极其辛苦的事，真正掌握“五百钱”绝技的人凤毛麟角。更重要的是，由于“五百钱”关乎人的生死，民间视作是一件损阴德的事，会断子绝孙，因此一般是传内不传外，传男不传女。如果是家传的话，必须是隔代传，不能代代传，这样才能保证家里的香火延续。而真正的绝顶高手大多处世低调，为人谦和，隐于民间，轻易不露相。

大华把老五逼退之后，老怪也吃了一惊，忙把糖担放下，查看老五的手腕。还好手腕并没有肿，也没有异常，这才放下心来，也说道：“后生，你莫要乱来！”

大华其实并没练过什么“五百钱”，不过是急中生智，使出了擒拿的手法，这也是从小习武练成的。见两个和父亲年龄相仿的中年汉子误以为自己会“五百钱”，心里得意了一下，指着老五说道：“谁叫他先动手。”

老五活动一下手腕，见无大碍，放下心来。又见大华年纪轻轻，不可能练成“五百钱”的绝顶武功，心想自己竟然输给了这个乳臭未干的毛头小子，很不服气。他也是从小练过武的人，当下从糖担上抽出扁担，一记“横扫千军”，朝大华腰上扫去。大华没想到老五会用扁担打来，腰上结结实实挨了一扁担，火辣辣的生疼。

大华一时怒从心头起，见第二扁担打来，抬手格挡了一下，想再次扑上去抓老五的手腕。老五吃了一次亏，已经留了意，双手一收，扁担擦着大华的衣袖而过。大华早已红了眼，再次扑上去，拼尽全力揪住老五，二人扭打在一起。

一旁的老怪见大华穷追猛打，居然略占了上风，便装着拉架的样子，用力拉住大华的一条胳膊。老五趁机还击，把本来就力道不足的大华打翻在地。他还觉得不解恨，又跳过去一顿拳打脚踢，被老怪好不容易拖住。

老怪劝道："老五，莫打了，再打就出人命了。"

老五仍怒气冲冲地说道："小王八蛋，还敢阴我，还敢跟我打！再打我弄死你！"

老怪劝道："好了好了。不过是个孩子，你跟他计较什么？"

老五一边拍打着衣服一边说："我管他是大人还是孩子，敢跟我过不去，老子就弄死他！"又指着躺在地上的大华说，"小子，你记住了，要是下次还敢到我们的地盘上来，老子弄死你！"

老怪又劝了一阵，二人这才挑起糖担，扬长而去。

大华挣扎着起来，身上沾满泥巴。又一抹脸上，抹了一手的血，当下心里一阵悲伤，眼泪不住往下掉。心想要是和父亲一起出来，绝不可能发生这样的事。想到父亲，又是一阵悲伤。哭了一阵，抹干眼泪，心里暗暗发誓道：我王大华一定要混出个人模人样，让你们这些人瞧瞧！好在糖担并未受损，他挑上糖担，步履蹒跚地转身离去。

10　异地他乡

回到县城后，大华直接回到旅社，洗干净身上，躺到床上休息。他努力回想着今天的遭遇，不明白为什么换糖也要分地盘。想不通归想不通，生意还是要做下去的，他开始思考接下来的去向。

回去肯定是不行的，也不甘心。在德安也不想待下去了，今天这场遭遇让他很是伤心。那么，去哪里呢？看着半房间还没整理的废品，年轻的大华犯起了愁。

大华越想越烦躁，从床上翻身而起，独自一人向大街上走去。街道人流如织，他却举目无亲。他想到了在车站遇到的胡大爷，那真是一个好人。他记得留下了胡大爷家的地址，是在城郊，肯定不远。心里一动，问过路人之后，便朝胡大爷的家走去。

可是，自己这一身狼狈样，要是让胡大爷看到了，会怎么想、怎么看自己呢？想到这里，大华又犹豫起来。他品味到了流浪街头的滋味，品味到了无家可归的滋味，心里涌起一阵伤感，眼泪又差点掉下来。

漫无目的地闲逛了一阵，看到街边有家新华书店，便转了进去。店里的墙上挂着各种领袖人物的画像，还有几条大红色的标语。书架上倒是排得满满的，但看书、购书的顾客却不多。他胡乱翻看了几本书，心里乱糟糟的一团糨糊，根本提不起兴趣。只好丢下书本，走出新华书店。

又闲逛了一会儿，看到路边有家废品收购部，他的眼光闪了一下，快走几步，来到收购部，见门边摆着一杆磅秤，收购部里空间很大，各类废品堆积如山。他询问了一些废品的价格，和家里的差不多，这才像是魂魄归窍，马上回到旅社，快速将废品分类，打成大大小小的包，然后一包包、一趟趟送到废品收购部卖掉。

一直折腾到傍晚，才处理掉全部的废品。望着空荡荡的房间，大华觉得一阵轻松，突然想起和父亲一起在奉新的日子，决意明天就离开德安，到奉新去。

从上次离开奉新到现在，不过半个月的光景。但是，当大华走出奉新汽车站时，还是感到了一阵亲切，一种小别重逢的感觉涌上心头，令他很是兴奋，心里也踏实了许多。他举目四眺，就像回到家乡一样，希望能够看到一些熟悉的面孔，但没有如愿。不过这并不影响他喜悦的心情，随着人流，来到了县招待所。

招待所的前台坐着一位胖姑娘，正在嗑着瓜子。大华一眼就看出来了，她就是李秋萍。他亲切地叫了声："李姐！"然后笑盈盈站在那里。

秋萍抬头一看，也马上认出了大华，脸上露出一丝欣喜，接着便站起来，左右看了看，问道："你爸呢，他没来啊？"

"就我一个人来的。"大华放下糖担，高兴地说。

"你一个人？"秋萍怀疑地看着他，然后目光往后移，盯着他的糖担，"你一个人出来换糖？"

"是啊！我一个人不行啊？"大华依旧笑着，从糖担里掏出一盒冻米糖，潇洒地放在柜台上，"给你吃的！"

"行啊，小王，长出息了，敢一个人出来了！"秋萍伸手去撕油纸，大华快速抓起，在柜面上拍了几下，然后撕开油纸，露出白花花的冻米糖。"得这样拍一下，打开后才能一小块一小块的吃。"

秋萍摊开油纸，双手轻轻掰了一下，果然冻米糖分成了整整齐齐的小块。她拈起一小块咬了一小口，赞道："嗯，好吃，真好吃！"

大华看着秋萍吃东西的样子，觉得很亲切。虽然半个月之前，他还很看不惯父亲那种讨好秋萍的做派，但现在他明白了，也理解了父亲的做法。而且，这次是他主动送给秋萍的，并且希望她接受。现在，看到秋萍吃得很开心，自己也和她一样，很开心。

秋萍又吃了几块，这才似乎想起大华的来意，便问道："你要住旅社？"

"是的。"大华答道。

"没问题，要住多久？"

"还不知道。"大华想了想，说道。

秋萍爽快地答应道："没事，那就先住下来再说。"说罢，也不问大华要介绍信，直接开始填登记表。

大华签了名，说道："李姐，有个事我想和你商量下。我这次想在这里多待一段时间，能不能请你帮忙找一个空房子，我好堆放废品。"

秋萍想了想，说道："没问题。我们招待所后面就有一间仓库，一直空在那里。你要是想用的话，我就去跟所长说一下，你自己配把锁匙就行。"

大华高兴地说道："谢谢李姐！"又打开传盘里的小商品，说道，"看看有你喜欢的东西吗？"

秋萍白了那些东西一眼，说："算了吧，还是不要你的东西了。上次回家，我爸知道我拿你们的东西，把我批评了一顿，说我要拒腐蚀永不沾，不能随便沾人家小便宜，所以你的东西我不能要。"看着柜台上的冻米糖，她自己也笑了。

大华想了想，从传盘里找出几粒颜色鲜艳的纽扣，还有一只银灰色的发卡，一齐放到秋萍面前："李姐，这是新出的产品，我在南昌进的。这种纽扣你试试，还有这个发卡，戴在你头上肯定好看。送给你。"

李萍还是没有抵挡住诱惑，接过纽扣在衣服上比试了一下，又把发卡戴到头上，在旁边的试衣镜前看了一下，然后说道："这可是你主动送给我的。"

"那是当然。"大华笑道，"李姐帮我这么大的忙，我送点小东西给你也是应该的。"

秋萍收起纽扣和发卡，说道："小王，你的嘴好甜，说得人家心里舒舒服服的。小小年纪就会哄人开心，不简单！"

"哪里有？"大华红着脸说道，"我是说真的。我在这里一个人都不认识，就认识李姐。李姐对我又这么好，我……我是真的很感谢你。"

秋萍笑道："好了，跟你开玩笑的。你不是还认识罗小莹吗？对了，看到她没有?”

“没有啊。”大华颇感遗憾地,不过没有表露出来,“我下了车,就直接到招待所来了。”

秋萍抓起电话,接通食堂那边,说是找罗小莹。电话接通,秋萍说:“小莹吗?我是秋萍,你快到我这里来一下,马上啊!”不等对方回话,就挂断了。

罗小莹急匆匆赶来,一眼看到大华,愣了一下,马上扭过头去问秋萍:“什么事啊?电话里也不说一下,老是这么火急火燎的!”

秋萍指着大华说道:“认识吧?换糖的小王。”

小莹瞥了大华一眼,说道:“认识,就那个会用糖衣炮弹害人的人。”大华站在一旁,一脸的尴尬。

秋萍伸手来掐小莹:“你瞎说什么呢?你不是变着法子说我吗?不要胡说八道,快吃点冻米糖,是人家小王从丰城带来的。”

小莹本来对大华也没什么成见,相反还稍稍有些好感,说过气话之后就没事了,取了一小块冻米糖尝了尝。

秋萍问道:“怎么样,好吃吧?”

“嗯,好吃!”

“好吃就多吃点,我也喜欢吃。”

二人面对面吃着,把大华晾在一边。大华觉得自己在这里有些多余,便讷讷地打招呼道:“这个李姐,罗……罗姐,我去房间了。”

秋萍含糊说道:“好,你去吧。”又叫住大华,“你记得啊,有什么事的话就跟我们俩说。”

“谢谢!”

在招待所住下之后,大华就把这里当成自己的家一样,每天早出晚归。虽然与李、罗二人见面的时间并不多,但在内心,大华已把二人当成自己的亲人。有时,李秋萍头天就会约好,让大华第二天晚上早点收工,三个人在一起玩。有时,李秋萍、罗小莹会从家里带点东西,三个人一起吃,或者大华回来得晚,还会特地给他留上一点。大华阅读面广,跑的地方也多,就会给她们两人讲一些外面的事情,或者讲一些丰城的民情风俗,秋萍、小莹二人听得津津有味。

流浪的岁月,寄人篱下的日子,有两位单纯善良的姐姐相伴,大华的内心变得很充实。几个月的时间如白驹过隙,匆匆而过,招待所后面的仓库里已经堆放了很多废品,这都是大华这几个月早出晚归的心血。按照现行的收购价格,这些东西已经能够卖好几千块钱了。但大华并不满足,或者说并没有收手回家的意思。通过几个月的换糖生涯,他已经有了更大的想法:这已经不是谋生这么简单,而将会是一份职业,一种事业。

这样的想法逐渐形成一种思路,虽然模糊,但足以令大华踌躇满志,斗志旺盛。虽然每天早出晚归很辛苦,大华非但不觉得累,反而有种巨大的成就感,收获的喜悦令他越来越兴奋,也令这个十五岁的少年有了更远大的目标。

晚上,他第一次动笔,给家里写了一封信。除了介绍自己在这里的情况之外,又问及父亲和姐姐的情况,还鼓励弟弟妹妹好好读书,好好听话。半个月后,他收到家里的回信,是弟弟细华写的。信里说,爸爸还是被判了三年的刑,正在坐牢。宝财经常来找妈妈,催着金娥早点和红卫成亲。王红卫也隔三岔五就来,但都会被细华赶走。又说妈妈和全家人都想着念着,让你在外面多注意身体,云云。

收到家里的来信后,大华既难过又感到踏实。难过的是父亲还是被判了三年,踏实的是终于和家里联系上了。三年时间很快,期满后父亲出来就可以和全家人团聚。大华欣慰之中又有一丝伤感,自己没在身边,妈妈和姐姐弟弟妹妹们一定会非常难过。他捧着信,读了一遍又一遍,眼泪湿了又干,干了又湿。这是离家几个月来头一次知道家里的情况。

此后,每隔半个月左右,他就会给家里写一封信,除了问候妈妈和姐姐弟弟妹妹,仍然是叮嘱弟弟妹妹们听妈妈话,帮妈妈多做点事,不要惹妈妈不高兴。鸿雁传书,让大华心里的忧伤减轻了许多,家不再是遥不可及的梦,而是字里行间的深情。

这天,李秋萍来接班,正好大华挑着糖担出门,李秋萍叫住大华:“小王,你今天下午早点回来。”

“有事吗?”大华不解其意。

“当然有事,否则谁还会拦着你去收破烂啊?”

几个月相处下来,相互之间说话已经很随意,大华也不忌讳她们谈自己卑贱的职业,大华有时也会领着她们到自己的废品仓库去看看。大华问道:“李姐,到底是什么事啊?”

秋萍狡黠地看着大华,故作沉吟道:“其实也没什么事,就是上几次你帮小莹的妹妹小玉辅导了作业,人家说要谢谢你。”

大华记起来了。有一次,小玉因为有些作业太难不会做,考试不及格,伤心得在家里哇哇直哭。小莹把这件事说给李秋萍听,李秋萍又说给大华听。大华马上提出要去帮小玉辅导一下,准保一教就会。之后,利用几个晚上的时间,连续辅导,小玉悟性很高,马上就学会了。又融会贯通,把其他的作业也尝试着做了一遍，居然全部答对了。小莹一家人都很高兴，特别是小玉，也经常会跟着姐姐小莹来到招待所，和大华一起玩。听秋萍说罗家要谢谢自己，大华很开心，谦虚地说道：“谢就不要了。”

秋萍不容商量地说：“就这样说好了。你早点回来，洗把脸，换掉这件收破烂的衣服，到人家家里可不能太脏！”

大华答应了一声，便出门去了。下午四点多钟，大华就挑着糖担回来，卸下废品，换洗完毕，和秋萍一起往罗家走去。大华问道：“不要叫一下罗姐？”秋萍推着大华，说道：“小莹早就回家了，人家一家人都在等你呢。快走吧！”

到达罗家时，果然罗家人都在。罗奶奶迎上来，拉着大华的手，左看右看，心疼地说道：“又黑了，又瘦了。快坐快坐！”

小玉扑上来，拉着大华的手往椅子上坐，说道：“大华哥哥，我这次又考了两个一百分！”

罗家父母也热情地打招呼，让座，大华反而觉得拘谨局促，不知如何是好。

不一会儿，小莹和秋萍从厨房里端出菜来，罗父罗母殷勤邀请大华入座。罗奶奶坐了上座，罗父罗母坐在一侧，小莹秋萍坐在下座，大华和小玉坐在另一侧。大华有点云山雾罩的感觉，定睛一看时，发现面前放着一大碗面，是那种细细的挂面，挂面中还隐约可见几个白花花的水煮蛋。他的食欲一下子提了起来，但不知发生了什么事，抬头看时，大家都把目光投向自己这边。

大华想要起身，罗奶奶伸手抚摸着他，慈祥地笑道：“孩子，不记得了吧？今天是你生日啊！”

“生日？”大华一愣神，马上记起来了，今天的确是自己的生日。可是，罗家人是怎么知道的呢？

罗奶奶又说道：“在家千般易，出门一时难。你这么小的年纪，就一个人独自在外面闯荡，没有父母在身边照顾，也真是难为你了。孩子，快把面吃了吧。”

大华早已饥肠辘辘，下意识地抓起筷子，刚想吃面，见大家还在看着自己，便难为情地说：“这个……谢谢啊！大家一起吃吧。”见大家纷纷拿起筷子，先是小口吃着，大约是觉得好吃，或者是因为饥饿，马上便狼吞虎咽，很快风卷残云，把面碗吃了个底朝天。

罗奶奶微笑着点点头，问道：“好吃吗？”

“好吃！”大华摸着肚子说。

罗父笑问:“喝点酒吗?”

大华忙摇手道:“不喝,不喝!”

“喝过吗?”罗父又问。

“喝过。”大华老实承认道。上次喝酒,也是唯一一次喝酒,是在家里,父亲逼着他去换糖,然后陪着父亲喝了一杯。对那次喝酒,大华记忆犹新。想到这些,大华突然情绪低落下来,一阵浓浓的想家之情悄然涌起,在身体里、脑海里蔓延。

罗奶奶见大华情绪低落,便责怪罗父:“你看你,人家还是个孩子,喝什么酒!”又对大华说道:“孩子,没事,不喝就不喝。来,奶奶给你盛饭,今天准备了好多菜呢,你多吃点啊!”

罗母也瞪了罗父一眼,赶忙起身抢过婆婆手里的碗,去帮大华盛饭。

罗奶奶又问道:“是不是想家了?”

大华点了点头,低头吃饭,以免别人看到自己湿润的双眼。

秋萍说道:“想什么家呀,这里多好!你看奶奶,叔叔阿姨,还有我们,哪个不是把你当作家里人?”

越是这样说,大华心里越是难过,头低得几乎要碰到碗上了。

小莹也发现了大华的情绪不对,便故作轻松地问:“小换糖的,你猜猜我们是怎么晓得你生日的吗?”她这一问,倒让大华回过神来,注意力一转移,思乡之情缓解了很多。他好奇地问:“你们怎么晓得的?”

小莹正要回答,秋萍抢过话头,表功似的说:“当然是我的功劳了!”

“你?”大华看着秋萍,心里的疑问仍然没有打消。小莹笑道:“的确是秋萍提醒的。你不是在住旅社的时候登记了吗?有一次我在秋萍那里坐,说到你,她就拿出你的住宿登记表,找到你的名字,然后看到了你的生日,我们就决定为你庆祝一下。”

大华这才明白缘由,对小莹、秋萍及罗家人很是感激。说实话,大华自己在家时,也没有过过这么丰盛的生日,一般就是一碗长寿面,顶多再加三个鸡蛋就了不得了。而自己独在异乡,非亲非故,秋萍和罗家人却这么热情地为自己过生日,像自己的亲人一样,这在生活窘迫、物资匮乏的年代,已经是相当奢侈的享受了。他情不自禁地站了起来,逐一向罗奶奶、罗父罗母及小莹、秋萍等人深深鞠了一躬,由衷说道:

“真的非常感谢你们,感谢大家!我一辈子也不会忘记你们的恩德!”

罗奶奶忙招呼道:“哎呀使不得使不得!快坐吧,千万莫要说谢不谢的。如果你愿意的话,就把这儿当作你的家,想家里人了就来家坐坐,我们都非常欢迎。”

大华听罢,眼泪再次不争气地流了下来。

11　人情练达

转眼进入炎夏。人们的生活依旧贫穷依旧简单,依旧充满欢乐充满热情。

大华每天早出晚归。他发现很多村庄的村民都在做着同一件事:准备龙舟。大华本无很强的时间概念,见大家都在准备龙舟,突然想起来:马上就要过端午节了!

他不禁想起了家乡划龙舟的盛况。他经常跟着村里人去看划龙舟,那种你追我赶的热闹场面,那种充满张力、充满激情的场面,令他记忆犹新,如在眼前。一种浓烈的思乡之情马上在心头滋长,随即蔓延到全身,充斥着他的整个大脑。他觉得离家太久,是时候回去看看了。

想到回家,大华既兴奋又惶恐,彻夜难眠。在床上辗转反侧一夜之后,他终于踏上了回家的路。

出门时稚气未脱,归来时面带沧桑。大华带着简单的行李,以及在外面换糖近半年赚到来的钱,风尘仆仆走近村庄时,心里少了一些兴奋,却多了几分不属于他这个年龄的感慨。数月前,他还只是个不谙世事、负气外出的少年,经过这段时间的闯荡,大华对人生、世故了解了许多,也成熟了许多。他踏着坚实的步伐进入村庄,来到家门口,然后推开大门,走进自己的家。

他本以为,他的回来,会得到全家人英雄般的迎接。可现实却是,家里除了一个佝偻的背影,再无一人。他以为走错了门,定睛看时,分明就是自己的家。他朝那个佝偻的似曾相识的背影走去,背影听到脚步转身,大华一看,居然是妈妈!他甩掉行李,仔细端详着。仅仅四个月不见,曾经清秀干练的秀莲,居然腰身不再挺拔,变得佝偻而萎缩。更意想不到的是,原本乌黑的双鬓,居然也染上了一层白霜。大华朝着妈妈重重跪下,声泪俱下地颤声叫道:“妈——”

“大华,是你?真的是你?”

秀莲做梦也没想到,日思夜想的大华会突然出现在面前。她搂着大华的双肩,摇了几下,然后也跪下,抱着大华,锤打道:“你回来了?你还记得回来?还记得有我这个妈啊?”

大华哭道:“妈,是我,我回来了!”他扑在妈妈怀里,“妈,是我不对,我不该隔这么久才回来。让您受苦了,妈——”

母子俩搂着哭了一阵,大华把妈妈扶起坐下,问道:“妈,您怎么变成这样了?您的身体还好吗?”

秀莲哽咽道:“自从你爸被抓走,你又离家出走之后,这个家就像空了一大半,妈的心里空落落的,又担心你爸又担心你,这日子真不是人过的啊!”

大华安慰道:“妈,细华在信里都跟我说了,爸爸的情况我都晓得。没关系,不就是三年吗?三年时间很快,已经过去快半年,还有两年半爸爸就回来了。”他拍拍自己的胸膛,“我在外面也是好好的,您看,儿子不是挺结实的吗?对了,”他从口袋里掏出一叠钱,放到秀莲手上,“你看,我赚了好多钱。我还有好多货存在那里,还可以卖到更多的钱。等把那些货卖掉以后,您,金娥,还有弟弟妹妹们就可以多做几件衣服,我们全家人也可以吃好的穿好的了。”

秀莲把钱推开,说道:“大华,我不是想你的钱,我是担心你在外面受苦,受人欺负。要是你有个三长两短,我……我们怎么办啊?”

“我知道。不过真的请您放心,奉新人很好,特别是罗奶奶一家人对我非常好,我经常到他们家去,他们还请我吃饭,给我过生日。我在那里还认识了几个朋友,她们也对我非常好,就跟亲人一样。”

“那也不能这么久不回来啊!”秀莲埋怨道,“你信上说得再好,也不如站在妈妈面前好。”

大华嘿嘿笑道:“是,以后我多回来就是。”

秀莲担心地问道:“你还要出去啊?”

大华笑道:“当然啦。我还有好多货在奉新,不能不管吧?再说,我对奉新已经很熟悉了,又没有别的人在那里换糖,我可以把整个奉新的废品全都收下来。”

秀莲摇头道:“你出去这几个月,金娥、细华他们几个倒是懂事了不少,也不怎么调皮捣蛋到外面惹事了。不过,妈还是希望你在家里,一家人在一起,妈妈心里才踏实。”

大华挠了挠脑袋,问道:“对了,金娥和细华他们呢?”

秀莲道:“金娥跟着美莲师父去别的村上做裁缝了。细华带着银娥、小华去看划龙船了。我看这时间也不早,你快歇歇,妈去给你做饭。记着把钱收好,莫让别人看到。”

大华道:“妈,这些钱你收着,留着家里慢慢用。我也去看划龙船,顺便把细华和银娥他们找回来。”

秀莲答应一声,接过钱,又叮嘱道:“大华,你爸爸出事以后,村里人在背后说什么闲话的都有，又都晓得你是出去换糖了。要是别人说什么，你只要随口应付就是，莫去跟人争论什么，也不要说你在外面赚到了钱。”

“为什么？”大华不解地问。

“唉！什么为什么不为什么的，”秀莲叹气道，“你爸出事以后，有的人开始慢慢疏远我们，也有的人故意亲近我们。人心隔肚皮，你小心点就是，莫跟他们说太多的话。”

大华似懂非懂地点点头。出门之后，村子人并不多，大华知道，大家都到村子后面的港里看划龙船去了。大华算算日子，今天正好是五月初三，民间有“初一划，初二歇，初三初四划到节”的说法，就是说，从初一起，龙船就要下水，试水一天之后，初二都在家里休息，讨论后面几天龙舟比赛的事。从初三开始，一直到初四、初五，三天时间连续不停地划，有的村庄会发起正规的比赛，但大部分村庄并没有组织比赛，只不过村与村之间、族与族之间，还是会暗中铆着劲，相互比拼，看谁的船划得快，得胜的一方神气活现，失败的一方灰头土脸。虽然并不是什么正规比赛，但大家对比赛胜负看得非常重，为了争这个所谓的面子，村与村之间、族与族之间的龙舟队有时还会起争执，并诱发大规模械斗。因此，端午节划龙船，事实上是展示村族实力和荣誉的重要途径，除了年轻后生披挂上阵之外，村里大小老少都会到现场围观，一睹胜负。

还没走出村庄，就听到村外人声鼎沸，锣鼓喧天。大华加快了脚步，快速前往现场，定睛看时，河港里数条龙船成双捉对比拼，最前面的两条龙船正齐头并进，两船水手一边划船，一边还不时用船桨向对方浇水，击打对方船帮。其中一条戴黄色头巾的龙船格外醒目，船首击鼓的青年男子正卖力地一边击鼓一边吆喝，水手们随着他的鼓点和吆喝声，有节奏地用力划着。眼看这条龙船略微领先，另一条戴红色头巾的龙船上的水手们有几人故意把船桨伸向黄队的船桨中，企图扰乱黄队的行进速度。黄队后面几名水手果然中计，乱了阵脚，也用船桨与红队互相击打。两船立马陷入混乱，两船水手由奋力划桨变成相互混战。黄队鼓手再怎么吆喝，已然无济于事。

这是历年端午龙舟活动中最为常见的场面，大华并不觉得意外。不过，他还是很好奇，这两条龙船明明都已领先，为何要自乱阵脚、相互掣肘呢？仔细看时，却发现，黄队居然是自己村上的，而鼓手居然是王红卫！

大华有点不快。红卫这个人仗着父亲的权势，胡作非为，是村民眼中的混世魔王。此刻，正是关键时候，他居然不指挥划船，反而与红队的鼓手相互对骂，继而相互厮打，真是不可救药。他不想再看下去，回头四下里寻找弟弟妹妹。不一会儿，人群呼声高涨，大华随着人们的目光看去，却见红黄两船已经相互混战，大打出手。红卫第一个跳下港中，把红队的鼓手揪下水，在水里厮杀。接着，其他水手也纷纷下水，一场混战开始了。岸上围观的人也从相互指责、相互对骂，到相互推搡，居然也乱作一团。

不一会儿，红队水手败下阵去，黄队队员重新回到船上。红卫头上流着血，拿起鼓槌重新敲了起来，水手们似乎也有不少人受了伤，但是在红卫的指挥下，龙船继续稳稳地前进，终于第一个到达终点。岸上围观人群有的欢呼，有的喝倒彩，一哄而散。

大华不由得重新审视起红卫来，觉得他虽然不该跳下水去带头混战，但最后能够重振精神，回到船上，领着大家第一个到达终点，也还算头脑清醒，对他的反感也不那么强烈了。

红卫领着黄队队员扛着龙舟凯旋，受到英雄般的欢呼。当他们从大华面前经过时，红卫也看到了大华，并开心地打了声招呼："大华，回来了？回头一起喝酒啊！"大华勉强赔了个笑脸，不置可否。

细华和银娥还有小华都跟在黄队后面，同时看到了大华，一起围了上来。久别重逢的感觉，让这群年幼的兄弟姐妹兴奋不已，大家手拉着手，欢天喜地地向家里走去。

秀莲已经准备了一桌丰盛的饭菜。虽然父亲和大姐不在，但一家人团聚，大家还是很高兴，一扫平时沉重的气氛，热闹了许多。

细华、银娥、小华都是少不更事的年纪，虽然父亲的事让他们难过了一阵子，但很快就恢复过来。因此，大华的回来，让他们个个兴奋异常，目不转睛地看着大华，问这问那。其中，最兴奋的莫过于细华。

"哥，我写的信你都收到了吧？"

"都收到了！"

"哥，奉新那边好不好？"

"很好啊！"

"哥，你赚到很多钱吧？"

"赚到了一些。"

"哥，你也带我去奉新吧，我也要去换糖！"

"不行，你还小，过几年再说吧。"

……

兄弟俩一问一答，银娥和小华竖着耳朵听，脸上充满神往。

秀莲笑道："莫问东问西了。你哥坐了这么远的车回来，肚子早就饿了，还让不让你哥吃饭啊?”

细华忙说道:“哥,快吃饭。我帮你夹菜。”银娥也说:“哥,我也帮你夹菜。”小华也奶声奶气地说:“我也要帮大哥夹菜!”秀莲见兄弟姐妹亲热的样子,笑得合不上嘴。

一家人正吃着饭,从外面进来一个亭亭玉立的姑娘,正是大姐金娥。金娥开心地叫了声:“大华!”快步走到大华面前,端详片刻,哽咽着说:“大华,你黑了,也瘦了!”

大华其实一直牵挂着大姐金娥。她温顺、善良,从来不敢在父母面前大声说话,每天只是默默地帮着妈妈料理家务,对弟弟妹妹也是无微不至地关心、照顾。大华也认真地看着金娥,见她除了发育得更加丰满、更加白皙之外,眉宇间染上了一层淡淡的忧伤。他突然想起了那个在水中与人打架、天不怕地不怕的红卫,心里涌起一阵苦涩,拉着金娥的手轻轻地说了声:“姐,你受苦了!”

金娥眼睛红润,强作欢颜道:“大华,回来就好。妈妈每天都念叨你,想着你,现在总算回来了,我们一家人再也不分开了。”

大华本想说过几天就要再出去,但在这种场合,却说不出口,便也换了欢快的口气,说道:“姐,吃饭了没有?快坐下来一起吃吧。”

金娥说道:“我已经吃过了。我在人家家做裁缝,听人说你回来了,就跟师父打了个招呼,回来看一下你。”

大华想了想,说道:“你们等着啊!”转身拿过带回来的行李袋,从中取出两块花布,说:“这两块布,是我托奉新的朋友帮我买的。一块给你做身衣服,一块给妈妈做,正好你是裁缝,不用请人。”

金娥笑道:“傻弟弟,我还要你帮我买布啊?”

大华认真地说:“这可是紧俏布,拿布票也买不到的,是我一个朋友让他的爸爸找关系买来的。”

银娥叫道:“哥,我也要。”

大华笑道:“莫急。姐姐的这块布料一个人做不完,等她做好了也可以帮你做一件!”

细华叫道:“哥,有没有帮我买东西?”

“当然有啊!”大华从行李袋里取出一本《新华字典》,“这是我新买的,你看,崭新的呢,给你用!”

“给她们买这么好的布,给我就买《新华字典》,什么意思嘛!”细华颇有不满。

大华笑道:“给你用最合适。你去看看你给我写的信,里面错别字连篇,要是换了别人，根本看不懂你在写什么。”

细华接过《新华字典》，红着脸退到一旁。小华也叫道：“哥，我也要。”

大华拿出一只铁皮文具盒，交到小华面前，说：“再过几个月，你就要去学校读书了。哥给你买了一只文具盒，喜不喜欢？”小华高兴地说：“喜欢！”

秀莲看着一家人其乐融融的样子，心里很是高兴，嘴上却故作埋怨道：“你看你，花这么多钱买这些东西，真是浪费。”

大华笑道：“妈，没关系，这花不了几个钱。”

金娥一直看着大华，觉得几个月没见，大华真是长大了，跟从前那个书卷气十足的弟弟判若两人。她感到很欣慰，又想到自己的事，不禁黯然色变。

大华注意到了这细微的变化。几个月下来，他不仅学会了见风使舵，投其所好，也学会了察言观色。他关切地问道：“姐，不舒服吗？”

“哦，没……没有。”金娥掩饰道，“我很好，真的。”

“没事就好。等下你再看下这几块布，好好量裁一下，给你和妈妈还有银娥做身衣服。”

一家人正说着，红卫火急火燎跑进来，手里还拎着一串东西，气喘吁吁地说：“大华，你回来太好了。刚才在港边看到你，我真的好高兴，特地来看你。”

红卫左额上贴着一块白色胶布，还渗着血迹，手臂上也涂着一些紫药水，看样子伤得还蛮严重。大华回想起红卫在港里跟人打架的情景，突然觉得这人还不是那么无可救药。他客气地朝红卫笑了笑，说：“谢谢！”

“谁要你来的？”细华气呼呼地说，“我哥回来，关你什么事？快滚！”小华听到二哥这么说，也跟在后面说道：“快走，你这个坏蛋！”

红卫摸了摸小华的头，笑嘻嘻地对细华说道：“细华，莫那么冲动嘛。大华回来，我也很高兴啊！”他把手里的东西递到秀莲面前，“婶，这是我妈做的粽子，我妈让我送过来的。”秀莲不接，冷冷地别过头去。

细华叫道：“快滚，听到没有？我们家不要你的东西！”

大华离家数月，不知道如何处理这种关系，也只是尴尬地笑笑。这时，金娥从房间里出来，见到红卫，先是一愣，接着低低地说道：“你来干啥？”

红卫说：“我……我来看大华，顺便送些粽子过来。你也在家啊？”说罢，又把粽子递到金娥面前。金娥接过粽子，交到妈妈手上。秀莲本想不接，金娥瞪了她一眼，这才勉强接过。红卫又对秀莲说：“婶，我妈说，大华出去这么久，好不容易回来一趟，想请他明天到我家去吃顿饭，您说好吗？”

秀莲不答，大华也不知道该不该答应。金娥低声说道：“我弟难得回来一趟，就在家里好好陪陪妈妈和弟弟妹妹。你去跟你妈说一声，就说大华明天不过去吃饭。”

“哦。”红卫顺从地答应着，似乎很怕金娥不高兴。过了一会，又说，“可是，等下我妈要是问起来，我怎么说？”

“我不是说了吗？我弟难得回家一趟，哪里也不去，就在家陪妈妈和弟弟妹妹。”金娥白了红卫一眼，“你就这样说吧。”

大华注意观察着金娥和红卫对话时的表情，发现金娥虽然语气低沉，却很坚定，每个字都不留余地。红卫平时嚣张跋扈，在金娥面前却显得很顺从听话，不敢反抗。金娥坚定中露出哀怨，红卫顺从中露着自信。这也许就是两个人家庭背景的不同而形成的性格特点，也是对这段不对等婚姻所表现出来的一种畸形态度吧。金娥早晚是要嫁到红卫家去的，他有些担心，要是金娥一直用这种不冷不热的态度对待红卫一家人，会不会引起他们家人的不快？他觉得应该替姐姐做点什么，想了想，突然说道：“姐，别说了，我明天去！”

大华的决定，让大家都吃了一惊。

秀莲看着大华，想说什么，却又没说出来。金娥的表情很复杂，哀怨中又有一丝欣慰。细华尖声叫道：“哥，你莫去！”大华朝他笑了笑。

红卫高兴地搓着手说道：“好，太好了！我这就回去跟我妈说，让她多做几个好菜，我们哥俩好好喝几杯！”

大华淡淡地说：“红卫哥，不管怎样，我们早晚都是一家人。要是我们大家有什么做得不对的地方，你还要多担待。”

这是大华的父亲出事以来，红卫头一回从大华嘴中听到“红卫哥”三个字，而且语气又是这么谦虚，这么低调，令红卫激动不已。他握着大华的手，连声说道：“好说，好说！只要有我在，没人敢欺负我们……你们一家人！”

次日中午，在秀莲的安排下，大华特地买了一些小礼物，来到宝财家。见到宝财和丽华时，客气地打招呼道：“支书好，杨老师好！”把宝财和丽华乐得合不拢嘴，连声说道：“莫客气莫客气，快快请坐！”

红卫早就引颈盼望着大华的到来。此刻，忙接过大华手里的礼物，把大华拉到桌旁，说道：“大华快坐，这是我刚刚给你沏的茶。对了，你还没喝过这么好的茶吧？是我姐前几天回来时带来的，说是杭州的龙井茶。你喝喝看是什么味？”

大华见多识广，虽然没正经八百喝过茶，但也算是有些见识，接过茶杯，轻抿一口然后放下，说道：“支书，杨老师，给你们添麻烦了！”

宝财此刻早已放下大队支书的架子，看上去慈眉善目，浑然不似往日那个一手遮天的支书模样。他端详着大华，感叹道：“出去这么久，真是历练出来了！”大华回以客气的一笑。宝财又说：“来了就好！你们聊，我去厨房给你们准备饭菜。”说罢，转身进了厨房。

丽华陪坐在一旁，笑着说道：“大华，这么几个月不见，真是长大了，也长结实了。”

大华笑笑。红卫探过身子插话道：“大华，听说你在外面赚了好多钱，是不是真的？”

丽华瞪了红卫一眼，红卫吐了一下舌头，乖乖退了回去。丽华又关心地询问道：“在外面很苦吧？”

大华道：“还好。”

丽华道：“其实，我也很关心你在外面的情况，好几次碰到你妈妈想向她打听，又不好开口。你也晓得的，你爸弄成现在的样子，我们大家都不愿意看到。”

红卫又插话道：“妈，我爸说了，不准提他爸的事。”

丽华说道：“什么提不提的？事情不是明摆着在这里吗？大华是个懂事的人，你以为跟你一样没脑子啊？”她看了看大华，又把目光移向门外。“你爸的事，我们大家都不愿意看到。我也说过他爸，也跟他爸争吵过，可是任凭我怎么说怎么争吵，他爸就是死活不肯承认是他干的。我也不晓得该不该相信是他爸造出来的孽。”

大华没想到，丽华居然会主动提及父亲的事，而且是这样的坦诚，这样的推心置腹。他虽然没在丽华的班上读过书，但丽华的为人，他也是晓得的，学校里的所有老师以及村里所有人都十分尊敬她。他诚恳地说道：“谢谢您，杨老师！”

正聊着，宝财在厨房叫道：“红卫，快来端菜。”红卫跑进厨房，帮着父亲把菜端上桌，不一会儿，就已摆上了整整一桌的菜，足足有九大盘。

宝财在围裙上揩着手，高兴地说道：“大华，我晓得你喝过酒，今天就陪我喝两盅。”

大华忙摆手道：“不喝，我真的不能喝！”

红卫说：“大华，喝吧。平时我也会陪我爸喝点酒，在你这么大的时候我早就开始喝酒了。”不由分说，给大华倒上一杯，又给宝财倒上一杯，自己也倒上一杯。杨丽华自己端了一杯白开水，放在面前。

四个人四向坐着。宝财首先站起来，端起酒杯说道：“大华也算是我们家的贵客。这次出去这么久才回来，这第一杯酒就算是欢迎大华回来，来，一起干了！”

酒杯是那种陶瓷烧制的杯子，约有三钱的容量，俗称“牛眼杯”。大华见宝财亮了底，红卫也亮了底，心想喝上几杯也扛得住，便端了杯，一饮而尽。

宝财大笑道：“好，不错！红卫，快满上！”

吃了一口菜，宝财又起身举杯说道：“这第二杯酒，大华出去几个月，长大了，也懂事了。我们再喝一杯！”

又是一饮而尽。

宝财再次举杯道：“后天就是端午节。大华现在也不是外人，这第三杯酒就为我们一家人团聚，一起干一杯！”

大华无奈，只得再次干杯。

丽华嗔道：“好了！左一杯右一杯，还让不让客人吃菜？大华，快吃菜，压压酒。”

宝财高兴地说道：“菜也要吃，酒也要喝。大华能够应约前来，我是真的很高兴。大华，我们再喝一杯，怎么样？”

大华摆手道：“我真的不能喝。”

宝财道：“才喝三杯怎么就不能喝？来，陪你大伯我再喝一杯！”

丽华夺过大华的杯子，生气道：“说了莫逼人家喝酒，你怎么老是喝个不停？大华，莫理他，快吃菜。”

宝财并不生气，又笑道：“没关系的。我虽然没见过大华喝酒，但是他爸爸九根的酒量我是晓得的。老子能喝，儿子哪里就不能喝？你说是不是大华？”

大华听宝财说到父亲，心里咯噔一下。父亲尚在囹圄，自己却在这里和这个不可一世的大队支书王宝财喝酒！他的心情变得沉重起来。

宝财见大华脸色突变，意识到自己失言，忙掩饰道：“呵呵，没关系，不喝就不喝，快吃菜吧。”

心念已起，大华哪里吃得下？

丽华狠狠地瞪了宝财一眼，说道：“我早就说别喝别喝，你倒好，喝得没完没了，瞧你那德性！”又劝大华道，“大华，莫理他。他这个人就那样，当个大队支书就人模狗样，谁都不放在眼里。”

宝财本来怀有歉意，听丽华这么一说，也来了气：“我怎么就人模狗样了？我当大队支书是组织上的信任，是上级的安排！我贯彻落实上级的指示精神有错吗？”

丽华也是不依不饶：“你当支书，你什么指示精神是你的事，在家里要什么威风？”

二人长年争争吵吵，互不相让，全村人都知道，没想到此刻又杠上了。

大华觉得这事因自己而起，有些愧疚，反劝道："支书，杨老师，对不起，是我的错，我不该惹你们不高兴。"

丽华道："大华，这事与你无关。"

宝财怒道："那就是与我有关了？我错在哪里，你到底也拿点证据出来，别一说就上纲上线，瞪鼻子上脸，谁欠着你杨丽华的了？"杨丽华放下碗筷，冷冷地扭过头去，不再搭理。

大华大为尴尬，拿着筷子，吃也不是，放也不是。红卫大约是习惯了这样的氛围，照旧吃菜不误。

宝财道："大华，你评评理，你看看，我这哪里得罪她了，就这副样子？"想了想，又道，"哦，是因为说到你爸的事。我今天也在这里跟你交个底，你爸的事完全与我无关，不是我告的状。我也查过，不过还没查出来。后来你妈妈求我去上面找人，我也找了，可是人家不买账。这不是一般的问题，这是政治问题、路线问题。现在是阶级斗争为纲，割资本主义尾巴，你爸爸生意做得太大，人家注意上了，所以才不肯松口，不肯给面子。不过我也跟监狱里面的人打过招呼，说这是我亲家，让他们好好关照你爸。我已经做得够仁至义尽了，可是你们还是不理解我，把屎盆子扣在我头上，在背地里骂我，在路上绕着我走。到底要怎样做你们才肯相信我？难道我就真的那样令人讨厌，那样十恶不赦？"

宝财因为激动而面红耳赤，双手在空中不停挥舞，唾沫四溅。丽华捂着耳朵，不住摇头。

大华是头一回当面听宝财说父亲的事，他不知该相信还是不相信。不过，他不想在这里谈论这个话题，他早就想好，不就是三年吗？已经快半年过去，还有两年半父亲就会出来。等父亲出来后，一样可以重操旧业。到时和父亲一起去外地，甚至可以把生意做得更大。因此，对于父亲的事，他已经能够坦然面对。

他平静地劝道："支书，大伯，您不要生气，我们都没有怪您。"

宝财愕然道："大华，你刚才叫我大伯？"丽华也意外地看着他。

大华点头道："您比我爸年纪大，本来就是大伯。"

宝财回嗔作喜，高兴地说："好！真是懂事的孩子，我还以为你们一家人都不会理我，把我当作外人呢。叫大伯好，今后就这样叫。"

大华又对丽华道："杨老师，我也叫您一声大妈。您知书达理，又是我们的老师，我们一家人都很尊敬您！"

丽华忙说道："谢谢！我就晓得你是个懂事的孩子，你们一家都是讲道理心地善良的人，我不会看错人的。"

大华又对红卫说道:“红卫哥,今后我们就是一家人。我姐只会做事,不大说话,你要对她好一点儿。”

红卫忙不迭地说道:“会的,会的!”

丽华拉着大华的手不放,红着眼说:“大华,你虽然年轻不大,但经历的事情多,见过的世面也多,是个识大体顾大局的人。你说的话,我们都会记在心里的。要是红卫有你一半懂事就好了。”

红卫在一旁低头饮酒,什么也不说。

次日,在红卫的帮助下,大华一家人到监狱探望九根。一家人坐在会见室里相拥痛哭,红卫独自站在会见室外面抽烟。哭了一阵,九根反劝大家莫哭,听完大华的经历后,脸上流露出欣慰的表情,叮嘱大华继续干下去。又安慰秀莲等人,让他们不要担心,自己在这里过得还好。大华见父亲的确没受过什么虐待,只不过清瘦了一点,脸色却也红润,很觉放心,相信宝财所说的话是真的。

告别时,他紧紧抱了抱父亲,深情地说道:“爸,您放心吧。我们一家人都会好好的,等您回来!”

又过了几天,大华告别家人,再次踏上了去往奉新的征程。

12　兄弟同心

光阴荏苒,日月如梭。

转眼间,当年那个略显青涩的少年,已然变成俊秀挺拔的青年。虽然岁月不合时宜地在他脸上染上了一层沧桑,但丝毫不影响他的形象,反倒让他看上去更加成熟、沉稳。

十八岁的王大华已经在奉新待了三年。不管是县城,还是乡村,他都会受到热情的欢迎。大华已经很少挑着糖担走村串巷,他在很多村庄都认识了一些熟悉的乡亲,委托他们把废品聚齐,然后定期过去收购。这样就不必那么辛苦了。

招待所的仓库去年底就被收回,大华在城郊租了一间更大的仓库,用于存放收购来的废品。他和县城里收购部的每一个人都成了好朋友,他只要打好包,说一声,收购部的人就会开着车子上门去收。两下里都很方便,收购部的业绩也直线上升。

现在,大华的主要精力就是四处转转看看,他甚至到周边的靖安、宜丰、星子、修水、永修等地去过多次，隔三岔五便会拉一些废品回来，然后继续在本地的收购部卖掉。

招待所的李秋萍嫁到了南昌，据说在那里找了一份更好的工作。罗小莹也出嫁了，嫁给了县城的一位老师，两口子都与大华成了朋友。他还经常到罗家去，八十多岁的罗奶奶老态龙钟，变得话更多，一见面就絮絮叨叨没完没了，但是大华一点儿也不觉得啰唆，总是面带微笑，听得津津有味。

小玉也已经上初二，变成一个窈窕挺拔的大姑娘。她每天放学的第一件事不是回家，而是跑到招待所，跟大华讲上了什么课，布置了什么作业，甚至在大华的房间里做作业。大华不厌其烦地听着，有时也会插上几句话，问上几个问题，然后羡慕地看着小玉做作业，或者拿着小玉的书本，津津有味地看着。

这天，大华正坐在房间里看书，小玉推门而入，开心地说："大华哥，我们放学了。"

大华眯着眼笑道："今天又学了什么呢？"

"今天没学新的课，好几个老师都请假了。我们就自己在课堂上自习。"

"请假？正常上课时间也请假？"

"不知道。好像是回去分田还是什么的，他们搞什么承包吧，反正搞不清楚。"

大华哦了一声，继续看书。

小玉放下书包，一屁股坐在大华床上，叹了口气说："唉，真无聊！"

大华扑哧笑道："小小年纪就知道无聊？"

"大华哥，要不你陪我一起玩吧？"小玉走到大华身边恳求道。

"玩什么？"大华合上书本。

"就玩……要么出去玩吧。"

"好啊，那我们出去转转，怎么样？"

"好啊！"

二人走出招待所，漫无目的地走着。

小玉问道："大华哥，你们丰城是什么样子？大吗？"

大华想了想，说道："我们丰城嘛，和你们这里差不多，不过比你们这里大很多。"

"是吗？"小玉向往地说，"那带我去丰城玩好不好？"

"好啊！等你长大了，就带你去丰城玩。"

"我已经长大了。你就是骗我，不肯带我去丰城玩。"

正说着，前面走过一个工人、一个农民模样的人，步履急切，边走边对话。

“弟弟,我们家里正在分田,妈让我叫你回去,我们家就可以多分点田了。”

“作田有什么好?当年不就是饿得没办法,爸爸妈妈这才托人找关系,把我弄到城里来找了一份临时工吗?我再过两年就可以转正吃商品粮了。你告诉爸妈,我不回去,不要田。”

“现在不同以往了。以往是大队生产队在一起开工种田种地,现在要全部分到家里来,叫什么什么‘联产承包’,收到的粮食除了交公粮外,全都归自己家里所有。所以,多一个人分田,就可以多打一些粮食,我们全家人今后就不会饿肚子了。”

听到“联产承包”四个字的时候,大华已然心动,但不知发生了什么事,便继续紧跟二人,细听他们对话。小玉跟在后面大声叫着,他浑然不觉。

“我就是不回去,我好不容易当上临时工,马上就可以转正了。现在又要我回去分田,我才不想回去。”

“你不是还没转上正吗?你的户口还在家里,只要你回去在大队里签字,就可以参加分田,我们家里就可以多分到田了。如果你不想作田,我们可以帮你作,你还可以继续回来当你的临时工啊!”

“我就是不回去!”

二人边走边说边吵,逐渐走得远了。大华似乎听出了一点门道,说是可以分田到户,还可以继续出去做自己想做的事。不知家里是不是这样?他又加快了脚步,想追上那两人,继续听他们对话。但小玉紧紧拽着他的衣角,看上去已经很累,觉得不忍心。心想,等下回去写信给家里问下,就什么都知道了。

小玉赌气道:“不跟你玩了!走得这么快,都快把我累死了。”

大华赔笑道:“对不起对不起。我请你吃东西好吧?”

“好啊!去吃什么?”小玉马上开心地笑道。

“嗯,我请你吃……你想吃什么?”

“笋包子!”

“好,那我们就去买笋包子吃!”

把小玉送回家后,大华再也静不下心来,又独自到县政府门口去转悠,试图发现点什么。他突然看到县政府的门口悬挂着“大力推进农村联产承包责任制”“分田到户,责任到人,激发活力,富国强民”等标语。他的眼睛里闪出一丝光芒,看来刚才听到二人的对话是真的了。他快步来到县政府的宣传橱窗,就着昏暗的灯光,仔细阅读里面的报纸,发现几乎所有的版面都在介绍同样的话题——“联产承包,分田到户”。他的身体因激动而颤抖不已,这一刻终于到来了!

回到旅社,大华马上铺开信纸,给家里写信。又一想,写信太慢,得马上回去打探消息。对,明天就回去,一刻也不能停等!

他把信纸收起来,仓促地收拾着行李,兴奋地想着联产承包的事。如果真的是这样的话,自己出来就师出有名,就再也不会受到歧视,更不会受到约束。他原本想再等几个月,等父亲刑满释放后再回去,现在一刻也不想耽搁,必须马上回去。

折腾了半夜,渐渐平静下来,他猛然想起,马上到月底,是自己下乡收货的时候。总不能让人家觉得自己失信,把废品堆在家里再等一个月甚至更长的时间吧?他想,还是先把这批废品收上来,再交代这些帮自己收废品的乡亲,两个月或三个月来收一次,自己就可以从容来回了。想到这里,他已经完全平静下来,反正也不急于一时,那就再等几天吧。

再次回到家时,家里的分田到户工作已经完成。更令大华意外的是,父亲居然提前几个月释放了。双喜临门,大华激动不已,和父亲聊了三天三夜。

“终于不用提心吊胆偷偷摸摸去换糖了!”大华摩拳擦掌,兴奋地说。

九根头发已经长了有寸余长,下巴也刮得铁青。他望着眼前壮实成熟的大儿子,也十分兴奋:“大华,我们的好日子总算来了。”

“是啊,好日子总算来了!”大华的眼光里满是憧憬,“我们可以光明正大地做生意,赚钱,不用听别人的冷言冷语了。”

九根感慨道:“我一直在盼望这一天,在牢里也一直在想这个问题。我们的日子不能这样过,也不应该这样过。靠自己的本事赚钱,吃饱饭,穿暖衣,有什么错?为什么总是要偷偷摸摸的,为什么不能光明正大地甩开膀子干呢?现在好了,总算可以甩开膀子大干一场了。”

他望着大华,微笑着说道:“大华,你还不晓得吧?你现在在村里,已经成了名人。大家听说你在外面做得很大,说你赚了不少钱,都要学你呢。我回来这几天,就有好多以前一起搞副业的社员,来向我打听消息,问你在外面的情况。还让我重操旧业,继续领着他们出去换糖呢。有的人已经迫不及待,早就挑着糖担出去换糖了。”

大华笑道:“向我学什么啊?我这一切都是跟您学的,要学也是学您啊!”

九根摸着大华的头,笑道:“你看,才这么几年,你都学会谦虚,学会恭维人了。”

大华认真地说道：“我不是谦虚，更不是恭维，而是心里话。当年，要不是您逼着我挑着糖担四处换糖，我可能还什么都不懂。”

九根感慨道：“是啊，要不是你学会了换糖，咬着牙坚持这么多年，我们家就不会过得这么好，你妈妈就更苦。”

说到妈妈，大华眼睛湿润了：“妈妈真的不容易，今后我一定要好好孝敬妈妈，孝敬您！”

九根拍了拍大华的肩膀，笑道：“傻孩子，莫伤感。现在形势这么好，我们应该高兴才是。对了，你在外面这么多年，有什么具体的想法没有？”

大华略一沉吟，说道：“我在奉新的时候，就想了好多办法，我不要每天下到各个村庄去，而是委托当地人帮我收着，我再定期下去统一收购。现在政策好了，我就想，我们是不是可以在更多的地方设一些收购点，然后统一收货，统一销售？”

九根点头道：“嗯，你上次到监狱探望我之后，我也一直在想这个问题。我觉得这个办法可行。”

“我们不仅可以在外面设收购点，也可以到家里来设。”

“到家里设？”

“是啊，您看啊，您刚才不是说好多人都想去换糖、好多人都已经出去换糖了吗？他们换到废品总要卖吧？只要价钱一样，卖给我们跟卖给收购部是一样的，而且我们可以上门去收，省得他们跑来跑去的，这样不是很好吗？”

对于大华的想法，九根大感意外。并不是这个想法不可行，而是这样做的话，收购部是不是会干涉？即使收购部不干涉，村民们又会不会有什么别的想法。这可是典型的“资本主义”的做法啊！回想这几年的经历，九根不禁有些迟疑：“这个……还是缓一步再说吧。”

“为什么？”大华不解地问。

九根苦笑了一下，宽慰道：“凡事不能操之过急，我们先缓一缓，边干边看。”

大华似乎也意识到自己太过兴奋，有点操之过急，不好意思地笑了。

金娥年前就和红卫结了婚。金娥依旧每天和师父美莲外出做裁缝，生意比以前更忙。听说大华回来，红卫领着金娥，拎着大包小包东西回娘家，来看望大华。

红卫在公社供销社谋了一份工作，衣服笔挺，头发梳得油光发亮，一进门便亲切地叫道："爸，妈，我和金娥回来看你们来了！大华，我们来了！"

大华迎出，看着表情羞怯的金娥："姐，对不起，你们结婚的时候我没能赶回来。过得还好吧？"

红卫抢过话头，得意地说："那还用说？我对金娥可好了。我爸爸妈妈对金娥也很好，简直比亲闺女还要亲，不舍得让她受一点委屈，搞得我都吃醋了。"

"那就是说，你给我姐委屈受了？"

"没有没有！我哪敢哪？金娥，你说句话啊！"

金娥小声说道："这倒是真的，他没有欺负我。——你们聊吧，我去帮着妈妈一起做饭。"

红卫拉着大华说："大华，大家都在说你在外面赚了好多钱，是不是真的？"

大华笑道："我赚钱再多，也没有你这个吃商品粮的风光啊！你看你，衣服笔挺，头发发光，皮鞋发亮，一定吃了不少冤枉（捞油水）吧？"

"哪里的事？我吃得到什么冤枉啊？不过偶尔帮人批批条子，买买紧俏货，还是有点小油水的。"言谈之中似有得意。

"那也是不错的。供销社是好单位，肯定很多人羡慕。"

"你还没说你呢，到底赚了多少钱啊？有没有几千块？"

大华笑而不答。

不一会儿，细华回来，一进门就大声叹息："哎呀，完了完了，一切都完了！"

红卫讨好地迎上去，关切地询问："什么完了？快跟姐夫说说。"

细华白了一眼，说道："你是谁姐夫啊？懒得跟你说。"红卫也不在意，仍笑嘻嘻地说道："我当然是你姐夫，对吧大华？"

大华不理他，问细华："碰到什么事？"

细华又叹了口气："我不想读书了！"

细问之下，大华这才知道，刚刚一次考试中，细华其他各科成绩都还可以，唯独语文成绩极差，仅得了 50 多分，而偏偏语文老师又是班主任，对细华的表现十分不满，时不时提他的问，而他总是答不上来。细华觉得在大庭广众之下有失面子，越来越怕上语文课，居然产生了辍学的想法。

大华笑道："我以为出了什么事！就这点小事，用得着这样大惊小怪的吗？"

细华没有正面回答，反问道："哥，我听好多同学说，他们的爸爸叔叔伯伯都出去换糖搞副业了。而且有的同学也准备不读书，跟着一起出去换糖。

我是真的不想读书，想跟着你一起出去换糖，好不好？”

“不好！”大华马上反对道，“你脑子里成天想这些乱七八糟的东西干吗？你以为换糖搞副业容易啊？连课堂上提问都怕失面子，还吃得了换糖的苦？还是好好读你的书吧，换糖的事过几年再说！”

细华央道：“哥，求求你，现在就带我去吧。”

“我说不行就不行！”大华坚决地说。

大华不再理会。本以为细华会听自己的话，回到学校好好读书，没想到几天之后，细华空着手回来，说：“我退学了！”大华没见到他的课本行李，以为是玩笑话，一问才知，细华居然把书本全都卖了，下决心要跟着大华去换糖。大华无奈，既然细华不想读书，便跟父母商量一番，决定同意让细华跟着自己出去。

团聚的日子短暂而快乐。实行联产承包责任制之后，人们的思想和行为都发生了巨大的变化，令自古就人多田少粮食短缺的龙洲村迸发出极大的活力，也令九根一家人看到了希望。

九根、大华、细华父子三人连续商议了几夜，决定兵分两路。一路是九根继续和村里人一起四出换糖，了解各地的行情，联络大家的感情。另一路则是大华继续回到奉新，并从奉新辐射周边县市，把生意做得更大一些。细华主动要求跟着大华，主要是怕跟着父亲挨骂受苦，想跟着大哥做点轻松赚钱的活，大华答应了。

九根专门给细华准备了一副糖担。细华兴致勃勃，刚一出门便吆喝起来。大华一路跟他详解换糖的经验诀窍，细华虽然顽皮，却也听得细心。二人一路说笑，很快又回到了奉新。

当大华领着细华来到他的仓库，看到堆积如山的废品时，细华惊讶得半天合不拢嘴。细华赞叹道：“哥，我晓得你在这里这几年，生意做得很好，没想到有这么好。这么多废品，如果分类去卖，起码也得有好几万吧？”

大华笑了笑，说：“其实，这还只是现存的货，要是算起定期到乡下收的货，两个仓库也装不下！”

细华问：“哥，你还定期到乡下收货？”

“那是当然。我在每个公社甚至大一点的村庄，都委托了人帮我收货，我只要定期去收就行。”

“你太了不起了！”细华赞叹道，“这么说来，整个奉新的货物都是你的了？”

“差不多吧。”大华道，“除了县城部分居民会把货卖到收购部，其他大部分乡下的货差不多都在我的名下。”

细华细问了一些收货的细节:“哥,是不是我也不用每天挑着糖担出去,就跟着你出去收货?”

“不行。你初次入行,很多行情不了解,根本不晓得怎么个收货。如果你真想做好的话,就要从换糖做起,挑着糖担走村串巷,去体验换糖的滋味,更主要的是要晓得怎样才能让人家信任你,心甘情愿地把货卖给你。”

“哦。”细华虽然不情愿,但看到堆积如山的废品,便也听从了大哥的建议,“那从明天开始,我就跟你一起下乡去换糖。”

次日,兄弟二人一起,一人一副糖担,开始沿街叫换。细华虽然踌躇满志,毕竟第一次出远门,在人生地不熟的地方换糖,多少还是有些别扭。见哥哥落落大方,不亢不卑,热情中透出精明,也增强了自信。又因有哥哥在旁,底气也足了,很快便进入角色。

一天下来,细华收获不大,有点灰心。大华笑道:“我第一次跟着爸爸出来的时候,换的东西还没你多呢。”

细华高兴地说:“是吗?看样子我的潜力还是蛮大。”

“那时只是单纯的换糖,没有这么多小百货,所以换到的东西也少,也没卖到什么钱。”

“哥,明天我们分头行动,你走一条线,我自己走一条线,同时出发,同时回来。我们比一比,看谁更厉害,怎么样?”

“好啊!”对细华这种不服输的劲头,大华自然很高兴。

次日比赛的结果,细华输得更惨,还不到头天的一半。大华听了细华的讲述,帮他分析道:

“首先,你走得太快。爸爸当年告诉我,‘会换糖的门口坐,不会换糖的门口过’,是说要有耐心,打动碰到的每一个人,让他们拿东西来换。如果走得太快,还没等人家出来你就跑了,不是白跑了吗?其次,你太争强好胜,总想着要比我换得多,以为走的村庄多就换得多,你错了。换糖关键在一张嘴,除了吆喝得好,还要会说,说得让人心动,这样人家就愿意跟你做生意,哪怕就在一个村待着,也不止换你这么些东西啊!第三,也是更重要的,脑子要灵活。既要让人家觉得你人好,大方,又不能让自己吃亏,否则再多的糖也不够换。”

细华搔着后脑勺,问道:“这第一点、第二点我都明白,可是第三点,既要大方,又不能吃亏,到底要怎样做呢?”

大华一边说一边比画道:“其实吧很简单。比如人家要买我们的松紧带,假设要买两丈,量了五尺对折一下就是一丈,一丈再对折一下就是两丈,对吧？”

“对啊！我数学很好，这个当然晓得。”

“你在量到五尺的时候，稍微往回收一点，可能就只有四尺五左右，对折一下也就是九尺，再对折也就是一丈八。量完之后，跟人家说，我再给你多放一点，放个一两尺。人家是不是会很高兴？”

“多给了当然高兴。”

“那我们也没吃亏啊！”

“好像是，我们也没多给。”

“那人家是不是会说你这个人大方，人好呢？”

“好像是这样哦……不对不对，你这不是欺骗人家吗？”

“我也没骗人家，也没少给人家啊！”

“那……这……好像哪里不对啊！”

“是的，你说得不对的地方就是窍门。人们都喜欢贪点小便宜，这个便宜我们就让他占。不过我们也不能做亏本的买卖，顶多货真价实地卖给他们。我们心里无愧，人家也会高兴，会说你的好话，说不定还会帮你吆喝，帮你叫来更多的客户。你说，要是村上有人帮你说话，人家是不是都愿意到你这里来换糖，来买东西呢？”

细华恍然大悟道：“原来这就是你所谓的窍门啊？难怪村里人都那么佩服你，你真成奸商了！”

大华打了细华一下，笑道：“什么奸商啊！一个愿打一个愿挨，公平买卖，大家都高兴，有什么不可以的？要不然哥这几年在这里能够站得住脚啊？”

细华感慨道：“哥，你真的不容易。我以前也晓得你在这里很辛苦，可是没想到你这么辛苦，懂得这么多。要是爸爸看到你还有这么多存货在这里，还不晓得怎么想呢。对了，在家里的时候，你怎么只字未提呢？”

“这有什么好提的？我还到处去说，我有几万块钱的存货在这里啊？现在刚刚实行联产承包责任制，好多政策不大明朗，我也不敢出去乱说啊！”

“这有什么？既然把田地承包给了私人，总不可能收回去嘛。”

大华又笑了笑，不答。过了一会儿，他缓缓说道：“细华，不管你今后有什么打算，从现在开始你就要打好基础。俗话说，万丈高楼平地起，要是不了解这一行的行情，不懂得里面的酸甜苦辣，是很难做出成绩，很难有所作为的。懂吗？”

“我懂！”

在大华的耐心指导下，细华每天早出晚归，虽然收获有多有少，但对于换糖过程中的人情世故却也颇有领教，对大华这几年来在外面的辛酸冷暖又多了几分理解。

为了便于收货，便于管理，兄弟二人干脆退掉旅社的房间，搬到仓库住下，买了锅碗瓢盆一应厨房用具，就在仓库生火做饭。兄弟二人轮流买菜做饭，虽然做不出美味珍馐，但二人随心所欲，即便粗茶淡饭，也津津有味。

这天是周末，小玉好不容易找到仓库，远远闻到一股烧焦的味道，尖叫道："哇，哪里烧东西了？"

大华闻声出来，见是小玉，忙问："哪里烧东西了？"

"你快闻闻！"小玉指着仓库边的一间小屋，"好像是从那里发出来的。"

大华冲到小屋，里面浓烟滚滚，黑乎乎什么也看不清。大华不晓得发生了什么事，正要冲进去，只见细华从仓库奔来，连声问："发生什么事了？发生什么事了？"

大华道："不是你在做饭吗？"

细华猛然想起，自己锅里还煮着面条呢，叫了声"坏了"，忙冲了进去，手忙脚乱地想去端起灶上的锅子。没想到锅子太烫，咣当一声，锅子掉在地上，溅起一团火花。大华忙端了一盆水冲进去，对准炉灶的方向泼过去。好不容易踩灭火花，把细华拉出来，二人早已变成了大花脸。

惊悸过后，三人相互对视，小玉忍不住扑哧一声大笑起来。大华细华看着对方的脸，也是一场大笑。

细华擦着脸，难为情地说："是我的错。我把面条放灶上之后，就到仓库里去，结果把煮面条的事忘记了。"

大华查看了一下厨房，没有发现什么隐患。又抓着细华的手看看，只是烫红了一点，并不严重，这才放下心来，笑骂道："你看你能做些什么啊？要不是小玉发现，还说不定会发生什么后果。这下好了，饭也没得吃了，就等着喝西北风吧。"

细华红着脸说："哥，对不起，我真的不是有意的。我刚才在仓库里整理东西，是真的把煮面的事忘记了。小玉，谢谢你啊！"小玉只是掩嘴偷笑。

大华挥挥手说："好了，跟你说着玩的，你还当真啊？正好小玉也来了，反正面条吃不成，干脆我们到馆子里吃，怎么样？"

小玉拍手叫道："好啊！"

大华拉起细华说："我们先把厨房收拾一下，收拾好了就去吃饭。"

三人七手八脚，把厨房收拾完毕，又洗干净身上的尘垢，这才锁门出去，来到县城的小餐馆。

短短半年多的时间，县城的饭馆像雨后春笋般，突然冒出了好多，让本来单调无味的味蕾一下子应接不暇。大华找了家干净的饭馆，点了几个菜，又叫了两瓶啤酒外加一瓶汽水。

“真好吃！”细华喝了一口啤酒，又吃了一口菜，开心地说道。

大华给小玉打开汽水，喝了一口啤酒，问道：“小玉，上课很紧张吧？”

“不紧张啊。”小玉显得非常开心，“虽然现在的课程比初中难，老师抓得也很严，但是我都会做，一点都不紧张。”

“那就好！”大华笑道，“你可要好好学习，莫跟我这个弟弟一样，老师提问时一问三不知，还跟老师赌气不上学。”

“谁啊？”细华不满地说，“你们说你们的，怎么说到我头上来了？”

小玉笑道：“细华哥，你为什么要逃学啊？”

细华满不在乎地说：“我……我不想读书。读书有什么用？又赚不到钱。”

大华鄙夷地看着他：“你就晓得钱钱钱！钱就那么重要？哥是没办法，要是当年爸爸不逼着我出来，可能我大学都考上了。”

细华争辩道：“那你就赚不到这么多钱了。”

大华摇着头，叹了一口气，说：“你啊，根本不晓得世道的艰难！等以后你就会明白的。”

小玉心有余悸地说：“大华哥，回想今天你们做饭的情形，我还有点后怕呢。”

大华也说：“是啊，我也在想，要是真的着起大火来，那后果真是不堪设想。”

细华想了想，说：“哥，其实我一直有个想法，就怕你不同意。”

“什么想法？”

“我以前也说过的，我们的货不能一直存在这里，要想办法卖掉。但是又不能全都卖给收购部，价钱太低了，划不来。”

“这个啊？”大华沉吟道，“其实我也一直在想这个问题。我们存在这里的货太多，要是遇到什么事会很麻烦。但是卖到收购部价钱又太低，还没想到一个更好的办法来处理这批货。”

细华说道：“这好办啊，我们现在就把货运回家去，按质分类，然后再找价钱高的地方卖，肯定能卖到好价钱。”

大华赞许地说：“嗯，是要好好想想。这样，我明天就回去，好好跟爸爸商量一下，听听他的意见再定。”

小玉不舍地说：“又要回去？”

大华笑道："就几天时间。"

小玉噘着嘴，心不在焉地吃着，不时抬起头来看看大华。

13　坐庄收货

经过商量，并征得父亲同意之后，大华和细华买来大量的包装绳、包装袋，每天都在仓库里紧张地捆扎废品。三天之后，一辆卡车徐徐开进仓库。细华一看，乐了。

"哥，这是你请来的汽车吗？我还一直在想这么多东西怎么运回去呢。"

大华笑而不语，上前给司机递了一根香烟，招呼道："张师傅，这么准时啊？"

司机张师傅从车上跳下来，左看看右看看，惊讶地说："真行啊大华！这个仓库的货都是你的？怎么收了这么多啊？"

"也不多，好几年的呢。"

"太多了太多了。我一路还在想，你到底收了多少货，要租用汽车来拉。现在看来，两趟都恐怕装不下。"

"先一趟一趟装，能装多少是多少，装不下就下一趟再装。"

张师傅前后左右查看了一下，悄声问："大华，你这里面有没有违禁的东西啊？"

大华明白，张师傅所谓的"违禁"的东西，是指金属废品，主要是铜、铝和钢铁。他笑了笑，说："你不是都看到了吗？所有的货物都在这里，哪里有什么违禁的东西啊？"

张师傅摇了摇头："你蒙谁啊？谁不收点违禁的东西？我告诉你，要是路上查出来，可不关我的事。"

细华抢过话头说："我说张师傅，我们请你来拉货，你只管拉就行，你管我们装的什么货啊？"

张师傅笑道："你是细华吧？年纪不大，口气不小！"

"你认识我？"

"现在你一家子在龙洲都成名人了，还不认识？"

细华颇觉得意："既然认识，那就按说好的价钱运货就行。"

张师傅沉吟片刻，对大华说："大华，我开始不晓得你们有这么多货，你也没讲清楚。现在看，拉一车肯定是拉不下来的，要么这样，你给加点钱吧？

六百，怎么样？”

大华笑道：“张师傅，你不能坐地起价。价钱我也是打听过的，既不能让你吃亏，也不能漫天要价对不对？说好的五百，不能变的。”

张师傅为难地说：“你的货实在太多、太重了，如果不加点钱，恐怕拉不了。”

大华走到张师傅面前，老成地拍拍他的肩膀，说：“张师傅，运费是不能加的，我也不能坏了行情。你看这样行不行，你大老远跑来肯定饿了，我请你吃饭喝酒，再买包香烟给你抽。下次有生意的话还照样请你，怎么样？”

张师傅想了想，只得答应：“都说你做生意精明，现在看来，大家说的没错！”

吃过饭后，大华叮嘱细华，马上到收货时间，注意到各地及时收货。然后分作两趟，亲自押车回到了龙洲。

尽管九根已将祖屋的院子腾空，但当所有的货物都卸下来之后，院子里还是被塞得满满当当的，甚至连门前的空地上也堆放了不少。一家人兴奋异常，全都围到一起，按照大华的意思，分类拣出。金娥已有三四个月的身孕，很少出去帮人家做事，便也挺着个大肚子，来帮忙分拣。

整整忙了四五天，分拣的废品基本到位，大致分为羽毛类、塑料类、橡胶类。还有很多废旧金属，因为目前还属于违禁类废品，不准普通民众收，所以分拣出来后，九根和大华很快便将废品金属收好，藏起来。在收到的废旧金属中，竟然还有不少银器、金饰，更是令全家人喜出望外。

正在全家人兴奋异常的时候，突然到来的两位不速之客，令九根全家人更是喜上添喜。

这天，大华外出联系销售废品事宜，快要走进家门口时，前面来了两位衣着干净的男子，东张西望朝这边走来，看样子似乎在寻找什么东西。

“老乡，”走在前面一位个子稍高的清瘦男子操着生硬的普通话，走到大华面前，“你知道哪里有废品卖吗？”

大华一听，知道是外地人，热情地询问道：“请问你们是哪里人，要收什么废品呢？”

清瘦男子说道：“我们是广东人，在吉安那边承包种瓜。现在西瓜卖完了，听说你们这一带有好多做废品生意的，想到这里收点硬塑料回去，卖到我们那边加工厂。”

那人的普通话不大标准，但大华已经听明白他的来意，顿时来了兴趣：“你们需要的量多吗？”

“当然多啦，我们那边的凉鞋厂需要大量硬塑料。”

“哦哦。”大华已经明白，他们需要大量的硬塑料，收回去加工成凉鞋，正好这次从奉新运回来的废品中有不少废旧凉鞋。真是想什么来什么，自己正要找销路，销路找上门来。这真是天遂人愿！

大华努力抑制着内心的激动，微微笑着说：“几位，到我家看看如何？”

两名广东客人随大华进去，看到院子里堆积如山的废品时，惊讶得合不拢嘴，相互交流了一阵之后，清瘦男子说道：“这都是你们家的？”

“是的。”大华不动声色地说道。

“一共有几吨？”

“大概……不到两吨吧。”

两名广东客人又商量了一下，清瘦男子问道：“还有没有多一点？”

大华想了想，反问道：“你要多少？”

“有多少我们就要多少！”

“没问题！”大华痛快地说，又转身对父母说，“爸，妈，我看先把他们留下来吧。让他们先歇歇，弄点吃的，下午我就和爸爸去准备塑料。”秀莲小声问：“你们怎么准备啊？”九根眨着眼，神秘地笑道：“你莫管，快去做饭吧。”

大华对两位广东客人说：“你们放心！先在我们家休息一下，今天也就在这里睡，明天一定把货物备好，怎么样？”

两位广东客人大喜过望，连连点头。

饭后，秀莲收拾出一间厢房，请两位客人休息，九根和大华吃过饭之后分头出门。傍晚时分，二人回来，每人都挑着满满的担子，全是硬塑料。次日一早，又有人陆续推着车子送塑料来，不到中午，院子里再次堆满了废旧硬塑料。广东客人大为惊叹。

九根父子不顾歇息，用一下午把所有的废塑料整理打包，借来一把磅秤，一包一包过磅，足足有三吨之多。广东客商大喜，当即现金结清。九根父子以当时市价每斤两毛五收来，大华跟广东客人有约在先，每吨要比收购部多赚十元。这样一来，除了比卖到收购部多赚三十元，加上自己的近两吨废品，足足赚了一千多。

突如其来的意外收获，令全家人兴奋异常。九根主动帮广东客商联系好汽车，车到家门口，帮着广东客商把货物装好。广东客商又给了九根一个意外的惊喜：押下两千元现金，请他们帮着收货，说一周以后还会再来！

送走广东客商之后，九根、秀莲、大华、金娥四人围坐在一起，谈论着这次“奇遇”，每个人都是喜笑颜开。

秀莲赞许地说：“大华，你这次算是给家里立下一大功了。不仅我们自己的塑料卖了好价钱，而且还把收来的货也全卖出去了，还认识了几个这么好的主顾，主动留下押金。这样的生意，怎么算都划算，今后就可以放心大胆地收货了！”九根吸着烟，在一旁不住地点头。

大华也笑道：“我也没想到会碰到这么好的事，要不是人家问路问到我们家，这个生意可能就被别人做去了。看来我们翻身的机会真的来了！”

金娥在家里帮了两天，已经有点体力不支，抚摸着凸起的肚子，好奇地问：“大华，你当时是怎么想到去别人家收货来卖的呢？”

大华看了看父亲，笑道：“我在奉新早就采用了这种模式，委托各个地方的人帮我收货，我只要定期定点去收就可以了。所以，当广东人说越多越好的时候，我就突然脑子里一闪，想到了这个主意，正好和爸爸的想法不谋而合。”

九根掐掉烟头，用赞许的眼光看着大华，说道：“我也一直在思考这个问题。所以，大华一答应，我马上就晓得他的想法。这次主要还是时间紧，也没有经验，等他们下次再来就会好多了。”

金娥看着面前小着自己几岁的大华，由衷赞道：“大华，你能和爸爸想到一起，真的长大了！”

见大家都赞扬不绝，大华颇觉有点不好意思。

九根又道：“看来，我们的胆子还是小了点。大华，”他转身面向大华，“你以前跟我提过设立收购点的想法，现在可以照做，没必要再瞻前顾后了。有没有具体的想法？”

大华道：“按我在外面的做法，在县城和各个乡镇都设立了代收点，能够节省大量的时间和精力。但是也有一个不好的地方，就是各个代收点的积极性不是很高，主要是考虑到我的收购价格比收购部稍微低一点，有些人就自己把废品直接送到收购部去，这也影响了我的业务量。所以我想，首先，我们的价格可以提高到和收购部的价格一样，就和这次跟广东人做生意一样。其次呢，不必设太多的点，难以协调，就在附近换糖人比较集中的几个村庄设点。第三，也是最重要的，我们要直接收换糖人的货，而没必要去收散货。总的来说，我们收换糖人的，换糖人收散户的，大家各取所需，其实对大家都有好处。”

九根点头道：“不错！这样也相当于我们家开了收购部，但我们比收购部做得灵活，所以会比他们做得更好。”

金娥担心地问：“那……收购部会不会管我们啊？毕竟是抢他们的生意！”

秀莲回想起三年前那场不堪回首的经历，仍心有余悸，问道：“要是我们做得太大,别人会不会来干预?”

大华知道母亲和姐姐的担忧,便看了父亲一眼,宽慰道:“不会的。政策既然放开,老百姓尝到了甜头,日子过得更充实,肯定不会再走回头路。”

九根沉吟道:“我想,谨慎点肯定是有必要的,但不必前怕狼后怕虎。人家广东人都跑到我们家门口来收货,我们还怕什么?只要我们不做违法的事,上面不会找我们麻烦的。”

大华说:“事不宜迟。我们说干就干,莫让别人抢到前头去了!”

商定之后,由九根出头,在附近几个村庄分别设了收货点,讲定价格、收货时间。这几个村庄果然积极性很高,以前跟着九根一起外出换糖的福银、赣胜等人听说九根会上门来收货,不用自己到收购部去,也不用担心收购部短斤少两,都很高兴,当天便把自己家里的货送来。短短几天时间,再次收集到大量废品。

一周之后,广东客人再次前来,按之前商定的价格交易,双方皆大欢喜。广东客人对九根父子的精明能干很是满意,九根父子对广东客人的诚信也很满意,双方约定继续保持这种经营模式。

九根已经没有时间出去换糖,但家里经常聚集着一些换糖人,彼此交流心得,或者送一些废品过来。渐渐地,民间开始流传一句话:“跟着王九根,赚点零花钱。”这句话不胫而走,很快传遍附近村庄,人们在劳作之余,纷纷外出收货,就连平时不大外出的妇女们也挑起了担子,四处外出,沿途收购废品。一时之间,大街小巷不时可以听到一些吆喝声:

“有鸡毛鸭毛鹅毛卖个么——”

“有烂套鞋烂凉鞋废塑料卖个么——”

“有乌龟壳水鸡(甲鱼)壳卖个么——”

吆喝声此起彼伏,传遍城市农村,传入每个人的耳朵里、心里……城乡处处,随处可见收购废品的人。

就在九根父子忙于四出协调收购废品的时候,远在奉新的细华突然打来电报,说奉新那边出事了,让大华赶紧过去处理。大华不知发生了什么事,马上出发赶往奉新。

早几年,大华在奉新的时候,四处定点收购废品,采取的是以略低于收购部的价格上门收货。但是,随着市场逐渐放开,特别是大华兄弟收购废品的业务做得越来越大,一些当地人看到收购废品有利可图,也纷纷加入收购废品的行列。一时之间,很多乡村都有四处收购废品的农民。有些人不惜提高收购价格抢夺市场,细华下乡时收不到货,感到很泄气。

细华也以抬高收购价的方式去抢夺货源，没想到与前来收货的一对黄姓兄弟相遇。黄姓兄弟欺负细华年少体弱，又是外地人，扬言要把他的担子砸掉，还要把他赶走。细华年轻气盛，毫不让步。争执之下，细华被黄姓兄弟推倒在地，细华虽然不服气，哪里打得过正当壮年的黄姓兄弟？

细华满心委屈回到仓库，想到才十来天的工夫业务量就大幅下滑，既难过又羞愧，不知如何向大哥交代。想来想去，只好打电报给大华，希望他赶紧回来扭转局面。

大华听罢细华的讲述，微微笑了笑，安慰道："细华，不用难过了，不就是跟人争吵了一顿、被人推倒了吗？又没受什么伤，有什么好难过的？古话说'胜败乃兵家常事'，做生意也一样，有好也有坏嘛。"见细华低头不作声，又说道，"不过，哄抬价格，搞恶性竞争是不行的，到头来肯定是两败俱伤，我们赚不到钱，那些跟我们抢生意的人也赚不到。我想，这样的局面不会太久，那些跟我们抢生意的人看到没什么赚头，很快就会收手不干的。"

细华气呼呼地说道："我就是看不惯那些人。如果在我们老家，我一定不会放过他们！"

大华笑道："干吗？还记着跟人打架啊？我们是出来做生意赚钱的，不是出来打架闹事的，吃点亏受点委屈要什么紧？赚钱才是正经的，千万莫搞错了方向！"

细华不作声。

大华又劝道："你好好想想，跟我们抢货源的人只是少部分，大部分市场还在我们手上嘛。虽然现在好多人一拥而上，都觉得收废品赚钱，都眼红我们生意做得大，都想跟我们做生意，但是，我们做了这么久，已经具备了一定的实力，这是他们谁都比不了的。虽然有些人眼红我们，但不是所有人都在跟我们作对。所以，只要我们把眼光放长远点，不要自乱了阵脚，就不会影响我们的生意。"

细华这才缓过了气，佩服地说："哥，要是我有你这么沉得住气就好了。我总是一口气堵在心里就想发作出来，不会想这么多这么远。你放心吧哥，今后我不会跟人斗气了。"

大华见弟弟想通了，舒了一口气，简单把家里的情况向细华作了介绍。考虑到细华毕竟年轻，而且性格硬直，容易冲动，他决定让细华回去，协助父亲打理生意，自己继续留在奉新，一方面稳定好这里的生意，同时也尽量向周边拓展业务空间。

打定主意后，兄弟俩干脆不做饭，到外面的饭馆里痛痛快快吃了一顿。又过了几天，兄弟俩一同外出，把各地的废品收上来之后，大华就让细华乘车回去，自己在这里坚守市场。

因为有家里的收购点托底，大华在奉新并不觉得有压力，反而觉得很轻松。他了解到，有些人继续用抬高收购价的方式跟自己抢夺货源，心里并不紧张。收购部的收购价稳中有升，他也随行就市，适当增加收购价，但绝不越过底线搞恶性竞争。从与广东人做生意开始，他就在想，这些废品的价格一定还会有上升空间，因此，他收到废品并不马上卖给当地收购部，甚至也不急于卖出，而是积累到一定数量之后，再打电话给父亲，让父亲安排汽车拉回去，然后分类出售。当地收货的人哪里扛得住哄抬价格的压力？很快便陆续有人收手不干，甚至把收到的废品送到他这里来。大华因势利导，把这些人发展成为自己的下线，废品收购量不降反升。

这天，一高一矮两位壮汉气势汹汹闯进仓库。大华见来者不善，心里有了警觉。回想起细华描述的黄姓兄弟外貌，便猜测这两人必是黄姓兄弟，一问果然不假。大华便笑问道："两位大哥前来，有何指教？"

矮个子冲到大华面前，指着大华，盛气凌人地说："上次那个是你弟弟吧？年纪不大，口气不小。怎么，躲起来了？"

大华笑道："你说的的确是我弟弟，他回丰城去了。不过，做生意不在于年纪大小，而在于会不会做生意，能不能赚钱，对吧？"

矮个子又说："你会赚什么钱？要是真的斗起来，我们就再抬高收购价，让你们一样赚不到钱！"

大华又笑道："如果你有心情，可以抬高价格试试。不过在抬高价格之前，你最好先到收购部去了解一下，然后自己回去算一算，你还能不能赚到钱？"

矮个子不服气地说："就算不赚钱，也不能输给你们丰城佬！"

大华哈哈笑道："大哥，看你的年纪，也有三十多岁吧？你不赚钱，花这么大力气跑东跑西收这些废品图个啥？总不会是闲得无聊吧？"

"你……"矮个子被呛得面红耳赤。大个子轻咳了一声，踱到大华面前，缓缓说道："小兄弟伶牙俐齿的，好能说啊！"

大华估计刚才说话的矮个子是弟弟，这位高个子才是哥哥，有四十来岁的样子。见他冷言冷语，便也不卑不亢地说："会不会说，都逃不过一个'理'字，对吧？"

"你说的'理'，大概就是花言巧语连哄带骗吧？"

"你说说，我怎么就连哄带骗了？"

大个子不紧不慢地说："你到处煽动社员，讨好他们，见人说人话，见鬼打乱话，目的就是帮你收购废品。这不是连哄带骗是什么？”

大华轻轻一笑，说：“没错。我的确到处说服社员，请他们帮我代收废品。可是这都是大家自愿的行为。而且我当场现金结算，一分一厘都不少他们，我哄了什么？骗了哪位？”

矮个子叫道：“你……你就跟旧社会的地主资本家一样，吃人家的剥削！”

大华冷笑道：“我吃人家的剥削，那你们呢？”

大个子瞪了矮个子一眼，矮个子退到一边，大个子说：“但是，你刚开始的时候价格太低，什么东西都比收购部的低几分钱。这种行为对我们的生意造成了很坏的影响，搞得我们收不到货。”

大华平静地说：“所以你们就用抬高价格的方式来抢货源？”

大个子说：“要不然呢？总不能看着你一个人做生意发大财，把我们饿死吧？”

大华心里清楚，兄弟二人之所以找上门来，并不是为了吵架，而是因为恶性竞争导致利润空间下降，在心里造成了困惑，一时心里堵着一股气，想要发泄一下而已。他觉得很可笑，马上又想，既然他们也想赚钱，又不想陷进价格上涨的怪圈，不如大家合作一起做。想到这里，他心里很是坦然，笑道：“我说二位大哥，站在这院子里也聊不出什么结果，不如坐下来好好聊一聊如何？”

矮个子刚说了句“谁跟你聊”，就被大个子瞪了回去。大个子伸手做了个请的手势，大华把他们引到自己的居所，大家分头坐下。

大华倒了两杯水，说道：“大家出来，都是为了赚钱。之前呢，我弟弟可能脾气不好，与二位大哥产生了一点小矛盾，但是正所谓不打不相识。我也劝过我弟弟，让他不要记在心里，也请二位大哥大人大量，把这一节翻过去，我们好好商量一下下一步怎么做，怎么样？”

矮个子把头扭向别处，大个子认真地打量着大华。

大华继续说：“你们都是当地人，更主要的是你们也都想做点生意赚点钱，这个不假吧？不过呢，赚钱也有赚钱的门道，不能相互竞争相互拆台。我这几年一直在这里收废品，每个公社每个大队都去过，也认识很多人。但我毕竟只有一个人，有时候呢也忙不过来，很希望有人能够帮我一把。所以我想，如果二位大哥愿意的话，我们完全可以合作。”

矮个子脱口问道：“怎么合作？”

大华笑了笑，说道：“我还是按以前的价格收购各种废品，如果二位大哥愿意的话，可以帮我去各个点收上来，我按废品的不同类型，分别增加一点钱,算是二位的工钱。”

矮个子反驳道:“这怎么行?我们收上来不可以直接送到收购部去啊?为什么要送到你这里来?”

大华微微笑道:“大哥莫急,听我把话说完。如果愿意合作的话,我们就维持原来的收购价。如果不愿意合作,你抬一点价,他抬一点价,卖到收购部去谁都赚不到钱,只会好了收购部。你们想想,是不是这个理儿?”

矮个子还要争辩,大个子打断他的话,对大华说:“你这个方法可以考虑。但是,收购废品的钱要你先行垫付,我们拿不出这么多钱。”

大华笑道:“这个没问题。只要二位大哥有诚意,什么都好商量。”

大个子满意地说:“兄弟,看不出,你小小年纪做事这么有气魄!好,你这个朋友我们交定了。你放心,有我们兄弟在,没人会为难你的。”

大华道:“那就多谢二位大哥了。要是没什么急事的话,我请二位大哥吃个便饭如何?”

矮个子忙点头道:“好啊!”

当下三人走出仓库,到饭馆弄了几个硬菜。一顿酒下来,化干戈为玉帛。此后,黄姓兄弟果然信守承诺,成为大华忠实的合作伙伴。

解决了下乡收货的问题,大华更觉工作轻松,心情愉快。利用空隙,他经常四出周边县市,考察市场,寻找合作伙伴。正巧在靖安时遇到几位来自抚州东乡收购废品的,发现他们都是单纯收购,然后出售给当地的废品收购站。大华心想,不如把他们的废品全都拿下,经过分拣以后,价钱还有上升空间。经过接触,东乡人也很乐意把废品按市价卖给大华。一时,大华的废品收购量越来越大,几乎每个月都有一大车废品拉回丰城。

这天是周末,大华想了想没什么大事,便买了点东西,前往看望罗奶奶。由于年事已高,罗奶奶身体大不如从前,大华得空便会去探望,他与罗家已结下不解之缘。

罗奶奶正卧床,见到大华,很是高兴,挣扎着想起床,被大华按住,大声说道:“奶奶,您不要起来,坐着说话就行了。”

罗奶奶淌着眼泪,紧紧抓着大华的手,嘴里叨叨不休,都是些听不大懂的话。但大华似乎能听明白,有的话是在表达她对自己身体状况的担忧,更多的则是对他的牵挂。大华十分感动,这几年来,罗奶奶对她比亲孙子还要亲。他从来没有见过爷爷奶奶,一直以来都把罗奶奶当作自己的亲奶奶,在流浪的日子里,得到了很大的安慰,也找到了心灵的归宿。他小心揩掉罗奶奶眼角的眼泪,柔声说:“奶奶,您就安心养病吧,您的病很快就会好的。我在这里也很好，大家都非常关心我，没有人会欺负我，您就放心吧！”

罗奶奶一边叹息，一边摇头，眼泪不停。大华知道她已病入膏肓，积重难返，无非拖延日子而已，也是心如刀割。一个月之后，罗奶奶带着无限遗憾离世。大华痛哭之余，怅然若失，头一次体会到失去亲人的痛楚。

从罗家出来，大华闷闷不乐。小玉虽然体会不到大华的心事，但也知道他心情不好，便跟了出来，陪着大华一起散步。大华从罗奶奶讲起，一直讲到自己的爷爷，讲父亲关后门时伤心流泪的故事。二人坐在南潦河畔的石阶上，相互依偎着，看着夕阳西下时的南潦河波光粼粼，渔舟唱晚。

不知不觉中夜色阑珊，街灯渐起。大华起身道：“小玉，我们一起去吃饭吧。”小玉马上应道：“好哇！”

二人手牵着手，一起向城区走去。大华步履沉稳，小玉则开心活泼，连蹦带跳，非常开心。

14 初涉加工

回到丰城的细华每天跟着父亲四出收货，然后回家分类拣选，觉得简单而无趣。一日，细华去联系一位货主，看到商店里摆放着一排自行车，心念一动，不由自主地走了进去，问清价格后，当即掏钱买下一辆。当他歪歪扭扭骑回家时，九根和秀莲、金娥都很意外，银娥和小华跟在后面，不停追赶着闹着要坐上去。

虽然父亲私下里批评了细华几次，但细华不以为意，继续我行我素。过了没多久，细华又背着父亲，悄悄买了一块“上海牌”手表，十六岁的细华，俨然成为龙洲村的风云人物，受到众多年轻后生的追捧。九根看在眼里，只是嘴上说说，却也拿他没办法，只告诉他凡事多跟大哥商量着办。细华虽然任性，所做的一切，却都会跟大华谈及，而大华除了告诫他低调做人之外，并不说他做得对还是不对。

转眼已是联产承包责任制的第二年。由于家里大量堆积各种废品，除了硬塑料定期卖给广东客人之外，其余废品早已堆积如山，这些废品少部分供应到本县及省废品收购公司。大量废品堆在家里，已经无法处理，而收购点的废品仍然源源不断地送到家里来。对此，九根颇觉忧虑，让细华打电报给大华，请他回来商量下一步怎么办。

次日晚上，大华就到了家。一家人围坐在一起，商量如何尽快处理这些剩余废品。商量了一晚，也没一个令大家满意的结果。最后大华建议，几天后送货到南昌时，陪父亲一起去了解一下。

这天，九根和大华押送一车废品到省畜牧水产公司，接待他的是依旧是公司副经理刘冬明。由于九根的废品生意做得很大，送货也勤，畜产公司上上下下都混得很熟。尤其是这位刘副经理，专门对接各地大客户，跟九根早已成为莫逆之交。九根向刘冬明介绍大华时，刘冬明很意外，没想到他小小年纪，居然已经是换糖界的“老人”，是废品界的重量级人物。

“早就听说过你了，幸会幸会！”刘冬明主动把手伸向大华，大华也很客气地同他握手。

九根奇怪道：“刘经理，您怎么会认识我儿子？”

刘冬明朗声笑道：“是啊，早就‘认识’了！不过是久闻其名未见其人而已。”

经九根再三追问，这才问清原委。原来，大华这些年一直在奉新搞收购，业务范围涉及奉新所有乡村及周边县市，对当地收购部门的冲击很大。尤其是在奉新，大华的业务量几乎占据了半壁江山，早几年大华会定期卖给当地收购部，后来绝大多数都转运到了丰城，奉新收购部的业务量直线下滑。他们虽然乐得清闲，但每次把废品送到南昌的时候，难免会提及此事，一来二去，王大华在畜产公司出了名，连省公司的领导也都听说了。

刘冬明的讲述，令九根喜出望外，不停地搓着手，语无伦次地说：“好好好！要得要得！连省里的领导也晓得我崽的名字，好！”

大华谦逊地笑道：“多承刘经理厚爱！其实也没有您说的那么玄乎。很多社员家里或多或少都有废品，收购部的人坐在那里，人家是不大会主动把废品送过来卖的。而我上门去收，是给他们提供了便利，省得他们花时间花人工到城里去卖。这个其实对收购部的影响并不是很大。”

刘冬明对大华的谦逊态度很满意，点头道：“有你们这些换糖人走村串巷，把社员家里想卖不想卖的废品全都收上来了，这是件好事！你看看，这几年尤其是去年以来，我们公司的废品收购量也是大幅增长，真的要感谢你们丰城这些换糖人啊！”

九根高兴地说：“这么说，我们这些人还是做了一些好事，对社会也是做了一些贡献的咯。”

“那是当然，那是当然。”刘冬明连连点头道。

一番寒暄后，九根说到正题：“虽然我们尽量分类，把废品送到你们公司来。但是，家里还有好多废品，卖又不好卖，人家送来了又不能不收，真是急死人了。”大华补充道：“我们在想，能不能请刘经理帮我们想想办法，让我们尽量减少点浪费,增加点销售量?”

听完九根父子的讲述,刘冬明微微点头,笑而不语。九根问道:“刘经理,您倒是说句话嘛,莫老是笑我们。”

刘冬明还是一笑,起身道:“你们跟我到破碎车间去看看如何?”

“好!”九根父子异口同声地说。

来到破碎车间,几台破碎机正轰隆作响,经过分类过的各种不同颜色的废旧塑料输送到破碎机后,马上输出细碎的片粒。九根兴奋地蹲下,抓起一把,激动地说道:“这个好,这个好啊!”大华羡慕地说:“要是我们也有一台的话,我们就可以自己破碎,打包运输的时候,就可以多运送几倍!”

刘冬明含笑问道:“怎么样?”见九根父子不住点头,又说道,“你们真的想自己买?”

九根说:“我们真的很想买一台。在哪里买的?要多少钱?”

“先莫急,我们到办公室去坐下说。”

回到办公室后,刘冬明翻出一摞资料,放在九根父子面前。大华首先拿起来,一页一页翻看,慢慢了解了破碎机的结构和工作原理,最后看到生产厂家是浙江萧山的一家机械厂,上面还有地址和电话号码。大华已然心中有数,拿出纸笔记录下厂家名字和地址电话,然后放回桌上。

刘冬明问道:“怎么样?”

大华道:“谢谢刘经理!”

九根也拿着资料胡乱翻看,还不停问道:“都看清了?”

大华道:“看清了。”

刘冬明又问道:“真的想买?”

九根点头不迭:“是真的,真的!”

刘冬明道:“这台机器不算贵,只要一万多元一台。我现在就打电话到厂家帮你们问一下,看看有没有生产,有没有现货。”说毕,马上拿起电话。大华对他的热情帮助深为感激。

通话毕,刘冬明笑道:“搞定了。”

九根父子千恩万谢,执意要请刘冬明吃饭,被刘冬明婉拒。

回家途中,九根父子一路围绕破碎机的话题说个没完,越说越兴奋。到家以后,便马上筹钱,几天后九根父子双双启程,前往浙江萧山。一周以后,一台崭新的塑料破碎机拉进了龙洲村。

为了庆祝这个神圣时刻,秀莲特地买了一挂“万鞭”(一万响的鞭炮),让细华挂在村口的树上。村里人听说九根父子到浙江采购破碎机,也觉得新鲜,都赶来看热闹,一时村口人头攒动,热闹非凡。当细华看到拉着破碎机的汽车缓缓驶进村庄时,马上点燃鞭炮。

在热闹的鞭炮声中,九根父子像凯旋的英雄般,使劲向乡亲挥手致意。围观人群一拥而上,很快堵住了汽车的去路,把汽车围得水泄不通。不少人啧啧叹道:“真是好东西啊!”“九根有能耐啊!”“我收到的废塑料马上送到你家来破碎!”赞美声羡慕声不绝于耳,九根的名头更响了。

破碎机卸下来之后,九根父子又连夜施工,把自家牛栏屋推平,硬化,搭建简易工棚。没过几天,破碎机轰隆作响,除了每天都有人来看新鲜之外,也有不少人把自家收到的废塑料送来,九根父子依旧按质论价,公买公卖。

俗话说,人逢喜事精神爽。自从买来破碎机之后,九根一家人每天都喜笑颜开,乐得合不拢嘴。加之乡亲们不时说上几句夸赞奉承话,一家人更是乐不可支,心里乐开了花。唯独已经当了妈妈的大女儿金娥乐不起来。

自从结婚以后,红卫对金娥也算是言听计从、百依百顺,宝财夫妇对她也是宠爱有加。不过,由于金娥怀孕期间,每天都挺着大肚子到娘家来帮忙分拣垃圾,宝财夫妇多少有点不乐意,生怕脏东西污染了金娥的身体,对肚子里的孩子不利。但金娥坚持己见,只要娘家有事,总是马上过去帮忙,直到临盆前的几天,实在弯不下腰,这才老老实实待在家里。

红卫每天上班下班,打扮得油光水滑,一尘不染。又因为供销社有一定的权力,每天请他吃饭开后门送礼的人很多,他很享受这种权力,日子过得风光而惬意,经常喝得醉醺醺地回家。由于父母对金娥去娘家帮忙有些看法,耳濡目染之下,红卫也对金娥不冷不热,虽说不至于打架,但借着酒兴,时不时地数落金娥,或是冷嘲热讽几句,却是家常便饭。

金娥见父母家里气氛活跃,生意兴隆,且又收获甚丰,也曾劝红卫不要收受不义之财,学着娘家人做点正经生意。但家公思想守旧,家婆闲事不管,红卫游手好闲惯了,每天呼风唤雨纸醉金迷,哪里听得进去?一家人都把金娥的话当作耳旁风,只让她安心生养,不要想得太多。

三个月前,金娥生下了一个大胖小子,宝财一家人着实高兴,给孩子取名为“祥瑞”,希望孩子吉祥平安。一家人对金娥的态度有了根本转变,把她视为功臣,百般呵护。金娥衣食无忧,把精力放在孩子身上,倒也知足。转眼孩子百日,宝财给祥瑞大摆宴席,把九根奉为上宾,极尽亲近之能事。九根夫妇心想,金娥能够得到宝财一家的宠爱,也算功德圆满,倒也宽心不小。

从生产的喜庆中走出来,又见娘家生意做得风生水起,金娥不由得再次想起做生意的事。但红卫态度暧昧,一会儿说再想想,一会儿推说有事以后再说。金娥颇觉失望,心里也隐隐有些不快。

金娥抱着孩子走家,不知不觉中便来到娘家,见父母兄弟都在忙活,特别是塑料破碎机日夜不停地运转，心念一动，决定等父母闲下来时好好和他们谈谈。

吃饭时分，金娥赖着不肯回家，红卫过来叫时，她说有事和父母商量，让红卫抱着儿子回去。红卫也不好多说，赔着笑和九根夫妇打过招呼，就抱着祥瑞回去了。

金娥开门见山说道："爸，妈，我想和你们商量件事。"

"什么事？"九根一边洗手，一边问。

"我也想去买一台机器。"

"你也要买塑料破碎机？"九根很感意外。

"不是塑料破碎机，是分毛机。"金娥说。上次从南昌回来后，九根和家人一起说起破碎机的事，顺便也提到了分毛机，说如何如何的高级、好用。没想到金娥竟然把这事记在心上，并且打起了分毛机的主意。

"这个……等大华进来，你再和他商量一下。"九根洗完手，正要上桌，正好大华风尘仆仆进来，问道："爸，商量什么事啊？"

九根道："金娥说要买台分毛机。"又对金娥说道，"你也别傻站着，快坐下来吃饭，边吃边说。"

大华问金娥："你是怎样想的？"

"我想把所有的羽毛集中起来，分毛提绒，这样销售起来就更有针对性，利润空间也会更大。"显然，金娥对此已经思虑良久。

大华微微笑道："姐，那你再说说，你打算怎样做呢？"

金娥道："我们家这么多鸭毛鹅毛，可以全部交给我来打理。你们放心，我不是抢你们手上的生意，我是看你们太忙，顾不过来，所以就想帮你们一下，专门做这一块，也好让你们腾出手来去做好塑料的事。"

九根嘴里含着饭，含糊说道："你家公家婆还有红卫会同意吗？"

金娥坚决地说："不管他们同意不同意，我都想做！"

九根放下碗筷，吞下嘴里的饭，说道："你还是莫赌气吧，毕竟嫁出去的女，泼出去的水，不要跟我们搅得太深。"

秀莲端着饭，坐到金娥旁边，也劝道："是啊，听你爸的吧。你要是搅进来了，他们一不高兴，你就不好做人了。你平时来家里帮一把，我都提心吊胆的，生怕他们不高兴，要是再去弄分毛机，我怕会说不清。"

金娥把碗筷一推，生气地说："我就晓得，你们把我嫁出去就不再管我了！"

秀莲还要劝，大华摇头示意，然后看着金娥说："姐，不是不管你，是还没到时候。对吧，爸？"

九根点上一根烟，深吸一口，然后吐出一团浓浓的烟雾，神秘地笑了笑，缓缓说道："傻孩子，你这好好的生的哪门子的气啊？告诉你吧，分毛机我们上次去浙江的时候已经订好了。当时没带足钱，正好厂里也没现货，所以一直没敢作声。要是大张旗鼓说出去，怕被别人抢了先。厂家已经打了电报来，过几天就让大华去浙江提货。"

"真的？"金娥又惊又喜。

"当然是真的。"大华也笑着说道，"钱都已经取回来了，后天早上就去。"

金娥兴奋地说道："原来你们早都订好了，就瞒着我一个人啊？等大华把分毛机提回来，就由我来负责操作，好不好？"

九根想了想，说："其实，我和你妈，还有大华，我们也都是这样想的。毕竟现在摊子铺得太大，我们几个人忙不过来，很希望你能够回来帮我们的忙。不过呢，我们也考虑到亲家公亲家母的态度，所以一直在犹豫。如果不是你提出来，我打算让你妈来负责，你有空的时候来配合一下的……"

"我来负责，我来负责！"金娥忙抢着说。一旁的银娥也说道："爸，我也跟着妈妈来开分毛机好不好？"九根瞪了她一眼，她赶忙低下头吃饭。

九根又说："就算你来帮忙，家里的事这么多，还是会忙不过来。所以，我准备等分毛机来了之后，就安排细华去吉安，定点联系那边的羽绒厂。细华也已经十七岁了，该压点担子了。"

细华满不在乎地说："去就去，又不是没在外面待过，有什么好怕的。"

大华道："细华，我相信你能拿得下。不过，这事与收废品还是有区别的，要跟羽绒厂的人搞好关系，我们送过去的量大，资金量也大，要是处理不好，货难销不说，资金也收不回来，会很麻烦的。"

细华信心满满地说："包在我身上了！"

金娥放下心来，快速扒着饭，边吃边笑着说："行，这样我们一家人各负其责，就不会把压力都压到爸妈和大华头上了。"

分毛机运回来之后，虽然不像塑料破碎机一样引来全村人的围观，但也着实轰动不小，同样引来许多人的观看。特别是一些以换糖为业的社员，羡慕嫉妒恨，各种表情都有。宝财仍然是大队书记，目睹九根家里的变化，倒也并不妒忌，偶尔转到家里来，左看看右看看，显得很是关注。有时从上面开会回来，还会口头向九根父子传达一些会议精神，鼓励他放手大胆地干。

丽华很少串门，但红卫来得却很勤。有时以送祥瑞来让金娥喂奶的名义，有时以询问家里需要什么的名义，有时直接是没事来转转看看，眼里流露出羡慕的神情。

破碎机和分毛机同时运行，每天就像张着两张巨大无比的口，吞食着各种废旧塑料和羽毛，然后变成精细的颗粒或洁白的羽绒，源源不断地送往南昌、吉安等地，几乎是一天就有一车。九根家每天一千多元的收入，真正应验了古人“财源滚滚”这句话。有一天，九根突发奇想，说干脆再去买辆汽车，省得租用别人的。与秀莲、大华商量过之后，考虑到人手不足，还是决定暂不考虑。

业务稳定后，大华回到奉新去走了一趟。这趟去奉新的目的，是把那边仓库里的所有废品全部运回来，然后把那边的业务转让给黄姓兄弟，并承诺所有的废品全部以高于市场价五分至一毛的价格收购，黄姓兄弟激动不已，此后一直维持着这种贸易往来。

处理完业务上的事情之后，大华在小玉的陪同下，再次来到罗奶奶的坟前告别，自然免不了痛哭一场。小玉已经进入高中，知道大华哥要回到丰城去，心里难免不舍。大华劝她好好读书，将来考上大学，更好地建设社会。之后，罗家人郑重其事地摆了一桌践行酒，大家吃得亲切而伤感。

转眼又是秋天，即将进入废品收购旺季。大华担心细华吃不消，也想亲自去吉安的羽绒厂家看看，便抽了个空，亲自押着一车刚分出来的鸭绒，送到吉安。

细华见大哥亲自前来，非常激动，赶忙安排饭局。令大华意想不到的是，前来陪同的客人居然多是羽绒厂的重要人物，有供销科长，有计财科长，有技术总监，还有一个是副厂长！

酒桌上，细华不停劝酒递烟，称兄道弟谈笑风生，俨然一副老江湖的派头。而那些客人居然对细华十分客气，在细华的授意下不停敬大华的酒，着实让大华感到意外。

饭后，细华又包了一个舞厅，硬拉着大华去玩玩，一行客人悉数陪同。大华不习惯这种场合，又担心细华花天酒地挥霍无度会管不住钱，拘束中又有些生气。碍于客人在场，却也不好发作。

细华看出了大哥的心思，趁着上卫生间的机会，大华正要开口责备，细华嘻嘻一笑，说道：“哥，你是不是生气了？”

“细华，你这样花天酒地，有点过分了！”大华正色道。

“哥，莫生气哈。”细华轻轻附在大华耳边，笑着说道，“你以为这是我花钱啊？错了，这不是我花钱，是肖科长。”

肖科长是一位梳着大背头的肥胖男人，三十五六岁的年纪，一双水泡眼半眯不开的，一看就是酒色过度。

大华吃惊道：“真是他请的？他为什么这么请我们？”

细华笑道:“他手上的钱多,平时也不好乱花。今天你这个大老板来了,人家就有了借口,好好地挥霍挥霍。难道不可以吗?”

大华无语。公家的钱也是钱,怎么可以这样肆意挥霍?他突然对这些领导产生了一丝反感。“厉行勤俭节约,反对铺张浪费”,这样的标语到处都有,为什么他们还敢这样呢?

正沉吟间,细华推了他一把,笑问:“好了没有?”

“走吧。”大华皱着眉,再次走进乌烟瘴气的舞厅。

翌日,吃过早饭后,细华领着大华来到羽绒厂,昨天在场的几位客人都站在门口迎接,每个人看上去都态度和蔼,一本正经。大华见这些人与昨晚判若两人,一时竟没有适应过来。

肖科长穿着笔挺的藏青色中山装,腰间夹着一只乌黑的牛皮包,抬头挺胸,一路引领一路介绍,滔滔不绝,旁边几人不时点头、插话,配合密切。大华感叹肖科长的口才和业务竟然这么好,马上改变了昨天对他的印象,心想要是他去换糖一定会干得非常好,深愧自己对人的看法拘泥而古板。

考察效果令大华非常满意。临回丰城前,兄弟二人做了一次深入的交谈。

“大哥,”细华首先开声,并娴熟地点上一根烟,“你一定认为我很堕落吧?”

大华没想到细华这么直截了当,讶异了片刻,便反问道:“那你自己觉得呢?”

“我不觉得我堕落,我是在适应环境,适应社会。”细华深吸一口烟,在嘴前吐出一串小小的烟圈。

“不要这样好不好?”大华皱着眉,伸手挥去面前的烟雾,“你现在的状态我真的有点担心。虽然我晓得你需要应酬,需要交一些朋友,但是交朋友也不能这样,成天纸醉金迷,花天酒地!”

“好一个纸醉金迷,好一个花天酒地!”细华怪笑一声,说道,“你以为我真的不晓得自己在做什么吗?告诉你,我也很痛恨这样的生活方式,痛恨这种虚伪的钱权交易,或者说痛恨现在的自己!”他狠狠地把烟头掐灭,用手指细细揉碎,片片烟丝落在地上。

“既然痛恨,为什么还要这样?”

“我必须得这样!”细华激动地说,“我刚来的时候,也试图按照你说的那样,与那些人保持君子之交,公事公办,可是不行,根本行不通。那些人,就那个肖科长,还有那个计财科的陈科长,明着向我伸手要钱,要我请客送礼。肖科长还威胁说,如果不表示一下的话,就中断与我们家的业务联系,让陈科长不支付货款。你说这是什么事？我不答应能行吗？”他的脸因为激动而变得有点狰狞。“我刚来的时候，带的钱并不多，就暗示等货款到手之后，再给他们送礼。他才勉强答应，陈科长也马上给我打了款。为了赢得他们的好感，我一狠心，把第一车货的货款拿出一半，包了两个大红包给他们，他们毫不客气地收下了。但是，肖科长再次找到我，说技术总监那里，分管供销的吴厂长还有这个长那个长都要有所表示。我不得不再次包了几个包，一一送给他们。那个时候，我已经差不多身无分文了。你晓得那几天我是怎么过来的吗？我早上买几个馒头，就着凉水，分三顿吃，连咸菜都买不起，一吃就吃了一个星期！吃了一个星期的凉水就馒头啊，哥！”

细华开始流泪了，大华听得既震惊又诧异，没想到弟弟在外面做业务吃了这么大的苦。他心疼地说：“为什么当时不打电报告诉我，让我给你送点钱过来？”

细华拍着胸脯，哽咽着说：“我也是男子汉，我也要有担当啊！这是我来的时候你告诉我的。当时我就想，无论吃再大的苦，受再大的难，我一定要咬着牙挺住，把这里的市场打开，并且稳定下来。我不想告诉你们，我晓得你们都在忙，我怎么能给家里添乱呢？我也怕你们看不起我啊！”

大华轻轻揽住弟弟，让他靠在自己的胸前，一边轻拍一边安慰道：“傻啊，我们是兄弟，我怎么会看不起你呢？要是爸爸妈妈晓得你在这里吃这种苦，该有多心疼啊！”

细华从大华胸前挣脱，说道：“哥，千万别告诉爸爸妈妈这些，就说我在这里挺好的就行。”

大华没想到弟弟小小年纪这么有志气，也是十分感动。又想到他成天与那些人鬼混，颇觉不放心，便叮嘱道：“你跟那些人还是保持点距离吧。你还年轻，不要陷得太深，否则容易出事！”

细华冷笑道：“我不过是在利用他们而已，你以为我愿意跟他们鬼混啊？要不是要跟他们做生意，我早就懒得理他们了。”

“你年纪这么小，怎么玩得过这帮人精？还是小心点的好。”

“哥，你不要老是说我小啊小的，我不小了，会处理好这些关系的。你看现在我在这里不是做得挺好的吗？货一来他们就收，一收货马上就付款，一天都不会延误。我暂时还是要跟他们保持这种关系的，你没看到吗？你一来，他们都把你奉为上宾，把你当作财神。你晓得为什么吗？”他诡秘地一笑，又道，“我平时就跟他们说，我们家在丰城做得如何如何大、如何如何好，把他们骗得一愣一愣的。不过也不能说是骗，我们家本来就做得大、做得好嘛。要是不这么说，他们说不定还会瞧不起我呢。”

“他们就这么听信你的话?”

“不是听信,是完全相信! 我每票货都给他们一定的好处,他们呢,手上也就会松一点,有时虚报一些数量,有时上调一个等级,不是全都有在里面吗? 送给他们的钱,全都是他们自己的,不过借了我的手而已。有这样的关系在里面,要他们不相信我也难啊! 要不然怎么那么客气对你? 那排场,就是市长来了也不过如此。”

大华对弟弟身上的世故有点担忧,担心这样下去迟早会出事,便语重心长地说道:“你虽然说的也有一定道理,但这肯定不是长久之计。你晓得这叫什么吗? 这叫行贿受贿,性质很严重,是违法犯罪的。我劝你还是尽快收手,保持一种正常的业务关系就可以,哪怕少销点货、少赚点钱也不要紧,出了事就什么都晚了。”

细华幽幽地看着远处,郑重地点头道:“哥,我明白。听说浙江那边也有羽绒厂,德安那边也在建羽绒厂,我们可以多看几个地方,找到更适合的销售路子,这样就可以早点离开这个地方。”

大华见弟弟早有考虑,稍觉放心。回到家里以后,为了不让家人担忧,大华并没有说出细华的真实情况。他一直暗中留意着羽绒行业的动向,打算适当的时候去浙江考察一下。

15　产业转型

九根家的生意越来越兴旺,也搅动了全村人的心思。陆续有人上门来,旁敲侧击地询问破碎机和分毛机的价格、产地。九根看出他们的心思,把秀莲和大华叫到一起,商量这件事。

秀莲首先提出了自己的疑问:“如果他们都来做,那是不是会影响我们家的生意?”

九根笑而不答。

大华想到弟弟细华在吉安的情况,巴不得多一些人来做羽绒生意,让细华迟早摆脱出来,便脱口说道:“我看就让他们去买吧,生意不是一个人一家人做得完的,我们可以做些别的,一样赚钱。”

九根又是一笑,然后缓缓说道:“你们讲的都有一定道理。不过,我们可以把这个事反过来考虑一下。你们看啊,破碎机和分毛机我们都用得很熟悉了,操作起来很简单,其实结构也不复杂,这一点大华比我更清楚。我们是不是可以考虑请人来依样照做呢?”

大华一听,拍了一下脑门:“对啊,我怎么就没想到呢?我们自己来依样做,做出来以后以比厂家便宜的价格卖出去,我们不是可以赚一道钱吗?好主意啊!”

九根又道:“这是其一。其二,塑料颗粒和羽绒我们都有自己的销售渠道,他们加工好之后,我们收过来,既省了我们的人工,又省了收购废品的精力,最后却并不影响我们的收益。这不是两全其美吗?”

大华敬佩地说:“爸,您的想法太好了!我怎么就没有想到呢?”

秀莲和金娥听了,也不停地点头。

九根紧盯着大华,慢慢说道:“你不是没想到,是根本没花心思去想!告诉我,细华在吉安到底发生什么事了?”

秀莲和金娥同时大吃一惊。秀莲忙抓着大华的胳膊问道:“这是怎么回事?细华怎么了?他到底怎么了?快说呀!”

大华很意外,不明白父亲是怎样晓得细华的事的。见大家都把目光投向自己,容不得细想,只得简单把细华的情况说了一遍,又补充道:“我觉得他的头脑还是蛮清醒的,应该不会有什么事。所以,我们也要尽快复制出分毛机和破碎机来,让大家都来做,这样就可以把细华叫回来。”

秀莲搓着手说:“这孩子,你说这孩子……怎么就这样呢?怎么不跟我们说呢?”

金娥也着急道:“我们还是先把细华叫回来吧,时间久了,我真怕他会出事。”

大华不知该说些什么,双手绞在一起,低着头看着地上。

九根连吸了几口烟,过了好久才慢慢说道:“没事。我的崽我晓得他几斤几两,暂时还不会有什么事,不过在那种环境里混久了就难说。大华,你抓紧去公社的机械厂请一下曾师傅来,让他来看看照着尺码做这种机器难不难,成本大概要多少,几天能出一台。秀莲金娥,你们还是照样做你们的事,不要担心。”

秀莲问:“那你呢?”

九根说道:“我去跟村里和其他几个村的老兄弟谈一谈,看看他们是真的需要还是假的需要。把数据统计好了之后,我们就可以马上行动起来。”

金娥还在想着细华的事,小声问:“那细华那里……”

九根淡淡地说:“如果他不争气,真要弄出事来,就别再进我家的门!”

一个月之后,十几台崭新的分毛机被复制出来,销售到本村和附近几个收购羽绒相对集中的村庄。同时,塑料破碎机也被依葫芦画瓢做出来,分销出去。一时之间,龙洲和附近一些村庄每天都机器轰鸣,全新的废品加工方式让人们兴奋不已,加工热情空前高涨。

由于有一个完善的销售渠道,那些提出来的绒和破碎好的塑料除了少部分流入其他渠道外,绝大多数还是控制在九根父子手中。为了进一步拓展渠道,九根干脆把家里的分毛机和破碎机也卖出去,专心做收购和销售业务。家里的生意越做越大,塑料颗粒的市场除了省内为数不多的几家塑料加工企业,已经发展到浙江、广东、福建、湖南等省份。而羽绒行业由于受到政府控制,只能销往省内的一些城市。饶是如此,九根一家人还是忙不过来。

细华还是被父亲叫了回来,安排了一个年纪较长、办事稳重的亲戚到吉安去,另外又安排专人到南昌、共青城等地,专门负责羽绒销售。细华在家里坐不住,又做了一件让家里人意外的事:买来一台三轮摩托车,专门往返于龙洲和县城之间运送客人。乘坐三轮车的价格有时五毛一块,有时两块三块,一天下来收入倒也不少。更主要的是,他运送的客人中,大多是从事废品收购的客户,有的是来龙洲联系业务的,有的是离开龙洲回县城的。细华一张嘴巴天马行空,真真假假虚虚实实,套住了不少客人,居然给家里带来了不少业务。不到半年的时间,到年底的时候,拉客的收入也是过万,居然成为龙洲村为数不多的"万元户",受到公社表彰。

按照当时的政策,"万元户"只能是通过正当渠道劳动所得的收入过万才能评上,比如种田种菜、拉客送货等。村里收入过万的乡亲难计其数,仅九根家里一年的收入恐怕十万也不止,但收购加工废品收入属于非正当劳动所得,没有资格参加评选。其他有的乡亲也怕露富,不敢参加评选。细华听到评选"万元户"的通知,觉得好玩,就自己跑去报名了,而且经过考核,居然获批。九根对这个不按套路出牌的二儿子也是哭笑不得。

受到政府表彰的细华仍然不安分,没过多久,又做出了一件让全村人感到稀奇的事:在一次送货到广东回来的时候,他竟然买回来一台电视机!电视机在当时可是件稀罕物,全县除了公社级别以上的政府机构、少数中学以外,很难得看到。不仅是因为价格贵一般人买不起,还因为当时用电紧张,电压也不稳定,还经常停电,没办法看。

九根家是早就接通了电线的。细华按照说明书的要求,插上电,扭开电视开关,调整好天线方向后,电视荧屏里居然出现了影像和声音,呼呼哈哈打斗不停,这是当时正在热播的电视连续剧《霍元甲》。细华激动不已,一边大声叫嚷着大家来看,一边模仿电视里的武打动作。早几个月前,细华先是花了二十元，从票贩子手上买了一张电影票，在县城看了场电影《少林寺》。看过之后还不过瘾，又花了一百元从票贩子那里买了一张，重新看了一遍。这次买回电视机，也是为了满足每天看电视的瘾。

细华买来电视机的消息，很快在村里传开，并且传到附近村庄。到了傍晚，人们顾不得疲劳，甚至来不及洗去身上的泥巴，早早跑到九根家来看热闹。细华便把电视机搬到院子内，小小的院子里一下子挤进了上百人，一些人甚至爬到院墙上看。九根本来对细华的举动没有过多责备，但家里围了这么多人，影响做生意，他便有些不悦。

电视剧播完之后，乡亲们陆续散去，九根把细华叫住，责备道："你一天到晚捣鼓这玩意儿，还要不要做事啊？"

细华笑嘻嘻地说道："我哪有不做事？你安排给我做的事我都做完了啊！"

"那也不能把全村的人都引到家里来。你看里里外外都围的人，哪里做得了事？"

"爸，您不是也在看吗？而且每个人来的时候你都笑着和他们打招呼。"细华继续笑道，"您平时教育我要睦亲善邻，要搞好和乡亲们的关系，我这不是按您的教诲做的吗？"

九根一想，觉得让乡亲们来看电视、凑热闹也无可厚非，再说晚上也做不出很多事，利用这种场合跟乡亲们搞好关系，不也正是自己所希望的吗？他不好再加指责，便支吾道："看电视归看电视，可不能误了正业。"

"不会啦！"细华嬉皮笑脸地把父亲推进屋去。

就在塑料和羽绒产业风生水起的时候，一个新的行业正在悄悄兴起：这就是废旧金属收购。由于政府对金属回收控制得严，工商部门不时下乡检查，对查出来违规收购废旧金属的情况，必作严惩。但是，高额的利润，加上广阔的市场，民间废旧金属收购行为有增无减，大有一发不可收拾之势。

大华早些年就收购了一些废旧金属，主要是铜、铝和钢铁。这些废旧金属除了少部分卖给收购部之外，大部分通过各种方法巧妙藏了起来。现在，塑料、羽绒的生意做得红火，他也想尝试做做金属生意。但是，做废旧金属生意风险太大，一个人拿不定主意，想找父亲商量，又怕父母担心，一时彷徨不定。

细华看出了大哥的心事，便找到大华，神秘地说道："哥，是不是犯愁这些金属不好销？"

"你怎么晓得？"

"你一天要来几次，看着你这些宝贝金属，就是傻瓜也晓得你在想什么，何况我是你亲弟弟?”

大华知道这个弟弟脑子灵活,敢想敢干,便如实说道:“是。这些金属藏了这么多年,老是放在家里也不是办法,随便卖到收购部,又卖不到好价钱。但是,现在政府明令禁止私营这些废旧金属,我也不知怎么办才好。”

细华想也没想,轻松地说道:“东方不亮西方亮,黑了南方有北方,哪有活人被尿憋死的?我们不是隔段时间就有一些塑料颗粒要送往广东、福建和浙江吗?何不在这个方面想想办法?”

大华道:“你是说,我们夹带出去?”他想了想,又道,“万一查到了怎么办?”

细华满不在乎地说道:“哥,你就别死脑筋了!你想想,我们送了这么多货到外地,检查过多少回呢?我们又不是整车拉,每回拉个一两吨,就那么一小捆,夹藏在塑料、羽绒里面,就算让他们查也查不到啊!”

大华还是觉得不踏实,细华不耐烦地说:“哥,要是你不放心,我们就先尝试一下,第一次少带一点。后天不是有一车塑料要送浙江吗?我们先挑一些普通的黄铜送过去试试看,到那边找找市场。如果没问题的话,就再继续,你说好不好?”

大华虽然心里忐忑不安,但这么多废旧金属存放在家里,如果不抓紧处理掉的话,迟早会被工商局的人发现,到时落得个人财两空更不划算。想到这里,他慢慢地点了点头。

兄弟二人又商量了一些细节。之后,大华抽空整理出一批黄铜,分别捆扎,瞒着父母夹带在成捆的塑料中间。出发时,大华再三叮嘱,让细华小心。细华信心满满,押着装满塑料的车出发了。

几天后,细华兴致勃勃回来,悄悄告诉大华,浙江那边的废旧金属生意已经做得很红火,家里这点货根本不够人家塞牙缝,而且价格也比这边收购部要高。大华听得心里痒痒的,又询问了一些细节,觉得没什么问题,便叫上细华,把私自夹藏黄铜到浙江去卖的事向父亲说了一遍,又提出了自己的想法,希望能够拓展废旧金属的收购业务。

九根本来也不满足于羽绒和塑料生意,听说浙江那边金属好销,决定进军金属行业,听了大华的建议,觉得这在当前也不失为一种生财之道。这些年来,龙洲和附近村庄换糖的人也都陆续收了一些废旧金属,除了废钢和废铁会拿到收购部去出售之外,大部分铜、铝都不舍得出售,囤积在家,等行情好的时候再出手。如果能把这些人手上的货收过来,再倒卖到外地去,岂不是和之前的羽毛、塑料一样,做得更大吗?

九根高兴地搓着手,对细华说道:“好小子,干得不错。”又对大华说,“大华啊，你做事还是有点谨慎，不像细华一样胆大。有的时候，的确需要谨慎，但有的时候一定要胆子大点，放开手脚去干。我们当年要不是胆子大点，能有现在这么好的生意吗？”

大华见父亲这么说，心里踏实了一些，但顾虑并未全消，主要是考虑到如果大张旗鼓去做废旧金属的话，肯定会传到工商部门的耳朵里，到时万一来查会很麻烦。他迟疑地说：“做废旧金属的生意我赞成，不过我觉得还是谨慎为上。俗话说，树大招风。我们家生意已经做得这么大，不光村里的人盯着，也已经引起了上面人的注意。要是不谨慎点的话，弄不好会出事。”

细华大大咧咧地说：“没关系啦！大家都晓得我们家是万元户，当万元户光荣，政府也是支持的。现在好多家庭都在加工废塑料和羽毛，都在争当万元户呢，谁还会管我们做什么啊？”

大华不同意细华的观点：“也不是这样说。当万元户是光荣，但我们家的万元户顶多也是凑数的，在政府的眼里不算什么正当行业，根本入选不了。你以为大家都不晓得怎么回事啊？如果我们不注意点方式方法，迟早会被人盯上。”

九根皱着眉说：“大华，你到底什么意思？说收金属也是你，说怕别人记挂的也是你，那你说我们到底收还是不收？”

大华忙解释道：“收当然要收，我是说我们要考虑周全点，尽量避免不必要的麻烦。爸，您看这样行不行？第一，我们收货的时候尽量低调点，不要过于张扬。第二，我们收货也和收购部的价格一样，别人卖到价钱，也就不会说我们。第三嘛，就是这件事完全由我来负责，等稳定下来后再看情况。”

九根点头道：“既然你想得这么周到，那就听你的意见吧。”

细华大声说：“爸，为什么让我哥去负责？我去做这件事不可以吗？我不会做得比大哥差！”

大华笑了笑，说道：“爸爸都同意了，就这样定吧。”

其实，大华不是不相信弟弟，相反，他相信如果让弟弟去做一定会比自己做得更好。只是，他很了解这个弟弟，做事鲁莽冲动，敢作敢当又不计后果。万一有些事情处理不当，那就不是赔钱的事，有可能会导致倾家荡产。这样的后果他承受不起，全家人都承受不起。

大华一边清理自己手上的废旧铜、铝，一边去一些熟悉的乡亲中收购，然后分出类，根据不同的路线，夹带不同类型的废旧金属，倒也有惊无险，很是赚了一些钱。

尽管做得隐秘，大华收购废旧金属的消息还是不胫而走，很快传开，很多换糖人家纷纷将自己家囤积的金属送来。饶是大华再谨慎，还是百密一疏,被工商局的人发现了。

一个月之后,县工商局的工作人员七八个人来到龙洲村。他们开着半挂车,一边在村里用喇叭宣传依法纳税的政策,一边呼吁广大个体加工户尽快到工商局办理经营许可证和营业执照。转了半天之后,这些工作人员突然在九根家门前停下,一起下车。

九根和细华都不在家,只有大华正在院子里清理着散户们送来的各种金属废品。一位看上去像领导的工作人员向大华亮了一下证件之后,向后一挥手,其余人员一拥而上,七手八脚地往车上搬金属废品。大华早知道有这么一天,所以并未抗争,眼睁睁看着他们把自己含辛茹苦收购来的废旧铜铝等金属装车后,扬长而去。

等到九根和细华从外面回来,看到呆若木鸡的大华时,已是傍晚时分。九根气得浑身直打哆嗦,细华更是义愤填膺,说是马上要去工商局讨个说法。大华也不争辩,甚至也不说话,脑子一片空白。秀莲和金娥、银娥害怕九根他们出去闹出事来,好说歹说总算劝住了他们。

习惯了到九根家来看电视的乡亲们如约前来。不过不巧的是,还没等到电视开演,突然停电了。乡亲们发出阵阵惋惜声,有人甚至说,是不是有什么大事要发生啊,怎么九根家也会停电呢?大华听到乡亲们的议论,淡然一笑,高声说道:“乡亲们,停电不要紧,一样可以看电视!”

乡亲们用好奇的眼光看着大华,只见大华从屋里拿出一盒大号电池,用一块塑料薄膜串起来,一头一尾用胶布黏上一截电线,露出线头。然后迅速打开电视机后盖,把两个线头接在电视机上,电视机马上露出了清晰的声音和图像。人们很快发出雷鸣般的欢呼声,然后马上安静下来,专心致志地看着电视机上呼呼哈哈的打斗声,个个都看得津津有味。

大华悄悄退到一旁,趁着月色,独自走到铁路旁边。看着呼啸而过的火车,大华的脑子里不停地回想着这些年来经历过的苦难和挫折,心里感慨不已。他并没有因为工商部门的查处而沮丧,也没有因为暂时的损失而后悔。他在想,家里的产业已经做到了现在的规模,今后该如何走下去?是继续这样做一些浅表性的粗加工,还是和浙江、广东人一样,尝试一些精深加工?如果要学习外地的做法,又该怎样协调和政府部门的关系?他仰望着东边高悬着的皎洁的月亮,耳边回荡着村子里轰隆隆的机器声,心中充满了惆怅。

16　声名鹊起

日历翻到了1988年的春天。

九根父子的产业已经做到非常大了。除了龙洲本村的个体加工户每天把成包的羽绒和塑料送到九根家来，附近村庄的羽绒和塑料也源源不断送来。而经过分拣的羽绒和塑料经过九根父子打包，又送往省城以及浙江、福建、广东等地。现在，人们开口闭口，谈论的都是做生意赚钱，话题都离不开九根父子。

这一天，县、乡政府几位领导，领着两位据称是中央电视台的记者，肩膀上扛着大大的摄像机，说是来采访。他们的身后，还跟了几个本地电视台的记者，也扛着大大的摄像机。

电视台来采访，并不是新鲜事，但是中央电视台的记者来采访却还是第一次。人们在好奇之中，不禁兴奋起来：我们龙洲村收破烂要上中央的电视(节目)了！全国的人都知道我们龙洲村了！而有些人在兴奋之余，却在思考着另一个问题：收破烂搞加工居然也能上电视，是不是中央领导在肯定我们的做法，并鼓励我们勤劳致富继续做下去？

根据安排，中央电视台的记者分别邀请了九根、赣胜等几个家里加工厂稍微大些的人，还邀请到之前的村支书宝财。赣胜等人没见过这么大场面，对着镜头结结巴巴，记者在他们家的加工作坊拍了几个镜头之后，就让他们走了。九根见多识广，口才又好，被记者留了下来。宝财说起话来逻辑性强，理论性也强，也被记者留下。此外，便是围观的村民。

采访宝财时，他很激动地回忆起这么些年来，为了解决村民的生计问题，如何鼓励村民走出去自谋生路，为集体增加收入；在村民致富之后，如何规范经营行为、壮大集体经济、整治村庄环境，又提出了对今后村庄发展的建议。他的介绍条理清晰，说服力强，在场的领导和记者情不自禁地鼓起掌来，就连九根也暗暗赞叹。

在摄像机镜头前，九根并不怯场。他回忆起当年家里生计困难，不得不带着副业组的社员一起走南闯北，换糖为生。后来副业组解散，很多社员加入换糖的行列，其中就有他以及年仅十四岁的大儿子大华。说起动情之处，九根潸然泪下。讲到后来由销售到加工，再把龙洲作为废品集散地，又非常自豪。他还特别提到大华，说要不是大华这么多年的坚持，自己的家就完了。九根的介绍令在场的人无不动容。

后来,又有几位领导接受了采访。九根仍然沉浸在刚才的情绪中,没有听清楚他们讲些什么。

很快,一个题为"破烂王托起致富梦"的专题片在中央电视台播出。九根早就打听到了播出时间,一家人早早等候在电视机旁,把电视音量调到最大,等待节目播出。听到消息赶来的乡亲挤满了院子,大家都非常安静。当大家看到熟悉的村庄、熟悉的村民、熟悉的作坊时,个个都露出了会心的微笑。

九根一家人看得特别认真,通过记者编辑整理的电视专题片,完全出乎大家的想象。他们本来以为,自己所做的这些事情,不过是一种求生的本能,没想到却是社会发展的必然,无形之中自己也融入了这股社会大变革的时代洪流。而更令九根没想到的是,自己居然成了改革开放、发家致富的先锋!

电视播完后,大家响起了雷鸣般的掌声,围在九根家里,七嘴八舌地议论着,每个人都十分兴奋,久久不肯离去。

当晚,九根辗转反侧,彻夜难眠。他细细咀嚼着电视里的每一句话、每一个字,包括采访对象的话。他相信,中央是支持他们的。他也相信,各级政府和领导也是鼓励他们的。他的内心涌起无比感激,回想起从前的种种经历,酸楚中充满自豪。

他又想到宝财。宝财在采访过程中所说的那些话,他从来没有听他说过,也根本没有考虑过。在他的心里,宝财除了是之前的大队支书,以及后来的亲家,对他毫无好感。他甚至恨过宝财,他相信之前自己坐牢一定是宝财的阴谋,要不是金娥嫁到了宝财家,他根本就不想理会这个阴险奸诈的小人。但是,反思宝财说的每一句话,又似乎不是假话。当年,要不是宝财支持他和乡亲们外出换糖,谁也开不到介绍信,谁也走不出门,只能待在家里忍饥挨饿,能不能活到现在也不一定。后来,大队闹饥荒,又是宝财鼓励大家外出搞副业,补贴给大队里,多少缓解了一些饥荒。再后来政策放宽,很多人都外出换糖,宝财总是有求必应,没有卡过一个人。包括宝财说的每一句话,现在想来,似乎都是真的。

这个宝财,到底是个怎样的人?九根陷入了沉思。他虽然不敢说看不起宝财,这么多年来却也对他没有什么好感。但看了电视之后,九根却有点怀疑自己:是不是自己一直误会了宝财呢?

九根起来上了趟卫生间,干脆坐在客厅里抽起了烟。秀莲在房间里含含糊糊地说:"这么晚不睡,还起来抽什么烟?"九根说:"你睡你的,莫管我!"

秀莲披衣起来，拉开灯，问道：“是不是想着电视里的事睡不着啊？”

九根想到大华这些年吃过的苦，叹了口气，说道：“你看我们，这么多年只晓得让孩子们做事，赚钱，哪里关心过他们？特别是大华，那么小的年纪，他又那么想读书，硬被我逼着出去换糖，一个人在外面待那么多年。一晃十年了！想到这些，我心里过意不去啊！”

秀莲挨着丈夫坐下，依偎在他肩头，说道：“是啊！我们这些孩子，个个都听话懂事。你不说我还想说呢，要不是你狠心，硬逼大华出去换糖，他哪里会吃这么多苦？那年你被抓去坐牢，他跪在我面前，说要去外面换糖，赚钱养活弟弟妹妹，孝敬我，我听得心都碎了。每次想到那个情景，眼泪都不得干。”她抹着眼泪，哽咽道，“他在外面待了那么多年，有什么苦处难处从来不跟我们说，每次写信回来，不是说他在外边挺好，就是告诉弟弟妹妹要听话懂事，从来不向我诉苦。有一次，我听细华说，大华在外面的时候还被几个换糖的大人打过，打得在地上一身的泥巴……”

九根吃惊地抓着秀莲的肩膀问道：“还有这样的事？你怎么不跟我说？”

秀莲推开丈夫的手，说：“你这么大的劲抓我干啥？我也想说，可是细华说了，大华叮嘱他不准说的，再说过去这么多年了，再说出来还有什么用？”

九根慢慢松开手，心疼地说道：“唉！这孩子，真是听不到他的心里话了。跟我出去的时候也是，除了生意就是业务，心里想什么从来不跟我讲。想来想去，还是怪我当年狠心把他逼出去换糖，你说我们现在赚这么多钱有什么用？把这么好一个儿子变得像个陌生人似的。”

秀莲嗔怪道：“怎么能这样说？他哪里跟你陌生了？什么苦事不是他争着去做？什么难事不是他争着去处理？就说这几年的发展，要不是他，你能做到这么好？他心里有这个家，有我们每一个人，他是宁愿自己吃苦也不愿意我们受累啊！”

九根点头道：“我也就是随口说说，哪里把他当作外人了？你也真是的，就晓得怪我，也不想想自己都做了些什么！”

秀莲反问：“我做了什么了？大华变成这样，难道是我的错？”

九根叹了口气，说：“你没听明白我的意思！我是说，你是当娘的，要多关心关心大华。我每天工作那么忙，又是个老爷们，总不能让我到处去找人替他张罗对象吧。你要多托人找找，赶快帮他找个对象，成个家。结了婚，兴许就好点儿了，我这心里也会好受些。”

“我也一直为这事犯愁呢。你看细华都结婚了，大华还是单着身，我都快愁死了！”

“光愁有什么用？快想办法啊！不说了，睡觉去！”

细华年前就结了婚，妻子叫刘亚琼，是在福建泉州送货时认识的一个鞋厂负责材料检验的技术员。细华经常要送货到这个鞋厂，与刘亚琼接触的机会多，见她人长得漂亮，且又对送来的原材料有生杀夺与之权，便卖力讨好，凭着一张三寸不烂之舌，很快便博得了刘亚琼的芳心。刘亚琼本是吉安人，听细华说起家乡的事天花乱坠，连她这个本地人都闻所未闻，颇觉新奇。又见他处事精明，也颇有好感。一来二往，二人的感情迅速升温。细华每次到泉州，亚琼总是第一时间出现在厂门口，焦急地等待细华。细华原本是逢场作戏，见亚琼认了真，有点紧张，把货卸掉之后就离开，不敢单独跟亚琼在一起。没想到亚琼心意已决，居然辞掉工作，追到了丰城。

九根夫妇了解到细华和亚琼的情况，先是狠狠地骂了细华一通，责怪他不该如此对待女孩子。又见亚琼处事得体，为人大度，倒也欢喜，便有娶她为儿媳之意。细华玩世不恭，不想这么快成亲，禁不得父母逼迫，也不得不同意。正好家里新盖了三层楼房，在父母的主持下，就把二人的婚事办了。亚琼熟悉塑料行情，九根便安排她和细华一起，负责废旧塑料的收购、加工和销售。

老二的婚事既定，老大大华的婚事也自然提上了议事日程。

其实，九根还是有点冤枉妻子秀莲的，秀莲早就在替大华物色合适的女孩子。自从大华从奉新回来之后，人们看到大华做事井井有条，而且为人低调处理稳当，又是长子，在家里的威信很高，上门提亲的络绎不绝，几乎要踏破了九根家的门槛。

秀莲先是担心一旦大华结婚会影响家里如日中天的生意，再者大华是家中的栋梁，也很想找一个门当户对的好人家，给大华早日完婚。不过，大华似乎并不上紧，每每母亲谈及此事的时候，他就借故岔开话题，堵住母亲的嘴。这让秀莲非常着急，有劲使不出。

龙洲村的电视节目播出后，又陆续有一些中央和省市的报社记者来到龙洲，采访村里的破烂收购和加工行业，采访九根和其他人。后来，又有一些领导来到龙洲村视察调研，也都会找到九根等人。大华经常出差在外，在家的时候也会被叫去采访、座谈。渐渐地，“破烂王”的名气越来越响，这个名气理所当然地落到了九根父子的头上，无论走到哪里，他们都会被人亲切地称为“破烂王”。

这天，国华笑嘻嘻地登门造访，前后左右四下里看了一遍之后，嘴里啧啧不已地来到秀莲面前，讨好地说道：“嫂子，你家里搞得真是又气派又整洁,难怪人们都称你们家是‘破烂王’!”

秀莲刚刚洗好衣服,准备晒出去,见国华来了,便放下装着衣服的脸盆,笑着问道:“他叔啊,你就莫说笑话了。‘破烂王’哪里是说我们家?不是说我们村吗?”

国华继续讨好地说:“就是说你们家,你们才当之无愧啊,当之无愧!”

秀莲也不与他争辩,问道:“他叔,你是找九根有事吗?他在厂子里,要不你自己过去找他?”

国华忙摆手道:“先不急。我来就是想问一下,大华的婚事有点眉目吗?”

秀莲听说是这事,叹了口气:“唉,也不知他怎么想的,横看竖看,没有一个中意的。——他叔,你不会也是来提亲的吧?”

国华笑着说:“正是呢。我有一个远房的表哥,也是收废品的,家里条件虽说没你家好,在他们村也是数一数二的。他家有一个二女儿,读了初中毕业,今年也有二十出头,在家里帮着我表哥做事,人是又漂亮又聪明,上门求亲的真不晓得多少呢。就是不晓得大华愿不愿意?”

秀莲听了也赔着笑说:“那敢情好!他叔啊,我家大华你也是从小看着长大的,性格为人你也都清楚,难为你把他的事放在心上。对了,他叔啊,有没有女孩子的照片?”

“带着呢,带着呢。”国华从口袋里掏出一张照片,一要递到秀莲手上,就听到外面有人叫道:“亲家公,亲家母,在家吗?”国华神色一变,连忙把照片藏在手心里。

秀莲一听是亲家公宝财的声音,忙不迭迎到门口,笑道:“是亲家公啊?在家呢。快进来坐吧!”

宝财早两年就卸任村支部书记,现在闲人一个,每天只是四处闲逛,见到什么事还是喜欢管管,是一个很讨人嫌的老头儿。有时跑到九根家来,一面帮着九根父子出出点子,有时也拉着九根去看房子旁边的废水沟,不留情面地批评一顿。要不是看在女儿的面子上,九根早就不想跟他打交道。

宝财进门,见国华赔着笑站在里面,高兴的脸马上沉了下来,背着手质问道:“你在这里做什么?”

秀莲知道宝财还是放不下老支书的架子,好管闲事,乡亲们都有点怕他。见他板着脸责问国华,便主动搭话道:“亲家快请坐吧。国华是来帮我家大华介绍女朋友的,刚才正说着这事呢。”

宝财道:“介绍女朋友?哪里的?做什么的?”

国华嗫嚅地说:“是我一个远房表哥的女儿,人品还是不错的,年纪也和大华侄子相当。这是她的照片，要不要先请老书记过过目？”说罢把照片毕恭毕敬地递到宝财面前。

宝财哼了一下，斜睨了一下照片，便把目光移到国华脸上：“我不看了。对了，我正好有一个事要问你，你家房子后面那条臭水沟打算什么时候清理好啊？乡亲们的意见很大，要是再不处理，我马上把工商局的人叫来，停掉你家的生产。”

国华忙讨好地说：“别别别，老书记！我已经请了人，这两天就会来，把那条水沟挖深一点，上面盖上预制板，这样就没有气味了。”

宝财说：“盖上预制板就完事了？我不是说了，让你把沟挖远一点，接到前面那条污水沟去吗？你怎么能直接排到旁边的雨水沟呢？”

“这……”国华小声地说，“大家不也都这样，就近排掉的吗？”

“胡说！”宝财严肃地说，“不行，谁都不许把污水排到雨水沟！我一个个都跟他们说过，现在再跟你说一遍，必须雨水污水分开！”他似乎对此义愤填膺，背着手踱着步走到门口，朝着外面，继续说道，“你张开鼻子闻闻，我们村里都啥味了？这样子下去，村里还住得了人吗？你没听到别人怎么说我们村吗？‘龙洲人，黑了心，只认钱，不认人；后生检不上兵，姑娘嫁不到人。’你听听，这话多刺耳，你听得下去吗？”

国华小声地：“这又不关我的事。”

宝财大声喝道：“你说什么？”

国华忙改口道：“我是说，又不是我一家这样，大家都这样。”

宝财指着国华的鼻子说：“你……你居然这样说？你去看看，有多少家已经改了排水沟！为了这个排污系统，村里前年花了那么多钱，分开建造雨污两个系统，人家九根家头一个出的钱，头一个改造排污沟。事情都过了一年多，就是你们几个落后分子一直拖着不改。我告诉你，你要是再不改好的话，我马上就去找工商局的领导，把你家的厂子关掉，你信不信？”

国华忙赔着笑说：“老书记，您别激动。我不是说了吗？已经请好了人，过几天马上就改，可千万别找工商局的人来！我这就去催催，叫他们抓点紧。”说罢，也不再提大华婚事，跟秀莲打了声招呼，就赶忙离去。宝财鄙夷地看着他的背影，重重地哼了一声。

秀莲劝道：“亲家，瞧您气的，犯得着吗？快坐吧。”

宝财看看秀莲，还不解气地说：“就他这样的觉悟，成天只想着占小便宜，打小报告，这样的人还做生意？还想着发大财？门都没有！”

秀莲又劝道：“亲家莫生气，气坏了身体不值得，快坐一会儿吧。”

宝财好不容易缓过气来，自失地一笑，道：“亲家母，你瞧我这脾气，我都忘了他是来给大华介绍对象的。怎么样？他介绍的人还满意吧？”

秀莲也无奈地笑道：“人家都还没说清楚，照片也没看一眼，就被你骂走了。对了，您到这里来，是有什么事吗？”

宝财喝了一口茶，说道：“也好，他介绍的人也肯定好不到哪里去。亲家母，你是晓得的，我从来不做媒的，不过我看大华这孩子人品真是不错，眼看着年龄也大了，也是替他着急。还没有合适的吗？”

秀莲道：“可不是？也不知大华怎么想的，任凭我和他爸着急，他却一点也不急。也不知是中了什么魔怔，每天只忙着生意上的事，要是再不上紧，就耽误了。”

宝财笑道：“耽误不了！我今天来，就是为他的事来的。”

“您说的可是真的？”秀莲高兴地说。

宝财道：“那还有假？前几天吧，我去看望一个老朋友，也是我们邻近曾家的，他家有个女儿，年纪和大华也差不多，好像是叫金兰，在学校里当代课老师呢。你说怪不怪，任凭谁上门说媒，她就是一百个不答应。我听这个朋友说，这个女孩子以前跟大华还是中学的同学呢。”

“是吗？”秀莲喜出望外，“那……姑娘家还记得我们家大华吗？”

“记得，印象深刻着呢。”宝财蛮有把握地说，“要不然，我会舍下这张老脸，来做这种事？”

秀莲忙道：“亲家啊，你快跟我说说，到底是怎么回事？”

宝财道：“这个叫金兰的孩子，小时候也到我家来过，后来上初中的时候，好像也来过，她还经常跟大华一道去上学。那个时候对她的印象并不深，要不是这次老曾提起来，我差点忘了。”

秀莲饶有兴趣地听着。

宝财继续说：“老曾比我小几岁，说起来九根应该也认识。他以前和我一样，也是大队里的支书，不过他比我的运气好，公社改乡那年，调到乡里当了副乡长，去年刚刚退的休。他几个孩子都弄到外面去工作了，只有这个姑娘，一直不肯受照顾，硬要陪着她娘住在乡下，当一名普通的代课老师。”

秀莲不解道：“这孩子怎么这样？”

宝财笑了笑，说道：“这你就不懂了吧？这叫志气，我就喜欢有志气的孩子。”他面带欣赏看着大门外，似乎那个叫金兰的姑娘就站在门口。“不靠父母，不靠朋友，只靠自己的本事赚饭吃，这就是志气！这和你家大华颇有些相似之处。大华也是从小就外出换糖，这都是十多年前的事了吧？那个时候大华才多大？十四五岁就出去，在外面一待就是五六年，不容易啊！要是衣来伸手饭来张口，靠着你和九根，他能这么懂事、这么有出息吗？说不定还在哪里混世界呢。”

秀莲听宝财表扬大华，也是打心眼里高兴，慢慢对这个叫金兰的姑娘也产生了好感。她帮宝财续了开水，津津有味地听着宝财讲下去。

宝财继续说：“那天，我在老曾家，聊来聊去，就聊到了我们村上的事，自然也会聊到你们家，聊到九根和大华。老曾也认识大华——话说回来，在我们这一带，还有哪个不认识大华的呢？——老曾说，大华还在他手上开过证明办过事，老曾都是亲自帮他跑前跑后办理的。正好金兰姑娘也在家，听到我们聊天，突然插了句：‘大华是我同学！’”

“那后来呢？”秀莲已经被宝财的话吸引了。

宝财故意顿了一下，看了看秀莲，又慢慢说道：“老曾听女儿这么一说，很高兴，便问道：‘你和大华是哪里的同学？’金兰说：‘初中啊，我们前后桌。’老曾看了看我，意味深长地一笑，又问：‘那你后来和他联系过吗？’谁知金兰脸上一红，扭头就走开了。当时我听老曾问金兰的话，好像有要把她和大华牵扯到一起的意思，便也朝他笑了笑，小声说：‘老曾，你是不是看上大华了？’老曾叹了口气，说：‘孩子的事，我真是不懂了。我看上又有什么用呢？’我一听，晓得有门了，就笑着说：‘你怎么不跟我说呢？’老曾突然拍了一下脑门，哈哈大笑，对我说：‘对啊，我怎么就没想到你呢？你跟九根还是儿女亲家，你看我这脑子，早就该想到了啊！’这时，老曾的爱人也过来，说：‘王老，你说他们家那么大的家业，能看上我们家金兰吗？’我一听这话不对，就批评她说：‘你这个同志，怎么用这种思想看人呢？别人不了解大华，我还不了解吗？’”

秀莲一听，也觉得老曾的爱人说话有点不靠谱，便笑着说道：“什么家业不家业？人品好就是最好的家业！我们家大华虽然做生意精明，但吃得苦，人品是一等一的好，从来不在外面乱来，烟酒都不沾，这谁都晓得的。”

宝财笑了笑，说道：“我也是这个意思，就把大华这些年怎么换糖，怎么在外面吃苦，怎么把家里做强做大的事简单说了一下，喜得老曾的爱人乐滋滋的，挤到我的身边坐下，说：‘既然是这样，那就请您去帮我们说说，正好他俩也是同学，说不定就成了，也省得我们成天犯愁。’我笑着说：‘乱点鸳鸯谱的事我是不做的。现在是改革开放，年轻人的思想很活路，父母之命媒妁之言是不管用的。这事你得先跟你家姑娘说说，我也回去跟大华他父母商量一下，如果都同意的话，我们再安排他们见面。你们看怎么样？’老曾爱人连忙说：‘那拜托你赶紧去问下啊！’连饭也不留我吃，就要把我赶走。我说：‘你还没问你家姑娘啊！’老曾爱人笑着说道：‘你看我，光顾着着急。好，我这就去问问她。’”

秀莲越听越欢喜，问道：“那……姑娘是什么意思？”

宝财故意摇头道：“姑娘没表态。”

“怎么？她不同意啊？”

“也没说同意，也没说不同意啊。”

秀莲着急道：“那她到底是什么意思嘛？”

宝财道：“呀呀，看把你急的！你听我慢慢说嘛。老曾的爱人到金兰的房间去，聊了半天，出来的时候母女俩一块出来。我一看，这对母女脸上好像都有心事，当母亲的阴着脸，当女儿的脸上通红的。我不知什么情况，便问老曾爱人：‘怎么样？’她指着金兰说：‘这个……你还是问她吧。’我一听也纳闷了，这唱的到底哪一出啊？就问金兰：‘姑娘，你什么意思，表个态嘛，我也好做后面的工作。’金兰红着脸，小声说道：‘大华……不喜欢我。’”

秀莲听得一头雾水，忙说道：“她什么意思？难道他俩……”

宝财说道：“是啊，当时我也糊涂了，我问：‘你什么意思？你俩接触过？’她什么也不说，把我和老曾夫妇急的啊！我站起来，严肃地说：‘姑娘，你跟我说清楚，到底怎么回事？’金兰抬起头看着我，突然出了眼泪。我吓了一跳，忙说道：‘姑娘，有话好好说，别这样嘛。’她哽咽了一会儿，再次抬起头，恳求地说道：‘大伯，麻烦您回去给大华带句话，就说不管等到什么时候，我都会等他！’然后一转身，又跑进房间去了，我们几个人大眼瞪小眼，全都懵了。”

秀莲瞠目结舌道：“这到底怎么回事？他俩……”

宝财先是沉默了一会儿，慢慢吹着浮在杯子上面的茶叶，然后轻啜一口，若有所思道：“后来，我和老曾夫妇分析了一会儿，觉得他俩可能好过，但中间发生了什么事，就不晓得了。也许你们家大华晓得，要不要等大华回来再问问？”

秀莲先是被宝财吊起了胃口，本以为有戏，没想到又来了这么一出，觉得很意外。她从来没听大华提及过谈对象的事，甚至根本没听说过这个叫金兰的姑娘，只看着大华每天进进出出，早出晚归，暗暗着急他的婚事。她走过来走过去，似乎忽略了宝财的存在。

宝财放下茶杯站起来，宽慰道：“亲家母，俗话说好事多磨，既然金兰姑娘这么说，就说明他们之间一定有一些事。现在问题的症结不在姑娘那里，而在大华这边。但是，看问题要分两个方面，刚才说的好像是不利的方面，另一方面呢，他们之间肯定发生过故事，而金兰姑娘又态度这么坚决，我看还是有戏的。所以亲家母你不要担心，把主要矛盾解决好，也就是把大华这边的工作做好，这事也许就成了。”

秀莲听宝财说得在理，稍稍宽心了一些。不过，这事一波三折，还悬在半空中，她的心里还是踏实不下来。想了想，她说道："谢谢亲家公。大华出差还没回来，等他回来我就照你说的，叫什么主要矛盾次要矛盾，看看大华到底瞒了些什么。如果事情能成，我和他爸肯定要好好感谢亲家公的。"

17 终身大事

因为摊子铺得太大，又是羽绒又是塑料，大华和细华兄弟每天忙得不亦乐乎，天南海北来回奔波，大部分时间都消耗在路上。

这趟细华带着妻子亚琼跑的是福建泉州的鞋厂。泉州一带制鞋业发达，塑料需求量大。家里办理了废旧塑料的加工销售许可证，九根也就更加放心地加大废旧塑料的收购力度，除了本地的业务外，他已经把业务范围扩大到周边县市，每天往来于龙洲和各地的汽车川流不息。因此，细华和妻子亚琼出差的机会也就更频繁，除了泉州之外，有时也跑跑浙江温州、台州一带。

大华一直奔波于各地的羽绒加工企业。由于龙洲一带废品收购数量巨大，特别是"破烂王"的名气传出去之后，许多外地人主动把各种废品送到龙洲来，进行分类加工。交通便捷、产业齐全的龙洲一带逐渐发展成为屈指可数的废旧集散地。羽绒产业在省内供大于求，大华开始探索对外扩大市场供应范围，不时陪着采购商到外贸局开具调拨单，随着这些采购商走南闯北，了解市场。

这天，大华刚从浙江宁波出差回来，正要去找父亲商量羽绒销售的事，被母亲一把抓住，拖回家里。大华莫名其妙，边走边问："妈，到底什么事啊？我还要找爸谈工作呢。"

秀莲道："今天就是天塌下来，你也要跟妈回去，掏几句心里话给妈听。"

大华不知道发生了什么事，跟着母亲到了家里，还不等他喘过气来，秀莲便劈头盖脸地问道："大华，你跟我说说，你到底怎么想的？"

"什么怎么想的？"大华丈二和尚摸不着头脑。

"什么怎么想的？你跟我装傻是吧？我问你，到底有没有在谈对象？"

"是这事啊？"大华这才明白过来，笑着说道，"妈，等我跟爸爸把工作谈完再说行不行？"

"不行！"秀莲态度坚决，毫无商量余地，"你坐下，妈有话问你！"

"妈,有什么事说吧。"

"你是不是有一个叫曾金兰的同学?"

大华目光闪烁,低下头看着地上。

"说话啊!"

"有!"大华抬起头,如实答道。

秀莲的脸色缓和了一些:"那你跟她到底是什么关系?"

"妈,您说什么啊?我跟她除了是同学,什么关系也没有!"

"真的没有?"

"真没有。"大华左顾右盼,说道,"要是没什么事的话,我找爸去了。"说罢,扭头就走。

"你站住!"秀莲厉声叫道,"你不要扯野麦子找借口,今天要不跟我说清楚,我我……"她突然紧按着腹部,身体向左侧微屈,脸色蜡黄,额角渗出豆大的汗珠,脸上露出痛苦之色。

大华忙搀着她问道:"妈,您这是怎么了?"

秀莲深深呼吸了几下,稍稍缓过劲来,推开大华的手,说道:"你还晓得管我?"

大华莫名其妙地说:"妈,您说哪里去了?我什么时候不管您了?对了,身体怎么样?要不要去医院检查下?"

秀莲缓了一口气,说:"我没事,不用了。崽啊,你就给妈掏句心里话出来,你跟曾金兰到底是怎么回事?"

大华担心母亲身体,不敢再遮掩,便扶她坐下,替她揩去额角上的汗珠,坐在一旁慢慢说道:"我跟曾金兰是有些联系,不过……"

"不过什么?"

"不过,后来没怎么联系了。"

"为什么啊?"

大华慢慢抬起头,看着远处,目光迷离。

十年前,衣衫褴褛的大华每天背着母亲用毛巾缝成的书包上学,脚上穿着明显宽大的鞋子,有时一只白一只灰,走起路来拖拖沓沓,有时跑步时还会跑掉,这是父亲换糖时换回来的。他的前桌,便是衣着整洁、长相清秀、扎着两只麻花辫的曾金兰。

大华的成绩很好,金兰的成绩也很好,两人经常不相上下。有时大华的数学考了第一,金兰的作文却作为范文在班上宣读。二人暗中较劲,都希望把对方比下去。但事情就是这么奇妙,二人越是较劲,越对对方产生一种异样的感觉。

金兰的身上经常发出好闻的气味，总是令大华浮想联翩。有一回，大华上课走神，闭着眼睛吮吸金兰身上散发出来的气味。老师突然向大华提问，连叫了三声，大华才醒过神来，连忙站起来，看着老师发呆。老师生气地说：“王大华，你在干什么？”大华脱口说道：“闻气味。”老师也吸了吸鼻子，没嗅到什么，便问道：“闻什么气味？”大华的脸一下红了。旁边一个同学阴阳怪气地说：“肯定是他自己的脚臭味！”同学们便哄堂大笑。

老师用教鞭用力敲着桌子，又问：“快说，到底在闻什么气味？”大华看着金兰，嗫嚅着抬起手，半指着金兰，还没开口，旁边又有同学掩着嘴小声说道：“他闻的是曾金兰身上的香味！”教室里又是一阵哄笑。金兰脸色通红，马上双手捂脸。老师又用力敲了几下桌子，厉声说：“都安静！王大华，下课后到我办公室来走一下！”

下课后，老师还没离开，教室里马上就热闹起来，纷纷围到大华和金兰的周围，取笑声一片。金兰瞪着大华，小声骂了句：“叫花子！”她的同桌也骂道：“癞蛤蟆想吃天鹅肉！”大华脑子一片空白，拖着沉重的脚步来到老师办公室。好在老师很欣赏大华刻苦上进的学习态度，成绩又好，批评了几句，让他集中注意力听讲之后，就让他回教室。

此后一段时间，大华每天都成为同学们的笑柄，每天都有一些男同学围在他身边，做着各种怪异动作，说着阴阳怪气的话，女同学则离得他远远的。这让大华既难堪又自卑，觉得很对不起金兰，连金兰的背影都不敢看，差点产生了退学的念头。在之后的一次考试中，大华最拿手的数学成绩居然刚刚及格，金兰很不满大华的表现，趁着没人的时候，小声说了句：“没出息！”这更令大华感到尴尬。

有一次，班上组织下农场劳动，金兰不慎崴着脚，痛得坐在地上。大华从小跟师父习武时，也学习过一些推拿的手法，见旁边没人，便迅速冲了过去，抓着金兰的脚，脱掉她的鞋，轻轻扭动几下之后，突然用力一推。金兰痛得大叫一声。大华小声说：“没事了，你站起来试试。”金兰穿上鞋走了几步，果然没事，向大华说了句谢谢，大华红着脸，快步走开。

这之后，虽然二人还是不说话，但金兰还是经常主动朝大华送来一个友善的微笑。大华害怕同学笑话，不敢有任何表示，但总算成绩稳定下来，又排到了前列。本来过年后二人要代表班级参加县里的比赛，没想到大华却被父亲逼着退学出去换糖。

开学之后，金兰一直没见大华身影，又不便多问，只零星听说大华到外面换糖去了。她不甘心，又借故跑到龙洲村的大队书记王宝财家，想从他的嘴里打听到大华的消息，很快就知道了大华退学的原因，但她毫无办法。带着愧疚和失落，金兰在县里的比赛中成绩并不十分理想。

之后，金兰考上了高中，两年以后回到家里，在父亲的周旋下当上了一名代课老师。她经常有事没事会跑到龙洲去。一个偶然的机会，她从红卫的嘴里听到了大华的详细情况，又打听到了他的通信地址，便开始给大华写信，除了向大华道歉之外，更多的是倾诉自己的思念，以及这两年寻找大华的艰辛。谁知落花有意流水无情，她的信如石沉大海，一次回信也没有。金兰不肯放弃，继续写信，她相信功夫不负有心人，大华一定能收到她的信，她也一定能够收到大华的回信。

再次见到大华时，已经是四年之后，当年的青涩小男孩，已经变成潇洒自信的青年。当金兰突然出现在大华面前时，大华十分尴尬，手足无措。金兰努力平抑着内心的激动，故作平静地问："为什么不回信?"大华看着略带幽怨的金兰，言不由衷地自嘲道："我不过是个叫花子，是只癞蛤蟆，怎么敢想吃天鹅肉?"

金兰对大华的回答很意外。尽管她多次在信中向大华道歉，没想到大华仍然为那句话耿耿于怀。她不明白，为什么自己用四年时间去收回一句话，竟然如此之难？她咬着嘴唇，强忍着眼眶里的泪水，低低地说道："我会等的，等你原谅我。"

其实，大华自己也没想到自己会脱口说出这句话。现在的他已不同以往，不再是那个家境贫寒、衣衫褴褛的穷少年，而是一个事业有成、阅历丰富的青年，怎么能说出这种赌气话？他很后悔，不知如何收回这句话，想了许久，才说道："其实，我早就忘记那些事了。"

金兰的眼前一亮："那就是说，你已经原谅我了?"

大华淡淡一笑，说道："其实也没什么原谅不原谅的，就算我当时是个叫花子，现在也早已不是了。"

初恋时，很多人都不懂爱情。何况，现在的他们不过十八岁，刚刚成年，除了发自内心的纯朴的好感，还不知如何去包容对方，去善待对方。

这么多年没见，写的信一直不回，说的话又是这样的没头没脑，金兰有些沮丧。但她不甘心，又问道："那……你到底怎么想的？为什么一直不回我的信？回来之后也从来不来找我?"

大华看着金兰，脑海里却是这几年在外面艰难打拼的画面，是那个漂泊在外寄人篱下的懵懂少年。真是造化弄人，当年明明彼此都有好感，却被现实伤得体无完肤，而现在时过境迁，却又要去追溯以前的事。他心里无比伤感，有一种想报复的冲动，用嘲弄甚至是挑衅的口吻说："要是回到四年前，你还会给我写信吗？还会让我原谅你吗？”

金兰不知道大华脑子里在想些什么，不解地问道：“王大华，你到底什么意思啊？”

大华笑道：“其实也没什么意思。你不晓得，一个十几岁的孩子面对家庭的灾难有多么的无助，独自在外漂泊的时候又有多么的孤独。”

“我晓得，我都晓得，他们都告诉我了！”金兰几乎要哭了。

大华觉得于心不忍。他觉得这些刻薄的话已经够击败她那句“叫花子”几百回了，没必要再继续刻薄下去。他换了种口气，轻松地笑道：“金兰，没事了，一切都过去了。”

金兰被大华揉捏得伤痕累累，仍然不甘心，继续充满期待地问道：“你是说，你愿意接受我的道歉，愿意接受我？”

大华为难地说道：“道歉就不必了，当时也不是你的错，要怪只能怪我自己。至于你说的那件事，我真的要好好考虑，毕竟我家里的情况特殊，需要有时间有精力去处理。现在我们还年轻，你多给我点时间，好吗？”

金兰破涕为笑：“好的，我会等你，我会一直等你！”

大华看着金兰离去的背影，心情非常复杂。

大华继续忙碌着，一天比一天忙，一天比一天充实。他和金兰见面的机会并不多，金兰也很少主动来找，大华充实中又有莫名的惆怅。正在他为实现梦想不断向前的时候，突如其来的一场变故，让大华受到严重打击：家里的废旧金属突然被工商局查抄。大华陷入了前所未有的惶恐和迷茫，不知如何迈出接下来的一步。等到阴影过去，慢慢从变故中走出来，他想的已经不仅是塑料和羽绒加工，而是有了更远大的目标：一定要做起金属加工业！

就这样，大华一直让自己变得很忙，忙于稳定各地塑料市场，忙于拓展省外羽绒市场。同时，他还有一个重要任务：那就是考察外省的废旧金属加工市场。他发现，在广东、浙江、湖北等地的金属加工行业已经非常成熟，也非常活路。那里的政策非常宽松，只要人们想做，就没有什么不可以做的事。他在暗中蓄力，思考出路，等待政策，他相信，这一天一定会到来。

在紧张的工作之余，大华也经常会想起金兰。他相信，自己也是喜欢她爱她的，他同样相信金兰是喜欢他爱他的。不过，生活跌跌撞撞，事业起起落落，这让大华觉得很不踏实。金兰已经不再是初中时代那个骄傲的公主，而是一个有理想有思想也有形象有气质的漂亮女孩，她寻找了自己这么多年，也等了这么多年，必须给她一个安全稳定的未来。他之所以如此打拼、如此渴望开创一个新的未来，一个很重要的原因，也是为了她。

命运总是在让你看到希望的时候，又故意制造曲折，布满荆棘，让人欲罢不得，浑身被扎得伤痕累累。

有一次，金兰来找大华的时候，大华早就看到了她的身影，便借故躲开。金兰等了好半天没找着大华，便又失望地回去了。这一天，大华心神不宁，坐立不安。他居然又鬼使神差般跑到金兰所在的学校，在校门外徘徊许久。等到师生们都放学回家之后，他看到金兰独自回到办公室，便又在金兰的窗外徘徊。他渴望见到金兰，向她倾诉自己的心里话。可是他又害怕面对金兰，不知该拿什么去爱她。

就这样阴差阳错，躲躲闪闪，大华度过了好几年备受煎熬的时光。这次，要不是母亲硬拽着他回来，逼着他说，他还不知道要躲多久呢。

听完大华的讲述，秀莲有点哭笑不得，点着他的额头，数落道："崽啊，这么大的事，你怎么不早跟娘说啊？要是早点告诉我，哪里要绕这么大的弯子？我和你爸早都抱上孙子了！"

大华低着头不作声。

秀莲又道："你……你这点怎么一点都没学到你爸呢？甚至连你弟弟细华都不如！金兰这么好，你早就应该主动去追求她，哪里还要人家姑娘家左找你右找你！"

大华不安地说："可是，我现在真的不踏实，我们家的厂子也不能老是这样起起落落啊！"

秀莲知道大华的心思，他是希望给金兰一个稳定幸福的家，而不是跟着他一起吃苦受累、担惊受怕。她很心疼这个沉着稳健的大儿子，但越是这样，越要有一个女人在身边嘘寒问暖、体贴关怀啊！金兰姑娘不就是这样一个人吗？她语重心长地说："崽啊，不要等了。古话老早就说过，先成家后立业，这么多年，你做生意已经做得够好了，还要怎样？就算没有做这么好，也可以先结婚再去打拼，这跟你的生意一点矛盾也没有啊！娘告诉你，人家姑娘可说了，会一直等你。要是你再不清醒点，错过了这么好的姑娘，可能就被别人追走了。到时你后悔撞墙都来不及！"

母亲一番苦口婆心的话如醍醐灌顶，令大华豁然开朗。这些年来，虽然他把主要的精力都放在工作上，但闲下来的时候还是会想起曾金兰。他曾经想，等到事业稳定下来，就去找金兰，向她倾诉，向她表白，恳请她宽恕自己这么多年的冷落，恳请她答应嫁给自己！现在看来自己想错了，真要是错过了这么好的姑娘，那可就像妈妈说的那样，后悔撞墙都来不及。对，不等了，现在就找她去！

他霍地站起来，开心地抱着母亲，在母亲额头上重重地亲了一下："妈，我现在就去找金兰!”秀莲被大华抱得一愣,稀里糊涂地看着急匆匆往外奔的大华。

大华边跑边看手表,知道这个时候金兰还在学校,便骑上摩托车,向学校飞奔而去。两旁的树木房屋不停地向后退去,迎头一辆汽车呼啸着开来,眼看着要撞上,司机赶忙踩刹车。大华龙头一歪,擦着汽车飞驰过去。司机吓出一身冷汗,从驾驶室探出头来,骂道:“你找死啊? 这样骑车!”大华回头,俏皮地做了个鬼脸,大声说道:“对不起——”又一溜烟跑远了。

赶到学校时,还是上课时间,大华从摩托车上跳下,跑到金兰的房间,不见金兰,又跑了几间教室,也没看到。他回到广场中间,双手合成喇叭状,用力叫道:“曾——金——兰——”

一些老师和学生从教室门窗探出头来,看着这个神经质的男人。大华见金兰没出来,又连叫了几遍。不一会儿,从办公室出来一个年纪较长的老师,生气地说道:“是谁在这里闹事啊? 赶快出去,不要在这里捣乱!”

大华毫不理会,还要叫喊,这时下课铃声响起,师生们一哄而出,围到广场上。大华四下里张望,突然看到一个高挑的姑娘,在一群学生的簇拥下,款款向他走来,正是金兰! 大华推开围观人群,跑到金兰面前,拉着她便往外走。金兰不明就里,也来不及细想,在师生们的起哄声中,满面通红地跟着大华。

“上车!”大华以不容商量的口吻命令道。金兰顺从地跨上摩托,轻轻抱着大华的腰。摩托车轰轰嘶叫几声,然后猛地向前一纵,屁股后面冒着一股浓烟,很快消失在师生们的视线之外。

“大华,你这是干吗?”金兰嗔怪地问道。

大华耳畔生风,大声问道:“你说什么?”

“我说,你这是要带我去哪里?”

“去了你就知道了!”

凭直觉,金兰已明白大华的来意,心里嗵嗵跳得很厉害。她情不自禁抱紧大华的腰,把脸贴在他厚实的背上。

大华将摩托车开到赣江边的沙滩上,将车支好,把金兰轻轻托下来。金兰心跳得厉害,脸颊通红,低着头小声说:“带我到这里来干吗?”

大华此刻也是心潮起伏,看着娇羞不已媚态百出的心上人,一肚子的话竟不知怎么开口。

“这样看着人家干吗?”金兰越发窘迫,便转身向江边走去。

大华愣了一下,快步追上金兰。金兰转过脸看了他一眼,又把脸转向江面。大华走到金兰身边:“金兰……”他颤声叫了一声,又不知怎么说下去了。

金兰虽然看着江面，但能够感觉到大华沉重的鼻息声。她的心里也是一颤，却故作镇定，小声说：“傻样！有什么话就说嘛。”

大华嘿嘿笑了一声，深深呼了一口气，然后诚恳地说：“金兰，我想好了。过去都是我不对，我背的思想包袱太重，故意躲着你、疏远你。现在我想通了，我不想等，也不想什么等到功名成就才结婚，我现在就要告诉你，我喜欢你！”

金兰的脸上又飞上两片红晕。等了这么多年，想了这么多年，终于等到这一天，终于等到这句话。她觉得心都要跳出来，因为喜悦和激动，胸脯起伏难平。“真的吗？”她小声说。

“真的！是真的！”大华激动地说，“等了这么多年，我再也不想等了！”

“那你再说一遍！”金兰低着头，用几乎连自己也听不到的声音说。大华鼓起勇气，直视着金兰，语气坚定地说：“我喜欢你！”

金兰心跳得更快，偷偷瞥了大华一眼，又连忙把脸转向别处。大华说出了心底的话，心里反倒坦然了许多，他大胆地伸出右手，悄悄碰了一下金兰的手，金兰缩了缩手。大华又轻轻拉着她的小指，这下金兰没有拒绝。“你呢？”大华小声说，“没有生我的气吧？”

金兰又看了大华一眼，转眼远眺江水，似乎在寻找一个答案。“你先告诉我，我写的信你都收到没有？”她反问道。

“都收到了，一封都没少，一共三十八封。”

“记得这么清楚？”金兰扑哧一笑，又不满地说道，“那你为什么不回？一封也不回？”

“如果我说我给你写了信，你信吗？”大华上前一步，站在金兰面前，认真地看着她，“我也给你写过信，而且不止一封，但想来想去，还是没有发出去。”

“为什么？”金兰瞪着美丽的大眼睛，“就因为我说过的那句话吗？”

大华争辩道：“你也太小看我了，我不是那么心胸狭小的人。再说，那个时候我就晓得你并没有真正看不起我，反而一直暗中鼓励我，我怎么会为那样一句无心的话记恨你呢？”

“那你实话告诉我，你是不是那个时候就喜欢我了？”

“我不晓得是不是喜欢，但是我很喜欢闻你身上的气味。要不是这样，也不会出那场糗事了。”

金兰相信大华说的是真的，她看着大华的眼睛：“其实我也感觉到了。

我觉得你身上有种与众不同的东西在吸引着我，让我既喜欢你又担心你。那次下乡劳动时，你不顾一切地帮我按摩治疗，说实话我一点都不觉得害羞，相反觉得很幸福。那个场面至今都记得非常清晰，一辈子都忘不了。”

大华又想去拉金兰的手，被她甩开，又责问道：“我刚才的问题你还没回答我，为什么写了信不寄给我？”

大华长吁了一口气，感慨道：“金兰，你那时家里生活条件好，根本理会不了一个十四岁的少年离乡背井在外流浪的感觉。那时，我在外面吃尽了苦，受尽了委屈，被人骂过，被人打过，被村里的狗追着跑过。被人冷嘲热讽对待的时候，真的跟叫花子无异，真的！那个时候，我就是把自己当作一个没有人格没有尊严的叫花子。逢年过节的时候，人家都是欢欢喜喜团聚打爆竹吃饭，可是我呢，我还不知躲在哪个角落里，想着我的下一餐会在哪里，会吃些什么。我不奢望有热菜热饭，有鸡有肉，哪怕有一个冷馒头，有半碗馊了的稀饭也够了。我们读过一首诗，‘独在异乡为异客，每逢佳节倍思亲’，我也想回家，疯了一样的想，想得我眼睛都哭肿了。可是我不敢回去，爸爸被抓去坐牢了，姐姐被人强夺了去，我不知如何面对无助的妈妈和可怜的弟弟妹妹，更无法改变家里的现状，我只得咬着牙坚持下去……”

“大华，我晓得你这些年吃了好多苦，可是不晓得有这么苦。对不起！”金兰红着眼，小声说道。

大华淡淡一笑。“其实，吃苦吃到极致，也是一种解脱。我把自己摆在社会最底层的位置，努力让自己看不到希望，感受不到温暖，变成一个彻头彻尾的叫花子。这个时候我发现，情况改变了。我变得淡定，变得开朗，变得坚强了。我每天笑着和所有的人打招呼，和追逐我的狗对视，甚至试图和那些从骨子里瞧不起我的人套近乎。我发现这很奏效，人们不再讨厌我，狗也不再追逐我，我突然发现，我变得强大了，强大得无论走到哪里，都有一种亲近感，都有一种回家的感觉。我就这样一天一天地跟自己较劲，把天空当作家，把大地当作床，我在这个家里无拘无束，自由自在，我已经不再痛苦，相反觉得越来越轻松。”

“大华……”金兰听着大华的奇谈怪论，心如刀割。

“四年以后，当我第一次收到你的信时，你晓得我是什么反应吗？我哭了。真的，哭得一塌糊涂。我把自己关在那个破旧得四壁透风的房间里，痛快淋漓地哭了一顿。弟弟满身邋遢地回来，看着我的样子，以为出了什么事，一直追问不休。我看着他着急的样子，又大笑起来，把弟弟吓得不停地说道：‘疯了，疯了！’第二天上午，我让弟弟出去，然后把自己关在屋里给你写信。我写了好多次，写了又撕，撕了又写，地上堆满了废信纸。我把这些废纸拿去引火做饭。下午,我又接着写,总算写好了一封完整的信。我把信小心地装进信封,跑到邮电局,买了邮票,黏好,站在邮筒面前犹豫许久,最后还是没有丢下去,回去后又把它烧了。”

“为什么?”金兰不解地问道。

大华呵呵一笑,又吁了一口气,说道:“其实我到现在也没想明白到底为什么不寄给你,甚至不记得当时写了些什么。可能当时我在想,我从骨子里还是一个社会底层的人,是一个令人嫌恶的叫花子吧。我觉得我不应该把自己的苦难告诉你,影响你的心情,或者说破坏我自己的形象。”

“你应该寄给我,至少让我知道你当时的情况。”

“是啊,现在想来,其实应该寄给你看,让你体会一下我当时的情况。”大华摇摇头,说道,“这之后,每次读到你的信,心情都很复杂,或者说很奇怪。之后又陆续给你写过几次信,但同样没有寄出去。”

大华把鞋子脱掉,下到水中,慢慢往江中走去。金兰见江水已没到了大华的膝盖,担心地叫道:“快上来,危险!”

大华哈哈笑道:“金兰,你敢下来么?我们游到对岸去,敢不敢?”

“我不会游泳。再说现在水温还冷,没到游泳的时候。你快点上来!”

大华听话地上岸,走到金兰面前,拉起金兰的手,说道:“金兰,我现在明白了,我当时其实是有一种自卑的心态,非常自卑。这种自卑既让我自暴自弃,同时又让我变本加厉开始自虐。我疯狂地工作,疯狂地扩张,这不是什么本事,更不是人们嘴里所说的‘破烂王’的积极心态,而是一种消极心态,是一种变态。这种心态让我觉得无法面对你,让我差点失去了心爱的姑娘。是我妈的话提醒了我,是你挽救了我。”他把金兰拉到水边,深情地望着她,然后俏皮地说道:“金兰,请你对着滔滔江水大声告诉我,你喜欢我吗?”

金兰被大华的情绪感染,开心地一笑,然后对着江面,大声说道:“喜欢——”

大华也提高了音量,问道:“你愿意嫁给我吗?”

“愿意——”

江心驶过一艘轮船,拉出一声长长的汽笛声,盖过了二人的山盟海誓。大华对着江轮做了个顽皮的动作,说道:“金兰,我们不跟它玩了,我们回去吧。”

“好,我们回去!”

在经过种种磨难、种种曲折之后,两颗年轻的心终于融合在一起。金兰和大华并肩而行,双手紧扣,开心地说笑着,又走了好长一段,这才离去。

18　故地重游

大华终于修成正果，令九根全家人都兴奋异常。根据乡俗，九根让秀莲赶紧托媒提亲，然后交换八字，订婚，上彩礼，定下婚期。根据大华和金兰商定的意见，他们的婚期定在次年的“五一”劳动节。

离婚期尚早，大华并未沉浸在对婚姻的憧憬中，而是继续每天忙于工作。这天，细华把大华拉到一旁，小声说道：“哥，我有个很重要的想法，想和你商量一下。”

“什么事啊？这么神秘？”大华对弟弟虚张声势的做法早已习以为常。

“你严肃点好不好？我是跟你谈正经事！”

“好好好，我严肃点。你说吧。”

“是这样啊，你有没有发现，村里很多人在往外卖废铜废铝？别的村也有很多人在卖。”

“晓得啊，这早已不是什么秘密了。”

“再这样下去不行，我们迟早会被他们超过，到时‘破烂王’的帽子就会被别人家戴了去！”

“谁爱戴谁戴呗，帽子又不值钱。”

“你又来了！”细华不满地说，“你不做我做。家里这么多废铜废铝，想收的话还会更多，如果再不出手，真的会被别人抢了先。”

“你也不能做！”大华觉得弟弟这回是真急了，严肃地说，“你忘了爸爸是怎么说的？我们要依法经营，做合法生意，不能做这种违反政策的事。你忘了几年前家里被抄那件事啊？这种事不发现则已，一旦发现，后果会很严重！”

细华对大哥的态度颇为不满：“别人能做，我们为什么不能？”

“别人是别人，我们是我们，这个界不能轻易越过去。”大华仍然坚持着自己的底线。

“你是不是找了对象准备结婚，就变得胆小怕事畏首畏尾了？”细华挖苦道，“你以前可不是这样！”

大华见弟弟生气，耐心劝道：“这跟找对象结婚没关系。你想啊，那些偷偷倒卖废铜废铝的人，要担多惊受多少怕？还有，上面对这个事查得很严，不是有好多人都被查过罚过甚至抓过吗？在做事之前要多想想后果，不要动不动就发气！我告诉你，这事决不可轻举妄动，等来了政策再说。”

二人不欢而散。

分开之后，大华觉得有点不安。他并不是不同意弟弟的想法，他一直在为如何处理这批废铜废铝发愁，曾经想过很多主意，都因为担心出事，不敢轻易做出决定。他甚至曾经找到乡政府的领导，试探性地提出过废铜废铝的销售问题，都被严正驳回。

当地的废铜废铝价格一直卖不上去，比浙江、广东等周边省份差了一大截。更主要的是，那一带的民间废铜废铝加工业十分发达，市场也非常开放，政府对这方面管制得很宽松。他想，要是生长在这些省份就好了。但这只是瞎想，实际情况是，家里已经滞压了大量废铜废铝，再不抓紧处置，滞压的资金收不回，那才真是个大问题。

很多人为了牟取暴利铤而走险，的确令人眼红耳热，非常有诱惑力，难怪细华蠢蠢欲动。大华陷入了煎熬之中。他觉得弟弟说的并非全无道理，再不出手，就要被别人家甩到脑后去了，“破烂王”的桂冠也要被别人摘了去。自己苦心经营这么多年，到时候只剩下一堆破铜烂铁，不能卖又不能当饭吃，有什么用？他突然想到，早些年不是也不允许搞个体经营，而乡亲们照样偷偷摸摸外出换糖，到头来非但没有事，还被电视台、报纸广为宣传吗？是不是真的自己太胆小、太谨慎了？想到这里，大华再也坐不住了，决心冒险试一试。

根据到各地了解到的情况，大华决定，第一次先走一趟浙江温州。主意已定，大华开始了紧锣密鼓的准备。

这天，在奉新运废品的张师傅回来，告诉大华一个意外的消息：罗小玉已经大学毕业准备分配，罗母托张师傅来问大华，有没有娶小玉的意思。

原来，自从大华离开奉新之后，就没有再去过。但黄姓兄弟一直延续着他的业务，偶尔黄姓兄弟也会到丰城来，和大华见个面，介绍一下那边的情况。大华对黄姓兄弟的表现很满意，每次派人去收货，总是让他们带足现金，即使没有及时带现金，事后也会很快汇过去，从不拖欠。

罗家人知道，虽然大华没在奉新，但业务还在。特别是小玉，总是吵着闹着要去看大华哥哥，有时还会不由自主地走到仓库那里去，打听大华的消息。这些细节，都被罗家人看在眼里，他们知道，小玉虽然年纪小，对大华却是一往情深。

小玉考上大学之后，把对大华的思念藏在心底，努力读书，只希望将来有一天与大华相见时，给他一个惊喜。刚刚毕业，便正式和父母提出，要到丰城来看大华，将自己埋藏多年的心事和盘托出。罗家人早已通过电视报纸看到过大华的事迹，知道他是一个靠得住、能成大事的人，便也有此意，辗转找到黄姓兄弟，询问大华的情况。正好张师傅前去运货，就托他带话，问个实底。并说，如果打算娶小玉的话，就去找找关系，想办法把小玉分配到丰城来。

大华听到这个消息很感意外。平心而论，他当年的确对罗家人很感激，把他们视作亲人。但也仅仅如此而已，对小玉并无非分之想。再说当年小玉年纪还小，不可能对她动任何歪心思。他没想到小玉是一个执着而多情的姑娘，居然把自己当年的亲情当作了爱情，一时有点不知如何是好。

打发走张师傅后，大华连忙去找金兰。他觉得这么大的事，不能对金兰隐瞒，正好也可以听听她的主意。

金兰正在备课，见大华匆匆前来，颇感意外，便微笑道："怎么了？"

大华如实将张师傅转达的话说了一遍，然后静静地望着金兰："金兰，我真的对她没有那个意思。再说，我那个时候年纪还小，又是个收垃圾的，小玉更小，还是个孩子，怎么可能往那上面想嘛。你说我该怎么办？"

金兰偏着头反问："你说呢？"

大华挠着后脑勺，愁眉苦脸地说道："我也不知道怎么办，这才来问你嘛。"

金兰沉吟片刻，说道："既然你让我说，那我就说了。你就把你刚才跟我讲的话再跟小玉讲一遍，她是个大学生，有文化，知道怎么做的。"

大华看着金兰，发现她披着头发穿着长裙的样子非常漂亮，情不自禁地叹道："真美啊！"

"你说什么呢？说谁美？是不是那个叫罗小玉的大学生？"

"没有没有，我是说你，说你！"

金兰掩嘴一笑，道："大华，说真的，像你这样的男人，真的值得人去疼爱。难怪罗家人那么喜欢你，小玉这么多年过去依然想着你。"

大华故意吸着鼻子四处闻闻，四处看看，皱着眉说道："这哪里来的酸味，是不是打翻醋瓶了？"

金兰听得一愣，马上反应过来，笑骂道："你……找死是吧？"说罢便抬起手做个虚打的动作。

大华忙笑着举手道："我投降我投降，莫打了，饶了我吧！"

二人嬉闹了一阵，大华认真地说："说实在的，罗家人真的对我太好了，特别是罗奶奶，把我当作她的亲孙子。那年她去世的时候，我是真的觉得很难过，跪在她的坟头上哭得很伤心，就像自己的亲奶奶走了一样。回来这么多年，我一直没有去看过他们一家人，我觉得很对不起他们。你不知道，那时要不是他们一家人对我那么好,我真的不知道能不能坚持下来。”

金兰点头道:“我能理解你跟罗家人的感情。这样吧大华,你不是还有业务在奉新吗?既然一直牵挂,为什么不去看看呢?”

大华道:“是的。以前忙于生意,连想都没空想。现在既然有了这事,我是想过去罗家看看,也到罗奶奶的坟头上好好祭扫一下。”

“嗯,那就去吧。”

“你也陪我一起去。”

“我吗?”金兰有点意外,“我去算怎么回事?要是人家小玉看到了,指不定怎么想呢。我还是别去了吧。”

“不行,你必须得去!”大华态度坚决,“你去有几层意思。首先就是让他们知道我们已经订婚,让他们不要多想。其次呢,你是我的未婚妻,也应该陪我过去,好好感谢罗家人。再次嘛,我带你到奉新去好好转转,那里有几个非常好的风景点,我经常路过但没进去看过,正好我们一起去看看。再有就是看看我当年当叫花子时收废品的仓库,实地了解一下我当年的生活。我的理由充分吧?”

金兰想了想,说:“好,我陪你一起去。”

罗家人对大华、金兰二人的到来非常意外,一家人忙不迭地又是沏茶,又是买菜,又是做饭,一家人忙前忙后,甚至都顾不上坐下来和二人聊天。小玉吃过中饭后就和同学出去玩了,罗母已经托人去叫,又安排人去通知小莹,让她也回来见大华。大华对罗家人的盛情非常感激。

刚进门的时候,罗母见大华身边多了个漂亮的姑娘,已经完全明白过来,便绝口不提小玉的事,只顾着忙活,抽空问一些大华业务上的事,对大华现在的发展十分高兴。

小玉听说大华来了,欣喜若狂,顾不得和同学打招呼,火急火燎地往家里奔。走到门口时,早已发现大华正在和父亲聊天,大华的身旁还坐着一位优雅的女人,她吃了一惊。来找她的人只说大华来了,并未说他还带了一个女人来。喜悦的心情顿时一落千丈,迟疑了一会儿,马上便调整好情绪,欢欢喜喜地进门叫道:“大华哥!”

数年不见,小玉也已出落成一个亭亭玉立的大姑娘了,大华站起身,自然地拉着小玉的手,上下打量一番,欣喜地说:“小玉,你长大了,变得这么漂亮了!”

“哪里漂亮啊?”小玉有点羞怯,“你也变了,变得更沉熟更壮实。要是在大街上看到,我一眼还不敢认呢。”

大华笑道："都变了都变了，要是在大街上遇到，我也一眼不敢认你啊！"

寒暄过后，小玉看着金兰，问道："这位是？"

金兰主动伸出手，落落大方地说："你就是罗小玉？大华经常向我提到你。我叫曾金兰，是大华的未婚妻。"

小玉心头掠过一阵惆怅，马上也笑道："你好！我该叫嫂子吧？快请坐吧！"

众人坐下，话题一下子就转入大华当年在这里换糖的时候，你一言我一语，感慨之余不禁唏嘘。金兰安静地在一旁听着，很多事情都是第一次听说，因此感到很新鲜也很震惊。

大华笑道："都过去了。要不是你们一家人关心我，我还指不定是什么样子呢。"

正说着，门口出现三个人，一男一女，还有一个小男孩。大华细细辨认：不是小莹又是谁？

"小莹姐！"

"大华！"

大华和小莹热情相认，拉过身边的小男孩说道："小铁，快叫舅舅！"

小男孩稚嫩地叫了声："舅舅！"之后就钻进外婆的怀里去了。

小莹又指着身边的男人说道："大华，你姐夫现在调到县政府工作了，他对你的经历很感兴趣，听说你来了，辞掉了外面的应酬特地赶来见你的。"

"姐夫好！"

"你好！"

大华也向小莹夫妇介绍了金兰，众人坐定，又是一番热情的寒暄。

罗父早已准备好一桌丰盛的饭菜。吃饭时，大华回想起当年过生日时，罗家人为自己准备生日宴的情形，不禁感慨万分，金兰也感动得流泪。大华动情地说："那是我吃过的最香最好的一顿饭，也是最难忘的一次生日。所以，我一辈子都不会忘记你们一家人！"

大家边聊边吃，一直吃到很晚才结束。次日一早，大华、金兰二人在罗家吃过早饭，便由罗母安排了一些祭祀物品，由罗父、小玉陪同到罗奶奶的坟前。大华忆起过往，又不免一番伤感。他让金兰一起跪在罗奶奶坟前，重重地叩了三个响头，这才依依不舍离去。

在小玉陪伴下，大华、金兰二人到几个风景点逛了一天，傍晚时分，才回到酒店，专门安排了一桌酒席，请来罗家全家人，还有依旧坚持打理这边废品收购业务的黄姓兄弟。大家尽情欢饮，尽兴而散。

经过精心准备，大华租了一辆十吨卡车，趁夜装上塑料，又在塑料中间夹藏上两吨多废铜。他决定尝试一下，去浙江那边寻找市场。

本来细华争着要押车前去，但大华担心他做事鲁莽，还是决定亲自去。吃过晚饭后，就坐上卡车出发了。

好在一路虽有车查，但检查得并不仔细。两天后，到达浙江台州的温岭县，把塑料送到加工厂卸车后，又在旁边租了个小场地把废铜卸下，一边等待结账，一边寻找废铜的买主，司机则跑到温州那边配货去了。温岭的金属加工业虽然不十分发达，但要找一家金属加工厂还是很轻松。大华决定一家一家找，一方面了解废旧金属价格，一方面了解生产行情，很快便找到一家规模较大的加工厂。加工厂老板显然对丰城很熟悉，听说大华是从丰城来的，特地把他叫到办公室，以当地的市场价当场支付现金，然后问起丰城的情况。大华很意外：原来这位老板姓汤，十几年前也曾在丰城待过两年多，以补铝锅、搪瓷脸盆为业，顺带也收了不少的废旧金属。

“丰城是个好地方，丰城的朋友很好！要不是丰城人，说不定我早就饿死了。”汤老板感慨地说。

大华记得，十几年前，家乡那一带的确有很多外地来补锅补脸盆的，几乎全是浙江人。这种情况到前几年还有，不过越来越少。想不到当年和自己一样的“叫花子”如今也成了实业老板！他亲切地握着汤老板的手，由衷赞叹道：“还是你们有魄力，把实业做得这么大！”

汤老板是个四十来岁的汉子，上唇留着一绺胡子，身上穿着普通的工服，个子并不高，看上去很朴实。他握着大华的手，谦虚地说：“千万不要这么讲！我这个厂子做得不算大，大厂多得很，在路桥、温州那边，如果你有好的原料，尽管送过来好了，这边全都可以消化掉。”

大华没想到在这里能够“他乡遇故知”，更没想到这位汤老板和自己有着类似的经历，对今后的发展又增添了一些自信。汤老板主动邀请大华进入加工车间参观，见车间里各种熔炼设备琳琅满目，正在开足马力生产。工人们娴熟而忙碌，根本没闲工夫顾及旁人。在另一个车间，成卷的铜板堆满整个车间，黄澄澄的铜板色泽鲜艳，令人眼花缭乱。大华震撼不已：这可是自己一直以来的梦想啊！

走出车间，工厂的空地上停了几辆大卡车，一些人正在往车上装铜板。大华问：“这些铜板要运到哪里？”

“我的货主要走温州、杭州、宁波、上海等地，他们拿去加工成各种铜产品。”汤老板毫不讳言。

“哦。”大华漫不经心地敷衍了一句，努力掩饰着内心的激动。

汤老板又说："目前我们还只能做这些粗加工，因为我们这里的产业链跟不上，还不能大规模生产铜制品。等过了一段时间，我们的产业链成熟，我就不做这种粗加工，要做精加工，直接做出产品去卖，这样的利润空间就更大。"

大华眼睛里已经燃起了渴望之火，他有点坐不住，恨不能马上回去，回到家乡创办属于自己的加工厂。

汤老板按当地的市价，跟大华结算现金，这个价格比丰城本地的价格已经高了一块多钱，两吨废铜整整多赚六千多元。废铜和废塑料卖的钱总数超过十万，硬扎扎的十分抢眼，用皮包拎着很不安全。

好在大华早有准备，贴身穿着缝满口袋的衣服，还随身携带了几只编织袋。趁着没人注意，他把十元一张的现金分开捆扎，分别塞入身上的口袋，其余的用报纸包好，塞进蛇皮袋，又在蛇皮袋的上面胡乱塞上几件衣服。然后乘汽车到达金华，又连夜从金华搭乘火车回家。火车上人满为患，讲着天南海北的口音，大华早已视若无睹。车上还有一个特殊群体，这些人大部分衣着整洁、口若悬河，都是各个行业的供销员。听着这些人满嘴跑火车吹着不着边际的牛皮，大华不禁发出阵阵冷笑。几天几夜没休息好，他有些困顿，又没有空着的座位，他便干脆钻进座位底下，扣好衣扣，枕着满蛇皮袋的钱，好不容易睡了一觉。

这趟温岭之行，着实令大华收获甚大，除了安全带回的十余万现金，还有在汤老板厂里的见闻。经过与父亲、弟弟商量，大华决心继续冒险。根据各地市场需求，他把废铜、废铝等分类，分别夹藏在羽绒和塑料中，送往广东、浙江等地。为了避免被查抄，他和细华还是采取夹藏的方法出货，居然一次也没被查到。

家里的存货很快销售殆尽，往他家里送货的车辆更是络绎不绝，九根父子的名头更加响亮。

19　冰释前嫌

年底前的一天，村里突然来了两辆警车，呼呼啦啦的警报响得揪心，令人惶恐不安。俗话说，不做亏心事，不怕鬼敲门。人们心里都很清楚，除了一些老弱病残，村里的青壮劳力几乎都参与过倒卖废旧金属的"非法"生意，只要找上门来，谁都是一屁股的事。所以，一听到警报声，一些胆小的人便抄着便道，躲到外村去了。

大华和细华分头送货出远门没回。九根正在家里与送货人结算货款，听到警报后，送货人连忙收起货款，低着头离开。九根只匆匆在刚收的废铜废铝上盖上一层编织布，上面随便丢了一些废旧塑料。他刚想出去看看，听声音似乎警报声走远了，便也没放在心上。

不一会儿，金娥慌里慌张地跑来，带着哭腔叫道：“爸，出事了！”

九根吃了一惊，迎出门来，见金娥脸色煞白，忙问道：“出什么事了？”

“红卫……红卫他……被抓走了！”

九根听得莫明其妙，红卫好好的怎么会被抓呢？他以为听错了，便问道：“你说清楚，谁被抓了？”

“红卫被抓了，被警察抓走了！”

“为什么？”

“他……他扒火车……偷东西！”

九根脑子“嗡”地一下，马上明白过来，拖着伤心欲绝的金娥，便往她家跑。

这些年来，一些铁路沿线村庄的人，看到龙洲村换糖收废品发财，是又羡慕又嫉妒，苦于没有赶上趟，又恨不得一夜暴富，便挖空心思打歪主意。正好货运列车经过这一带时速度较缓，便打上了火车的主意，上下勾结，有人扒车把货物丢下来，有人在沿途接应，居然也成就了一些“暴发户”。民间戏称这个群体为“铁路游击队”。但这毕竟是犯罪行为，与换糖收废品不可同日而语，很多人做贼心虚，即使赚了钱，也不敢声张，更不敢炫富。

近年来，铁路部门加大了沿途偷盗货物的打击力度，做这一行的人多少有些收敛，但少数胆子大的人尝到甜头，还是不肯收手。他们改变策略，不再沿途扒车，而是从上一站上车，事先藏在货物车皮里，到了约定的地点后再实施偷盗，把货物丢下来，然后到下一站再泰然自若地下车。即使中途被抓到，顶多算蹭车，没有偷盗的证据。回到家里后，再与沿途接应的人分赃分成。

九根隐约听说过这种行为，对其嗤之以鼻，没想到红卫竟然也参加了这种事！他非常生气，想到当年自己拒绝将金娥嫁到宝财家的情景，突然停下脚步，甩掉金娥的手说：“我不去了。他爸不是很有本事吗？让他们去解决好了！”

虽说嫁出去的女泼出去的水，但金娥一直以来跟娘家联系频密，什么事都首先想到要跟娘家人商量。因此，红卫一出事，她就跑到娘家来求援。“爸，您要是不去，我们怎么办啊？”她着急得快哭了。

九根心下一软，想到这事同样事关金娥和祥瑞，只得继续朝宝财家走去。

宝财家四周聚集了很多围观村民，相互指指点点，交头接耳。好事不出门，丑事传千里，红卫被抓的事早就传遍全村。

九根拨开人群，进到厅屋，年幼的祥瑞扑到九根怀里，呜呜直哭。宝财夫妇见亲家来了，像是见到了救星，忙招呼他坐。

“到底怎么回事？”九根搂着祥瑞，直入主题。

宝财看了看门外围观人群，欲言又止。杨丽华板着脸坐在那儿，高傲而冷漠地看着众人。九根走到门口，朝围观人群嚷道：“都散去吧，有什么好看的？”众人这才慢慢离去。

“现在可以说了吧？”九根着急地说。

宝财又看看丽华，丽华把身子扭到一边。宝财这才重重地捶了几下桌子，痛苦地说：“真是作孽啊！我宝财这辈子哪里丢过这样的人？今后还让我怎么出门嘛！”

“到底怎么回事？”

在九根一再追问下，宝财这才道出原委。

原来，红卫自从进入供销社上班之后，因为托他办事的人多，日子倒也过得滋润，虽说赚的钱不多，走出去也是又风光又体面。他对此也很是知足。随着市场的逐步放开，一些计划经济背景下的限购政策也随之放开，也就是说，买东西可以不用票，可以随时随地买到。供销社的优越地位很快被打破，托人走后门买紧俏商品的事越来越少，坐商店端铁饭碗也不再吃香了。

红卫从少娇生惯养，又找了一个人人羡慕的好工作，过了几年优哉游哉的生活。市场突然放开，令他始料未及，也属他的失落感最强。随着时间推移，条件每况愈下，不仅找他送礼办事的少了，收入也跟着减少，路上见到的人也不那么低三下四地讨好他。他觉得受到了很大的挫折，跟父亲提出换个工作，又被拒绝。他很失望，见很多人通过各种形式做生意致富，便也挖空心思寻找门路，自己想办法赚钱。

有一次，红卫无意中听说了“铁道游击队”的事，觉得这是个好方法，而且的确也有很多人赚到了大钱。他便多方找人联系，希望跟他们合作去扒火车分赃卖钱，但大家都知道他的情况，不大愿意挨着他。

正所谓瞌睡碰到枕头，臭虫碰到烂虾——正好对味。正在红卫苦思冥想的时候，一个从前在一起喝酒吃肉的朋友主动找到他，提到扒火车的事，两人一拍即合。随后，他们又找来几个从前一起玩的朋友，组成团伙，连细节也没商量,就开始行动。

红卫刚开始不敢扒火车,只负责在沿线接应,分的成也少一点。头两票做得小,红卫不过分得了几千块钱。但毕竟空手套白狼,不过就是担点惊受点怕而已,他还是很兴奋,照样人五人六地在人们面前显摆。后来,红卫主动提出要扒火车,偷出的货也多,一次就得了一万多块钱。几次得手,红卫更加嚣张,以为这样的致富之道根本不会出事。又接连干了几票,也是有多有少。

宝财一家人对红卫做的这些事毫无察觉,都知道他游手好闲,经常早出晚归,有时夜不归宿。近期回来时,除了一身的酒味,身上还夹带着一些泥巴,宝财说过他几次,让他不要在外面跟人鬼混,但对他也未作过多盘问。

铁路公安部门早就注意到这一现象,并且采取了相应措施,一方面加强对货运火车的监管力度,一方面派出便衣在沿线侦查、堵截。这一天,正好红卫跟着车从丰城上车,在樟树下车,一路还得意扬扬,做着发财的春秋大梦。没想到,在下面接应的三个同伙同时被铁路公安便衣堵住,抓了个现形。同伙很快招供出红卫,铁路公安迅速出击,将红卫堵在家里,直接带走。

听完宝财的讲述,九根气得差点把杯子摔掉。好不容易忍住,还是恨恨地说出三个字:“王八蛋!”

宝财理解九根的心情,不过丽华还是瞪了九根一眼,冷着脸说:“亲家啊,你再生气也莫用这样的词语来骂红卫嘛。”宝财接了句口:“到这个时候你还护着他?”丽华道:“他骂红卫是王八蛋,那你是什么?”宝财知道跟她掰扯不清,便不再争辩。

正在这时,秀莲慌里慌张地跑来,一进门便问:“这是怎么了?发生了什么事?”

九根责问道:“你又来添什么乱?”

“我……我怎么是添乱?我刚买菜回来,就听大家在说红卫的事,把菜放在门口就跑来了。到底发生了什么事?”

宝财恨恨地说道:“红卫被公安局抓走了。”

秀莲道:“这……这怎么可能呢?发生什么事了,金娥你快点告诉我啊!”

金娥哭得像个泪人儿似的,可怜巴巴地望着母亲。祥瑞见母亲哭得难过,忙跑到母亲身边,用稚嫩的小手替她揩着眼睛,一边揩一边说:“妈妈不哭,妈妈乖!”金娥搂着祥瑞,母子哭成一团。

九根知道,谁都没有勇气再去讲述红卫的事。他看了宝财和丽华,说道:“亲家亲家母,要么让金娥带着祥瑞到我家去坐坐?”

“去吧。”宝财淡淡地说。丽华谁也不看,站起来扭身就走进了房间。秀莲拉着金娥和祥瑞出门而去。屋里只剩下九根和宝财,两人终于可以推心置腹地掏心窝子了。

在外人看来,宝财一向神通广大,即使退了位,也还是爱管闲事,在村民中威信很高。九根看着宝财,想看看他有什么“高见”。“亲家,你有什么办法?”他问道。

“我能有什么办法?抓去坐牢更好,省得我看着心烦!”宝财气呼呼地说,“这小子平时就是欠管,我管不住,就让他去吃几天牢饭,好好长长记性!”

“红卫毕竟是你的儿子,你就不能去找找过去的那些关系,上下疏通疏通?”

“让我去找关系?门都没有!”

“红卫虽然出了事,但要是真的判个三年五年的,那……”

“判十年八年也是他咎由自取!这事没得说,我是坚决不会去找任何人说情的!”

古话说,虎毒不食子。九根弄不清宝财到底什么态度,想到这么多年来对他的种种怀疑,种种猜测,也的确想和他推心置腹地谈一谈。他诚恳地说:“老书记,我晓得你平时对自己要求很严,对别人要求也很严,不过,红卫毕竟是你的独子,是祥瑞的亲爹,再怎么心里有气,总不能袖手不管吧?”

宝财两手一摊,叹了口气,说道:“亲家啊,你是不晓得,出了这样的事,我做不起人啊!我还怎么好意思去找关系求人?”

“就算你不管,那金娥和祥瑞,还有亲家母怎么办?”

“也管不了这么多,希望能看在红卫是初犯的分上,从轻发落。红卫这孩子吧,从小也是惯得太过,没有受过什么苦。我当时也是看他得坏了病,狠不下这个心,要不然的话哪里容得了他呼风唤雨游手好闲?早把他赶到外面跟你们一起去换糖了!”

九根听出,这似乎是一句真话。要不是丽华宠着惯着,夫妻俩关系又一直不好,宝财是真会让红卫吃些苦头的。他叹道:“事已至此,就不要责怪他了。回头我也去找找人看,看能不能判得轻点。红卫虽然做事不着边际,本质是不坏的,要不是受人唆使,肯定不会做这种事。”

宝财感激地看着面前这位纯朴的亲家。过去这么多年,虽然九根一家人经历了无数劫难,但始终没有屈服,反而愈挫弥坚,这很令他打心眼里敬佩。他由衷说道:“亲家啊,是我对不起你啊!”

“这话从何说起啊，老支书！”九根没想到，一向盛气凌人的宝财居然会向自己道歉。

“你也莫一口一个‘老支书’，我已经不是支书了，这样叫让我觉得心里发堵。你叫我一声‘宝财’我乐意；叫我一声‘亲家’我更高兴。好不好啊？亲家？”

“亲家。”九根情不自禁地叫了一句。

“哎——”宝财激动地抓着九根的手，眼里含着眼泪，哽咽着说：“亲家，我等这一声等了好多年，今天终于等到了！谢谢你啊九根兄弟，谢谢你亲家！”

九根心里一颤，没想到宝财居然也有如此软弱的一面。他柔声说道：“亲家，你也莫谢我，是我这么多年心里一直堵着，‘亲家’二字叫不出口。”

“是我的错，是我的错！”宝财抓着九根的手不放，“今天既然说到这个分上，又难得我俩这样面对面坐下来，我有一些掏心窝子的话，不吐不快。”

九根看着宝财，点着头。

“从哪儿说起呢？”宝财搓着手，快速眨着眼睛，看看门外又看看天花板，似乎在搜寻记忆。“对了，就从相中你家金娥说起吧。”

九根暗暗吃了一惊，也正想解开当年的一些心事，便不再打断他的话，静静地听着。

“亲家啊，是这样的。当年呢——应该有十多年了吧——首先看上金娥的并不是红卫，而是我。你也晓得的，红卫在外面野惯了，金娥又比红卫小那么多，根本没注意到金娥。当时是金娥去会计那里替你交工分钱吧，路过我办公室，正好我出来，她就很小声地说了一句‘支书伯伯好’，就这短短的一句话，把我打动了。那个时候的孩子，胆小的多，懂事的少，她还晓得叫‘伯伯’，说明这个孩子有教养，我就有点喜欢了。我又想到你的身世，想到你年轻的时候父母双亡，你无依无靠，硬是凭着自己的双手建起了一个家，生养了五个儿女，而且脑子又灵活，在大队时是出了名的聪明。我认定你将来肯定不会很差，甚至还动过培养你当大队干部的念头。古话不是说了吗，龙生龙凤生凤，你根正苗红，又聪明又勤快，教出来的子女肯定也不会差啊！想到我家红卫从小管教得少，就应该受点你家的熏陶，要是能跟你家结亲，将来我家的后代肯定也不会差，所以当天晚上我就跑到你家去说这事，没想到被你当场拒绝。”

九根顺着宝财的讲述，回忆着当年的情形，这才明白了一些原委。宝财接着说道：

“我理解，你拒绝是很正常的。我也晓得我们王家的祖训，而且金娥又小,关键是很多社员都对我有看法,被你拒绝是很自然的。我并没有放在心上,回到家里后,无意中又跟红卫他娘说起这事,没想到丽华也非常赞成我的想法,这是她破天荒头一回与我的想法一致。她说,金娥是她教过的学生,在班上就是出了名的乖巧懂事,成绩也好,是她最喜欢的学生。我说你当场就拒绝了,她就出主意说,让金娥的师父美莲去说,通过别人说会有分量。美莲和金娥正在我家做事,丽华悄悄把这事跟美莲说了,美莲满口答应帮红卫去提亲。谁知还是被你们拒绝,金娥也不来我家做事了。我和丽华都很懊恼,觉得既没办成事,还丢了面子。那天晚上,红卫醉醺醺从外面回来,我和丽华就都把气撒在他身上。

"亲家,你不要笑话我们啊,我和红卫他娘都是直肠子不拐弯的,丢掉的面子就自己在家里赚回来。红卫被我们骂得很快醒了酒,很无辜,不知道发生了什么事。我生气地说:'你就晓得一天到晚在外面鬼混,你看看人家九根一家人,人穷志不短,个个都那么争气有出息,哪像你,简直就是混世魔王!'丽华也生气地说:'你就不能学点好吗?老是这样下去,到头来谁看得起?'红卫莫名其妙地嚷道:'我怎么了?一进门就骂我,你们自己吵了架,不要老是拿我出气嘛!'的确,我和他娘经常吵架,吵完架气没处撒,我就会骂红卫。但我当时不但没有反思,反而更加气愤,我说:'你看看,连人家九根家的人都看不起你,你还在这里装可怜,还怪我们说坏了你!'红卫也来了气,说道:'他家怎么了?说我什么坏话了?看我不拆了他家的屋!'丽华冷笑着说:'你除了说狠话做混账事,能不能来点正经的?'我说:'我看上他的大闺女金娥,和你娘商量想把她介绍给你做老婆,可是人家根本看不上你!你还横!'红卫这才明白我们生气的原因,不屑地说道:'就那个小妮子,有什么好的?'丽华说:'好不好不是你说的。你看看人家,又乖巧又懂事,长得也好,这么小年纪就出来学裁缝,做出来的衣服也不比她师父美莲的差。你看你一天到晚在一起玩的那些人,你配得上这么好的姑娘么?'红卫细想了一下,也点头说道:'也是,这妹子还真是不错,以前还真没注意到她。'我嘲笑道:'晚了,人家全家人都不同意!'谁知红卫倒来了劲,梗着脖子说:'不可能!我们家条件这么好,只有我们看不上别人,哪有别人看不上我们家的?'……"

九根听得心里五味杂陈。自己家的事,居然被宝财一家人在这里说长论短,他真不想继续听下去。不过,这件事关乎自己多年来的一些疑惑,他还是忍着性子继续听着。

"这天之后,红卫马上注意到了金娥。金娥一举一动,他都悄悄跟在后面打探。我和红卫他娘也都知道这些情况,非但没有制止,反而希望他能打动金娥。跟了一段时间，红卫还在路上拦过金娥，但金娥一直没有给过红卫好脸色。红卫这个时候已经二十多岁，是真动了心，就软磨硬泡，非要我们想办法帮他去提亲。我和他娘迫不得已，只得舍下面子，托美莲第三次去你们家提亲。结果还是一样的，被你们拒绝了。后来，后来……唉……”

后来的事，九根自然心里清楚，那就是自己被抓坐牢。这段往事，也是他一直想解开而未能解开的心结。他很想知道，宝财为什么要用这种卑劣的手段来达到自己的目的。他目光锐利地看着宝财，试图透过他的表情，直达他的五脏六腑。

宝财也看了九根一眼，略一对视，马上就转移开来。沉默良久，才缓缓说道：“亲家啊，你肯定一直都认定，当时是因为你拒绝让金娥嫁给红卫，我才采取了卑鄙的手段，故意害你去坐牢的对吧？”

九根不自然地笑笑，未置可否。宝财也苦笑了一声，说道：“你错了，你们都错了！我宝财不是那样的人，我受党教育多年，又当了三十多年的大队干部，怎么可能做出那种卑鄙下流的事？今天也就咱老哥俩在场，我也不瞒你，这事不是我干的，干这事的其实是你自己身边的人，而且还是你一房的兄弟！”

“是谁？”九根脱口问道。

宝财看了九根一眼，并不马上说出答案。

“其实我刚开始也不晓得是谁写的告状信。我在村子里一个个地排查，也想弄清结果，我不能背这个黑锅啊！再说，这么大的事可不是闹着玩的，是要吃官司坐牢的。把你抓去坐牢，早晚是要出来的，我要怎么面对你啊？可是，查来查去，却始终没有结果。后来，我把注意力放在那封告状信的字迹上，我让会计把所有出去换糖人的交款凭证拿来，那上面有换糖人的签字。对照来对照去，只有一个人的字迹比较像。但我也不敢肯定，就暗中观察他。果然，在你出事之后，这个人见了我时眼睛总是飘浮不定，总是故意躲着我。有一天，我在路上碰到他，他正想躲开，我把他叫住，喝问道：‘你干的好事！’他先是故作镇定，装聋作哑，被我诈问了几句，马上就承认了，并且跪地向我求饶，希望我千万不要告诉任何人。他还说，九根不是不同意把金娥嫁给红卫吗？现在九根出了事，正好他家里有求于你，你不是可以顺水推舟，把红卫和金娥的婚事定下来吗？我当时鬼迷心窍，居然听信了他的话，答应不把他说出来。”

“他到底是谁呀？”九根已经有点急不可耐。宝财仍然不直接回答，继续说道：

“我以为我把告黑状的人查出来了，就没事了，心里悬着一块石头落了地。没想到，乡亲们见了我，都像见了瘟神一样，我当时气得啊，差点没上吊。真的，我是很要面子的人，哪里受得了这种冤枉？我恨不得把他揍一顿，开他的批斗会。可是这样就能消除乡亲们对我的误会吗？我只好忍住了。没想到过了几天，亲家母竟然真的托人上门提亲来了，答应把金娥嫁给红卫。我既喜且忧，既觉得对不起你和你一家人，又庆幸金娥终于可以嫁给红卫。那段时间，我经常失眠，我恨自己一时糊涂，做出这种卑鄙下流的行径，我对不起你啊！”

九根早就无意听宝财讲下去，再次追问道：“这个人到底是谁？”

“就是你一房的国华。”宝财终于揭开谜底。

“国华？”九根不敢相信自己的耳朵，又问了一次，在得到肯定的回答之后，他陷入了沉思。

国华比九根小几岁，是和九根一起长大的伙伴，也是一个曾祖传下来的堂兄弟。九根年轻时父母双亡，被族人看不起，也包括国华一家人。九根结婚后，与妻子秀莲恩恩爱爱，男耕女织，生活虽然不算富裕，却也勉强过得下去，后来又当上了生产队的副业组长，国华虽然表面上支持，心里其实很不舒服。不过，九根为人坦荡，做事公平，很快赢得了大家的信任，国华对他也是心悦诚服。

九根想不出国华出于什么原因要诬告自己，他也想不出有什么地方得罪过国华。他记得，唯一有一次跟国华较真，是在他带着副业组去新余换糖。一个组五个人，一天下来，九根换了满满一担废品，其他人也换了将近满担，唯有国华半担都不到。九根对他发了脾气，说他没用心，对不起一天吃的三顿饭，也对不起他一天抽的两包香烟。国华不服气，认为是别人选的地方好，九根就说，你今天去过的地方我明天再去一下，如果不换一担满满的废品回来，就不吃饭。结果九根果然换了一担满货，装也装不下，国华没话说了。如果真的得罪过他的话，应该就是这次起了祸。他记得当时国华曾说过，会换糖有什么用？到头来说不定会惹下什么祸来。

真是人心隔肚皮。想到自己平日对国华还算关照，到头来却被他暗算了一把，九根很是生气。不过，时隔多年，自己非但没有被打倒，反而越做越大，成了远近闻名的“破烂王”，而国华依旧徘徊在当年的状态，甚至连当年还不如。九根不但不生气，相反却有点同情他。

想到这里，九根淡淡一笑，说道：“亲家啊，事情过去了也就算了。”

宝财颇觉意外：“你真的不恨国华？”

“恨有什么用？再说，恨能解决什么问题？”

“你真是坦荡君子！”宝财握着九根的手，感动地说：“有你这样的亲家，是我宝财这辈子的荣幸！”

20　身陷囹圄

对于红卫出事，宝财表现得很淡定，尽管丽华每天借故找茬，宝财还是不买账，打定主意不替红卫说情。倒是九根，与亲家公宝财一通推心置腹的交谈之后，对他的误会彻底消除，觉得有必要帮助一下。近年来，九根与政府部门交道打得多，认识的人也多，便四出找人疏通，希望念在红卫是受人唆使的分上，从轻发落。没多久，判决下来，红卫被判了有期徒刑三年。宝财一夜之间，须发全白，人苍老了许多，腰杆也没那么直了。红卫痛定思痛，在狱中表现良好，减刑一年，两年后刑满释放。这是后话。

大华的废旧金属贸易做得顺风顺水，收购业务自然也越做越大，心情变得格外的好。

转眼大华和金兰的婚期临近。因为秀莲身体不大好，九根就让秀莲少跑些外面的事，多在家里歇着，替大华操办结婚事宜。金兰有时也过来帮忙，布置婚房，采购礼品，一家人忙碌而充实。

婚礼的这天早上，一阵热烈隆重的爆竹响过之后，大华在细华和朋友的簇拥下出门，正要上车，突然婚车前打横停下两辆警车。从警车上下来五六位全副武装的警察，神情严肃地走到大华面前，其中一人亮了一下证，问道：

“你就是王大华吧？”

“是。”大华莫名其妙，其他人也非常吃惊。

“跟我们走一趟吧。”警察面无表情地说。身后两名警察一左一右上前，抓起大华双手，铐上。

大华嚷道：“为什么？”

“带走！”警察轻声而威严地喝了一句。身后两名警察押着大华，塞进警车，呼啸而去。闻讯赶出来的九根、秀莲等人见大华被警察抓走，呼天抢地地哭闹了一阵，场面乱作一团。

大华被带到审讯室，审理他的一位是来自温州的陈警官，另两位是丰城本地警官。大华不知发生了什么事，脑子飞快地转动，决心以不变应万变，静候警察的问讯。果然，在一番例行问话后，温州的陈警官便开口问道：

“王大华，请你如实回答，去年 12 月 25 日，你是不是在浙江温州市乐清县柳市镇销售过废旧金属？”

“好像……是有这么回事。”大华见陈警官把时间地点说得这么清楚，不敢撒谎。

“好！那么，你是不是卖过一批钢绞线，总重量约两吨？”

“没……没有！”对于销售废旧金属，虽然浙江市场比较开放，但丰城市场还是相对封闭。大华第一次与警察打交道，不知是福是祸，不敢承认。

“没有？”陈警官目光凌厉地看了大华一眼，拿出一份口供材料，放到大华面前。

“这是去年12月25日，你的买主刘某某的供述材料，上面有详细的交易信息，请你看了之后认真回忆一下。”

大华心里开始发虚，额角上渗出了豆粒大的汗珠。他迅速看了一遍材料，脑子里早已清晰地回忆起当时的情景。当时，大华的确在丰城组织了一批钢绞线，重量不是陈警官说的两吨多，而是四吨多。在柳市镇找到了一位官姓买主，钱货两清后，并没有留下地址就回来了，没想到居然出了事找上门来了。他的脑子一片空白，怔怔地看着陈警官和两位丰城警官。

“还想抵赖吗？”

陈警官嘴角微扬，似乎在嘲笑大华的虚伪。大华怯怯地问道：

“浙江那边不是可以自由交易吗？”

“浙江的市场是很开放，但是开放也是有法律作为保障的，决不容许以侵害国家利益为手段，来满足个人的私欲。”

大华听得有些糊涂，自己虽然是偷偷从事金属废品交易，但都是从个体收购户那里收购过来的，从中赚点差价，怎么成了侵害国家利益了？他觉得很冤，辩白道：“我一向是合法经营，从来没有干过侵害国家利益的事。”

“是吗？”陈警官继续嘲笑着，“在金属废品的黑市，经常出现电线电缆被偷盗的事件，我们早就接到报案了。在你们交易之前不久，也出现了一次，正好被我们抓住。要不是你隐瞒自己的姓名，我们早就抓你归案了。”

大华开始有点明白了，自己组织一批钢绞线到浙江去卖，正好那边失窃了一批相同的货，警察找到买主，居然把自己说成是偷盗者。既然不是自己干的，大华心里有了点底气，声音也大了许多：“不是我干的，真的不是我干的！我有证据证明我是冤枉的。”

陈警官和两位丰城警察小声商量着，似乎意见并不统一，又离开审讯室出去。过了好一阵，又回来，陈警官面无表情地说：“既然你不肯承认，那我们就只好依法办事，把你带到现场去和我们的证人当面对质。”又进来两位警察，把大华押出审讯室后，塞进警车，直奔温州。

金兰穿着洁白的婚纱，正满脸幸福地等待着大华的车来接自己。等了许久，突然有人来报信，说大华被警察抓走，差点没晕过去，顾不得换衣服，穿着婚纱便跑着直奔王家。她不敢相信这是真的，更不相信大华会做出违法乱纪的事。

王家门外聚集着很多前来看热闹的人，九根等人早已乱作一团。秀莲脸色蜡黄，坐在一旁，痛苦地按着腹部，眼泪直流。

九根对着细华吼道："你不是挺能耐吗？快想办法啊，快去找人啊！"

细华急得像热锅上的蚂蚁，边吸烟边挠着后脑。见父亲发火，也生气地说道："急有什么用？问题还没有搞清楚怎么找人？怎么想办法？"

金兰一路伤心欲绝，急匆匆跑进王家。众人见她穿着婚纱，都是一愣。金兰拉着九根，哭道："爸，这是怎么回事？大华他出什么事了？"

九根扭过身，不知如何作答。秀莲勉强起身，把金兰拉到一旁，伤心地说道："大华他……"还没说完，便号啕痛哭起来。

细华见状，说道："爸，妈，嫂子，你们别担心，我这就去公安局问问！"

秀莲止住哭，叫道："细华，莫冲动啊，好好说话！"话音未落，细华已经跑远了。

细华叫了一辆车，快速冲到公安局，直奔局长办公室，不顾办公室有人，便气呼呼嚷道："金局长，我哥到底犯了什么事？为什么平白无故在婚礼上抓人？"

金局长曾经挂点过龙洲，对当地个体经商户也非常支持，曾多次到九根家走访座谈，一家人都认识他。金局长示意办公室其他人离开，微笑着说道："莫激动，有话坐下说。"

细华火气很旺，又质问道："金局长，我哥出了这么大的事，我还坐得住吗？"

金局长宽慰道："大华的事，他们也是请示过我的。不过，这件事事关两地警方，我也不好过多干预。"

"但是，到底是什么事，你总可以跟我说吧？"

"是这样的，大华涉嫌一起异地盗窃钢绞线案件，温州警方已经掌握了足够的证据，并且证人也在他们手上。"金局长严肃地说，"你们做生意我是一向很支持的。但是，使用这种手段牟取暴利，不仅触犯了法律，而且突破了做人的底线，警方必须予以坚决打击。莫说是温州警方，就是我们自己，要是发现了类似的案件也不会轻易放过。所以，如果你是替大华来求情，那么请你回去吧，我帮不了你这个忙。"

"不可能！"细华叫道，"别人我不了解，我哥我还不了解吗？他那么忠厚老实,赚的都是自己的血汗钱,怎么可能做这种事?”

“怎么不可能?你们村不是经常有人倒卖金属废品被查处吗?”

“金局长,不是您说的那样!”细华急得直冒汗,“老实说吧,我哥是做过一些钢绞线的生意,不过都是从本地收购上来的,哪里有在温州偷什么钢绞线嘛!”

金局长翻出一份材料,向细华简要介绍案情始末:“你看看,人家人证物证俱全,案件调查得很清楚,还要我多说什么吗?”

细华不气反笑道:“您说的是这事?看样子我哥没事了。这事我晓得,我也参与了,而且是我和我哥一起发的货,是从邮电局走的货。不信你们可以去查,我可以找到好多证人。”

对于细华提供的线索,金局长颇感意外:“细华,你是说你们从丰城走了一批同样的货?”

“哪还能有假?”细华兴奋得有点语无伦次,“那天正好是我的生日,所以我记得特别清楚。我们走完货后,就回家吃晚饭,我哥平时很少喝酒,不过那天也喝了一杯,还说希望这批货能够平安顺利到达温州,卖个好价钱呢。”

“既然是通过邮电局走的货,大华为什么那个时候会出现在温州?”

“走货的第二天我哥就过去了。我们在那边有很多客户,走过去的货都是通过朋友接收,有时是请朋友帮忙销售,有时是自己过去销售。”

金局长盯着细华看了半晌,认真地说道:“细华,你晓得做伪证是要承担严重后果的。不过,如果你说的是实情,我们也会尽快展开调查,希望你没有骗我。”

“当然是实情!我怎么可能骗您?”细华开心地说,“这么说,可以把我哥放出来了?”

金局长两手一摊:“大华已经被温州警方带走了。”

“什么?”细华大吃一惊,“怎么还没调查清楚就带走?”

“他们需要大华到当地去配合调查。”金局长安慰道,“你放心,我们会对你提供的情况进行调查,如果能够证明大华没事的话,我们会跟温州警方交涉,请他们放人。”

之后,在金局长的直接干预下,经过丰城警方的严密调查,终于查清这批钢绞线的确是从丰城收购上来的,而且在邮电局找到了当天的出货单证,与温州那件案子的数量也不符。金局长分析,大华在销售这批货的时候,买主不知这批货的来源,被抓以后以为是赃物,心里害怕,便把大华招供出来。而大华不明就里,阴差阳错地被当作偷窃者,这才有了温州警方介入抓人的事。他指示经侦大队尽快将调查结果形成文字材料,传真给温州警方,又亲自打电话给当地办案警官,解释缘由,请求放人。

虽然四出求人,警方并不买账,好不容易弄清真相,等到大华回家时,已是半个月以后。众人了解原委,都是如释其负,欢喜不已。九根决定重新给大华和金兰置办婚礼,一是冲冲晦气,二也是消除客户对自己家里的误解。细华一听,马上赞成,呼朋唤友,重办婚事,大宴宾朋。

大华虽然没有反对,但经历过这件事情之后,早已没有了新婚的喜悦。送走亲友后,独自坐在房间发愣。

金兰回到房间,见丈夫心事重重,坐在大华身旁,柔声问道:“大华,在想什么?”

大华轻搂着金兰,叹了一口气,说道:“我在想,我们一路走来,吃尽了苦受尽了委屈,到头来还是每天担惊受怕。什么时候才能光明正大地做我们的生意?”

金兰理解丈夫的心情,安慰道:“我知道,你一直不甘心这样的小打小闹,一直想和浙江人一样有自己的金属加工厂。不过,现在政策这么紧,也不是我们能左右的,你就不要想太多了。”

大华又叹了一口气,说道:“我真的不甘心。特别是经过这次事件,我一直在想这个问题。”

金兰突然扭过脸来,上下看了看,问道:“对了大华,温州警察没怎么着你吧?”

“没有。”大华淡淡笑了笑,“他们都很好,很客气的,把我放出来的时候还一个劲地道歉,收缴的东西也全都还给我了。”

“那就好。”金兰小声说道,“大华,莫东想西想了。今天也累了一天,早点休息吧。”

几天以后,大华再次组织一批废旧铜铝,夹藏在塑料当中,准备运往浙江。

临行之前,金兰一边帮他整理衣服,一边说道:

“大华,我一起床,右眼就一直跳个不停。我担心会有什么事,要么今天就莫去了?”

“你怎么也迷信了?眼皮跳是因为没休息好,会有什么事啊?你放心好了,我跑浙江这么多趟,不是也没出什么事嘛。”

“我也不相信迷信,不过老辈人都是这样说的,所以我也不放心嘛。”

“你真傻。”大华按着金兰的双臂,笑道,“我晓得你不信迷信,是因为心里有我,担心我出事,这才去相信的,对吧?”

金兰脸上泛起一阵红晕,小声说道:“关心则乱嘛。”

大华轻轻抱住金兰,附在她耳边说道:“我晓得你心里牵挂我。放心吧,我不会有事的。好好在家里等我啊,过几天我就会回来。”

出门时正好碰到秀莲晒衣服,大华关心地说:“妈,您这阵子身体不大舒服,还是少做点事,让金兰多帮着做吧。”

秀莲呵呵笑道:“我晒下衣服就会累着了? 你也真是小看我了呢。想当年你们几个哪一个不是我一把屎一把尿拉扯大的?”

大华也笑道:“是,妈妈吃了苦,妈妈真能干! 好吧?”

金兰从屋内出来,一边帮着晒衣服一边说:“妈,您歇着吧,我来!”

秀莲又笑道:“你看看,大华说让我休息,你又叫我去歇,难道我真的老了?”

金兰道:“妈妈不老,妈妈身体好着呢。可是这些事都应该我们晚辈多做点对不对?”

秀莲在围裙上揩干手,看着儿子儿媳,露出满意的笑容。“大华,你路上当心点,卖完货就早点回来,省得金兰担心。”

“晓得了,妈!”大华答应一声,转身出门而去。汽车已经装好货,司机也坐在车上候着,见大华上车,便按了一声喇叭,发动汽车。

没走多远,迎面遇上一队工商局的工作人员,示意停车。大华让司机停车接受检查。他很熟悉这样的场景,也认识其中几人,便跳下车去和他们打招呼,递烟。他以为不过是例行检查,况且自己已经是家喻户晓的个体户,工商人员不过走个过场就会放行,便也没有在意。

没想到,工商人员并不接受他递过来的香烟,对他的套近乎也只是客气地笑笑,检查得异常严苛。大华心里一惊,猛然想起前几天似乎在村口看到过工商局贴出来的告示,大意是要严厉打击倒买倒卖的行为,如有违反,不仅要扣没货物,而且还要从重处罚。他一想坏了,后悔不该麻痹大意来走这批货。

还没等大华反应过来,就听到查验的工商人员大呼小叫,说发现夹藏的废旧铜铝。领头带队的工商人员下令卸下货物,很快,成捆的废旧铜铝便裸露出来。

“这是什么?”领头的工作人员质问道。

“是……”大华瞠目结舌。

“把货全部拖走。”领头的又指着大华说道,“你,也跟我们到局里接受处理。”

经过检查评估,这批重达两吨多的废旧铜铝全部没收,并处以两倍的罚款，限三天之内备足款项上交，否则追究法律责任。大华心里阵阵发凉，连扣带罚，可是接近三十万哪！而且时间紧迫，哪里去筹这么一大批罚款？

从工商局出来，大华失魂落魄回到家里。九根、细华闻讯，也匆匆赶回家，一家人聚在一起，紧急商量对策。细华首先提出去托关系走后门，看看能不能减轻处罚，甚至放出货物。九根频频点头，商量具体要找的人。只有大华心里清楚，这次恐怕难逃一劫。

跑了一天下来，细华和九根都是垂头丧气。大华知道他们找人碰了壁，虽然失望，却也在自己意料之中。其实，这也是他一直在担心着的问题。自从上次被温州警方逮捕以后，他也考虑过这个问题，并隐约感觉会出什么事。没想到，居然来得这么早，这么快。他知道，即使再找人，在现在这样的形势下，也是无济于事的，谁也不可能在风头上出这个头。

“我们还是认罚吧。”他淡淡地说，“在政策面前，任何投机取巧都是没有用的。”

“什么？认罚？”细华仿佛不认识似的瞪着大哥，九根也惊讶地看着大华。

“是的。”大华有气无力地说，“我们这种情形，是走不远的。”

细华夸张地伸出手，贴在大华的额头上，说道：“你没发烧吧？”

“我没发烧。”大华闷声说，“政策不改变，我们的命运就无法改变。”

九根叹气道：“大华，我晓得你的忧虑。我也一直在考虑这个问题，也没有想通，经你一说，好像真是这样。看样子，我们真的要认命啊！”话语中充满惆怅和无奈。

细华跳起来说道：“你们一个个这是怎么了？什么叫认命？为什么要认命？要是我们都认命的话，还会有今天吗？就不能再想想别的办法吗？唉声叹气有什么用？”

九根和大华同时用眼睛瞟了细华一眼，没有说话。

父子三人分别外出，追讨欠款，但效果并不理想。细华气得暴跳如雷，大骂这些欠债的人太现实，是狗眼睛，落难的时候都落井下石，欠债的倒变成了大爷。他们几乎倾其所有，又连夜向亲友借了一些钱，勉强凑足罚款，到工商局接受处罚。

大难之后的九根和细华都很是沮丧，只有大华泰然处之。他并没有像父亲、弟弟一样纠结于被罚之事，而是开始考虑下一步的发展。所谓“塞翁失马，焉知非福”，每一次跌倒，都是成长过程中的飞跃。从哪里跌倒就要从哪里爬起来，没必要去抱怨什么，他相信，从前条件那么艰苦都能够坚持下来,现在政策这么好,照样可以坚持下来。

正所谓"屋漏偏逢连夜雨"。正在大华准备重整旗鼓的时候,另一场灾难再次降临,这个本来就陷于痛苦中的家庭几近绝望。

秀莲的身体每况愈下,九根和大华兄弟一直劝她去医院检查治疗,但秀莲都以事忙为借口推脱。的确,家里的摊子越铺越大,九根、大华、细华等人经常外出收货、卖货,偶尔回家也是忙于各种事务,忙得连饭都到不了嘴里。细华的妻子亚琼怀孕在身,金兰又刚嫁进来,金娥自从红卫出事后就很少过来,银娥早已辍学,协助母亲做一些废品分类的工作。小华也已十六七岁,还在读书。一家大小事务,没有秀莲把持的话,还真的会乱成一团麻。

就这样一拖再拖,错过了检查治疗的机会,在听说大华被工商部门查处的那天,秀莲一病不起。等到处罚完毕,一家人把她送往医院的时候,医生告诉他们,秀莲患的是肝癌,已经到了晚期,几乎没有救治的必要。

闻此噩耗,全家人都惊得目瞪口呆。秀莲用虚弱而坚定的声音说:"算了,不治了,把我拉回去吧。"众人面面相觑,无奈之下把秀莲拉回了家。

一家人围在九根从前的老屋里,强忍悲痛,轮番探望秀莲。秀莲知道日子不多,倒也平静得很,只是因为疼痛的折磨,有时变得面目狰狞,豆大的汗珠从额角流下,一直流到枕头上。见此情形,几位女人都伤心得轻轻啜泣。

九根一会儿烦躁不安地走来走去,一会儿闷坐在一旁大口吸烟。大华小心地抚摸着母亲,金兰流着泪,不停替秀莲揩眼泪。细华性格暴躁,不时爆出几句粗口,被亚琼小声劝阻着。金娥强忍悲痛做了饭,可是谁吃得下去呢?

"你娘吃了苦,吃了一辈子的苦啊!"九根从房间里走出来,谁也不看,坐到一旁的小竹椅上,喃喃说道,"不公平,老天实在不公平!她一辈子都在吃苦,都在替你们操劳,一天清福都没享过啊!"

孩子们都停止哭泣,安静地听着。九根续上一根烟,重重地咳嗽了几声,金娥过来把他的烟抢走,小声责怪道:"爸,您就少抽点烟吧!您看您抽的,一天到晚咳个不停。"

九根瞪了金娥一眼,喝道:"莫吵!"又从口袋里掏出一根烟,准备点上。

大华说:"爸,姐也是为您好。你凶她干吗?"

九根这才把火柴放到一边,看着香烟发愣。

金兰匆匆出来,小声对九根说:"爸,妈叫你进去下。"

九根赶忙起身,三步并作两步,来到病床前。这是他和秀莲共同睡了三十多年的床,一张老式的床。九根俯下身,问道:"他娘,有什么事吗?"

"他爸啊,"秀莲忍着疼痛,故作平静地说,"莫对孩子们发火。孩子们都懂事，也都吃了不少苦。”

“你就莫操心这个，还是好好休息吧。”九根皱着眉，尽量把嗓音压低。

秀莲苦笑了一下，想抬起胳膊，挣扎了几下，还是算了。“我晓得，我是不行了。”她无比伤感地说，“我最后悔的就是你以前出去换糖的时候，没有好好给你多弄些好吃的，让你在外面吃了那么多的苦。出去换糖，那哪里是人过的日子啊！”

“说这个干吗？”九根不耐烦地说，“我这不还活得好好的吗？倒是你，成天操心这个操心那个，把身体弄成什么样了？”

金兰在旁边悄悄扯了一下九根的衣角，九根似乎意识到自己的口气太硬，便又放低了声音，说：“他娘，你放心养病吧，家里的事让金兰银娥多担着点，你不要担心。”

秀莲喘了口气，说道：“我哪里放心得下？家里刚刚出了这么大的事，我又得了病，害得你们一个个都没心思去做生意，我放心不下啊！”

“你放心不下又有什么用？再说，外面的事有我和大华细华他们，你就不要管了。”

“你们现在不也没办法了吗？”秀莲拉着九根的手，“他爸啊，家里遇到这样的事，你也就不要再逞强了。咱得认命，是咱们赚的早晚归咱们，不该咱们赚的到了口袋里也要掏出去。以后遇到事情还是多和大华商量下，他年纪轻脑子活，办事也很稳当，比你年轻的时候差不到哪里去。”

九根点点头。秀莲又说：“孩子们个个都懂事，都是跟着我们吃苦长大的，千万莫亏待了他们啊！”

大华、细华等人站在房间门口，仔细听着父母的对话。

秀莲又拉着金兰的手说：“金兰，我晓得你心地善良，很会体贴人，娘很放心。你是家里的大嫂，今后要多包容点，弟弟妹妹们有什么做得不对的地方，千万要多帮助他们，多劝导他们，家里的困难大家一起想办法解决。”

“妈，我晓得了！”金兰揩了一下眼泪。

秀莲翻着眼睛看了看房门口，招了一下手，叫道：“你们都进来吧。”

大华等人一起进去，垂手站在床前。

“大华。”秀莲吃力地叫道。

“妈。”大华向前一步，单膝半跪在母亲床前。

“大华，你是家里的老大，就数你最懂事。以后弟弟妹妹们有什么事，你要多帮着管教他们。”

“妈，我记住了。”

“细华，亚琼。”

“妈。”细华和亚琼走到母亲床前。

“细华，你要向你哥学着点，遇事一定要冷静。你们都是要称父母的人了，凡事不能由着性子来，要前后左右考虑周全一些。”

“晓得了，妈！”

“金娥。”

“妈。”金娥哽咽着站到床前。

“金娥啊，妈觉得最对不起的人就是你了，当初不该那么草率地把你许配出去。但是，这可能就是命吧，既然是命，也就没什么好争的了。你要记住，红卫本质上并不是个坏人，好好等他。等他出来以后，你们好好带着孩子过日子。”

“我记住了，妈！”金娥答应着，早已哭成泪人。

秀莲一一交代了一遍，最后又拉着九根的手，困难地说：“他爸啊，我从十七岁跟着你，三十多年，从来没有后悔过，跟你在一起，吃再大的苦也没怕过。我现在这个样子，眼看是不行了，不能跟你继续走下去。你也要注意身体，这么大年纪，饱一餐饿一餐的也不是个事……”她歇了一会儿，小声说，“我累了，浑身都没劲，真的想好好歇一歇……”

九根示意孩子们都出去，然后静静地坐在秀莲身边，紧握着她的手，不肯放开。

三天后，秀莲平静地离开了人世。一家人异常低调地给秀莲举办了葬礼，一阵愁云笼罩在全家人的心头，久久没有散去。

挫折接二连三，让大华陷入了绝望之中。他不明白，为什么不幸会一次又一次地降临到自己的家里。他甚至觉得，这一切都是因为自己任性作为所致，要是自己不抱着侥幸的心理往浙江走货，就不可能发生货物被查没罚款的事，母亲也就不可能突发重病，更不可能离开人世。他仔细回想着这些年来自己的所作所为，尽量想从自己的行为中找到失误，可是他没办法做到。他觉得不能这样颓丧下去，必须重新振作，用积极的行动消除一家人心里的阴影。

第二天，他继续去联系一些长期合作的贩料商，联系废品收购事宜。没想到，走了好多家老客户，人家都以已经联系别的收购商为由，不肯把废品卖给自己。大华并没有过多指责，但心里却委实不快，好几天茶饭不思，寝食难安。

金兰见丈夫辗转反侧，彻夜不眠，也很不安。她取了一件衣服，悄声走到大华身后，披在他身上，一只手小心搭在他的肩上。大华正仰望着月亮发愣，见金兰走来，拉着她坐在身旁。

“我们该怎么办？”大华似是自言自语地说道。

金兰轻声问道：“还在想白天的事？”

“是啊。找了好多老客户，他们表面上都很客气，但都以各种理由拒绝跟我们合作。是不是我们有什么地方做得不对？”

“那你有想到我们哪里做得不对吗？”

“没有啊！我想了好久，就是没想明白。”

金兰随着丈夫的目光仰望天空，一轮皎洁的圆月悬在天空，四周洁净如洗，没有一颗星星，也没有一朵浮云。

“‘孤蟾独耀江山静，长啸一声天地秋。’人啊，有时候还是要学会孤独，享受孤独的。只有在孤独的时候，才晓得我们是谁，我们需要什么。就跟你以前独自一个人在外面闯荡一样。”

大华好奇地扭过头看着妻子。金兰淡淡笑了笑，说道：

“以前的日子虽然苦，但日子清苦而单纯。关键是你清楚地晓得你是谁，需要什么。不是吗？”

大华似懂非懂地点点头。

“以前只是做简单的收货、卖货，没有这么复杂，更没有赚这么多钱。现在不同了，生意越做越大，名气越来越大，人们自然会把目光聚集到我们这里。在我们红火的时候，好多人希望接近我们，从我们的生意中分一杯羹。在我们失利的时候，人家也怕挨着我们，也许很多人还巴不得看我们家的笑话呢。”

“人啊，真是太现实了！”大华感慨道。

“你还没明白我的意思。”金兰又是一笑，劝慰道：“关键的问题不是别人，而是自己。你看看天上的月亮，不管有没有人关注，它每天都照常按着自己的轨迹运行，因为这是它的信念，更是它的使命。就像天上的月亮，我们现在看到的是皓月当空，其实阴天或下雨的时候它也一直在，只不过我们无法透过云层、透过雨幕看到它而已。很多人只看到它皎洁的一面，用优美的语言去赞美它。一旦被乌云和大雨遮挡，就忽略它甚至诅咒它。”

大华似乎明白妻子的话外之音。金兰微微一笑，说道：

“你说人们很现实，这不假。现在是市场经济时代，谁不现实？谁不希望多赚点钱，让自己的生活更精彩一些？我们都生活在这个现实的社会，我们无法改变环境，只能改变自己，让自己变得更加坚强，变得无懈可击。这样，即使我们遇到更大的事，也不至于被击溃被打倒，对吧？”

“我明白了！”大华感激地看了妻子一眼，紧紧地把她搂进怀里。静默片刻，他突然说道：“金兰，我想去买车！”

“买车？买什么车？”金兰对大华的突发奇想感到很意外。大华笑道：

“金兰，你记得吗？我家里第一次得到‘万元户’的荣誉，并不是爸爸生意做得多好，也不是我在外面赚了多少钱，而是因为细华买车赚到了钱！靠这种正常的手段赚到的钱，不仅心安理得，而且得到了政府的奖励。所以我想，既然现在我们的生意遇到了瓶颈，我们何不改变一下策略，去买一辆车来搞运输？”

“搞运输？这可是你从来没有做过的事！”

“凡事都有第一次嘛。你想想啊，现在人们外出频繁，现有的公交车根本满足不了人们出行的需要，每趟车上都是人挤人，落脚的地方都没有。如果我们买一辆车去搞运输，不是正好可以缓解一下这个问题吗？”

“难道你真的甘心丢掉你的老本行吗？”

“商机无处不在。你再想想，乘车的都是些什么人？除了极少数走亲戚上学办事的之处，绝大多数都是外出做生意的人，我一边开车一边了解一下市场的需求，看看什么生意最紧俏，什么生意最受老百姓的欢迎，然后在合适的机会东山再起。你觉得怎么样？”

“你觉得可以的话，就去做吧，我肯定支持你。”金兰沉吟道，“不过，这事还是要跟爸爸和细华他们商量一下。”

“当然。我明天就跟他们商量去。现在废品收购的事不大顺利，业务量也不大，有爸爸和细华他们就足够了。我不想这样白白耗费掉时间，我相信他们也同样会支持我的。”大华显得有些兴奋，“金兰，你也辞掉代课老师吧。我开车，你卖票，我们一起来做，怎么样？”

金兰犹豫片刻，点头道：“好吧。”

21　韬光养晦

跑客运的日子单纯而忙碌。大华和金兰每天早起晚归，一天两趟奔波于丰城和南昌之间，风雨无阻。大华不辞辛劳，逢客必载。金兰热情耐心，笑脸相迎。乘客们虽然像沙丁鱼一样挤在狭小的车厢里，但彼此信任，笑声不断。

转眼三个多月过去，金兰依旧白皙苗条，大华却变得黝黑而开朗，每天大声和乘客们说话，聊天，开玩笑。回到家里，便默然不语，有时还会唉声叹气。金兰知道，其实丈夫是在故意让自己变得忙碌，变得没心没肺。他的心里，依然想着家里的生意，跑运输不过是无奈之举而已。

“大华，喝杯茶吧。”

大华洗完澡，穿着睡衣坐在堂前的沙发上，拿着一张《江西日报》，从第一版看到第四版，没有错过任何一篇文章。金兰也洗完澡出来，沏了一杯新茶，放在大华面前的茶几上。

“金兰，你也坐吧。”

大华招呼金兰坐下，继续看报。金兰从大华手里拿走报纸，约略浏览了一遍，然后收起来，折叠好，放在茶几上。大华笑问：

“金兰，怎么啦，不让我看报？”

“你就歇会儿吧，忙了一天还不累啊？”

“不累。”

大华望着妻子心疼的表情，端起茶杯轻啜一口，赞道：“好茶！”

放下茶杯后，把金兰揽进怀里：“金兰，辛苦你了！每天跟着我风里来雨里去，日晒雨淋，比坐在教室里风吹不着雨淋不着真是差远了。有没有后悔嫁给我？”

“你说什么话呢！”金兰从大华怀里挣脱，佯嗔道：“你以为我嫁给你是图舒服图享受啊？”

大华呵呵笑道：“我晓得我晓得。算我说错了，好吧？”

金兰这才回嗔为喜，重新钻进大华怀里。“大华，我们要个孩子吧，好吗？”她略带羞涩地说。

大华将身体坐正，双手扶起金兰，上下看了几眼，说道：“过一阵子再说，好吗？”

“为什么？”金兰有点不满，“你看，亚琼马上都要生了，我还是肚子瘪瘪的，你不着急啊？”

“对不起金兰，我不是这个意思。”大华望着金兰，似乎有很多话要说。

金兰扭动身体，把大华的双手摆掉，沉着脸说道：“我晓得，你的心思根本没在我身上，也不在客车上。你还放不下你的生意，是吗？”

大华愣了一下，不待他开口，金兰又说：“我晓得你不甘心就这样过下去。你的心很大，你还想继续做你的废品加工，你想把加工业延伸到废旧金属上去。我说得对吗？”

大华直直地望着妻子，仿佛不认识一般。

二人沉默片刻，金兰重新靠在大华肩上，软软地说：“老公，对不起，我不该对你发脾气。其实，你做什么想什么我心里都很清楚。你放心，我不会拖你的后腿，也不会干涉你的想法和做法。我只是想，今后你一定会更忙，忙得没有时间陪我,我就想帮你生个孩子,这样不管你去做什么,我也不会感到寂寞了。”

大华重重地叹了口气,再次把妻子揽进怀里。他闷闷地说道:“金兰,是我对不起你。我是太自私,不甘心做了十几年的生意突然就收手不干,这样太对不起自己,也对不起去世的妈妈。我一直记得,我一个人离开家的时候,我跪在妈妈面前发过誓,要好好赚钱,好好孝敬她,好好带好弟弟妹妹。可是,妈妈突然之间就走了,我晓得她是带着遗憾走的。她吃了那么多的苦,把我们兄弟姊妹拉扯大,到最后不但没享福,还受了我的拖累。我心里不安,我对不起她!我必须要重新振作起来,让弟弟妹妹过得更好一点,告慰妈妈的在天之灵。我相信妈妈一定在天上看着我。”

“可是,这件事并不能完全怪你……”

“不,这事完全怪我。我是家里的长子,俗话说,长兄如父,家里出任何事,我都有不可推卸的责任!”

“可是,你也不要太自责了,不是还有爸爸吗?”

“爸爸这一辈子也很不容易!十七岁的时候,爷爷奶奶就去世了,十八岁和妈妈结婚,生了我们五个兄弟姊妹,他吃了多少苦受了多少委屈,我们是想象不出来的。在我记事的时候,爸爸就是生产队里的劳动骨干,后来大队里成立副业组,他又是组长,带着乡亲们走南闯北,为的是省下一点可怜的口粮给我们吃。后来被人陷害坐牢,出狱后又带着我和细华重新做换糖的生意,一直到现在都没有消停过。现在年纪也慢慢大了,难道我忍心把所有的事情都推到他老人家的身上吗?”

“我不是这个意思。我只是心疼你。”金兰幽幽地说。

“我明白。”大华用力搂着金兰,“金兰,你真的要理解我,我并不是不想要孩子,我只是想等到我们稍稍稳定了以后再要。我们的父辈吃尽了苦,我们也吃尽了苦,我不想让我们的孩子还跟我们一样吃苦受累,那样我会很不踏实。”

“好的,我听你的。”金兰深深地依偎在大华的怀里。

在大华每天忙于跑运输的同时,九根和细华也没闲着。

九根不相信自己换了这么多年糖,最后会被一口凉水噎着。他每天骑着自行车,挨家挨户地找到当年合作的贩料商,一家家解释,一家家恳请恢复合作。虽然很多人对他家最近发生的事情表示同情,但只有少数人同意恢复合作。尽管这样,九根已经蛮满足了。

这天,九根在路上正好遇着赣胜。赣胜这几年也开了自己的收购站,偶尔往广东走一两趟货，但多数时候还是平价卖给九根。两人也一直保留着非常密切的关系。赣胜首先看到了九根，老远就叫道："九根哥！"

九根见是赣胜，骑着自行车到赣胜面前，从车上跳下，问道："赣胜兄弟啊，这是要去哪儿？"

"我去村口看看货来了没有。"

龙洲村的名气早已传遍邻近县市，连一些外省的货主也会把货拉到这里来，待价而沽。九根家在这里有自己的定点供货商，由细华每天傍晚到这里守着。不过最近很多供货商似乎刻意回避着细华，宁愿低价卖给别人，也不肯平价卖给细华。九根隐约听到一些消息，说是有人从中捣鬼，在背地里败坏他的名声。不过他不想把这件事告诉细华，害怕细华忍耐不住，去找那些人的麻烦。他想，凭着自己几十年换糖积累下的人气，一定可以扳回信誉，重新赢得人心。

九根脚下迟疑，回头远远地望了一眼村口，其实从这里根本看不到外地的货车。赣胜问道："九根哥，你又去找散户啊？"

"我去……"九根想了想，点头道，"我去其他几个村再看看。"

"九根哥，我看问题并不出在你这里，而是……"赣胜左右看了看，压低声音说，"我觉得国华那个人不地道。"

九根皱了皱眉头，看了赣胜一眼，又把眼睛投向别处。其实，在宝财向他和盘托出国华陷害自己的真相之后，九根就有意疏远国华，和他保持着一定的距离。虽然偶尔在路上碰着也会打个招呼，但九根总是觉得很别扭，敷衍一下后就赶忙离开。尽管赣胜主动说出国华的名字，九根还是不愿听下去。他推着自行车就要走，被赣胜一把拉住，说道："怎么？你就不想听我说一说他的事？"

"有什么好说的？"

"这些事都是关于你和你家的！"赣胜见九根总算停下脚步，又小声说道："你晓得为什么大家都不愿意挨着你、跟你家做生意吗？"

"算我倒霉，喝口凉水都会塞牙！"九根没好气地说。

赣胜知道九根近来情绪不好，掏出一盒带嘴的香烟，取出一支递给九根。九根摆手道："不抽，戒了！"

"戒烟了？"赣胜大感意外。

"是的，戒了。"九根重复了一遍。

赣胜把香烟装回口袋。"这个国华太不是东西了，亏你还对他那么好！"他义愤填膺地指责道，"我都看不下去了！"

九根斜了赣胜一眼。赣胜朝九根笑笑，马上又气愤地说道："你可能还不晓得吧？自从大华的货物被查扣之后，国华表现得特别活跃，像是换了个人一样，见到人就说，看看他们，有什么了不起的，还不是一样的倒霉了吗？你听听，这是人说的话吗？”

类似的话其实早段时间福银也对九根说过，因此这话从赣胜嘴里出来，九根丝毫不觉得意外。

“你怎么无动于衷啊？”赣胜不满地说，“他不光在本地的贩料商面前说你的坏话，还在外地的商户面前说，你家里人胆子太大，弄不好就会连累别人，让他们莫跟你们家做生意。你看看，这样的话谁忍得下去？”

“忍不了又怎么样？”

“忍不了就找他去啊！”赣胜气愤地说，“像这种两面三刀的小人，就是不能轻易放过他！”

“算了吧。”九根淡淡地说，“路遥知马力，日久见人心。如果该我九根全家倒霉我也认了，如果不该我全家倒霉，那些人还是会信任我，重新回来找我的。”

赣胜仿佛不认识似的看着九根，愣了许久，这才由衷地赞叹道：“九根哥，我真是服了你！怪不得好多贩料的人都说，他们不该受国华那些人的蒙蔽，还要回来跟你合作做生意。还有那些外地来的客户，因为这段时间经常结不到钱，也开始起哄，说我们丰城人不讲信誉，不打算再到丰城来了。”

“还有这样的事？”九根一听，马上警觉起来。这可不是事关一人一户的事，而是事关龙洲乃至丰城废品收购市场的事，关系到龙洲人乃至丰城人的人品信誉问题，他决不能袖手旁观！他调转自行车车头，说道，“快带我去看看！”

长期以来，因九根家开设收购点而衍生的废品收购市场，就在龙洲村旁的马路上，从村头到村尾，延伸了近两里路。各种废旧塑料、鸭毛鹅毛、废旧金属堆得遍地都是。精明的龙洲人从这些堆积如山的废品中寻找自己需要的废料，分拣加工，然后源源不断地销往外地。剩余废品则三个不值两个地胡乱处理。九根家除了在外地有固定的收购点之外，还有许多专门在外地收货的贩料商把废品送来，另外他们也经常在这个废品市场寻找一些自己需要的废料，然后变废为宝。可以说，这个废品市场养活了很多人，也养肥了很多人。如果真如赣胜所说的那样，这些外地供货商不到龙洲来的话，那受损的可就不止九根一家，而是大部分从事废品收购加工销售的龙洲人，龙洲“破烂王”的招牌就要砸在这些人的手里！

九根飞快地骑着自行车，赣胜坐在后架上。刚刚走到村旁，就见一群人围在一起，正在激烈地争吵着。有的人摩拳擦掌，似乎巴不得场面更热闹一些，最好打起来。九根减慢车速，不顾后架上的赣胜就跳下车，赣胜差点随自行车一起倒下。九根冲进围观人群，大声喝道："干什么？"

众人见是九根过来，自觉让出一条路。九根挤进人群中间一看，一个瘦高个男人面红耳赤，正瞪着血红的眼睛怒视着几位同样面红耳赤的外地人，瘦高个男人正是国华！

国华见九根到来，像是抓住了救命稻草一般，求援道："九根哥，你来了？你看这些外地人太不讲理了，还要打人呢！"

九根看了他一眼，又把眼光射向几位外地人。这几位外地人九根都认识，一位是来自安徽的陆老板，一位是来自九江的朱老板，其他几位有来自省内的，也有来自省外的。陆老板争辩道：

"谁不讲理？谁要打人啊？倒是你不仅不还钱，还说要把我们这些外地人扣下来。你们说是不是这样？"

其他几位外地客户不迭地点头。陆老板又说："王总，我们都知道您在村里很有威望，大家都听您的。您给我们评评理儿，到底是谁不讲理？"

"就是你不讲理，你们都不讲理！"国华跳起来指着陆老板等人说道。

九根心里早已跟明镜似的，见国华跳骂着，便喝道："嚷什么？给我安静点！"国华果然老实了。九根对陆老板说道：

"陆老板，我们也算是老交情了，你跑丰城也有好几年了吧？我们这里做生意一向讲的是诚信，图的是双赢，决不会出现拖欠货款的事。如果您和这几位朋友所说的都是实情的话，我会向你们保证，及时足额地把欠款追回！"

"谢谢王总！"陆老板紧紧握着九根的手。国华听了，很不乐意，叫道："九根，你不要听信他们的一面之词啊！他们在这里赚我们的，我们已经很给他们面子了，为什么要帮着他们外地人欺负本地人？"

九根皱着眉喝道："你有完没完？不嫌丢人现丑是不是？什么本地人外地人，不都是出来做生意赚口饭吃？"

"可是……"

"没什么可是不可是的！欠债还钱，天经地义，要不然今后还怎么做生意？别人还怎么看我们龙洲人？"

国华羞愧地退到一旁，见九根没注意，悄悄溜出人群。

朱老板走到九根面前，诚恳地说道："王总，谢谢您为我们主持公道！前段时间对不起，我们不该听信谣言，中断和你们家的业务。今后有什么业务的话，请务必告诉我一声，我们继续合作好吗？"

"好！"九根痛快地答应下来。

“国华跑了。”不知谁叫了一声，众人回头看时，果然没看到国华，人群一阵骚动。九根镇定地说：“大家不要慌！国华是这个村上的人，不会跑的。就算跑了，他的家还在。你们放心，我一定会说服他还清你们的欠款。如果还有谁没结到钱，告诉我一声，我也帮你们去讨。”

人群响起一阵热烈的掌声。

围观人群逐渐散去，外地客户围在九根周围，有道歉的，有道谢的，有诉苦告状的，也有个别怀疑的。十几个人把九根围在中间，嘈嘈杂杂，九根招架不住。陆老板主动站出来解围道：“各位老板，请大家相信王总的为人，不要拉着人家说个没完没了。”

见大家安静下来，陆老板又说道：“这样吧，今天王总帮我们大家一个大忙，我们一起请他吃个饭好不好？”

“好！”众人齐声叫好。九根盛情难却，恭敬不如从命，在众人的簇拥下来到一家酒店。

大家坐下来后，纷纷开始声讨一些拖欠货款不还的人，矛头直指国华。众人又从诉苦到告状，说国华如何如何撺掇他们不要跟九根打交道，以免受到牵连，诸如此类。九根早已了然于胸，并不附和，劝他们不要听信谣言，相信龙洲人重情重义、诚信经营的品性，放心到丰城来做生意。

这一顿饭令九根收获很大。除了重新赢得了外地客户的信任、延续了之前的业务合作之外，更重要的是解决了龙洲人的信任危机。九根果然信守诺言，之后的几天，带着外地客人逐个找到欠款人，耐心说服。很多人愉快地还了货款，也有人的确资金紧张，但承诺短期内筹款还钱。国华其实欠款并不多，在九根多次登门后，这才勉强答应还掉了一部分欠款，剩余部分答应半个月之内还清。外地客人千恩万谢，对九根感恩戴德，成为九根的铁杆供货商，九根的废品收购业务快速回升，很快恢复到被工商局处罚之前的水平，甚至比之前人气还要旺些。不过，考虑到金属废品的风险太大，九根和细华还是格外谨慎，只对上门收购金属废品的客户做些业务，不敢夹藏外销。

龙洲附近其他金属废品收购业务也遇到同样的问题。由于工商部门加大了查处力度，很多倒卖金属废品者被查处。也有个别铤而走险者，眼红金属废品倒卖的暴利，还是壮着胆子往浙江、广东一带外销金属废品，但几乎都被查获，极少有漏网者。多数以金属废品销售为主业的个体经商户，一夜之间倾家荡产，不得不放弃废品收购业务，洗脚上岸，一些本小利薄的商户无力收购金属废品，大量金属废品堆积在道路两旁。龙洲村陷于惨淡经营的阴云笼罩之下。

九根和细华的业务也感受到了空前的压力。金属废品不敢做,除少数人收手不干,多数人还是回到废品塑料和羽绒的收购加工业务上来,与九根父子抢生意。一时塑料和羽绒价格飞涨,利润空间大大缩小,很多人承受不起这个压力,再次退出。九根父子依旧咬牙坚持。

22 指点迷津

转眼又是几个月过去,亚琼生下了一个大胖小子,给情绪低迷的九根一家带来一些喜庆气氛。一家人纷纷围在亚琼的产房外,七嘴八舌地为孩子取名,最后还是尊重细华的意见,给孩子取名“康平”,寓意全家人健康平安。九根决定趁着小康平满月的机会,好好庆祝一下,冲冲晦气,希望小康平的出世给全家人带来好运气。

大华继续每天和金兰跑运输。虽然金兰早就想为大华生孩子,无奈大华总是心不在焉,金兰便也只得随遇而安,顺其自然。

这天,大华的车满载乘客从省城南昌返回丰城,半路上见有人朝汽车招手。那人戴着一副眼镜,身材高瘦,手里拎着一只公文袋,身体被军用大衣紧裹着,兀自瑟瑟发抖,看样子似乎等了好久。大华起了恻隐之心,减慢车速,把汽车慢慢靠边停下。

车上早已载满乘客,站在车门边的乘客叫道:“门开不了了,让他坐下一趟车吧。”

大华笑道:“都是出门在外的人,请大家再往里挤一挤,让人家上来吧。”

“真的挤不上了,你看我的脚都没地方放。”

金兰含笑劝道:“这位大哥,你把行李塞到座位底下,往里挪一点,就可以开门让人家上来了。”

好不容易打开车门,戴眼镜的人挤上车,朝金兰笑笑,向大华说了声:“谢谢师傅!”就站在车门边,默不作声。

大华从车内反光镜中瞥了一眼,觉得刚上车这人似曾相识,却想不起来他是谁。这些年走南闯北,见过的接触过的人实在太多,哪里能一一记住呢?他又下意识地从反光镜中瞥了一眼,刚上车这人也正好看了一眼反光镜。二人的目光通过反光镜对视,都是眼睛一亮。“不对,这人我一定认识!”大华一路都在寻思着。

好不容易到了终点,乘客们纷纷下车,戴眼镜的乘客下车后并没有马上离开，一会儿看看手表，一会儿看看大华。大华协助乘客把车篷上的行李卸完之后，目光再次与戴眼镜的乘客对视，情不自禁地向他走近，问道："您好！我好像在哪里见过您！"

"是啊，我也好像在哪里见过您！"

戴眼镜的乘客也是满脸狐疑，似乎在搜肠刮肚地回忆着。

金兰收拾完车厢，叫道："大华，我们走了！"

戴眼镜的乘客突然一拍脑袋，惊喜地说道："哈，我记起来了！"

几乎同时，大华也双手一拍，开心地说："我也记起来了！"

戴眼镜的乘客指着大华说道："换糖的，你就是那个换糖的，对不对？"

"对啊！你就是当时帮我说话，让汽车等我爸爸的那个大学生，对不对？"

两双大手紧紧地握在一起。

大华主动介绍说："我叫王大华，家里就在城郊的龙洲村。我还没有请教你的大名呢。"

"我叫高建平。你怎么……搞起运输来了？"

"这……一言难尽。对了，你到丰城来做什么？现在我准备回家，要不要到我家去坐坐，我和我爸一直念叨着你，说要好好谢谢你呢。"

高建平笑道："今天就不去了，一会儿还有事。改天一定登门拜访，我们好好聊聊。怎么样？"

"好啊！你来之前要事先通知我们，否则，"大华指指汽车，"否则我还没回来呢。"

"我知道我知道，你还在路上没回家。你的车号我记住了，明天我就在这里等你，好吧？"

"好，一言为定！"

第二天，大华跑完车，刚刚到站，果然看到高建平站在那儿。大华按了一下喇叭，高兴地叫道："高大哥！"

高建平也看到了大华，使劲朝他挥手。大华说道："上车吧！"高建平也不客气，上了车之后，大华介绍道："我妻子金兰，我们是夫妻档。"三人都会心地笑了。

大华开着车回到村庄，停下车后，带着高建平往家里走去。高建平左顾右盼，沿途都是堆积如山的废品，成堆的金属废品尤其醒目。

一路说笑着进了家门，九根和细华正在门口处理一堆金属废品。大华大声叫道："爸，您看谁来了？还认识高大哥吗？"

九根和细华都抬起头来，九根迟疑半晌，并没有想起，只是客气地朝高建平笑笑，然后继续和细华低头做事。大华笑着叫道：“爸，您过来一下嘛。”

九根这才停下手中的活，走到门口和高建平打招呼：“你好！你看我这手……”

他抬了抬脏兮兮的手，意思是说不能握手。高建平笑道：“王叔叔您好！不必客气！”

大华道：“都别愣着了，进屋说吧。——金兰，快去沏茶，把最好的茶叶拿出来！”金兰答应一声，先进屋去。大华和高建平相互谦让，最后让九根先进了屋，高建平和大华次第而进。

“爸，您真的不记得高大哥了？”

大华看着父亲，故作神秘地说。九根左看右看，摇头道：

“抱歉，这位高先生看着眼生，真的记不起来了。”

大华笑道：“爸，您不记得第一次带我到奉新去，在南昌乘车的时候，您去采买小百货回来得晚了，差点没赶上车那件事？”

“记得啊！”

“当时我急得都快哭了，使劲拦着检票口，就是不让他们关门，差点被人给抓起来了。”

“是啊。那时你才十四岁，连我都不知道你哪里来那么大的勇气，我都感动好几天呢。”

大华笑了笑，说道：“不是有勇气，我是害怕您赶不上车，我一个人不知怎么办。”

高建平也笑着对大华说道：“现在想起来，那一幕场景就像在眼前一般。我一直低着头看书，你和检票员争吵的时候我头都没抬。后来，我看你急的那个样，便起了恻隐之心，这才主动站出来找检票员理论……”

“哦，对对对，你还帮我们把行李送上车，是有这么一回事！那么一个文弱书生，没想到竟然是你！”九根兴奋地说。

大华笑道：“爸，现在记起来了？”

“记起来了，记起来了。”九根眉开眼笑，“大华多次在我面前提到你，说你是他换糖生涯中遇到的第一个贵人。还说今后要是遇到你，一定要好好感谢你呢，没想到竟然在这里遇到了！谢谢你啊高先生，你真是个热心人！”

金兰端着茶出来，笑着说道：“茶来了，别光顾着说话，快请高大哥坐下来喝茶吧！”

众人坐定，大华再次谢道：“高大哥，真的要谢谢你！没想到时隔这么多年，我们竟然还能再见面，真是太好了！”

“客气的话就不要左一遍右一遍地说了好不好？”高建平笑道，“我早几年就听说，丰城出了一个‘破烂王’，把废品生意做得风生水起，连中央媒体都报道了你们的事迹。我当时一看，就认出了你们。想起在南昌汽车站发生的那一幕，我知道你们吃了很多的苦，我是真的很佩服你们哪！对了，你们现在的生意还好吧？”

大华淡淡笑了一下，不予回答。九根叹了口气，说道：

“好什么呀？现在都快撑不下去了。政府管得太严，好多人都收手不干了，我们现在也是硬撑着，照这样下去，恐怕也撑不了好久。”

“什么情况？”

“高先生，也不瞒你说，我们这边做了几十年的鸡毛换糖，好多人都是靠换糖收废品来养家糊口的。我们这边交通方便，名气也大，收货的、加工的、卖货的也就多了，差不多家家户户都在做这个业务。”

“这些我也都听说了。”

“高先生也不是外人，我就老实说了吧。其实大家最想做的还是金属废品，这个东西量大，利润也高，赚的钱也多。但是政府管控得严，不让我们自己贩卖，上门来收呢又卖不到好价格。所以好多人就偷偷把金属废品卖到外省去，像浙江啊广东啊，他们那边有好多加工厂，需要大量的货，拿去加工成各种半成品或者金属制品。但是政府管控得严啊，到处设检查站，看到废品车就拦下来检查，十个就有九个被查到，一旦查到就没收、罚款，一查到就是几吨货，几十万块钱，哪个家庭承受得了这个损失？好多人搞得倾家荡产，没法再做下去……”

高建平边听边点头。九根继续说道：

“就在今年上半年，我们家就被查掉了一批废铜废铝，连扣带罚三十几万，当时差点都没扛住。别人家就更不敢做了。后来，大家都转向做塑料和羽绒，结果相互哄抬价格，又把一些人挤垮。你看，大华也是被逼得没办法，这才去买辆客车跑运输。唉……”

大华默默听父亲讲述，同时关注着高建平的表情，见他一会儿点头，一会儿皱眉，听得很认真。他在想，真是高兴得糊涂了，连高建平调到丰城来做什么的也不知道。心里想着等父亲说完之后，就找个机会问问，否则对客人也太不尊重了。

没等大华开口，九根先提到了这个问题。“高先生，你也在做废品收购业务吗？”大华和金兰也同时看着高建平。高建平呵呵笑道：“我啊，应该也跟这个差不多吧。”

“真的？”

九根有点吃惊。做废品生意的人,一个个都是皮肤又黑又粗糙,说话也是嗓门很大,直来直去。而高建平白白净净、温文儒雅的样子,怎么看都不像换糖收废品的人。他隐约记得大华说过,高建平当时还是个北京大学的大学生,怎么会改行做收废品生意呢?他不过随口一问,其实心里也是有些怀疑的。

高建平笑道:“王叔叔不要误会,听我把话说完。我大学毕业以后,一直在省政府机关工作,刚刚调到丰城来,挂职担任副市长。我主要分管工业和外贸这两条线,主要就是与你们这些做废品贸易的人打交道,您说是不是跟你们收购废品业务有关?”

“副市长?!”

九根、大华和金兰同时惊呼起来。九根诚惶诚恐地说道:

“哎呀,真是有眼不识泰山,您这么大一位领导来了,我们居然不认识!刚才我是瞎说的,您不要当真,不要当真!”

大华也是深感意外,愧疚地对高建平说道:

“高大哥——哦,高市长,不好意思啊,我不知道您是大市长,有怠慢之处还请原谅!”

高建平摆摆手,笑道:“王叔叔、大华,你们就别客气了。要怪也是怪我,没有主动做一下自我介绍。你们就不要左一个‘市长’右一个‘您’了。我们都是熟人,大家都不要客气,好不好?”

“好好好!”

九根连声答应着,虽然天气寒冷,他的脑门上还是渗出了一些凉汗,屁股也有点坐不住。

高建平又道:“王叔叔、大华,我们也算是有缘。昨天我去省城参加一个会,回来的时候不巧车子坏了。拦了好几辆汽车都不肯停下,正好碰到大华的车,就搭他的车回来了。要不是这样的话,我们还没这么快再次见面呢。”

大华这才记起,昨天高建平拦车的时候,旁边的确有一辆抛锚的吉普车停在一旁。他不好意思地笑笑,说道:

“要是早认出高——市长的话,怎么也不会收您的钱!”

“坐车怎么能不给钱呢?”高建平笑道,“大华,我说了不要左一个‘市长’右一个‘您’好不好?我觉得你叫我‘高大哥’就很亲切,今后私下里就这样叫,好不好?”

“好——吧,高大哥!”

正聊着,细华进来,大声咋呼道:“爸,哥,你们都聊什么呢?我一个人在外面搬那些东西,腰都快累断了。——这位是?”

九根高兴地说道:“这是我家老三。细华,快来认识一下,这位是新来的副市长,叫——高市长。”

细华瞪着讶异的眼睛,在高建平脸上停顿了数秒,然后对九根说:“爸,天快黑了,我再去把那些东西捡拾一下。”说完,扭头又走了。大华看出高建平有点尴尬,忙打圆场道:“高大哥,莫见怪。我弟弟就这样的性格,咋咋呼呼直来直去的。”

“不见怪,不见怪!”高建平笑道,“大华,能跟我说说为什么要去开车跑运输吗?”

“这个……”大华快速地转动着脑子。这也是他一直在思考的问题。如果高建平不是副市长,而是当年那个古道热肠的大学生,凭着他关键时刻挺身而出帮自己解围,大华一定会向他和盘托出自己的苦衷。不过,他现在是副市长,是掌握着很大权力的大领导,况且又不知他来这里的目的是什么,要是轻易把自己的心事说出来,不知会有什么后果。他抬头望了一眼高建平,见他正用鼓励的眼光看着自己,心里一时还拿不定主意该怎么说,便推了推茶杯,对金兰说道:

“金兰,茶凉了,快帮高大哥续点热茶吧。”

金兰答应一声,起身去取暖水瓶。

高建平笑道:“大华,你都管我叫‘大哥’了,还不愿跟我说说心里话吗?”

九根见大华欲言又止,也猜测到了他的心思,便主动解围道:

“是这样的,高市长,现在废品生意都很难做,好多人都改行了。大华也是逼得没办法才去买车跑运输的。”

高建平呵呵笑了一声,起身道:“时间也不早了,门我也认了,我该回去了。”

大华忙说道:“高大哥,就在我家吃晚饭吧。”

“不了,晚上还有些事情要处理。”他看了大华一眼,意味深长地说道,“大华,来日方长,我们还有机会一起聊天的。我现在暂时住在市政府招待所,有时间的话欢迎过去坐坐,你也算我在丰城认识的第一个朋友。就这样吧!”

说完,向九根点头打了个招呼,又向大华和金兰点点头,然后大步向门外走去。大华忙跟着出去,边走边说道:“高大哥,现在路上车子不多,我开车送你回去吧。”

“那就麻烦你了。”

大华开着车,高建平坐在副驾位置上,两人都不说话,出现了一阵难耐的沉默。高建平首先开口道:“大华,你好像心事很重,为什么不愿意向我说出你的心里话?”

大华心里咯噔一下。他平日里虽然心事重重,但一直都把这些心事藏在心底,逢人便没话找话,打趣开玩笑,看上去似乎是个很开朗很健谈的人。没想到一眼就被高建平看透,看来高建平这个人不简单。可是,他到底是什么来头?为什么对自己的想法那么感兴趣?他不知如何回答,嘿嘿笑了笑,敷衍道:“哪里的话?我每天从早忙到晚,哪里有什么心事?”

高建平莞尔一笑,说道:“大华,你可能不知道,我在大学里虽然学的是经济管理专业,但我选修的是心理学,看人还是蛮准的。十多年前我们第一次见面,我就发现你是个不肯轻易放弃的人。后来,我从各种媒体上了解到你们的事迹,也特别留心了你的专访,我觉得跟我的第一印象是很相符的。来丰城之前,我也从一些渠道打听了你的情况,他们都对你的为人很赞赏,对你的做事风格也十分佩服。所以,我坚信,你是一个有想法的人,也是一个能干成大事的人。本来我还打算过几天空闲一点就来找你,没想到你居然买了车去跑客运,更没想到会以这样的形式见面。今天到你家里,我其实是想听听你的真实想法的。怎么样?现在只有我们两个人,能跟我说说你的真实想法吗?”

汽车格登了一下,大华下意识地踩了一下刹车,又继续行驶。前面是一摊黑漆漆的湖水,几点灯光倒映在被寒风吹皱的湖水中,倒影拉得修长而起伏。大华把汽车停在湖边,熄了火,回过身子对着高建平。

“高大哥,你真的分管工业和外贸?”

“这还能有假?要不要去看看市政府党组成员的分工文件?”

“不要不要!我是说,你对丰城的工业和外贸了解吗?”

“了解了一些,希望能够了解得更多、更深。”

“那么,你对我们的废品收购业务怎么看?”

“看来,你早就深思熟虑了!”高建平笑了笑,说道,“好吧,为了打消你的疑虑,我也跟你谈一些我个人的看法,不对的地方你帮我批评纠正。首先,废品收购业务是一个非常好的产业,传统的鸡毛换糖培养了一大批成熟的产业人员,也催生了一个巨大的废品收购市场,在你们龙洲附近形成了全省最大的废品集散地,在全省乃至全国都产生了很大的影响。这是非常值得肯定的,国家对这个也是非常支持和鼓励的。”

“嗯。”大华觉得高建平果然站得高看得远,总结提炼得很到位,继续认真听他讲下去。

“第二,由你家率先创办并形成规模的废品原材料加工业务,不仅提高了产品附加值,也大大降低了运输成本,通过市场公平竞争,拓展出新的销售渠道,激发了广大个体经商户的创业热情和创新意识,进一步推进了废品收购加工业市场的发展,把丰城的废品生意做到了周边省份甚至更远的地方,为丰城的财税收入做出了重大贡献,也为丰城外贸经济的发展做出了重大贡献。”

“嗯。”大华频频点头,深深折服。他隐约记得早几年的电视报纸上说过类似的话,但远远没有高建平讲得这么透彻、这么亲切。

“第三,”高建平接着说,“由于受到利益驱使,很多人把目光投向了高利润的金属废品行业,在本地没有放开金属购销政策的前提下,不惜铤而走险夹藏金属废品,远销外省牟取暴利。但是,政策毕竟是政策,工商部门加大对这种违规行为的查处力度也是情理当中的事,很多人被查被罚,导致一部分个体经营者的生意受到一定冲击,市场开始弥漫悲观失望情绪,对塑料和羽绒的购销也产生了连带的负面影响。这就是废品市场的现状,我说的对吧?”

大华没想到,刚到任没多久的高建平竟然对丰城的废品市场了解得这么深刻,分析得这么透彻,令他由衷感到钦佩。他霍地站起来,想跟高建平来个深深的拥抱,没想到车内狭窄,头撞到了车篷,逗得高建平哈哈大笑。他摸了摸脑袋,从驾驶室爬过来,坐在高建平旁边,由衷赞道:

“高大哥,你说得太对了!现在很多从事废品购销的个体经营户的确陷入了瓶颈,不知该怎么走下去了。你说,我们下一步该怎么办?”

高建平笑了笑,反问道:“你还没有回答我前面的问题呢。”

“什么问题?”

“你现在的想法啊!我知道你不是个轻言放弃的人,买车跑客运也是在韬光养晦吧?说说吧,这段时间到底想了些什么?有什么打算?”

大华不好意思地笑笑,说道:“对不起高大哥,起初我没想到你是堂堂的副市长,看到你真的非常开心。下午你到我家里去,说出你的身份,又见你对废品收购业务那么感兴趣,我有点担心,不知道你到底是来调查什么的,所以也不敢轻易说出内心的真实想法。”

“是不是担心我的身份会影响你家的生意?”

“有点吧。”

“你家的业务受到一些影响,导致你对市里的政策产生忧虑,这是可以理解的。不过,请你放心,市委、市政府对你们龙洲的废品收购市场一直都十分关注,包括现在的状况市领导也都非常了解,希望能够帮助你们摆脱目前的困境,重新打响丰城‘破烂王’的品牌,把破烂经济做强做大。”

“真的？那太好了！”大华激动得差点跳起来。

高建平抓起大华的手，诚恳地说：

“大华，废品市场已经不仅仅是你一家的事，也不仅仅是你们龙洲村的事，而是全市的事，它是我们丰城改革开放的一个缩影，或者说风向标。可以肯定地说，政策开放的力度只会加大，不会紧缩。我今天到你家里来，其实是向市里主要领导汇报过的，他们也希望能够了解一下你们这些换糖人的真实想法，然后研究制定相关政策，进一步发挥民营经济的张力，撬动整个丰城工业经济的快速发展。”

“太好了！太好了！”大华兴奋地搓着手，“我一直在等，我等这一天等得太久了！大哥，你知道吗？自从上次被工商部门查罚之后，的确如你所说，我很长时间都陷于彷徨和忧虑当中。金属废品不准做，意味着我们失去了一个大头，接近一半的业务。我买车跑客运，其实也是在等待政策放宽。我跑广东浙江一带跑得多，他们那里的政策实在太好了，买卖完全自由，靠市场自行调节。很多地方的废旧品都是销往这些发达省份，所以他们的废品加工业也非常发达，像什么羽绒服、塑料加工、金属加工，真是太羡慕他们了！要是我们江西也能像他们那样就太好了！”

“这还差不多。”高建平笑道，“我早说了，你不是个轻言放弃的人。其实你的这些想法，我们也不是没考虑。我在省政府机关工作的时候，就跟着领导到浙江、广东等发达省份考察过，前不久我还跟着市长到浙江温州、宁波、台州去考察了呢。你放心吧，我说了，我们的政策只会越来越宽松，就看你们有没有人家浙江、广东人那样的魄力了。”

“当然有！”大华不服气地说道，“他们能做到的，我们也照样能做到！”

“那就好！这样吧，你还有些什么具体的想法，也说来听听。”

大华想了想，认真地说：“我觉得当务之急就是放开金属的购销市场，让我们这些个体经营户能够自由买卖，不要管得太死，否则真的会影响业务。第二呢，等今后条件成熟了，我也想有自己的加工厂，我要和发达省份的比一比，看看到底我们比他们差在哪里！”

“人家都说丰城人敢想敢干，这话放在你身上真是太贴切了！”

“那你到底是同意还是不同意啊？”

“同意不同意，我还不能马上答复你。不过我会尽快向主要领导汇报，第一时间回复你好吗？”

“好！我相信你，也相信你刚才说的话。只要政策能够稍微放宽一些，我们的废品购销业务一定能够重新振作起来，做得越来越大的。”

二人又聊了一些别的事。高建平看了看时间，笑道：“大华，你看，我们光顾着聊天，这都快八点了。我得赶紧回去了，晚上还约了人谈事情的。”

“你不吃饭了？”大华不舍道，“要么我请你去馆子里随便吃点，吃饱了饭也不会觉得冷。”

“来不及了。”高建平笑道，“大华，你放心，我会尽快给你一个满意的答复。你这段时间也再考虑考虑，把事情想细一点，想远一点，我今后还有好多事要向你请教呢。——再麻烦你送我到市政府去吧，我怕客人等得急了。”

“好嘞！”大华发动汽车，边开车边说道，“我以为就我们换糖的人有一餐没一餐的，没想到你这么大的领导，也忙得没时间吃饭！”

“你以为啊！”

二人哈哈大笑。

23　重新布局

自从再次见到高建平之后，大华一扫往日的阴霾，心情变得越来越好。每天除了早出晚归跑两趟南昌之外，回家还要向父亲、弟弟了解废品收购情况，并特地叮嘱尽可能多地收购金属废品。

春节期间，高建平特地登门，向大华一家人拜年。他向大华带来两个好消息：经过多次与市里主要领导汇报，并提交市长办公会讨论，市里决定在龙洲村试点，批准大华的请求，在龙洲设立丰城市再生资源公司第一购销部，隶属于供销社。大华喜出望外，激动之情溢于言表。高建平见大华手舞足蹈，也很高兴，同时又带来一个令大华全家人都振奋的消息：为了鼓励龙洲广大个体经营户进一步拓展废品收购业务，解决资金紧缺问题，市里还决定在龙洲村设立第一个村级信用社，负责向从事废品购销业务的个体经营户发放贷款。

这个消息更是令大华等人始料未及。如果能够专门针对废品购销业务的个体经营户发放贷款，就可以解决多数经营户废品积压的问题，极大地调动他们的积极性。这对于整个龙洲乃至周边地区的废品购销经营户无疑是一针强心剂，不仅可以鼓励他们继续从事废品购销业务，更可以有效地解决拖欠供货商款项的问题，提高龙洲乃至丰城个体经营户的信誉！

大华愣了半晌，在确信高建平不是开玩笑的情况下，激动得热泪盈眶。他紧紧握着高建平的手，反复说道：“谢谢大哥，谢谢市领导！”

经过与父亲、弟弟反复商量，大华决定请人帮着开中巴跑客运，自己去办理了工商许可证和营业执照，在丰城农村信用社龙洲营业部开业的当天，成为第一个客户，贷款30万元用于收购积压多时的各种废品，尤其是金属废品。在乡亲们怀疑观望中，大华和细华同时出发，分别向浙江、广东两地出货。这次再也不用在废旧塑料中夹藏，而是光明正大地租赁大型货车，满载着近十吨各种金属废品，踌躇满志地出发。

半个月之后，兄弟二人凯旋，不仅全部卖掉了金属废品，还各自带回大量订单。他们很快还掉了信用社的贷款，并大张旗鼓地收购金属废品，龙洲废品市场的业务一度被他们家垄断，各地贩料的经营者也纷纷把货送到他们家来。九根一家如日中天，成为人们津津乐道的焦点话题。如梦初醒的乡亲们这才相信，政策真的放宽了。

赣胜和福银双双找上门来，责怪九根不该瞒着自己，一家人吃独食。赣胜和福银是九根多年换糖的好兄弟，九根并不避讳，建议他俩也去开设购销部，办理工商经营许可证，合法经营金属废品生意。之后，国华也找上门来，期期艾艾地说出自己的想法。九根对国华的为人有些不放心，不过还是鼓励他诚信经营，如果有可能的话也可以去开购销部。在不到一年的时间，小小的龙洲村居然出现了十几家购销部，加上邻村的，总二三十家。除了赣胜和福银的购销部业务勉强做得下去，国华的购销部经营不到半年，就做不下去，欠了信用社一屁股的债，只得转让给别人。其他也有做下去的，最后走上了金属加工的发展道路；也有做不下去的，继续在收购废品的底层挣扎。这是后话。

俗话说，人逢喜事精神爽。随着家里的生意越做越大，越来越多的外地人主动来到龙洲，找到九根父子要求合作，其中包括在浙江投资开办金属加工厂的外地客商。因为有政策支持，大华对所有送来的货物来者不拒，根据市场需求，发往各地。

这天，大华刚从外地回来，还没到家，就被人一把拉住。大华定睛一看，认出这人是浙江永康人，姓陈。大华热情地打招呼道：“陈老板，怎么有空到这里来？”

陈老板把大华拉到一旁，讨好地说道：“王老板，你的生意做得这么好，真是没想到啊！”

“哪里哪里，都是朋友帮忙！”

一阵寒暄过后，陈老板神秘地说道：“我有一批货，是加工好的铝锭，要不要收？”

大华一听就来了兴趣，铝锭比废品铝材价钱高出了一倍还不止，这么好的生意哪有不做的？他高兴地问道：

“有多少货？在哪里？”

“总共有五吨多。我是先来问问，如果你想要的话，我明后天就拉来。”

“行，明后天我都在家里，你随时都可以过来。”

生意成交，大华热情地说道：“陈老板，到我家坐坐吧，我们一起吃个饭。”

“不了不了，我还有事。”说完，陈老板就匆匆走了。

回到家里，大华一边洗脸一边吹着口哨，金兰笑问道：“怎么这么开心？”

“当然要开心。每天天上掉馅饼，不发财都难。”大华把刚才路遇陈老板的事简单说了一遍，“你说，碰到这么好的事，能不开心吗？”

金兰听了也很高兴。自从遇到高建平之后，大华就像换了一个人一样，一改平时沉默不语的性格，变得乐观开朗起来。更重要的是，前不久，金兰发现自己身体状况出现了异常，到医院检查过后发现，自己怀孕了。这可是她做梦都想着的好事。她给大华沏了一杯茶，突然像是想起了什么，担忧地问道：

“有这么好的生意当然值得高兴。不过，既然已经做成了铝锭，为什么不直接销往浙江去加工金属制品，而要卖给我们呢？”

大华愣了一下，这个问题他倒没有认真考虑过。他转头看了金兰一眼，点头道：

“你提醒得对。等他送货来的时候，我问他一下。”

第三天上午，陈老板果然拉了一车铝锭来。大华检查了一下铝锭，没发现什么问题，便笑着问道：“陈老板，这么好的铝锭为什么不直接发到浙江去？”

陈老板呵呵笑道：“我们主要做的是江西市场，就近收的货就近卖。如果发到浙江去，扣除运输和人工成本，和这边的价格也差不了好多。再加上货款不能及时结算，还不如卖给你们来得痛快。”

大华觉得，陈老板的说法倒也很实在，也符合生意人的做法。他觉得不该听信金兰的话胡乱怀疑，痛快地说道：“好吧，这批货我收下，货款三天之内就给你。”

他让司机开着车去过了磅，按当时的市价计算了价格，陈老板就空车走了。

三天之后，大华已经筹好货款，正等待陈老板过来结账。左等右等之时，突然等来了几位警察。警察亮明身份，原来是市公安局治安科的。大华不知发生了什么事，听完警察说明来意，这才明白，原来，陈老板送来的这批铝锭是强行从南昌一家金属加工厂拉来的。金属加工厂的朱老板也是浙江永康人，和陈老板原来是朋友，因为欠下陈老板一笔钱，久拖不还，陈老板一气之下，就强行拉走厂里的铝锭抵作还款。朱老板知道这批铝锭发到了大华手上，就到丰城公安局告状。公安局考虑到事关外地客商，而且又有上面的人打了电话，便以“扰乱经济秩序”为名，派人来抓大华。

大华觉得这事与自己无关，自己只是在不知情的情况下收了这批货，而且事情调查得非常清楚，把货物退还，让陈老板他们自己处理就行，干吗要来找自己的麻烦？而且还安上一个“扰乱经济秩序”的罪名！他正要辩解，警察不由分说，便将他带走。

金兰见丈夫被警察带走，一时心下大乱。九根收货还没回来，细华押货到广东去了，家里只剩下自己和亚琼、银娥几个女流，这可怎么办？

情急之下，她想到了高建平，顾不得和别人打招呼，匆匆跑到村口，叫了一辆摩的，飞快地奔向市政府。

高建平正拿着一只饭盒，准备到食堂去吃饭，见金兰匆匆赶来，忙问：“金兰，出什么事了？”

金兰气喘吁吁地说：“不好了，大华……大华出事了！”

“你别着急，慢慢说。”

高建平一边安慰，一边听金兰述说原委。金兰虽然心慌，头脑还算清醒，很快镇定下来，简明扼要把事情的来龙去脉说得一清二楚。

“这个大华，真是太轻信别人了！”高建平小声责备了一句，又安慰道，“金兰，你放心。如果事情真的是你说的这样，大华就不会有什么事。我去跟公安局的同志说说，让他们尊重事实，依法办事。你要不要在这里吃吃我们的食堂？”

“不用了。”金兰突然脸色发白，干呕了一阵，之后，勉强挤出一个笑容，“谢谢你，高大哥！”转身就要走。

“等下，金兰。”高建平叫住她，小声问道，“是不是怀孕了？你等下，我叫辆车把你送回去。”

“不用不用，摩的还在门口等着我。”

金兰说完，转身匆匆离去。

在高建平的斡旋下，一周之后，大华被释放回家。好在货款还没有支付，只是把货物拉走了，官司也转移到陈、朱两位浙江老板的头上去，由双方协商解决。

事情虽然有惊无险，但是在大华的心里，还是产生了些不安情绪。他在想，要是没有高建平出面斡旋，这件事还真的不大好说。他既对高建平充满感激，又后悔自己当时太冲动，没有听进金兰的劝说，轻易就卷入了别人的经济纠纷当中。他觉得这是一种警示，提醒自己注意市场乱象，决不能眼睛只盯着利益，对于天上掉馅饼的“好事”，一定要慎之又慎。

九根对高建平的帮忙也十分感激，非常庆幸大华能够结识高建平这样的“大哥”。他虽然多次提出请高建平吃顿饭，好好感谢他的帮助。但大华心里清楚，对于这样的宴请，高大哥是不会接受的，因此只在表面上应和着父亲，并没有真正去请过他。

几天之后，细华从广东凯旋。令全家人深感意外的是，细华居然带回来六台崭新的二十二寸大彩电和三部“大哥大”。在当时，整个丰城也见不到几台大彩电，使用大哥大的人更是凤毛麟角，把彩电和大哥大卸下来之后，一家人马上围在一起看新鲜，就连九根也凑在一起，好奇地看着这些新鲜玩意儿。邻居们也有闻讯过来看热闹的，细华趾高气扬，得意非凡。

“这个是大哥大，两万多块钱一部！”

“这个是彩色电视机，六千多块钱一台，全是从香港进来的，货真价实的进口货。”

细华一会儿拿着大哥大摇头晃脑，做着打电话的样子，一会儿指着彩电，说得眉飞色舞，唾沫四溅。邻居们听得又惊奇又羡慕。

九根刚开始还比较兴奋，听到细华说出价格之后，不由得瞠目结舌，生气地说道：“你真是败家子！花这么多钱买这些东西，有什么用？”

“当然有用啦！”细华满不在乎地说道，“你看这个大哥大多好，今后在外面打电话就不用到电话亭去打了，可以随身带着，随时打电话。人家广东的大老板都用这个呢。”

“那是广东，我们这里不兴这个玩意儿！”

“我们怎么了？人家广东人能用，我们就不能用？爸，您的观念落伍了，咱们赚钱是为什么呀，不就是用来花的吗？再说了，有这个大哥大在手上，随时可以跟别人谈生意。我总共买了三部，您一部，大哥一部，我一部。”

“我不要！”

“我要！”

小华从凳子上站起来，挤到细华面前，想拿一部大哥大。细华瞪了他一眼，说道：“没你的事！”小华只得灰溜溜地重新坐回去。细华指着彩电说道：

“这里总共六台彩电，爸爸一台，我们兄弟姊妹五人一人一台。”

金娥惊喜地站起来说道：“我也有份啊？”

“当然有份，你是我姐，也是这个家里的成员之一，当然不能少了你的。”

“烧的烧的，都是被钱烧的！”九根又怒又气，扭身走了。细华看了一眼父亲的背影，拆开一部大哥大，开机，笑嘻嘻地递给大华：

“哥，这台是你的。到时候我们兄弟有事，不要打电报，不要去找电话亭，直接用这个联系就行了。”

大华一直沉默不语，虽然对弟弟这种大肆张扬的做法也有些不满，但因为有邻居在场，又考虑到亚琼的情绪，也不便过多责备。此时，见父亲生气离开，便淡淡地笑了笑，说道：

“细华，还是等会儿再说吧。”

“你也不要？”细华没有明白大华的用意，俏皮地说，“你不要的话我就给老满（家里最小的孩子）了。”

“好啊！”小华兴奋得手舞足蹈，便要伸手来接。细华瞪了他一眼，沉着脸说道：“一边去！你以为真给你啊？”小华噘着嘴说：“我就晓得你根本没想到我。”

“我没想到你还给你买回彩电？”

“可是，你没有给我买大哥大！”

“哟嗬，还来劲了？你赚了多少钱？买得起大哥大吗？”

“我……明天我就跟着大哥一起做生意去！”

“你去吧，等你赚到了钱，哥再给你买大哥大。”

“谁要你买？等我赚到了钱就自己买！”

兄弟俩你一句我一句，逗得在场的人都笑了起来。大华起身说道：“好了，大哥大和彩电的事等下再说。金兰，银娥，你们赶紧准备饭去，细华刚回来，还饿着呢。”

邻居们各自散去。金娥也准备离去，大华小声说：“姐，你今天也不要回去了，就在家一起吃饭吧。”金娥为难地看着大华，还是点头答应了。

见大华走出屋子，金娥说道：“你看你，一回来就咋咋呼呼的。大华前阵子被警察抓进看守所了，头两天才出来呢。”

细华大吃一惊，问清怎么回事之后，不以为然地说道：“这有什么？事情不是搞清楚了吗？”

金娥说道：“话是这么说。可是，好多事情不是由我们说的，要不是人家高市长帮忙，说不定大华还关在里头呢。”

细华点头道：“这个姓高的人倒还不错，跟其他当官的不一样，又没架子又肯帮忙。你放心，有机会的话我一定会好好感谢他。”

大华走出屋子，来到废品仓库。见父亲一个人背着手站在那里，便快步跟了过去，轻轻叫了声：“爸。”

九根兀自阴着脸,见是大华,叹了口气,说道:“细华这孩子,做事是越来越不着边了。花这么多钱的事,居然事先也不跟我们商量一下就自己拿主意。真是太任性了!”

大华知道细华一向任性,不过他在意的并不是他花钱买彩电和大哥大,而是目前家里的这种经营模式。金娥早已嫁出去,自己和细华均已成家,银娥和小华也日渐长大,都有自己的生活、自己的想法。家里的经济账目一直拢在一起,名义上是归父亲管,实际上管理混乱,都是凭着自觉。细华虽说没有自己的私房钱,但在外面交朋结友,花天酒地,用钱事先并不跟父亲和大华打商量,回来之后还是问了之后才说。照这样下去,家庭成员之间难免会产生矛盾甚至隔阂,这可是大华最不愿意看到的结果。他思考再三,小声说道:

“爸,彩电和大哥大买都买回来了,您就消消气吧。再说了,细华也是一番好意,买彩电也并非坏事,我们从电视上也可以看到好多有用的新闻消息嘛。大哥大也是好东西,我在浙江的时候,就看到好多人在用,真的是非常方便。您就不要往心里去了。”

“我哪里是心疼这几个钱?我是担心细华大手大脚不会想事,到时候弄得你们兄弟姊妹几个不团结,我对不起你死去的娘啊!”

“您消消气吧。回头我好好劝劝细华,让他向您道个歉。”

“他会道歉?就算道歉了,他会改吗?这头答应了那头又犯了!这样子下去也不是办法啊!”

大华清楚,父亲其实一直想让细华分出去过,这就是俗称的“分家”,一般年轻男子成婚之后,都会分出去,一是避免家庭当中产生矛盾,二是让他感受到生活压力,能够承担起家庭责任。自从妻子秀莲去世以后,作为唯一家长的九根,却一直狠不下这个心,不舍得把细华一家分割出去。因此,对于细华的所作所为,才会如此左右为难。大华知道,“分家”的传统古已有之,这其实不失为一种好办法。不过现在还不是最佳时机,虽然家里的生意做得很好,但还是很脆弱,禁不起任何风浪。他在等待时机,至于是什么样的时机,大华一时也说不清。他只得好言相劝,好不容易让父亲消了气,一起回到屋里。金兰和银娥在金娥、亚琼的协助下,早已准备好晚餐,就等九根和大华进屋吃饭。细华和小华还在为大哥大的事争吵。

“爸,从明天起,我也跟你们一起做生意!”见父亲进屋,小华气呼呼地说道。

九根皱着眉头,看了看兄弟二人,并不作答。小华又重复了一遍,九根转过身,看了小华好久,这才开口说道:“你真的打算做生意?”

“真的！”

“不怕吃苦？”

“不怕！”

“那好吧，大华的糖担还在老屋里，你明天开始，就出去换糖去。”

“爸，都什么年代了，还换糖？我是说，我要跟你和大哥去做生意，自己赚钱！”

“换糖不是做生意？”九根眯起眼睛，看着小华，嘲笑着说道，“你不要忘了，我们一家都是从鸡毛换糖开始的。我换了几十年糖，你大哥也一个人在外面换了十几年糖，你二哥也换了几年糖。你如果觉得吃得了换糖的苦，就同意你去做生意，否则，赶紧吃你的饭去！”

“换就换。明天开始，我就出去换糖！”

虽然小华一味说着赌气话，但九根并不气恼，优哉游哉坐下，斜眼看了一下细华，大声叫道：“银娥，拿瓶酒来。”

银娥拿出一瓶白酒，给父亲斟上一杯。细华见状，先给大华也斟上一杯，又给自己满上。小华抢过酒瓶，也赌气给自己倒了一杯。金娥、银娥、金兰、亚琼见父子四人杠上了，都是面面相觑。九根放下筷子，环视了一下众人，然后把目光停在小华身上数秒，突然哈哈大笑起来，连声说道：

“好！是我的崽，都是我的好崽！”

金娥等人见父亲突然发笑，放下心来。九根端起杯，说道：“来，咱爷儿四人一起举杯，喝了这杯！”小华闻言，没等父亲把酒杯放到嘴边，马上把酒杯送到嘴边，一饮而尽，呛得直咳嗽。

“哈哈哈！好，有种！”

九根说完，也一饮而尽。细华紧随其后，只有大华动作缓慢，分作几口，慢慢咽下。

细华拿过酒瓶，先给父亲满上，又给大华倒酒，然后一边给小华倒酒一边调侃道：

“老满，味道怎么样？还敢喝吗？”

“有什么不敢的？你们敢喝我就敢喝！”

小华端起杯子又要喝掉，大华轻喝了一声：“老满，莫急！”又瞪了细华一眼。

九根悠然自得地吃着菜，似乎并不理会眼前的三个儿子。大华也不再阻止，任由细华和小华你一杯我一杯的斗酒作乐。很快，小华便喝得醉醺醺的，被众人扶到沙发上去了。亚琼掐了一把细华的胳膊，嗔道：“就怪你，害得三弟喝醉了！”

细华嚷道:“怎么怪我呢?是他自己逞能,硬要跟我喝好不好?”

金娥也责备道:“老满年纪还小,你就不能让着点他?”

细华又叫道:“怎么了姐?你也怪我?当年大哥出去换糖的时候,爸爸还逼着他喝酒呢,那个时候大哥才十四岁!老满都十八了,喝点酒怎么了?——对了,爸,您真的打算让老满出去换糖?都什么时代了还换糖!我看他挺对我的脾气,要不先跟着我跑几年货再说,您看怎么样?”

九根斜睨了他一眼,并不作声。大华说道:

“细华,如果老满真的决定跟着我们做生意的话,是应该出去吃点苦。爸爸这也是在锻炼他培养他呢。对吧爸?”

九根笑而不语。细华恍然大悟,夸张地说道:

“哦,我明白了!就像我当年一样,老爸也是让我跟着大哥换了几年糖,这才让我回来开收购点。高,实在是高啊!”

九根微微笑了笑,说道:

“等下吃完饭,你帮着你姐把彩电送到她家里去吧。”

“好嘞!”

细华满口答应着。众人都知道,父亲这是默许了细华买彩电和大哥大的事了,心里悬着的石头都放了下来。

第二天,细华买彩电、大哥大的事就成了爆炸性的新闻,传遍了全村,就像当年第一个买黑白电视机一样,甚至比当年更加轰动。老人和孩子大多围着彩电看,中年人青年人则追着细华要看他的大哥大,细华走到哪里,他们就跟到哪里。细华故意表现得不耐烦的样子,说道:“不就是大哥大吗?有什么好看的?想买的话你们自己也去买一部嘛,又不贵。”可是,当人们散去之后,他又故意拿着大哥大四处炫耀,生怕人家不知道似的。

这件事同样成为电视台追踪的新闻。电视台的记者听说龙洲村一家个体经营户一口气买回三部大哥大、六台彩电,很快找上门来要求做采访报道。细华更是得意非凡,遇到有人再问起买彩电和大哥大的事,便故弄玄虚地说:“我没时间啦,你们想晓得的话,就去看电视!”

之后,龙洲很多人也纷纷买回彩电,几年以后,龙洲村成为全市闻名的“电视村”,很多电视报纸也纷纷报道此事,并吸引了省里主要领导前来参观视察。这是后话。

小华果然没有食言,第二天,就挑着糖担出门换糖。这件事也一度成为龙洲村的新闻,人们在羡慕九根家腾龙飞凤的同时,也深深折服他对孩子的教育方法,对他家的嫉妒也少了很多。

刚刚上了号码不久，细华就接到一个电话。他激动得使劲晃着大哥大，对众人说道：“你们看看，有大哥大就是好吧？生意找上门来了！”他按下接听键，大声说着，似乎听不清对方的声音。他意识到可能是信号不好，便跑到楼顶上去接听。

没多久，他兴冲冲地跑下来，晃着大哥大说道：“我说了吧，电话一响，黄金万两！这不，生意来了！”

大华问道：“什么生意？”

“福建来的。是一位广东朋友介绍的，要我发十吨铝材过去。”

“广东的朋友你熟悉吗？”

“当然熟悉，我们在一起合作过多次了。”

“那这位福建的朋友你不熟悉吗？”

“不熟悉。我不是说了嘛，是广东朋友介绍的。人家是做钢筋锅的老板，需要大量的铝材。我们家里还有多少铝材？”

“可能还有三四吨。——对了，这事还是先跟爸爸说一下吧。”

“说什么说？搞得这么复杂，黄花菜都凉了。我先去外面收点货，争取尽快组织好铝材，早点发过去。”

“不是有大哥大吗？你跟爸爸打个电话说一下嘛。”

“要说你说，我没空。”

九根回来的时候，细华已经出去了，大华简单地向父亲说了细华接到电话业务的事，并提出了自己的担心。九根并不以为然，只劝道：“你放心吧。细华虽然性格浮躁，办事还是蛮稳当的。”大华便不再多说。短短五六天的工夫，一家人凑齐了十吨铝材，由细华亲自送往福建。

十多天以后，细华灰头土脸回来，不仅衣冠不整，就连平时梳得油光发亮的头发也十分凌乱，两眼无神。全家人见状，都大吃一惊。

24　金属加工

细华对于此次福建之行，也是羞于启齿，禁不住众人询问，这才不得已说出详情。

原来，此次送货到福建，细华对对方的底细并不了解，只听信广东朋友苏老板的介绍，而苏老板对自称姓林的福建人也不是很熟悉。细华把货送到泉州之后，林老板亲自前往接货，热情邀请细华到酒店吃饭，把细华喝得晕晕乎乎。然后，把细华安排到一家酒店，说是第二天上午就过来结算。

到第二天上午，细华左等右等，一直等到十二点，还是没有等到林老板。细华相信，林老板一定是要事缠身耽误了时间，所以并不在意，耐着性子继续等。一直等到晚上十点多，林老板还是没有出现，细华这才有点警觉，打林老板留下的电话时，被告知没有这个人。细华有点慌，连夜打的到林老板留下的公司地址，却发现门牌号是公共厕所。细华意识到自己受骗，在酒店待了一晚上之后，次日一早就像无头的苍蝇一样四处寻找，哪里找得到人？他又打电话到广东的苏老板了解情况，苏老板所提供的情况和自己掌握的情况完全一样。

细华不甘心上当受骗，这可是价值二十多万元的货物，别说普通人家，就是自己家也承受不起。他随即到当地公安局报案，可是什么证据也拿不出，公安局的同志根据细华的描述登记了之后，告诉他等候消息。细华情知这种无头案破案的可能性不大，还好身上带了些钱，否则住酒店的钱都没有，那可真就要流浪街头了。失魂落魄地找了几天之后，细华只得灰头土脸地回家。

听完细华的讲述，九根气得暴跳如雷。他先是骂了一顿福建的骗子，又劈头盖脸地骂了一顿细华，说他做事不动脑子，只会四处张扬。可是除了生气之外，对解决问题于事无补。亚琼一方面责怪细华粗心大意上别人的当，另一方面又心疼他为了寻找货主吃这么大的苦，也是哭笑不得。其他人知道细华并非有意，却也不知说什么。只有大华沉思不语。

很多年以来，全家人的利益一直捆绑在一起，说得好听点就是“祸福相依”，说得难听点就像以前的大锅饭，赚钱亏本都不怎么看重，反正有一家的生意兜底。从本质上讲，这样的经营模式无可厚非，都是一家人，都是一根肠子下来的，没必要分得太清楚。但是，这样下来，无形之中也产生了相互推卸责任、缺少担当精神的后果。尤其是细华，根本不在乎盈亏，只要自己玩得痛快就行。父亲虽然不说，其他兄弟姊妹虽然不说，但事实却明显地摆在面前。

大华并不在意细华的盈亏，在意的是他在家庭责任面前缺乏应有的担当精神。因此，当细华灰头土脸回来时，家人们都在心疼这二十多万元的损失，责怪细华粗心大意轻易相信人，而大华更多地考虑到当前这种经营模式的弊端。此前父亲曾多次提出要“分家”，大华一直认为时机不成熟，反对这种做法，但现在看来，是时候讨论分家的问题了。不过，现在细华刚刚遭遇挫折，小华又外出未归，再者也想和父亲好好商量一下再做决定。他宽慰细华一番之后，就静静地走开。

又过了几天，小华从外地回来，兴高采烈地讲述自己这趟出门换糖的经历，大家听得都很新奇，惊叹他也天生就是块做生意的料，就连九根和大华也颇觉意外。

原来，小华挑着糖担出门后，和福银的小儿子长林等几个年龄相仿的孩子一起，先是乘车到了鹰潭，从鹰潭沿途换糖，经余江、万年、余干，之后辗转鄱阳、都昌、九江返回南昌，沿鄱阳湖转了个大圈。每到一地，他们一边换糖，一边了解当地废品市场，晚上又到当地的商场、集市去转，收获颇大。在一个地方待上三五天之后，把收到的废品分拣出来，不值钱的东西就卖给当地的收购部，稍稍值钱的东西便打包发回家里。出去三个多月时间，除了运回大量废品之外，还带回了许多新奇的观点，令众人刮目相看。他自己也是十分得意，觉得这趟外出很值，言谈之中，还不忘夹带几句奉承父亲的话，说父亲有远见卓识。一家人听着小华侃侃而谈，都开心地笑了。

细华是个吃了亏也不长记性的人，早把在福建受骗之事忘了个一干二净，听完小华讲述，调侃道："老满，有出息了，赶得上我了！"

"赶上你？"小华也听说了二哥在福建被骗的事，便也调侃道，"我才不会做上当受骗的事。"

细华不以为然地说道："俗话说，'吃一堑长一智'嘛，下次我可不会受骗。倒是你老满，初出茅庐，还嫩着呢，要多向老哥我学习。"

"才不学你，要学就学大哥。对吧大哥？"小华看着大华，讨好地说。大华微微一笑，不置可否。

九根很欣赏小华的乖巧聪明，却又时刻保持清醒的头脑，这一点的确和大华很相像。他面带微笑问道："老满，你运回来的这些货打算怎么处理？"

小华看看父亲，又看看大华，见大家都看着自己，便认真地问道："您真的想听我的看法？"

"你说说看。"

"那好，那我就直说了。"他轻咳了一下，郑重其事地说道，"我这次发回的货，其实主要是鸭毛和鹅毛，塑料也有一些，金属嘛我已经委托了那里的一些朋友代收，到时候我只要派车过去拉就行了……"

"哟，才出去几天，就学到这一招了！"细华揶揄道。

九根瞪了细华一眼，细华吐了一下舌头，不敢再说下去。小华继续说道：

"的确，我是向爸爸和两位哥哥学到的这一招。金属废品我不舍得低价卖掉，他们那里又没有形成规模，价钱也不是很好，也都愿意卖给我。等他们收到一定数量之后会告诉我，我去拉就行。不过，我发现那一带的鸭毛鹅毛品质很好，数量也大，我就想，能不能直接跟生产羽绒服的厂家直接联系上……”

“我几百年前就做这个了，还用你想？”细华还是忍不住插话道。大华笑笑，道：“细华，莫急，先听听老满的想法再说。”

小华不满地说道：“二哥，你莫老打岔好不好？你是做原料直供，我的想法跟你当时不一样，我是想在加工方面做文章，跟羽绒服的厂家联系，接一些初级加工的单子来做，也就是现在流行的‘来料加工’。”

九根赞许道：“这个想法不错。大华，你看呢？”

大华也点头道：“我看可行。卖原材料虽然简单，但是太低端，利润不高，如果能接到一些来料加工，我们就可以自己加工衣服。”

银娥高兴得拍手说道：“好啊！老满，我们一起做吧？”

细华白了银娥一眼，说道：“就晓得挑轻快的事做。”

金娥笑道：“做衣服不是轻快事，我学过裁缝，也做过棉袄，里面的学问大着呢。”

大华问道：“你接触过厂家吗？能不能接到来料加工的事？”

“还没接触过。”小华坦诚道，“不过，现在羽绒服的市场销售很好，我们的原材料供应又做出了名，我相信厂家会同意的。”

“嗯。”大华沉吟道，“现在我们已经打开了武汉、安徽、上海、江苏、福建还有我们省内的市场，潜力还是蛮大的。来料加工目前我们的技术还不太成熟，不过可以在初级加工的基础上伸延一下，先做水洗，把羽绒分出高中低档来销到羽绒厂去，这样的利润空间也就大多了。等到我们的技术成熟了，再去做来料加工，甚至还可以做自己的品牌。”

“就是这个意思！”小华激动得站起来，挨着大华身边坐下，“大哥，其实我也是这样想的，我们一边把加工工序细化提高利润空间，一边向人家学习，等到时机成熟我们就做自己的品牌！”细华白了小华一眼，把脸扭到一边去。

九根高兴地说道：“可以。既然小华的想法和大华一样，那干脆就把家里的羽绒加工生意都交给你，怎么样？”

银娥忙说道：“我也想做！”

小华道：“二姐，你干吗要和我争？爸爸和大哥都同意把羽绒加工的业务交给我了。”

“不是和你争，是和你一起做嘛！”

大华笑道：“你们莫吵，听我说。我看这样，这事一个人是做不了的，就你俩一起做，家里的事呢就由银娥负责，包括羽毛的分拣、分毛、分档都交给银娥。小华就负责收购、销售，特别是今后跟厂家联系来料加工的事，包括做我们自己的品牌。怎么样？”

“好啊！”银娥和小华同时叫道。

细华插话道：“那我还是做金属废品的收购和加工。”

大华仍笑道：“这个可以。”

细华惊讶道：“真的？那你呢？”

大华看了看父亲，见父亲含笑看着自己，并不正面回答，而是看着大姐金娥：“姐，你有什么想法？”

“我……”金娥红着脸看了看大家，“这是家里的事，我已经嫁出去了，能有什么想法？”

大华诚恳地说道：“姐，既然你都说了是家里的事，你虽然嫁出去了，但还是家里的一员。我和爸爸商量了，家里的塑料生意还是想请你来做，毕竟你帮着妈妈做了这么多年，比较熟悉这一块。再说了，姐夫也马上就要出来了，到时候你和姐夫一起来做，怎么样？”

金娥红着眼，不说话。

九根说道：“金娥，听大华的吧。这件事大华也跟我商量过，就交给你和红卫去做。你家公家婆那里我和大华也会去说，他们也应该不会有什么看法。红卫这次吃了这么大的亏，工作肯定是保不住，也应该会收敛一下自己；祥瑞也慢慢长大了，一家人总得有点经济收入。”

金娥咬着下嘴唇，点了点头。

大华看着细华笑道：“细华，你打算怎样做？”

细华侃侃说道：“这还要问怎么做？我们都做了这么多年了，谁不晓得我们家做得最好啊？要不是这次栽在福建人手里，我……我早发了！”

大华又笑道：“我和你一起做，怎么样？”

细华兴奋地说道：“当然好啊！不过要分工的话我们也分细一点，你负责收购和加工，我负责对外销售，怎么样？”

大华盯着细华看了几秒钟，这才笑道：“细华，我相信你的能力和魄力，也相信你跑外面一定会做得很好。不过，我的想法是，我们也要提升一下原材料的档次，把金属废品进行加工之后再卖出去……”

“金属加工？这怎么可能？我们又没拿到加工许可证！”细华很觉意外。

“怎么不可能？”大华笑道，“这几年，我们江西也开了很多金属加工厂，说明政策是允许的。我前几天专门问了一下高建平大哥，他说虽然政策没有全面放开，不过他说销售原材料和销售半成品本质上是一样的，我们可以引进熔炼技术，把废铝和废铜加工成铝锭和铜锭，这样是不是可以把我们的原材料提升一个很大的空间？”

“可是我们不会做啊！”

“不会做可以学，关键是要想得到。这两年金属价格上升幅度很大，如果我们能够走在前面的话，那又是一番景象了。”

细华由衷叹道：“大哥，我真是服了你！我以为就我脑子灵活，没想到你比我还厉害！这样吧，我全都听你的，你叫我做什么我就做什么，你叫我怎么做我就怎么做，反正一切都听你的。”

“好，那就这样说定了。”大华看了看大家，最后把目光停留在父亲身上。“刚才爸爸也说了，其实这些事是我和爸爸早几天就商量过的，只是没有征求大家的意见，所以不好拍板。今天正好大家都在，又都选择了自己喜欢做、愿意做的事，希望大家各司其职，把自己分内的事做好……”

细华突然问道：“那爸爸做什么？”

九根呵呵笑道：“我也该交班了。孩子们，刚才你们也听到了，大华的意思也是我的意思。你们都长大了，是该独当一面去闯一闯了。”他突然变得严肃起来，“在这里，我也有几句话要叮嘱你们。第一，吃亏并不可怕，吃苦更不是什么可怕的事，吃得苦、吃得亏才能够做得成大事。这么多年，我们家吃了多少苦，受了多少磨难？可是我们不一样挺过来了吗？你们不是一个个都出息了吗？第二，你们是兄弟姊妹，是一家人，打断骨头连着筋，任何时候都不要在利益面前争输赢、闹矛盾。你让一步，他退一步，都没什么，肉烂在锅里，还是一家人在一起吃。第三，不要贪小便宜，不要耍小聪明。天上不会掉馅饼，任何时候都不要想着发横财，只要把自己想做的事做到最好，做到极致，就成功了。我们家走到今天，不是靠发财的信念支撑下来，而是靠一分责任心、担当精神支撑下来的。这就当作我对你们的‘约法三章’。我今后不会管你们的具体事，你们谁碰到困难碰到问题都可以找我，也可以相互之间帮忙打商量。不过，要是谁乱来的话，你们相互之间也要指出来，不要放任自流，到头来害了他。”

众人神情肃然。大家知道，从这一天开始，每一个人都将是自己的主人，都要为自己日后的创业拼尽全力，为这个家负起责任。

家庭会议之后，大家都进入紧张有序的忙碌中。

小华在家没待几天，马上又出去了，因为鹰潭那边来电话，说收到了一批废旧金属，让他马上去拖回。他请了一辆货车，到了鹰潭，与收购商结算完毕，就让司机把货运回，自己连夜赶往德安去。之后，源源不断地往家里发回各种羽毛。银娥在家里负责分拣和分毛、水洗，根据小华提供的信息，把分好类的各个档次的羽绒发往各地。

金娥在父亲的支持下,在自己家旁边的空地上搭建了一个塑料加工厂。宝财对九根的决定深感意外,也十分高兴,经常到加工厂转转,主动放下架子,帮着金娥给塑料分类。就连平日里对谁都看不顺眼的杨丽华也表现得十分热情,每天除了接小孙子之外,也会到加工厂来看看,帮着金娥做些事。没多久,红卫刑满释放,提着礼品到九根家,一把鼻涕一把眼泪说了一番感激的话,又信誓旦旦表示要痛改前非,与金娥好好经营塑料加工厂。好在他与外界打交道的经验丰富,很快就熟悉了塑料销售渠道,经常奔波于各地,家里的日子日渐丰裕。

九根每天到几个加工厂巡查指导,当上了一名“创业顾问”。同时照常收购各地贩运来的废品,把收购来的废品根据材料进行分类后,交给金娥、银娥和大华,由他们进行处理。

大华的主要精力逐渐转向金属废品上面。在高建平的帮助下,在村旁搭建了一座熔炼炉,专门熔炼铝锭。加工后的铝锭直接销往浙江、福建、广东等沿海省份,简直是供不应求。这个时期,正是金属价格暴涨的时候,兄弟俩的金属废品收购业务越做越大,业绩也越做越好,俨然成为丰城金属废品收购行业的老大。

其时,龙洲及附近乡亲见九根一家废品收购业务做得风生水起,也逐渐恢复信心,重操旧业。龙洲村的废品收购业重现辉煌,以龙洲为龙头的丰城废品收购再次名扬全国。

25　环保问题

有话则长,无话则短,转眼已经进入公元 1998 年。

九根虽然每天精神矍铄地往返于几个子女的加工厂,但无情的岁月早已在他的脸上镌刻下深深的烙印。除了往日光滑的脸庞变得干涩而苍老外,他的两鬓已经无法掩饰地露出了斑白——昔日叱咤风云的鸡毛换糖的领军人物,终于不得不承认自己年纪大了,他已是接近六十岁的老人了。

当然,年龄的增长并没有影响到九根的心情,要不是老伴去世多年,他一定会觉得自己还年轻。更重要的是,他已经是名副其实的儿孙满堂了。大儿子大华生下了一个儿子,二儿子细华儿女双全,两个女儿虽然外嫁,但都还继承着他当年的行业:废品收购加工业务。在整个龙洲村,他几个子女的产业规模接近全村一半，享誉十年的“破烂王”的头衔已经让这位曾经多灾多难的换糖人闻名遐迩，家喻户晓。

儿女们都早已经开上了私家车。二儿子细华曾经不止一次地劝说九根去学会开车，然后也给他买一辆，让他外出办事方便，更主要的是在人前可以抖抖威风。但九根不肯，他见着车子就晕，倒不是因为晕车，而是怕汽车里发出的那种高档皮革的气味，怕车头上发出的炫目的闪光。他宁愿骑自行车，往来于村庄附近的废品集散市场，以及周边一些村庄。废品集散市场是几个儿女们主要的淘货渠道，周边几个村庄是他家的固定贩料商，每天都有源源不断的废品通过他们运回丰城。九根就找他们讨价还价，谈好价格之后，让儿女们根据各自的需要把货物拉走，进行分拣处理，然后做成半成品或成品，销往全国各地。他的心随着这些堆得满满的载重汽车，跨越千山万水，驶往全国各地。

九根很满意儿女们的表现。首先是大儿子大华和二儿子细华，这两个小子，不光吃得苦，而且有眼光，愣是把一堆破烂做成了阳光产业，真是青出于蓝而胜于蓝呢。大女儿金娥和女婿红卫，虽说没有大华细华做得那么大，但在村里也是数一数二的废旧塑料大户。小儿子小华和小女儿银娥经营着羽绒加工业务，把收购来的鸭毛鹅毛分拣、分绒、水洗后，按照品质档次直销到羽绒服厂家，时髦的鸭鸭、波司登、美尔姿等品牌羽绒，就有好多是他们供应的羽绒。说起这些事，简直三天三夜也说不完，真够让九根美上好一阵子。

不过，九根也有困扰的事。首先是他的堂兄国华去世好几年。国华虽然害过他，但说到底只是胆小怕事，偶尔眼红一下别人，骨子里并不是个坏人。他和国华是同一房下的堂兄弟，在世的堂兄弟本来就不多，走一个少一个，因此，国华的去世，九根伤感了好一阵子。

金娥小时候学裁缝的师父美莲居然也走了。她是个多么热心的人啊！能说会道，每句话都会说得人家非常开心，不管到哪家做衣服，都逗得大家乐呵呵的。这样的人走了多可惜！

村里还有好几个人也陆续走了。虽然人终究有一死，但是这些人都只有五六十岁，好日子才刚刚开始，还没有真正享过几天清福。这让九根总是会想起去世多年的妻子秀莲，那个时候也不过五十几岁，正是家里的事业如日中天。

九根觉得老天未免有些不大公平，又让大家赚这么多钱，又不让人好好享受，这不是折磨人么？

夜深人静的时候，九根只要把灯关上，眼前就会浮现出秀莲和这些去世的人的模样来，有的跟他亲热，有的跟他诉苦，有的横眉冷对，有的满面愁容。九根一想到这些，就睡不着，彻夜彻夜的睡不着。即使偶尔睡着了一下，也会突然从睡梦中惊醒。他不明白，这到底是怎么回事，难道是黄泉路上太孤单，要叫他去陪伴么？

当然，清醒过来之后，九根很快就会否决这个想法。他不是一个迷信的人，很多年前出去换糖时，经常半夜三更一个人走夜路，有的是坟山，有的是荒郊僻野，他也没碰到过什么鬼魂，顶多偶尔碰到几只受惊的兔子或者野鸡。那个时候，他想得最多的是把兔子捉回家红烧着吃，或者把野鸡逮住拿它的羽毛卖钱。当然，他偶尔也会害怕，不过害怕的是万一碰到狼或是野猪，就很麻烦了。

清早起来之后，九根独自走出老屋。自从妻子秀莲去世以后，先是一家人在一起合做了一幢三层的小洋楼。后来，儿女们各自成家立业，又各自建了新屋。九根坚持要住在老屋，这里不仅有他年轻时候的记忆，还有与他相濡以沫二十多年的妻子的身影，他舍不得离开这里，不管儿女们怎么说。

这个时候天还没大亮，好多人都还没起床，即使起了床也没有出门。九根在门口站了一会儿，然后沿着小巷一直走出村，穿过铁路涵洞，来到一条晨雾氤氲的小港边。他深吸了一口气，抬头望时，却见不远处站着一个宽厚的背影：不是老支书宝财却是谁？他很讶异：宝财这么早就出来了？难道他也和自己一样睡不着吗？一边揣度着一边向宝财走去。

“亲家！”

他客气地叫了一声。宝财似乎正在凝神思考，或者闭目养神，听到叫声，知道是九根，缓缓回过头来，也朝九根笑了笑：

“怎么你也到这里来了？”

“睡不着，出来走走，不知不觉就走到这里来了。”

“呵呵，你也睡不着啊？”

一对老亲家并立站在港边，看着依旧朦胧的原野。眼前是他们祖祖辈辈赖以生存的土地，面前是伴随他们嬉戏长大的小港。在很小的时候，大人们在这里划龙舟，孩子们在这里洗澡捉鱼。

“唉——”

九根所有的心事都在这长长的叹息里，宝财颇觉意外，好奇地问：“怎么，有心事啊？”

“好像有，又好像没有，就是睡不着呢。”

宝财的头发白如冰霜，一根青丝都没有。一件中山装外套披在肩上，双手叉着肥胖的腰，面带笑容，看上去和蔼可亲。当年两人心存芥蒂，即使是结成亲家之后，仍有好长时间互不走往。不知从什么时候起，二人前嫌冰释，居然成了高谈阔论的好友。宝财看了看九根的表情，仍又回过身，面对着小港。

“亲家啊，记得这条港吧？我们小时候洗衣、洗菜、做饭甚至挑水都是在港里挑水呢。”

“怎么会不记得呢？那个时候的水好清好大，两岸长满了柳树，我们整个热天都是泡在水里面。有时被大人追着打，情急之下就跳进水里，大人也就拿我们没办法了。”

似乎很多人都有同样的印象，大人在水边洗衣洗菜，小孩们在水里嬉戏打闹，一天天一年年就这样过着，贫穷而快乐。

宝财点点头，表示赞同九根的话。他吸了一口气，马上皱着眉头，说道：

“可是你看，这条港现在变成什么样了？塞满了垃圾，长满了野草，发着难闻的气味。现在的样子，还有谁敢到港里去洗澡么？还有人敢来这里洗衣服洗菜么？就连港里的鱼也没人敢吃！”

九根听得心里一咯噔。是啊，自己经常往来小港两头，对港里的变化居然熟视无睹。他觉得宝财似乎话里有话，便不作声，静听下文。

在九根看来，宝财说话总是高屋建瓴，原则性、政策性都很强，当然这跟他长期担任村支书有关。不管任何时候，宝财都非常关注新闻时事，以前是通过读报纸看电视，现在外出时身上总离不开一只微型收音机。这会儿，他随身携带的收音机还在播放《新闻和报纸摘要》呢。以前九根很讨厌宝财总是一副高高在上、盛气凌人的样子，现在不，他甚至很喜欢和宝财聊天，有些百思不解的问题，到他这里三言两语就能够寻找到答案。

“世道真是变了，钱多了，环境却差了！”果然，宝财一开口，就气势非凡。“以前，我们总说自己穷，想吃饱饭，想穿新衣裳，想着‘楼上楼下电灯电话’的生活。所以大家拼命赚钱，挖空心思投机倒把，钻政策的空子。但是，那个时候好的东西却往往被忽略，那个时候水是清的，天是蓝的，空气是甜的。现在呢，有钱了，住上洋房了，开上汽车了，看上彩电用上大哥大了。可是，水变脏了，天变暗了，空气中发出难闻的味道，大家居然还在拼命想方设法赚钱，对环境恶化却是麻木不仁！”

九根听得惊出一身冷汗。他知道宝财不是在说自己，可自己也是其中一员，而且是非常重要的一员。他说的拼命想方设法赚钱的这个“大家”不光有自己，还有他的儿女们。以前要是换作别人在他面前说三道四，他一定会不以为然，并嘲笑别人是红眼病、妒忌心。但是现在不同，他不但对宝财的话深表赞同，而且感同身受。他不知如何接着宝财的话头聊下去，只是尴尬地点点头表示接受。宝财浑然不理会九根的心情变化，继续自顾自地发表着感慨：

“环境！环境变差了，赚再多的钱有什么用？就像人的身体，本来活得好端端的，能吃能喝能睡觉，没病没灾没烦恼的多好，要是惹上了这样那样的毛病，要花钱治病不说，自己的心情也差，全家人的心情也跟着差，赚的钱再多有什么用，买得到好身体好心情么？”

宝财越说越气，胸脯也随之上下起伏，像是要把满肚子的怨气抖出来一样。九根听得面红耳热。对了，这就是他之所以夜不成眠的症结！环境变差了，村子里每天散发着一股难闻的气味，港子里的水面上浮满了各种各样的垃圾，就连水底也丢满了各种各样的废品。现在要是谁敢下去洗澡的话，即使不被水底的各种坚硬的垃圾划伤，也会被发着腥臭味的水弄得浑身瘙痒，起一身的红斑。他的心跳随着宝财振聋发聩的话而加快。他终于弄明白了秀莲、国华、美莲还有众多正当壮年的乡亲们的死因！是的，就是宝财说的环境变差了，说到底就是这些该死的垃圾害死了这些人！

“确实如此！”九根义愤填膺地表示了自己的同感。他甚至恨不得把村里堆积如山的垃圾统统清理掉，还龙洲村一个天蓝水清的环境。

宝财斜睨了九根一眼，怪怪地笑了一下，然后长吁一口气，好久不说话，努力让自己的心平静下来。过了好久，他才缓缓说道：

“话说回来吧，要是大家都不去做生意，社会不发展，说不定我们到现在还在受穷呢。我当村支书那会儿，眼睁睁看着饿死过好多人，当时真是叫天天不应、叫地地不灵。这些年，乡亲们都吃好了穿漂亮了，过上了以前想都不敢想的日子，说到底还是政策好，让老百姓赚了钱。唉，我就是没想明白，到底要怎样才能既发展经济又保护环境。”

以前，要是宝财说起这么高瞻远瞩的话，九根一定会认为他是说大话吹牛皮，是杞人忧天。但现在不这样想了，他相信这位刻板的老支书一定是说出了自己的肺腑之言，是发自内心的感慨。他情不自禁产生了崇敬之情，真想紧握着宝财的手，或者是紧紧地拥抱着他。不过，他只在电视里见过这样的仪式，真的让他这样做，一定会觉得别扭的。他再次深深地点点头，然后动情地说道：

“亲家啊，真是难为您了！要说环境变差了，也有我的一分罪过，这么多年来，我一直做废品生意，很少关注到您说的环境问题。这样吧，您过去清理的那条排污沟年久失修，好多地方都堵上了，污水也溢到村里的路上来了，我来牵头重新清理一下怎么样？另外呢，我们也召集一些年纪长一些的老兄弟，咱们立个村规民约，让大家不要随便乱丢垃圾，不要随便排污，怎么样?”

宝财的脸上这才由阴转晴,露出了久违的笑容。他转过身体对着九根,高兴地说:“好!有你牵头做这个事,大家一定会听的。另外,村规民约的事我来牵头,我们到祠堂去开个会,商量一下村规民约的内容,让我们的祖宗为我们作证,坚决杜绝乱丢乱排的问题,也给我们的后世子孙积点阴德,留下一个住得人、过得好的环境!”

“好!”九根痛快地答应了。

在宝财的召集下,十几位村中族老齐聚祠堂。宝财领着众人,面对着列祖列宗牌位焚香燃烛,行了三叩九拜大礼之后,请众老坐下,然后朗声说道:

“众位族老,大家都是龙洲王氏当家理事的长老,在村里都是德高望重、受人尊敬的长者。这些年来,大家都看到了,我们村里的经济发展了,乡亲们的钱袋子鼓了,日子富裕了,这在历史上是从来没有过、想也不敢想的事啊!这说明什么?政策放宽路子就宽,说到底还是要感谢党的改革开放政策好,把我们这个自古以来就吃不饱穿不暖、每年都要被逼得外出换糖的贫困村,发展成为现在远近闻名的富裕村、‘破烂王’!彻底甩掉了贫困落后的帽子!”

众人交头接耳,纷纷点头。其中一位留着山羊胡子的老者举着拐杖颤巍巍地说道:“宝财啊,你到底想说什么啊?”

宝财换了一副笑脸,说道:“三叔公,您莫急,耐着性子听我说下去。”见三叔公放下拐杖,又收起笑容,说道:

“在座的诸位,年轻的时候可能都外出换过糖,即使没有换过,你们的长辈或者你们的晚辈也肯定换过。我们村之所以富裕、之所以发展,靠的就是这份祖上留下来的手艺。现在,我们村搞废品收购的、加工的、销售的、贩料的恐怕不下百十家吧?你们每家每户恐怕都有人从事着这个行业吧?我没有别的意思,我是说,这是好事,是祖上留给我们的财富,要继续好好做下去。”

“这还用你说吗?你就是不让大家干,大家也不会听啊!”有人笑着插了一句。

宝财看了一眼插话的人,也笑了笑,说道:

“没错,就是不让大家做,大家也不会停下来,因为尝到了甜头,谁都不想回到从前那种半死不活的日子里去。不过,大家是不是注意到了这样一个问题呢?我们港里的水怎么变黑变臭了?我们村里的空气怎么有股怪味?村里怎么找不到一条干净的路了?没错,这就是我今天想说的事。大家都是村里当家理事的人，今天也就请大家来当一回家、理一回事，好好讨论一下怎么解决这些问题。”

“这有什么啊？别的村不也都这样吗？”一位矮瘦的老者不以为然地说。

说话的这位叫水生，几个儿子孙子都在从事废品收购。宝财不悦地说道：“水生叔，话不是这么说的。您看看您家里，废品堆得满屋都是，别人都不敢到您家去。我听说您家的亲戚来拜年的时候，都是在门口站一下就走。您不觉得很丢人吗？”

众人一阵哄笑，水生便不再说了。大家交头接耳一番之后，三叔公再次举着拐杖说道：

“宝财啊，你就别兜圈子了，有什么话快说出来吧。”

“好，那我就先把我的想法跟大家说一说。我认为，生意肯定是要做下去的，发展也是必然的，但是问题也必须解决，否则的话，我们的子孙后代一直生活在这种恶劣的环境里，真的会被人看不起了……”

还不等宝财说完，三叔公就急不可耐地打断他的话：“宝财啊，你就莫讲这些大道理了，就说要怎么做吧。”

宝财点了点头，说道：“好，那我就直说吧。我的意思是，针对当前的环境污染问题，我们专门搞一个村规民约，禁止乱排污水、乱堆废品、乱丢垃圾。”

三叔公说道：“这个好啊！是要管一管，要是再不管的话，莫说水生家，就是我们整个村也没有人敢进来了。我还听说，水生的孙子快三十岁了，还讨不到老婆，你家里那么脏，谁嫁到你家去？大家说是不是？”

“就是！”

“不管不行！”

“好多后生都娶不到老婆呢！”

一位清瘦的老者站起来，他是国华的父亲，叫海清，已经八十多岁。正所谓白发人送黑发人，自从国华去世之后，老人悲痛不已，变得沉默而古怪，经常独自坐在门口发呆。他慢悠悠地说：

“宝财的建议我非常赞成！我们年轻的时候也换过糖，不过那个时候是把破烂收过来之后就卖掉，量也没有这么大，没有对村庄造成污染。这些年，全村人都去换糖，去收破烂，把村庄都堆得跟山一样，哪里还像个村庄的样子？我们的田里、村里、港里全都是垃圾，最后都被我们吃进肚子里去了。这样吃下去会死人啊！国华死了，好多人死了，我断定是这些垃圾搞的鬼。可是，我们又搬不走，我们还得生活在这里，我们的子孙后代也得生活在这里啊！所以，我同意宝财的说法，老祖宗留下来的换糖手艺不能丢，但是必须严格管理、严格约束，坚决不允许乱排污水、乱堆垃圾！”

众人沉默不语。宝财感动地说：“海清叔说得很好！我们又搬不走，我们还得生活在这里，我们的子孙后代也得生活在这里，因为这里是我们的祖业，是我们的家！”他停了一下，又说：“各位长老，以前我在村里建的那条排污沟，年久失修好多地方都堵上了，我跟九根兄弟商量的时候，他答应牵头把这条沟重新整理一下，做到雨水污水分离，同时确保村里的巷道不再积污水。对吧九根？”

九根坐在后排的一角，一直默默听着大家说话，了解众人态度，见大家对治理污染都很有热情，深感高兴。听到宝财点他的名，忙站了起来，赔着笑说道：“是！应该不要好多钱，关键是各位长辈要支持。”

众人都向九根投来赞同的眼光。宝财满意地说道：“我看这样，今天开完会之后，九根兄弟就开始着手准备。各位长老呢，回去后也跟你们房下、族下做做动员，把堆放在排污沟上面的垃圾清理掉。我也会去跟村组干部说一下，让他们尽量配合。”

又是一番热烈的讨论之后，终于形成了龙洲村第一份以治理垃圾污染为主要内容的条约，简称“村规民约”：

鼓励和支持村民继续从事废品收购生意；

规范废品集散市场管理，由村里安排专人每天进行清扫，所有费用由村民分摊；

不得在巷道、道路等公共通道堆放杂物，不得向港道内随意倾倒垃圾，违约者重罚；

所有残余垃圾集中收集，由村里定期运走，所有费用由村民分摊；

每半年对村内排污系统清理一次，所有费用由村民分摊；

成立环境治理纠查队，每天在村里进行巡查，发现问题及时纠正。

“村规民约”一经推出，马上得到几乎所有村民的支持。很快，乱堆乱放乱丢乱倒的现象得到有效改善，村里的村容村貌以及村民的精神面貌焕然一新。

26　栽赃陷害

九根六十大寿的日子日渐临近。丰城民间有“做九不做十”的说法，九为缺，十为满盈，凡事盈则亏，因此人们很忌讳满数，每逢整十年寿庆的时候，就提前一年做寿，叫作“做九不做十”，寓意健康长寿。

大华和细华早就在酝酿为父亲做六十大寿。细华提出安排父亲出国旅游，或者陪着父亲到北京天安门、八达岭长城和上海、广州、深圳等地看看。父亲从十七岁撑起这个家，劳碌了一辈子，也到了享受清福的时候。大华提出，做寿必须全家人在一起，一家人其乐融融，儿孙满堂，这才是对父亲最大的孝顺。细华也觉得大哥的话有道理，便打消了安排父亲出国旅游的打算，在城里预订了一家豪华宾馆。

不仅是大华和细华，金娥、银娥和小华也都在积极准备。大家挖空心思，想着给父亲送一份什么样的礼物，好让父亲开心开心。

这一切，九根都被蒙在鼓里。他照常每天帮着儿女们收购废品，抽空到市场各地巡查。他是村民自治会的成员之一，参加了环境治理纠查队，隔三岔五就要和其他队员一起，巡查村庄环境。

到了生日这一天，他特地起了个大早，换上了一身干净的衣服。以前秀莲在世的时候，这些都是由秀莲一手准备的。秀莲会召集儿女们聚在一起，煮上一大锅长寿面，做上一大桌好菜，大家一起吃饭聊天，十分开心。秀莲去世后，儿女们忘性大，经常忘记他的生日。九根也不计较，他知道孩子们都很忙，都在忙着干大事，因此自己留了个心，记住了自己的生日。

九根在秀莲的遗像前点上三支香，喃喃说道：“他娘啊，你走了这么多年了，你在那边还好吗？崽女都长大了，都有自己的生意和事业。我现在也清闲得多，孩子们的事不用我过多操心，我可以闲下来享享清福了。闲也不是好事啊，一闲下来就会想你，想我们过去一起吃过的苦，想得心痛啊！你要是地下有知，就好好保佑孩子们，让他们都过得好好的。今天是我的生日，我都六十岁了，离见你的日子已经不远了。记得以前，你以前总说，我的生日就是你的生日，艰难的日子里只煮一碗面，盖上两个蛋。我故意留下半碗面和一个蛋让给你吃。可是你总是说已经吃过了，吃饱了，非要看着我吃完才走开。唉，没想到，你一走就这么多年，更没想到，每年的生日都要我自己一个人过！秀莲啊，你放心，等下我就去煮两碗长寿面，我吃一碗，给你留一碗，怎么样？”

想到伤心之处，九根禁不住老泪纵横。他抹了一把眼泪，哽咽道：“秀莲啊，真想过去看看你现在的样子！你等着，过些日子我就来陪你，在地下我再也不会让你吃苦，不会让你受累了……”

大华和细华等人本想给父亲来个惊喜，见父亲独自在母亲遗像前垂泪，都是心中一凛。大家默默走到父亲身后，大华取了三炷香，领着大家鞠躬上香，之后，柔声宽慰道：“爸，节哀吧！今天是您的六十大寿，我们几个在酒店里准备了一点酒菜，想给您庆祝一下。”

九根见孩子们都来了，倒显得有些不好意思，忙揩干眼泪，强装笑脸道：“好，好！是现在就去吗？”见众人点头，又转头对秀莲的遗像道，“秀莲，看到了吗？崽女们真的长大了，晓得孝敬我们了。等下我给你也捎一点回来，让你好好尝尝，你等着啊！”

因为吃饭时间还早，大华特地开车带着父亲到城里各处转了转，九根渐渐开朗起来，高兴地说道：

“真是变了！建了这么多又高又大的房子，修了这么多又平又宽的马路！想想我年轻的时候出去换糖，哪里有这么好的条件啊！大华，你那个时候出去换糖，也差不多没什么变化吧？”

“以前几十年甚至几百年都难得看到什么变化。现在不同，几年时间就会发生翻天覆地的变化。要是在外面待上三年五年，回来肯定都找不到回家的路了。”

“对了，那个时候逼着你出去换糖，没有恨我吧？”

“哪里会恨您哪？感激您还来不及呢，要不是您逼着我们几个学做生意，我们现在说不定变成什么样呢，哪里有现在这么好的条件？”

“是啊！当初我也没想，你在奉新一待就是五年，而且彻底换了个人回来。要是我不坐那三年牢，可能你还不用吃那么大的苦。不过，就像你说的，好多事情都是逼出来的，要是不逼的话，再聪明的人也做不了大事。现在好了，你们都长大了，尤其是你，大华，现在形势变化这么快，我都快跟不上了，你要好好带带弟弟妹妹们，让他们多学点好，多动点脑筋，莫去耍什么小聪明。做生意就要脚踏实地，一步一个脚印，这样才做得踏实、过得踏实。”

父子聊得开心，亲情在这种轻松的气氛中进一步升华。大华的电话突然响了起来，原来是细华他们已到了酒店，让他们抓紧过去。大华一看，不知不觉已近中午，便调转车头向酒店驶去。

到了酒店，除了小华外，其他人均已到齐。九根早已从对妻子的思念中摆脱出来，见儿孙满堂，真是高兴异常，连声说：“都来了？好！好！好！”连说了三个“好”之后，就招呼大家坐下。众人坐下之后，九根又问：“小华说了几时到吗？”

“他说早就上路了，这会儿应该快到了，我再去门口迎迎。”

细华抢着说完，便走到酒店门口，引颈看了一会儿，没见小华的身影，便又失望地返回包厢。众人见状，知道小华还没到，便一边闲聊一边等。

正焦急等候时，小华拎着一只皮袋，风尘仆仆奔了进来。

“爸爸，生日快乐！”小华顾不得喘息，从皮袋里取出一件白色羽绒衣，双手递到父亲面前。

细华笑嘻嘻地说：“小华，怎么还是老一套啊？你看，我们家每个人都穿的是你买的羽绒服。能不能换点新鲜的啊？”

“二哥，你不晓得，这件衣服可是大有讲究。”小华神秘地笑笑，在父亲刚穿上的羽绒服上比画着，“这件衣服的所有羽绒，可都是我们家里提供的！”

“太好了！”银娥兴奋地围着父亲，看他身上的衣服，其他人也露出自豪的表情。九根高兴地笑道：“好！穿着自己加工出来的羽绒生产的衣服就是舒服。”

小华又说：“这段时间，我仔细参观了羽绒服生产的全过程，觉得并不复杂，我们也可以引进生产线，自己来生产。”

大华沉吟道：“可是，创立自己的品牌是一个很复杂的过程。况且现在全国羽绒服厂家很多，尤其是我们江西的鸭鸭牌，日销量就达十万件。我们怎么跟人家竞争啊？”

“不是要与谁竞争，我们可以合作双赢。正是因为鸭鸭厂的销量很大，他们对原材料的需求也很大，我们可以从这里寻找一些商机。”小华兴高采烈地说。

“你是说接一些他们的订单，做来料加工？”细华兴奋地问道。小华点头道：“二哥，你说到我心里去了！”见细华高兴得摇头晃脑，又说，“我们一方面要继续加大羽毛的收购力度，多提供一些高品质的羽绒；另一方面，接一些来料加工，既可以扩大我们的业务范围，又减少了营销的压力。这不是一举多得的好事吗？”

听着三兄弟谈笑风生，九根非常高兴，他赞许地看着小华说：“看这样的形势，羽绒的业务的确可以进一步做大。你放心，我跟这些做羽毛的说下，多帮你们收些货进来，质量也会帮你把好的。”

“谢谢老爸！”小华开心地说，“我当然放心了。现在我们每天都有源源不断的货源进来，如果我们需要的话，会有更多的货送来。这样的话，二姐就要更辛苦，因为货量一大，加工的压力也大。如果再引进生产线开始制作成衣，还要招一些工人去培训，管理上也有压力。不过，我早就想好了，也跟厂家沟通好了，这个事一定要做！如果我们的来料加工做得顺利，下一步还要创我们自己的品牌！”

众人见小华摩拳擦掌跃跃欲试，也都替他感到高兴。

大华笑着说：“小华，激动归激动，莫忘了今天的正事哈！你看菜都快凉了，这几个小家伙一直流口水呢。”他指了指旁边坐着的几个垂涎欲滴的孩子们。祥瑞不满地说："舅舅舅妈，小姨姨父，你们有完没完啊？再不开席的话，我们可就自己动筷子了啊！"

小华一拍脑袋，愧疚地说："对不起对不起，光顾着说话，今天我们是给老爸祝寿。你们吃吧，我先自罚一杯酒，怎么样？"

细华叫道："那是必须的。——爸，咱们开席吧，我也饿了。"

"开席开席！都开始吃吧。"九根乐呵呵地说。在众人的祝福声中，九根度过了一个愉快的生日。

吃过饭后，九根还不忘带上一些蛋糕，说是要拿回去给秀莲吃。

转眼进入年底。在大华的协助下，小华的"银华羽绒制品加工厂"很快建成投产。当他们生产的第一批羽绒服顺利下线后，一家人举行了隆重的下线仪式。仪式结束后，一家人围坐在一起，一面为小华成功推出第一批羽绒服表示庆贺，一面畅谈着美好的未来。小华和银娥最兴奋，他们不仅倾注了大量的心血，而且由他们亲自生产出来的羽绒服将通过"鸭鸭"这个驰名品牌销往全国各地，让天南海北的人们穿上，这可是一件非常值得自豪的事。

细华眼见着小弟做出了自己的产品，当然不服气。他和大哥大华负责的铝锭加工厂早已打出名声，在省内外都非常有名。为了抓好质量，大华每天除了负责抓好铝锭的质量，还要往来于废品集散市场和各地收购散户，收购废铜和废铝。而细华更乐于每天跑外面，现在的政策好，对有色金属的管理抓得不是那么严，只要有好货，凭着细华的一副伶牙俐齿，他们的产品到哪里都能很快卖掉，并且卖个好价钱。但是，现在毕竟只是原材料加工销售，而不是像小华一样生产自己的产品。

细华鄙夷地看着小华，不服气地说："老满，你莫得意！过段时间，我和大哥也要办起金属制品加工厂，到时候我们卖的就不是原材料，而是货真价实的金属制品。你晓得金属制品的利润比原材料的利润高多少吗？"

小华笑道："二哥，我当然晓得成品和原材料的价钱相差很大，而且有大哥坐把，哪有做不成的事？大哥，我就等着你们的好消息了。"

大华笑而不语。现在兄弟姊妹五人，每个人都成了废品收购加工业的精英，每个人都有自己的一片天地，在各自的领域大展身手，作为大哥，他认为这比自己赚多少钱都高兴。父亲年岁已大，不能再和晚辈一起摸爬滚打，而自己作为大哥，必须掌握好方向，尽量让兄弟姊妹们不要走弯路。他对细华说："二弟，金属制品加工的事还是先缓一缓再说，我们先把自己手上的事做好吧。现在原材料的价钱也不低，胃口不必那么大。"

“那怎么行?”细华尖声叫道,“你看老满得意的,办了个羽绒厂就忘了自己是谁了! 再这么下去,他就要骑在我们的脖子上拉屎撒尿了。大哥,要是你不干的话,我就自己干,我可不想落在老满的后面。”

小华劝道:“二哥,我可没有得意,更没有骑在你的脖子上拉屎撒尿,是你自己这样想的好不好? 金属制品加工和羽绒加工不一样,毕竟投入的成本大,政策性也强。不像我们羽绒行业,可预见性强,只要天气帮忙,销量就会上去,你们还是要慎重的。”

细华说:“你不要在这里猪鼻子插葱装象啦。什么政策性预见性,原材料和半成品的销量不是一样的概念吗? 原材料卖得好,半成品就一样卖得好! 我就不信这个邪,你都能办厂,我就不能办?”

大华耐心地看着他俩争论,其他人也不知如何插嘴,因为这不仅关系到兄弟二人的合作关系,同样也关系到金属加工厂的未来。金兰和亚琼静静地望着大华,只等他开口,一锤定音。大华缓缓说道:“二弟,我晓得你在做生意上是一把好手,早晚会有自己的一片新天地。不过,我认为现在加工金属制品时机还不成熟,还是应该稳重些为好。”

细华虽然个性强,但在大哥面前,还是有所收敛。毕竟他是家里的老大,而且很多关键的时刻,大哥所表现出来的前瞻性和善后能力,是自己所无法比拟的。他有点泄气地问道:“大哥,那你说什么时候才是合适的时机啊?”

大华笑道:“先等等再说吧。”

正说话间,大华的手机突然响了。他问了一下对方是谁之后,神情突然严肃起来,跑到外面去接听电话。众人不解何意,目光都紧盯着大华的背影。大华接完电话,见众人不说话,便笑道:“没事了,公安局刑警队的电话,说一会儿会来这里找我,让我配合调查一个事。”

“什么事?”细华警觉地问道。金兰也很紧张,丈夫已经几次三番被公安局的人抓过,虽然没有吃什么苦头,但谁愿意惹上这样的事呢?

小华也关心地问道:“不要紧吧大哥? 要不要我打电话问问公安局的朋友?”

“没事没事。”大华呵呵笑道,“只是配合调查一下。”

细华怀疑地问道:“真没事?”

“真没事。我们现在做的什么事都有合法的手续,我保证不会有事!”

众人听大华这么说,都稍稍放下心来。不过聊兴已经没有了,又担心大哥的安危,便都静坐不语,陪着大华等候警察上门。

没多久,一辆警车呼啸而来,两名警察和一名身体微胖的中年人面带微笑进来。众人见警察态度和蔼,便都松了一口气。

“哟,都在啊?”年纪稍长的警察是刑警队的刘大队长,大华和细华都认识。刘大队长笑呵呵地说,“不好意思啊,打扰你们的谈兴。”

大华早已起身,迎向刘大队长一行,一一握手。微胖的中年人握着大华的手,热情地说:“王老板,我们又见面了。”

“你好,陆总!欢迎欢迎!”

陆总是抚州一家活塞厂的老板,和大华、细华都有过多次接触,也是他们家的老主顾。陆总跟细华也握过手后,回过头看着大华,着急地说:“王老板啊,你可要帮我一个忙啊!”

“什么事?”大华不解地问。

刘大队长看了看众人,说道:“这个……王老板,我们还是另外找个地方聊聊,怎么样?”大华明白他的意思,马上说:“好的,要么……去我的办公室聊怎么样?”

不等刘大队长开口,细华马上制止道:“不好!有什么事不能当着我们的面谈啊?我们都是遵纪守法的生意人,又没做亏心事,怕什么呀!”大华瞪了细华一眼,又笑着对刘队长和陆总说道:“刘大队长,陆总,请!”

大华开着自己的车,正要启动,金兰也跟着上了车。大华问:“你凑什么热闹?”金兰道:“我担心你嘛。”大华便不再说什么,发动车,领着警车往自己的厂里驶去。

在大华的办公室坐定之后,金兰忙前忙后,给众人沏好茶。见刘大队长一直顾左右而言他,大华便示意金兰回避。等金兰离开,大华这才问道:“刘大队长,陆总,到底什么事啊?”

陆总看看大华,又看看刘大队长,支支吾吾地说道:“王老板,是这样,我厂里丢了一批角料,听说……好像……这个是卖到你们龙洲来了,所以……”

大华马上明白了陆总的意思,笑道:“是吗?知道是卖给哪家了吗?”

“不……不清楚。”

“没关系,既然晓得卖到我们龙洲来了,我就陪你一起去查好不好?如果查到了,确定是你的货,我一定帮你追回,怎么样?”

“那太……太谢谢你了!”

大华看着刘大队长,笑道:“刘大队长,就是这个事对吧?”

刘大队长也笑道:“是的。既然你王老板答应帮忙,那我们也就轻松多了。——陆总,你看呢?”

陆总忙起身道:“好的好的。”

大华又说："陆总，要是不嫌弃的话，就住在我家，我每天陪你去查。"

陆总握着大华的手："太谢谢你了，太谢谢你了！"

刘大队长也起身道："那就这样吧。王老板，麻烦你了。陆总，希望你尽快找到你的东西。"

当天，陆总在大华家住下。翌日，大华骑着摩托车，搭载着陆总，从废品集散市场到所有收购废品的家里，挨家挨户地查。第一天，毫无收获。第二天，大华又陪着去查，还是没有收获。晚上吃饭的时候，细华当着陆总的面，不满地说："大哥，你还要不要做生意啊？每天做着这样的无用功有意思吗？陆总，我大哥也算仁至义尽了，陪着你瞎转了两天，一点事都没做，什么结果也没有。我们龙洲的生意虽然做得大，但做废品生意的也不止我们一个村啊，你明天还是到别处再去查查吧。"

大华沉下脸说道："二弟，陆总也算是我们的老朋友了，怎么能用这样的语气说话？"又转向陆总道，"陆总，您别介意，我二弟就这样的性子，您也是知道的。你放心，只要你愿意查，我就一直陪你查下去。"

陆总本来很尴尬，举着筷子吃也不是放也不是，听了大华的话，这才赔着笑道："真是不好意思！我丢的这批货真的很重要，一定要找回来，否则回去也不好向合伙人交差。"

大华安慰道："陆总别急，明天我再陪你去查。"

又查了一日，傍晚的时候，在村头一家不起眼的废品仓库，陆总看到一张塑料布下堆放着一堆废料，他掀开一看，马上兴奋地大叫起来："找到了！找到了！"

大华把塑料布完全掀开，看过之后，问道："你确定这是你的？"

"确定！"

"好，我带你去找老板核实一下，问一下这批货的来路，一定帮你要回来。"他回头一看，见陆总正在拨打电话，便问，"你在干什么？"

"报警！"

"这个用得着报警吗？我说会帮你要回来……"

不等大华说完，陆总已经拨通110的电话，大华便不再言语。二人相互不理睬，静候着警察的到来。

没多久，刘大队长带着一干警察匆匆赶来，叫来老板王志全，问明情况后拍照取证，便把老板和陆总一起带走了。大华默默看着呼啸而去的警车，怅然若失。

又过了几天，刘大队长再次带人来找大华，指着大华厂房里停放的三车货逐一询问之后，把货物查封，又把大华带走。细华在一旁留心听了全过程，见警察要带大华走，大声叫道："你们没弄清情况，不能这样！"

一名警察喝道："嚷什么？再妨碍我们执行公务，就把你一起抓走！"

"要抓人你们也得有证据！"

大华摇了摇头，说道："二弟，没事的。我跟他们过去说清了就会回来，家里的事你好好替我管着。"

细华眼睁睁看着大哥被抓走，气得对着警车的背影，大声骂道："混蛋——"见车子走远，细华连忙打电话给公安局的朋友帮忙打听，终于弄清事情原委，而且这事与他也有一些关系。

原来，早在一个月之前，有一个矮瘦的青年男子曾经骑着摩托车来找过大华，车后搭着一大捆铜线。当时大华正好不在，只有细华在家。细华见这人贼眉鼠眼，已经知道此人非善类，又见他车后搭着的铜线，断定是偷来的，想在这里销赃，便打算侮辱他一下。他故作不相干的人，问道：

"你找王老板做什么？"

"王老板不是收废铜线吗？我这里有一些，想卖给他。"

"我听说，王老板收货的时候要有货物来源的证明，你有么？"

"我……不都是为了赚钱吗？要什么证明？"

"那不一样！有的钱赚得心安理得，有的钱会烧手。你是想心安理得呢，还是想烧烂自己的手啊？"

那人一听，面色一变，转身便走了。

陆总报警之后，刘大队长马上把王志全的仓库封存，并把他带走。王志全交待活塞角料是一个叫李华斌的城里人卖给他的。警察连夜出击，抓住李华斌。李华斌如实交待了伙同别人偷盗活塞角料的经过，想起曾经受过细华的侮辱，便又反咬一口，说自己还卖过铜线给大华，说得有鼻子有眼。警察信以为真，这才把大华抓走，货物封存。

27　前途徊徨

原委弄清，细华觉得这事不仅冤枉，更是一种耻辱。自己和大哥合法经营，拒收赃货，反倒被倒打一耙，被警察抓走。他气呼呼地把兄弟姊妹们叫到一起，决定给大哥申冤。九根闻讯赶来，听完事情经过，也很气愤，专门叮嘱细华，务必想方设法阐明真相，尽快救出大华。细华得到父亲支持，更是颐指气使，发号施令。

“小华，我来说，你来写！”

“写什么？”小华莫名其妙。

“写告状信啊！”细华不假思索地说。

“告谁？”小华又问。

“告……”细华愣了一下，生气地说，“你什么意思啊？推三阻四的，临阵退缩是不是？大华可是我们的大哥，你别忘了，你办厂的钱还是我跟大哥帮你凑的。现在大哥有难，你在这里给我装傻！”

“我没有装傻啊！”小华觉得很委屈，“我是问你，我们到底要告谁？冤有头债有主，你总要说清告谁吧？再说了，写告状信有用吗？我看不如去找找街道或者市里的领导，向他们说明情况，请他们帮忙说个情，也许大哥就没事放出来了。”

细华烦躁地挥了挥手：“等你找这个找那个，黄花菜都凉了！”

金兰在一旁急得直掉泪：“那该怎么办啊？”

金娥劝道：“金兰，莫急，这不正在想办法吗？细华，你不要一急就上火，大家商量事情，你生气有什么用？”

九根生气地说：“都是一帮没用的东西。要是你大哥在，早就想到办法了！”

细华脸一红，刚想发作，见众人都看着他，只得忍了，不耐烦地说：“那好吧，还是去找找街道和市里的领导吧，不行就多花点钱，把大哥先保出来再说。”又对小华说，“这样，你去找街道的领导，我去找市里的领导。”

一旁的红卫小声说：“你们是不是急糊涂了。大华不是有一个叫高建平的大哥吗？何不找他试试？”

金娥赞同地朝丈夫点了点头。五年前，高建平调任省经贸委，任一个什么处的处长，虽然来丰城较少，但一直与大华保持着密切联系。细华一拍脑袋，叫道：“哎呀，你看我这脑子，怎么就没想到高大哥呢？”他掏出手机，又说道，“坏了，我不记得高大哥的电话，小华，你那里有吗？”

小华摇头道：“没有。”

细华把目光转向金兰，金兰也摇摇头。细华又焦躁起来，急得在客厅里转来转去。这时，一个略带稚气的声音说：“找这个找那个都没用。求人不如求己，还是我来吧！”

众人一看，说话的是红卫和金娥的儿子祥瑞。他高中毕业后，本想入伍当兵，但是因为体检不合格，没有检上。为此，曾经跟家里人闹过好一阵子的别扭，说要离家出走，远离这个垃圾村。在一家人好说歹说劝解下，这才放弃了离家出走的念头。金娥和红卫都希望他帮着自己处理一些塑料上的事，但被祥瑞拒绝，现在偶尔跟着小舅跑跑共青城，多数时候还是跟在大舅舅大华身边，对大华的感情也最深。

细华喝道："小屁孩捣什么乱？你认识几个人？一边玩去！"

红卫也瞪了祥瑞一眼，却不敢多说什么，因为曾经的经历，祥瑞心里很是看不起自己。金娥急病乱投医，问道："祥瑞，你想说什么？"

祥瑞站起来说："我觉得二舅刚开始的思路是对的，我们就是要写份材料，到公安局去申诉。"

细华马上转了脸色，开心地说："你们看看，还是祥瑞懂事！"

祥瑞话锋一转，又说："不过，那个不叫告状信，叫申诉材料，就是通过这份材料来洗清大舅的冤屈，早日还他一个清白。"

细华连忙说道："对对对，就是申诉材料！"其他人也赞许地看着祥瑞。细华又问："你会写？"

"这有什么难的？既然大舅是受了冤枉，我们就摆事实讲道理，把事情的经过如实记录下来，把我们的诉求说明白就行了。"

"好，就让我们的小才子来写！你写好后我和小华签上名字，我亲自送到公安局去。——康平，快去把信纸和钢笔拿来！"

细华如获至宝，大声命令着儿子康平。康平拿出纸笔，放到祥瑞面前。祥瑞也不客气，展开信纸，写下"申诉书"三个字后，奋笔疾书，笔不加点，将近三页信纸的申诉书一气呵成。

细华拿着写好的申诉材料，小声念了一遍，念到最后，情不自禁地大声朗诵起来："我们都是奉公守法、照章纳税的公民。我们遵守国家的法律，遵从政府的决策，遵循市场经济的规则，我们没有过错。我们也希望公安机关秉公执法，维护法律的公平正义，为我们创造一个平安有序的社会环境。最后，我们恳请公安机关查清事实真相，还王大华同志一个清白，尽快释放还家！"他弹着信纸，高兴地说道："你们看看，你们看看，祥瑞这文笔，没考上大学算是考官瞎了眼！"

祥瑞慎重地说："这些内容都是根据您的意思写的，如果您说的话与事实有出入，被警察查出来的话，不仅会增加大舅的麻烦，就连您也会有麻烦。"

"没出入，我保证我说的话都是真的，我会对我的话负责！"细华拿起笔，问道，"我在哪里签名？"

"在文末，申诉人的后面，时间的上面，我留了位置。"

细华快速签下自己的名字，小华也毫不犹豫地签了名。细华收起信纸，向父亲和众兄弟姊妹说道：“我这就去公安局找人，你们就等我的好消息吧。”

小华说道：“二哥，我陪你一道去吧。”金兰也说道：“我也去。”

九根沉吟道：“你们都别去，还是我老头子去吧。”

细华道：“爸，您就别去了。您还信不过我啊？我保证马到成功。”

“我不是信不过你，我只是有点担心事情并不像你想象的那么简单。”

“您老就放心，不会有事的啦，我认识很多公安局的朋友。再说我不过是找他们申诉，又不是打架，他们不会为难我的。”

九根想了想，说道：“那这样，我和你一起去。小华就莫去了，在家里好好照顾生意。”

众人见父亲亲自出马，知道事情并不像想象中那么简单，不觉紧张起来。

果然，意想不到的事情还是发生了。

到了公安局之后，九根一直坐在大厅等，左等右等，一直不见细华出来。想进去问，又被民警挡着。又等到傍晚，警察们陆续下班，九根按捺不住，去询问值班室的民警，这才得知，细华竟然被扣押下来了！

九根惊问原因，值班民警摇头不答。九根感到一阵绝望，两个一手抚养大的儿子，竟然同时被关进了公安局！他的脑子一片空白，顶着寒冷的北风，失魂落魄地走回家。

众人都一直围坐在一起，等待细华的消息，见父亲独自回来，已然明白几分，听完父亲亲口说完之后，个个都是大惊失色。

“怎么办啊？这可怎么办啊？”金兰和亚琼都慌得手足无措。几个年龄较小的孩子都吓哭了。祥瑞猜测道：“是不是二舅说话太冲了？”金娥瞪了祥瑞一眼，小声说：“莫瞎说。”祥瑞争辩道：“本来嘛。申诉材料是没有问题的，再说送个材料还被抓，世上哪里有这样的事？古代的人还晓得两军交战不斩来使呢。”金娥扯了他一下，祥瑞这才闭口不说。

小华见大家都慌乱起来，冷静地说：“没事，大家不要紧张。祥瑞说得对，申诉材料本身没什么问题，送材料也不至于被抓。我现在就出去找找人看看！”金娥叮嘱道：“当心点，多穿件衣服去！”小华头也不回地出门而去。

众人等到深夜，小华才回来，一齐围着他打听消息。小华直说没事，劝慰了大家一番之后，各自散去。

第二天傍晚，细华灰心丧气回来，众人问明原因，果然如祥瑞所料，是因为细华说话太冲，得理不让人，居然与办案民警争吵起来，大闹公安局，被警察以扰乱公务的名义拘留二十四小时。细华没办成事,还碰了一鼻子灰,觉得很没面子,在众人面前抬不起头来。

一家人因为大华的事都很难过。尤其是九根,重拾起早已戒掉的香烟,每天独自坐在老宅里抽烟解闷。细华心生愧疚,这件事最初就是由他而起,后来信誓旦旦出马送申诉材料,又没办成事,觉得很对不起大哥,便成日守在加工厂,一刻也不敢放松生产。

又过了几天,小华送货到共青城,返回途中,特地经南昌到省经贸委找到高建平,把大华的事详细说了一遍。高建平十分重视,亲自给市长打电话,希望公安机关认真调查、慎重对待。

好不容易挨到月底,大华才被释放回家。算下来,从月头入狱,到月底出狱,整整一个月的时间。大华形容憔悴,精神也十分委顿。一家人再次团圆,劫后余生,大家都倍加珍惜。

次日便是新年,也是进入新世纪的第一天。看到人们喜庆的表情,大华内心突然涌起莫名的伤感。人生起起落落本属正常,而自己三进监狱,经历了常人难以理解的艰难曲折,却又做何解释?古话讲造化弄人,自己的经历岂是这样一句轻描淡写的话就能解释得了的么?新的一年,新的世纪,自己该何去何从?全家又该何去何从?

细华一大早就起了床,特地开车出去购买了一些好菜,自己亲自下厨,让亚琼打下手。经过这次的磨难,他越发地敬重大哥,也越发地珍惜一家人在一起的机会。他要借今天这样的好机会亲自给大哥接风洗尘,和兄弟姊妹们一起,庆祝新年的到来。因此,他特地选择在父亲居住的老屋里宴请大家。不到十点,就给兄弟姊妹们一个一个打电话,又打发儿子康平逐一登门去面请。

大华本来不想去。他不想太闹,只想自己安静地待着。金兰带着一双儿女,早已收拾停当,见大华兀自蜷缩在沙发里愣神,愕问道:“还不准备走?”

“你们去吧,我一个人待会儿。”

“那怎么行?”金兰柔声劝道,“二弟是专门为你准备的接风酒,你是主角,怎么能不去?你不去的话,其他人会怎么想?再说了,事情都过去了,好好和全家在一起聚一聚,不要老是想着过去的事,好吗?”

“唉,有些事情我真的没有想明白,没有吃饭的心情。”

“大华,不要这样。你现在是家里的主心骨,你要是这样消沉的话,大家都会不安的,会影响一家人的心情。”

“好吧,我去。”

大华浑身乏力地从沙发中起身，稍作打理后，金兰又特地给他换了身西装，看上去精神了许多。

大华进屋的时候，众人都起身相迎，就连父亲九根也另眼相看，走在最前头，上下端详着大华，满意地点头道：“嗯，不错，很精神！”

小华迎上去，紧紧握了一下大华的手，说道：“大哥，你受苦了！”金娥抹了抹眼泪，被红卫看到，小声责备道：“这么好的日子，你哭什么？”金娥道：“我没哭。”红卫满面堆笑，说道：“大华，快来坐下。”

大华清楚，全家人其实是在用不同形式表达对自己的关心。这就是亲情，是任何东西都换不到的骨肉亲情。他故作镇定，呵呵笑道：“都干吗呀？搞得这么隆重，好像不认识似的！”

说笑一番之后，大华走进厨房，细华和亚琼围着围裙，正在忙着切菜、炒菜。就连康平也坐在灶前烧火，把炉膛烧得通红。厨房里被各种菜肴的香味笼罩着，很是诱惑人。大华笑道：“都忙着啊？”

“大哥，来了？”细华揩了一下脸，说道，“你去厅里坐着，菜马上就好。等会儿让你尝尝我的手艺。”康平腼腆地叫了声“大伯”后，又坐下去烧火。大华本想亲自炒几个菜，但又担心忙里添乱，反倒令细华不安，便笑道：“那你们忙哈！”

不一会儿，细华亚琼陆续从厨房里传出菜来，金娥等人过去帮忙端菜。大家各自找到自己的位置，一张大大的圆桌坐得满满当当。

“今天人可到的真齐，比过年还热闹！”银娥看了看小华，笑道，“要是老满带个老婆回来，就更齐了。”

小华道：“二姐，干吗说到我身上来了？”

金娥也笑道：“银娥说的没错啊，老满，你也该找个对象了。”

小华道：“急什么，不是还早呢吗？”

九根不满地看着小华，说道：“还早？还想等到什么时候啊？你二哥在你这个年纪的时候孩子都会打酱油了。”

细华偷笑了一下，一本正经地说道：“其实也不用着急，要是老满也结了婚生了孩子，这张桌子就坐不下了。对不对老满？人家这是替我们考虑呢。”

大家都笑了起来。小华把身体往大华身边靠了靠，说道：“你们就晓得取笑我。大哥，快帮帮我啊！”

大华故作听不懂：“是要帮你找个对象吗？这个倒是可以，我想想啊，对了，你们厂里那个搞设计的女大学生模样倒是不错，还是个大学生呢。”他转向银娥问道："她叫什么来着？"

"叫张爱玲。和那个著名的女作家的名字一样，她特别崇拜老满呢。"

细华听银娥这么一说，忙问："真的？她有没有找男朋友？"

"好像没有吧，她曾经旁敲侧击问过我老满的情况。还经常有事没事往老满的办公室钻，我看真的是喜欢上我们家老满了。"

小华尴尬地说："二姐，你怎么也瞎说了？"

细华笑道："老满，既然姑娘对你也有意思，还是趁早动手，莫被别人瞄上了，后悔可就晚了！"

小华瞪了细华一眼："越说越没边了。赶紧吃饭好不好，菜都凉了！"

众人说笑一阵后，细华这边站起来举杯道：

"言归正传。这第一杯酒，要欢迎我们尊敬的大哥平安回家！"

众人一阵附和。

过了一会儿，细华又端起酒杯说道：

"第二杯酒，祝大家新的一年财源滚滚，心想事成！"

又是一阵附和。

吃了一会儿之后，细华又道：

"第三杯酒，希望我们全家人平安无事，都过得好好的！"

大华心里一动，知道二弟细华今天是真的用了心，很是感动。经过一系列的坎坷波折，每个人都在不断长大、成熟。他很感谢二弟的良苦用心，也感谢全家人为了自己顺利出狱付出的辛苦。他又看了看身旁的三弟小华，这个平时言语不多但做事稳当的三弟，像极了自己的性格，往往是做了之后再说。他也知道，这次平安出狱，其实真正出力最多的就是三弟。昨天晚上回来后，他听金兰讲述了自己被抓之后家里发生的一些事情，他知道，三弟是在用行动帮助细华、帮助自己、照顾这个家。当时二弟细华因性格鲁莽冲撞了警察，小华连夜出去找人，这才使细华免遭牢狱之苦。后来，小华又到南昌找高建平，这才有了自己的平安出狱。而这一切，小华并没有跟任何人提及。骨肉亲情，大华的脑海里再次浮现出这几个字。他情不自禁地举起酒杯，站起来说道：

"爸，姐，姐夫，细华，小华，还有各位，我也来敬大家一杯酒。我晓得我出事之后大家都为我付出了很多，客气的话我就不多说了，就两个意思：第一，我们一家都是做生意的，无论什么时候，都要听爸爸的，诚信经营，脚踏实地；第二，我们都是兄弟姐妹，是打断骨头连着筋的一家人，无论碰到什么事，大家都要相互照顾、相互帮助。好，祝大家新年快乐！干杯！"

"干杯！"

“干杯!”

觥筹交错,高潮迭起,一家人在一起气氛热烈,关系融洽。在这样的气氛中,亲情得到了进一步的升华。

吃过饭后,细华大声叫道:“同志们,接下来还有一个节目:照全家福!”

众人诧异地看着细华,只见他变戏法似的拿出一台照相机,举过头顶,说道:“早都准备好了!”孩子们蜂拥而上,争抢着去看相机。小华笑道:“哪里借来的照相机?会用吗?”

“什么借的?告诉你吧,这是我新买的!而且专门请教了师傅,照相不成问题。”

大华早知道这个弟弟一向不按常理出牌,只有想不到的,就没有做不到的。他笑道:

“既然你早有准备,那我们都听你安排,在哪里照?”

“我早就想好了,今天是跨入新世纪的第一天,我们一定要留下一个珍贵的合影。而且呢,还要在我们家的老屋门口照,表示我们承前启后,继往开来!”

众人都深表赞同。大家按照细华的号令,七手八脚搬摆好凳子椅子。细华亲自操弄相机,留下了一张全家人终生难忘的全家福。

短暂的欢聚之后,大华让金兰带着孩子回家,自己开车到厂里去,想静静地思考下一步的去向。

因为是元旦,除了看门的老师傅之外,员工们都放假回家了。已有整整一个月没到厂里来,看门的师傅第一眼看到大华时,愣了一下,马上便认出他来,点头哈腰地开门。大华把车子开进厂房,看着空无一人的厂房,唏嘘不已。

他四处看了看,厂里的原材料堆放凌乱,就连加工区的铝锭也是东一堆西一堆。他苦笑了一下,二弟细华虽然为人精明,但管理松散,粗枝大叶,就如同这些凌乱的货物一样。他没有心思去整理,再说员工都放假了,也没人去整理。

他来到自己的办公室。办公室倒还干净,办公桌上一尘不染,显然是金兰精心打理的结果。他知道,自己在狱中的这一个月时间,金兰和全家人一定都很着急,很难过。他的心里涌上一阵暖意。他打开门窗,让新年的新鲜空气穿屋而过,觉得心里敞亮了许多。他在沙发上坐下,静静地想起了心事。

二十多年前,自己从一个懵懂的少年外出换糖,一路走来,其中艰辛不言而喻。二十多年过去,除了简单的粗加工之外,其他的东西似乎没有太大变化。钱包是鼓了,可这是自己追求的东西么?如果不是,那自己到底想要些什么?

刺骨的寒风阵阵袭来,大华浑然不觉得冷。他觉得有点口干,整整一个月没喝酒,似乎有点不胜酒力,中午勉强和家里人喝了几杯,口渴得不行。他懒洋洋地看了看角落里的开水瓶,知道里面是空的,便起身拿了个水杯,到外面的自来水龙头清洗了一下,然后装满一杯水,咕噜咕噜喝了个底朝天。一杯冷水下肚,虽然嘴里好受了些,但身体更觉寒冷,心情也随之跌入谷底。

他觉得有点悲哀,也百思不得其解。为什么腰包鼓了,脑子却空了。他知道,这样的心情虽然与受冤入狱有关,但这不是根本原因。他很想解开心里的这个疑问,再次坐到沙发上,继续苦思冥想。

"丁零零……"

一阵急促的手机铃声打断了他的思绪。他掏出手机一看,马上从沙发上跳了起来:电话是高建平高大哥打来的!他赶忙接通电话,一通答问之后,得知高建平居然到了丰城,也是刚吃过饭,想在回省城之前来看看他。大华连说欢迎,并提出要去接他,谁知高建平说,已经在民营企业园了,就在他的加工厂外面。

大华大喜过望。多年来,高建平一直是他的精神支柱,在他最无助的时候,高建平总是能够及时出现,帮他摆脱困境,渡过难关。他激动得手忙脚乱,把茶几上的杯子都打翻了,顾不得收拾,便冲出办公室,跑到大门口。高建平正微笑着望着他!

"大哥!"

"大华!"

两双大手紧紧握在一起。

大华把高建平迎进办公室,胡乱收拾好茶几上打翻的茶杯之后,忙去打了一壶水,插上电。

"还好吧?"高建平一直目不转睛地望着大华,见他总算停下手中的活,便笑着说道,"大冬天的门窗洞开,不嫌冷啊?"

大华忙关了门窗,打开空调,办公室内总算不那么寒风刺骨。他在高建平一侧坐下,看着和蔼可亲的大哥,眼泪在眼眶里打转:"还好还好,谢谢大哥出手帮助!"

"别介啊,搞得像个女人似的。你那个事,本来说清了就没事,听说是办案的民警图省事,挂在那里就干别的事去了。不过现在事情都已翻过去,回来了就好。我今天来呢，就是想来看看你，几年没见，你还别说，真的有点想你了。”

自从高建平几年前调任省城之后，除了通过几次电话，平时难得一见。此刻，久别重逢，大华除了感激，也很想在高建平这里寻找到破解内心困惑的答案。

“大哥，我也很想你。过久了没看到你，心里总是觉得不踏实。”

“是吗？看你的样子，又碰到什么不顺心的事了吧？”

大华尴尬地一笑。在别人面前，大华总是以一副沉稳老练的面孔出现，给人一种非常可靠的印象。但是，只有他自己知道，自己的内心有时也很脆弱，有时也很无助。他觉得无须在大哥面前隐瞒什么，便将自己的心事和盘托出。

“是这样，我的确遇到了一些困惑，正想向大哥请教呢。”

“说来听听。”

高建平饶有兴致地看着大华。大华皱着眉头，闷闷不乐地说：

“首先是产品加工的问题。我们搞了这么多年的原材料销售，后来也做了一些铝锭，但是企业发展始终上不去。原因你也知道，政府对这块控制得太严，不让我们做。但是，外地企业来这里投资，政策却宽松得多，什么都可以做。我搞不懂，为什么外地人能做，而本地人却不能做呢？”

高建平沉吟道：“你说的情况我也了解。我们最近正在对省内的企业做一些调研，不光丰城，别的县市也有类似情况。外地企业有一定的管理优势和技术优势，这是毋庸置疑的。但是也有一些领导干部认识上的误区，‘外来的和尚会念经’、盲目崇拜沿海发达地区的认识在相当一部分领导干部脑子里还很顽固。当然，我们本地企业管理散漫、随意性强的问题也不可忽视，只要我们找准自身问题，尽快缩短与外来企业在管理和技术上的差距，我想这种现象是很快会被打破的。”

大华边听边点头：“要是这样说，我还是能够理解。如果真的能够和外来企业享受同等待遇，我想我们丰城的金属加工企业也一定会做得很好的。”

高建平反问道：“那你到底想做些什么？”

大华笑道：“当然是想搞大一点了。目前我只有两座小熔炼炉，专门做铝锭。如果政策允许的话，我想上大一点的熔炼炉，提高产能。不瞒你说，我还想生产铜丝。现在铜丝一天一个价，看着别人干得热火朝天，我的眼珠子都快掉出来了。说实在的，我真的不舍得去卖这些铜材，真恨不得现在就能和他们一样生产出自己的铜丝来。并且，也希望今后能和浙江那边的企业一样，做出更多的铜制品。”

“有志气！”高建平赞道，“放心吧，随着市场经济的深入推进，发达省份和内陆省份在政策上的差距只会越来越小，最后比拼的就是管理水平和经营理念。不过，可能短时期内这种差距还会在，你就耐着性子等一段时间再看吧。”

“行，有大哥这句话，我也就放心了。不过呢，我看现在这种发展的势头只会快，不会紧，所以我还想多收一些铜和铝储存在这儿，等到可以做深加工的时候，就可以大显身手了。”

“存点货是可以的。不过，市场有它自己的规律，涨跌都无法把握。如果存的货量太大，万一价格下跌，你的风险就会很大。”

“这个我也考虑过。我不会存太多，胃口也不是那么大，搞个几百吨库存就够了。”

“嗯。”高建平满意地点点头，又问，“还有呢？”

大华见水已烧开，去沏了两杯茶，端了一杯放在高建平面前。

“还有一个问题，也困扰我很久。你也知道，我们龙洲包括附近村庄，几十年来一直从事废品收购，特别是早些年，都是以各种羽毛和废旧塑料为主。长期的废品囤积，加上近些年的初级加工，严重污染了这一带的环境。尤其是地下水，污染得更为严重。我们所有的家庭都是自己家打压水井，每天喝这样的水，吃着这种污染中长出来的粮食，身体不出状况也难。我们村里很多人就因为这个得了病，甚至去世，其中就包括我妈妈。村里的年轻人身体也受到了影响，这十多年一个兵也检不上，就是肝上出了问题。对此，乡亲们都是心知肚明，但又不舍得丢掉生意，所以都是睁一只眼闭一只眼，都想着等以后赚了大钱到城里买房，离开村庄。早些年，我爸还有村里的一些老人组织了一个什么环境自治纠察队，每天在巷头巷尾巡查，严肃处罚乱排污水、乱堆垃圾的现象，村里的环境有了一定的改观。但这也只是表面现象，没有从根本上得到根治。”

高建平听得双眉紧锁，严肃地说道：“你说的这个问题很重要。环境问题是一个大问题，事关我们的子孙后代。本来我以前对这个问题也有所考虑，但是因为各级政府都在一味追求经济指标，根本没工夫考虑环境保护的问题。你能有所觉悟，说明你还是有责任感、有前瞻性的企业家。这样，我会在我们的调研内容上加上环境保护这一条，看看如何有效地、彻底地解决这个问题。”

二人同时端起茶杯，见高建平沉吟不语，大华便笑道：“大哥，我这个水是自来水，不是压水井里打上来的，可以放心喝。”高建平也笑了一下，说：

“你这么大的老板敢喝，我当然敢喝。”

高建平放下茶杯，看着大华，问道：“还有吗？”

大华想了想，迟疑道：“还有……算了，其实也没什么，还是不说吧。”

高建平侧着脸问：“不相信大哥？”

“不是不相信，真的没什么。”

“既然没什么，那我就走了。”

高建平说完，拎起随身带来的皮包便要走，大华忙拉着他的手臂，说道：“大哥，多坐会儿嘛。”高建平站着说道：“我是来听你聊天的，既然没什么话了，我还坐什么？”大华把他按着坐下，这才说道：“我的一点小心思，全被你看穿了！好吧，那我就实话实说。”见高建平转嗔为喜，大华这才松了一口气，说道：

“大哥，说实在的，我三次被公安局抓进去，一次比一次冤。这倒不是我在抱怨他们，我只是不明白，为什么明摆着的现实，他们却视而不见，非要搞得这么复杂呢？”

高建平怔了一下，好一会儿才严肃地说道：“这些事一言难尽。有你自己粗心大意的因素，也有部门利益和少数干部以权谋私的因素。就说这次吧，小华找了我之后，我连续打了几次电话，找过好几个人。他们有的相互推诿，有的支支吾吾，好不容易才弄清事情的原委。现在不是全民经商吗？好多部门单位都有招商引资的任务，一些部门单位招不到商，就随意找一些熟悉的朋友办的企业，挂靠在自己单位名下充数，完成上面压下来的任务。你是丰城最大的‘破烂王’，自然很多部门盯上了你。可是我听说，你可是个油盐不进的家伙，哪个单位也不靠。是不是有这回事？”

“是有这么回事。好多部门单位的领导找过我，要我挂靠在他们的单位名下，但我一个也没答应。隔三岔五地来检查，来要材料，来座谈走访，哪里有那么多精力折腾？”

“这就对了。这次之所以关着你不放，也是这个原因。我听说，有的领导亲自打电话给公安局的领导，说是要好好让你长点记性，至于具体是谁我就不说了。任何事情都是事出有因，要联系起来看。让所有的部门单位都去招商引资，虽然值得推敲，不过我想说的是，既然形势如此，你还是要学会适应它。挂靠到部门单位也并非全是坏事，现在各级对招商引资这么重视，政策支持力度都很大，如果你能够挂靠到某家部门单位，也许人家把你当成一个宝捧在手心里，你碰到什么问题人家就全力以赴帮你解决呢。”

听着高建平的话，大华再次陷入沉思。也许自己真的太固执了，现在的招商政策他是了解的，政府几乎倾其全力，重奖招商引资功臣，重点扶持引进的企业。单说民营企业园，很多企业做得并不怎么样，但因为有政策的支持，不仅全部退税，而且一路畅通无阻，做得顺风顺水。他决定重新审视自己的行为，选择一个合适的部门单位挂靠过去。

高建平见大华沉默不语，便问道："想什么呢？"

"呵呵，没想什么。"大华笑道，"大哥，什么难事一到你面前，立马解决。"

"我有那么神奇吗？"

"有啊！每次我在迷茫无助的时候，只要找到你，马上就豁然开朗了。说实在的，在你来之前，我一直在这里瞎想，越想越不明白，你一来，马上就想明白了，心里的许多困惑也没有了。谢谢你，大哥！"

高建平拍拍大华的肩膀，说道："大华，说起来我们也是有缘，就不来这样的客套。作为大哥，我还有几句话要叮嘱你，希望你记住。"

"大哥请讲。"

"第一，做企业不能感情用事。遇到困难或者挫折的时候更要保持清醒的头脑，不要影响自己的情绪，否则很容易产生误判，导致企业运行不稳。"

"嗯。"

"第二，做企业不能太讲亲情。亲情固然重要，但跟做企业是两回事，要分割开来。这既可以有效规避风险，也可以避免因为利益关系导致亲人之间产生矛盾。"

"明白。"

"第三，凡事都要往积极的方面看。现在的形势越来越好，但难免会碰到各种各样的困难和问题，要用发展的眼光看待这些困难和问题，不要害怕。发展就是不断出现困难和问题，然后不断解决困难和问题。"

"记住了。"

二人聊到四点多钟，直到高建平接到电话，说司机来接他回省城，二人才依依不舍握手道别。

送走高建平之后，大华思路异常清晰，快速清理了一下自己的头绪。又叫来金兰，拿出近一个月来的业务往来和财务报表，了解了这一个月的企业运行情况。他在心里想，是时候重新调整自己的思路了。

28　挂靠合伙

元旦过后，很快又是春节。在市、街道领导走访企业时，大华刻意保持谦虚低调的态度，受到两级领导的赞扬。

春节之后，新一轮的招商引资高潮到来。经过仔细权衡后，大华决定接受市民政局的建议，把自己的企业作为引进企业，挂靠在民政局的名下。果然如高建平所料，民政局领导对于大华挂靠过来非常重视，主动询问大华企业运行中有什么困难，并指定一名姓张的副局长专门对接，解决企业发展中遇到的问题。

张副局长此前在街道工作过，跟大华一家很熟，几番往来之后，很快便和大华、细华称兄道弟。大华不想跟张副局长私下里联系得太紧密，只表面上维持着公事公办的关系，细华却不然，除了出货之外，每天都和张副局长混在一起，吃喝玩乐，不分你我。

不久，张副局长找到大华兄弟，提供了一个很有诱惑力的信息：有一家在邻县办金属加工厂的浙江老板，看中了龙洲废品集散市场的巨大优势，想到丰城来发展，搞金属加工。张副局长说，这位浙江老板是一位市领导的朋友，可以打打政策上的擦边球，以福利企业的名义投资办厂，希望大华兄弟考虑跟他们合作。

张副局长走了之后，大华兄弟坐在一起商量，大华认为，浙江老板到丰城来投资当然欢迎，但对于合作持保留意见。细华则认为，既然是市领导的朋友，又是张副局长引来的，完全可以进行合作。而且可以以福利企业的名义完全退税，稳赚不赔。二人意见大相径庭，边说边争吵起来。

细华首先点起火来："大哥，为什么你总是看着这个不相信看着那个不顺眼呢？"

大华耐着性子说道："我不是不相信谁，也不是看不顺眼。我是说，他们办他们的，我们做我们的，没必要掺和到一起啊！"

"明摆着赚钱的生意你不做，你不会是坐牢坐得吓破胆子了吧？"

"这个跟坐牢的事没关系。爸爸说过，做生意一要诚信经营，二要脚踏实地。这种天上掉馅饼的好事，我们还是慎重对待的为好。"

"什么叫天上掉馅饼？我们做了这么多年的生意，不就是认准机会就抓住它吗？现在机会来了，你却要眼睁睁错过，你到底怕什么啊？"

"我不是怕什么，我只是觉得，这种太容易赚钱的事，我们真的要慎重对待。"

"要慎重你慎重吧，反正我一定要跟他们合作！"

见细华固执己见，大华也失去了耐性，语气生硬地说道："不行！"

细华也坚持道："不行也得行！"

金兰正在隔壁的办公室，听到兄弟俩争吵，忙跑过来问道："你们干吗？"

大华沉着脸不说话，细华生气地说道：“嫂子，你看大哥吧，人家张局长介绍一个这么好的机会，大哥就是生死不答应合作。”

大华向金兰摆手道：“生意上的事你莫插嘴，你先出去！”

金兰劝道：“大华，好好跟弟弟说话，好吗？”

“出去！”大华吼道，金兰只得退了出去，轻轻把门关上。

细华不满地说道：“你对嫂子吼啥？有气冲我发就是！”

大华终于忍耐不住，拍了一下桌子，大声说道：“我吼了吗？我什么时候吼了？我还就告诉你，合作这事免谈，我坚决不答应！”

细华怪笑一声，说道：“好啊，你竟然对我拍桌子！我也告诉你，这事你答应答应，不答应也得答应，我坚决要合作！”

办公室的门“嗵”的一声被踢开，九根怒气冲冲地站在门口。“吵什么？”他背着手站在二人面前，看看大华，又看看细华，先是指着大华的脸说道：“你看你这个当大哥的，真是长出息了！”又指着细华说道：“你也行，敢冲撞你哥！要不是我转到这儿来，你俩是不是还要打一架？”

大华细华都气呼呼地喘着粗气。九根又数落细华道：

“你也不好好想想，你哥什么时候害过你？倒是你，经常做一些不着边的事，让我和你哥去帮你擦屁股，还好意思在这里跟你哥红脸。”

细华看了一下父亲，刚想开口，九根马上把他堵了回去：“干吗？还想跟我顶嘴是不是？就你那点子出息，除了要点小花花肠子，能不能跟你哥学学，学得稳重点？你上当受骗的事还少吗？上次在福建受骗的事就忘到九霄云外去了？”

细华梗着脖子说道：“我没出息，我轻浮不懂事，好吧？这些年我风里来雨里去，也算是为这个家、为这个厂立下过汗马功劳吧？为什么你们一个个都看我不顺眼，把我看得一无是处？”他的脸开始变得狰狞起来，眼眶通红，眼泪在眼眶里打转。他歇斯底里地叫道：“今天就是天王老子在这儿，我也是这句话：今天这事我要自己做主，就要跟浙江人合作！”

“你……”九根气得浑身发抖，好半天才憋出一个字来：“滚——”

细华转身便冲到门口，头也不回地出门而去。九根余怒未消，又冲着他的背影，痛骂了几句。

父亲怒气冲冲地走了之后，大华独自坐在办公室里。这是他头一次冲细华发火，也是头一次冲家里人发火。事实上，自从出道至今，他很少对人发火，他觉得发火是一种懦弱的表现，无非是通过发火来掩饰内心的无能而已。

他有些后悔，不该那么冲动。细华虽说办事鲁莽，却也是尽心尽力，心胸坦荡，从来没有存过私心。以前是这样，现在仍然是这样，这样亲密无间的兄弟之情是很少见的。在村里，在周边的村庄，在这个世界上，兄弟姊妹甚至父子之间因为经济利益反目成仇甚至大打出手的大有人在，从这个意义上说，细华已经做得够好了。

而且，就这个福利企业的项目而言，自己的态度未必正确，细华的考虑未必错误，只不过自己因为受到的挫折太多，顾虑心太重而忽视了它的政策资源和利润空间。他想，既然如此，何不让细华自己去闯一闯呢？

他拨通了细华的手机，被细华挂掉。过了一会儿，他再次拨通细华的手机，还是被挂掉。他想，可能细华还在气头上，还是等他消了气再好好找他谈一谈吧。

过了几天，张副局长再次找上门来，并带来了浙江的杨老板。张副局长询问兄弟俩商量得如何，细华看着大华不作声，大华笑道：

“已经商量过，我们可以和杨老板进行合作。”

“太好了！”张副局长兴奋地说，“我们已经跟街道沟通过，就在民营企业园后面有一块地，准备划给你们建福利厂。到时候我会协助你们办理相关手续，你们只管商谈一下合作细节就行。”

又聊了一会儿之后，张副局长带着杨老板离去，细华也准备离去，被大华叫住：

“细华，你等一下。”

细华只得停下脚步。

大华诚恳地说道：“细华，前几天是我态度不好，向你道个歉！”

细华冷冷地说道：“不必。”

“我考虑了一下，还是尊重你的意见，去和浙江的杨老板合作吧。”

“我也想好了，我们俩也不可能一辈子捆在一起。我想，就从这次跟杨老板合作开始，我们就各干各的，省得说我拖你的后腿。”

“你说什么呀？”大华对细华的态度很意外。虽然他也曾经考虑过兄弟分开经营的事，但并不是以这样的方式，而是以分工合作的模式。他晓得，细华已经钻进了牛角尖，不碰个头破血流是不会回头的了。“细华，如果你是这样的态度，那我不同意！”他冷静地说。

“你同不同意都无关紧要，我想做的事谁也拦不住！对了，现在这个厂子的资产起码值个三百来万吧？我晓得这里面还有爸爸的一份功劳，所以也不会多要，只要求分出一百万来，今后是盈是亏，也不要你们操心。”

大华心里一惊，没想到事情居然会闹到这般地步，要是父亲和家里人知道了，还不知会怎么想呢。他本想再耐心劝劝，转念一想，再劝也未必听得进去，不如先顺了他的意思，答应下来再说。“好吧，那就先这样，我尽快调出一百万来，你拿去跟杨老板搞福利厂。”

在张副局长的全力协助下，福利厂的用地很快得到解决，厂房建设如期进行。根据双方协商，由杨老板和细华各投资一百万元，总共二百万元。细华办事雷厉风行，主动把一百万元的资金打到公司账户上，作为前期基础设施建设费用。杨老板拖延了好久，一直没有注入资金，在细华的多次催促下，这才提出了以机器设备用于投资，总计评估价值一百〇一万元，比细华还多了一万元。

细华虽然对杨老板这种玩弄手腕的做法很是不满，但是他急于求成，只得同意了杨老板的做法，催促他尽快把设备运来，早日建成投产。

大华一直冷眼旁观着细华和杨老板的合作，他意识到，杨老板并不像张副局长说的那样是个大老板，也许只是个普普通通的生意人，手头上并没有多少钱。他很想提醒一下细华，让他留个心眼，又怕他听不进去，只得作罢。甚至父亲找上门来，要逼细华退股，也被大华耐心劝阻。

很快，厂房建成，张副局长早已把经营证照和福利企业证明办好，还帮他们联系安排了一些残疾劳工，这是福利企业的必备条件。杨老板把机器设备从邻县运来，装机调试过后，正式开张运营。细华负责外围调货，杨老板负责生产销售，企业的运转倒也正常。

随着首批成品铜丝下线，细华的情绪也渐渐变得开朗起来，经常主动来到大华的办公室，跟他讲企业的运行情况。还时不时嘲笑一下大华，说他胆子太小，做不成大事。当然，他也恢复了对大哥的敬重，也真诚向大哥道了歉，承认当时自己没有控制好情绪，惹得大哥和父亲生气，希望得到谅解。

大华见弟弟情绪好转，倒也不计较他之前的态度，只是就事论事，谈谈对福利厂的看法。兄弟俩推心置腹，前嫌尽释。大华婉转地说：

“细华，我晓得你很有魄力，也很想有一番大作为，这一点比大哥强。不过，凡事预则立，不预则废。我看这个杨老板人很精明，也很圆滑，你多注意下生产和销售的情况，在资金上也要多留个心。”

“大哥，你放心吧！我又不是三岁的小孩子，闯江湖也不是一年两年，我也看出来了，这个杨老板不光精明圆滑，简直是狡猾！厂里的什么账都故意不让我看，我提出让亚琼到厂里负责财务，他也不肯。要不是看在他跟市里领导和张局长关系好的分上，我是不会这么轻易相信他的。”

“现在几个月过去了，厂里的生产销售看上去还不错，应该也有一定的进账，你还是要想办法了解一下的，千万不要被蒙在鼓里。”

“我晓得了，你就放一百二十个心吧！”

虽然细华自信满满，但是大华担心的事还是发生了。

由于铜丝价格一路上涨，福利厂的生产形势非常喜人。不过，令细华始料未及的是，杨老板不但不让他插手账目，居然还从浙江请来一个朋友，未经细华同意，趁着细华外出收购废品铜的时候，便安排这个人负责销售，把大量成品铜丝拉走了。

细华回来，了解到这个情况后，怒气冲冲地找到杨老板，让他给个说法。杨老板先是以细华工作太忙为由想敷衍了事，见细华不听，便抬出市领导和民政局的背景，提醒细华自己是招商引资的项目，让细华注意态度。细华发了一通火之后，怒气冲冲地甩门而去。

到了大华办公室，细华把福利厂的情况说了一下，并大骂道：“王八蛋，跟我玩这个！”

大华冷静地说道：“你也不要着急，先找张局长把情况说一下，看看他是什么态度。”

“他能有什么态度？都一味巴结外面的客商，根本不把我们本地人当人看！”

“话也不能这样说嘛。现在都在讲优化经济发展环境，对外地客商热情点也是应该的。你不要一棍子打倒一片，就事论事，把这个情况跟张局长说一下。或者干脆把张局长请到我这里来，我们好好说一说。”

细华听了大哥的话后，马上打电话给张副局长。张副局长果然很重视，很快便来了。

“到底什么情况啊？这么火急火燎地把我叫来！”张副局长一进办公室，便半开玩笑地说。

细华气呼呼地说：“什么情况？现在福利厂好像没我什么事了！”他把厂里的情况简单复述了一遍，又说道，“张局长，你是这个项目的介绍人，也是我们的领导，你说说看，这事到底要怎么办？”

“原来是这样啊？”张副局长打着哈哈说，“这个嘛，可能杨老板有他的考虑。毕竟人家浙江人在经商方面比我们经验要丰富得多，而且他熟悉浙江那边的市场，安排他的朋友来做销售也可以理解的嘛。”

“但是，账目问题怎么说？”

“账目嘛，这个……那就是你们合作双方内部的事了，我一个外人，哪里好插手？”

见张副局长推脱责任，大华平静地说：“张局长，当初是你极力说合细华和杨老板合作的。现在看杨老板做事的方式，完全不像真诚合作的态度，倒有点排挤细华的意思。我觉得吧，你跟双方都熟悉，又是引进这个项目的中间人，由你主持细华和杨老板好好谈一下比较合适。你觉得呢？”

张副局长搓了搓手，为难地说：“我也只是牵了一下线，不过是挂个招商引资的名，即使不是我，还会有别的人来做这个中间人。我是说，人家毕竟是浙商，撕破了脸皮不大好吧？”

“张局长，你什么意思啊？”细华嚯地站起来，愤愤地说，“难道他是浙商就是大爷，我是丰城人我就是孙子吗？别忘了，你自己也是丰城人，我们不比他杨老板差到哪里去！如果你怕得罪他，怕得罪领导，那就算了，不用你出面，我自己解决！”

张副局长忙劝道：“细华，王总！你千万别冲动！有话好好说，好好说嘛。”他转向大华，“大华，你劝劝细华吧。你看他这性格，一点就炸，还怎么做生意，还怎么跟人合作嘛？”

大华冷冷地说道：“如果合作就是卑躬屈膝，那这样的合作不要也罢。”

张副局长惊愕道：“怎么你也是这个态度？好好好，我去找杨老板谈谈怎么样？你们可千万不要乱来，要是得罪了他们，破坏了招商引资的大好环境，谁都担不了这个责！我这就去找杨老板。”

说完之后，张副局长慌忙出去。兄弟二人都沉着脸，不说话。

一个多小时后，张副局长眉开眼笑过来，说道：“我就说嘛，人家杨老板是有自己的考虑，完全被我猜到了。他是想进一步打开浙江的市场，并不是有意要排挤细华……”

“那账目的事呢？”细华冷冷地问道。

“这个……我没有问。我说了，账目的事是你们合作双方的事，我一个外人不好插手。这样吧，你还是亲自和杨老板谈吧，注意你的态度，千万别搞僵了！我还有事，先走了。”

望着张副局长惊惶失措匆匆离去的背影，细华咬牙切齿地丢了一句：“官僚！”

再次找杨老板谈话之后，细华陷入了绝望之中。杨老板根本不在乎细华的诉求，只反复强调请细华放心，等到年底统一结算的时候，会根据双方投资股份情况，公平分红。

细华隐约意识到，杨老板可能是在耍心眼，是要欺骗自己。他是市领导的朋友，福利厂是招商引资项目，有政府和政策背景，不相信细华能拿他怎么样。细华想，这次的合作可能并不像自己当初想象得那么乐观，有点后悔自己行事鲁莽，不但没有听大哥劝，反而与大哥赌气，固执己见，弄出这样的结局。他有点不知道如何收场，想再跟大哥商量，又放不下面子。苦思冥想之后，决定独自找杨老板摊牌。正要离开时，大华叫住他：

“细华，你去干吗？”

“找杨老板去！”

“你打算怎样说？”

“还能怎样说？他想搞鬼，我就让他也做不成，大不了两败俱伤。”

“你的心情我理解，但是，这样的方式不可取。毕竟人家是招商企业，有领导支持，你还能怎么样？我分析，他们之所以这样做，也许是因为生意好，想逼着你撤股……”

“让我撤股？门儿都没有！”细华其实也想到了这一步，不过一时无法接受，因此大华一语道出来，他还是条件反射般跳了起来。

大华知道他此刻的心情，继续劝道：“细华，你耐心听我说，撤股其实也不是坏事。做生意不全是为了赚钱，更不是为了赌气，与其这样捆绑在一起憋屈，不如痛痛快快地退出来。再说了，即使退了股，你还是原材料供应商，可以以另外的形式合作嘛，倒比现在轻松许多。你说是不是？”

细华仔细想了想，觉得大哥的话有道理。杨老板的加工厂在这儿，生产铜丝也需要大量的废铜，自己家里一直在收购废铜，在当地也算响当当的大户，他不可能离得开自己。想到这儿，他心情平复了一些，诚恳地说：

“大哥，还是你想得周到，那我去找他谈谈撤股的事。”

“好好谈，尽量不要伤了和气。”

果然，细华一提出撤股的事，杨老板脸上马上露出惊喜之色，然后似乎不相信似的看着细华，问道：“你真的打算撤股？”

“我王细华向来说话算话！”

“可是，合作得好好的，为什么要撤股呢？”

“我不习惯跟人合作，还是做我的老本行算了。”细华想到了大哥的劝告，极力忍耐着自己的性子。大哥说得对，即使撤了股，还可以以原材料供应商的身份跟杨老板合作，那个时候就不会像现在这样憋屈了。他大度地笑笑，说道：“杨老板，虚情假意的话我们就不说，还是来点实打实的好不好？我投资的一百万，不要利息，也不参与分红，你把我的本金退还给我就行了。好不好？”

杨老板愣了一下，他不相信细华会这么痛快提出撤股，而且是主动提出。他盯着细华看了半天，确信细华并非打诳语，心里暗自高兴。不过，马上又变成一副愁容，叹了口气，说道：

“王总啊，说实在的，我真舍不得你撤股，既然你这么痛快，我也只好答应。不过呢，你也知道，公司才运行半年多时间，大部分资金都用于投资，账面上就没有什么钱啊！”

“你是说，答应我撤股，但是不给我钱，是吗？”

“不不不，不是这个意思！我是说，一时拿不出这么多钱，要么晚一点，等收回了资金以后再给你怎么样？”

“不行！”细华好不容易接受大哥提出的撤股的意见，本想把本金撤回后与杨老板一刀两断，没想到杨老板居然想拖而不还！他生气地说，“杨老板，这样就有点不够意思吧？是不是把我当成傻子了？每天生产量多大，出货量多大，价格多少，我还是有点数的。我做了这么多年的废品生意，瞄一眼就知道，何况原材料都是我进的。你可不要太过分了！”

见细华生气，杨老板忙解释道：“王总，您听我解释！现在账面上真的没有这么多钱，不信可以去查嘛。”

细华冷冷地说道：“账面上能查出什么来？”

杨老板尴尬地笑笑，说道：“既然王总不想查账，那不如这样，我看看账面上有多少钱，然后再想办法筹一下。争取在一个月之内还给你，怎么样？”

见杨老板说到这个分上，细华也不好逼得太急，便点头道：“那行吧，就等你一个月。不过，杨老板可要说话算话。”

杨老板痛快地说：“王总就尽管放心吧，我一定说话算话！”

一个月后，杨老板找到细华，绕来绕去解释了老半天之后，细华总算听明白：杨老板只能还八十万，剩余部分无力退还！

细华一听，马上火冒三丈，气呼呼地说道：“杨老板，你这是要赖账啊？”

“哪里是赖账哦？确实是因为资金紧张！你知道的，我们出的货虽然多，但是货款回笼要一个过程。即使收回一些资金，还要支付材料款，还要支付员工工资，还有公司里的各种开支，哪里有这么多现金？”

“这我不管。一个月前你答应过的，现在时间到了，你必须兑现承诺。否则的话，我也没有那么好的耐心了！”

细华甩门便走，丢下瞠目结舌的杨老板。之后，细华每天都会到厂里来晃悠，有时到车间里转，有时到材料仓库转，有时记录进货、出货的数量。碰到杨老板也不说话，也不跟他闹，只投以冷漠的目光。

杨老板知道自己拖不过去，半个月之后，终于叫住细华，故作亲热地说道：“王总啊，公司刚刚结了一笔账，我首先想到了你。我已经通知财务，让她第一时间把你的钱还给您，并且多支付一万元，作为这半个月的利息，您现在就去财务上办转汇手续吧。结算之后，就留在公司里一起吃个饭啊，我们哥俩好好喝一杯。”

细华也不说话，到财务上办理了转汇手续之后，就扬长而去。

29　另起炉灶

折腾了七八个月，只得了一万元的利息，细华觉得很是窝囊。他特地到了大哥的厂里，发了一通牢骚。大华好生宽慰了一番，又劝他回到厂里，兄弟俩一起干。细华心意已决，不再想回到大哥厂里。他想自己单独干，好好证明自己的能力和实力。同时，也是为了与大姐、大哥、细华的废品加工业形成完整的产业链。他一边继续从事自己的收购业务，一边等待着时机。

2002 年底，一种传播力极强的传染病席卷全国，并扩散至东南亚乃至全球。这就是令人至今记忆犹新的“非典型性肺炎”，简称“非典”，英文名叫 SARS。由于“非典”具有极强的传染性，而且发病迅猛，死亡率很高，引起人们极大的恐慌，谈“非典”色变。

本来，年底正是废品收购的高峰，因为害怕受到传染，很多人不敢轻易出门，生怕传染上这种可怕的疾病，受到死亡的召唤。很多废品收购和加工行业也因此受到巨大冲击，尤其是原材料供应，各地供货商不愿意承担传染的风险，躲在家里不肯外出收货，龙洲废品集散市场门前冷落车马稀。

细华等待的机会终于到来。这么大的废品市场需要运行，这么多的生产加工厂需要原材料供应，大家都不敢出门收货，这不正是天赐良机，给自己一个极好的机会么？

跟家里人说了自己的想法之后，九根和亚琼坚决反对。九根认为，做生意就是为了赚钱，但是冒着染病的风险去赚钱，未免代价太大。亚琼则哭哭啼啼，说细华是家里的顶梁柱，万一有个三长两短，一家人的日子就没法过下去了。就连大华也表达了自己的担忧，劝说细华慎重从事，等疫情完全控制下来再出去也不迟。

“细华，还是好好考虑考虑再说吧。”大华劝道。

“没事的大哥！我晓得这个时候出去有风险，但风险也是可以控制的。你没看到大街上每天都是人来人往的吗？要是都躲在家里不出去，这个地球早就停转了！”细华故作轻松地笑了笑，又说，“再说，我这几天认真地看了电视新闻，也在网上查找了一些资料，只要防护得当，是不会轻易染上这种病的。”

大华知道再怎么劝，细华也听不进去，便沉吟道："既然你打定主意要出去，那你自己多注意点。第一，尽量往疫情较轻或者没有疫情的地方去，少往人多的地方去。第二，带好口罩、消毒水等防护用品，不可麻痹大意。第三，要是出现了发热症状，要马上到医院去检查，一刻也不能耽误！"

"晓得了，大哥！"他拍了拍大华的肩膀，又对仍在抽泣的亚琼说道，"你就少哭两声吧，我是去做生意，又不是去寻死，你号号什么？"

细华走到父亲面前，挤出一副笑脸，说道："爸，您老放心！您以前就跟我讲过，您经常一个人行走在荒郊野外，心里只想着换糖、赚钱，养活全家人，从来没有过害怕。而且，你们那一辈人都是到没有去过的陌生地方，和不认识的人打交道，那么艰难，那么多年，不是一样挺过来了吗？现在不过是出现一个'非典'而已，我想也没有那么可怕，我们换糖人的字典里就从来没有'害怕'两个字，对吧？"

九根叹了一口气，无力地说道："既然谁都劝不动你，那你就去吧。记住你大哥说的话，小心驶得万年船。"

"晓得了！"

尽管在众人面前强作欢颜，细华的心里还是有些紧张。回想起之前与浙江杨老板合作时的种种不快，以及自己这些年连连失利的情况，他在心里暗暗发誓，一定要抓住这样难得的机会，好好搏一回，让所有人都看到自己的胆识和魄力，看到自己的能力。

细华冒着"非典"的风险外出收购废品，全家人都十分担心，不时给他打电话，询问情况。只有大华表现得异常冷静。他最了解细华之所以坚持己见的真正原因，他相信，只要细华能够咬着牙坚持下去，是一定会有一番大作为、成就一番大事业的。他又想，自己的加工厂一直从事着低端的加工业务，只能压缩或加工简单的半成品金属，顶多生产一些铝锭，没有生产铜制品的资格。这与浙江投资商相比，已经输在了起跑线上。这样的情况必须有所转变，否则再怎么努力，也还是会比别人差。一个大胆的想法马上在他的脑海里诞生：成立自己的公司，正式进入铜产品生产加工业。

事实上，这是他很早就有的理想，不过由于政策因素限制，一直无法变成现实。但是，现在浙江企业已经进来并且有了成熟的生产线，既然他们能做，自己为什么不能做呢？经过与家里人商量后，大华找到民政局的张副局长，希望他能够协助办理相关手续。张副局长早已知道细华和杨老板拆伙的事，好在没有造成什么严重的后果，甚至杨老板还多次在众人面前赞扬细华的为人，说他慷慨大度，张副局长便也放下心来。所以，当他听大华说想成立自己的公司，当即答应提供协助。

转眼过了春节，细华冒着“非典”的危险，收购的废品量比平时多了好几倍。更主要的是，由于供货商少，细华在原材料的价格上有了一定的话语权，不光是本地的一些加工企业，就连杨老板这样的生产企业也要顾忌细华三分。细华很快收回了成本，又赚了上百万元。

细华知道大哥的想法之后，也非常支持。他认为，丰城是全省乃至全国重要的废品集散中心之一，必须有自己的金属生产加工企业，不能被外地人垄断。自己正好从事着废品收购生意，可以以优惠的价格供货给大哥，借此报复杨老板。因此，春节刚刚过完，细华便再次加大了废品尤其是金属废品的收购量，成为丰城最大的废品原材料供应商。

得到细华和全家人的支持，大华信心更足。在张副局长的协助下，大华注册成立了龙洲金属制品有限公司，但是在办理经营许可证的时候却遇到了难题。原来，大华所涉及的经营范围包括生产经营铜制品，这在政策上是不允许的。在民政局领导的协调下，依然无果，大华又斗胆找到经贸委领导，经贸委领导经过请示市主要领导后，得到的回答是市里没权力批这样的项目，必须经过省里才行。

跑了两三个月时间，眼看着计划要落空，雄心勃勃的大华变得有点灰心。回到家里时，妻子金兰见大华心事重重，便劝道：“实在不行就再等等吧。毕竟政策的事也不是一天两天能够改变的，何必为无法改变的事烦恼呢？”

大华不甘心地说：“可是，浙江人在这里都做了一年，我们还批不下来，我坐不住啊！”

金兰知道丈夫一直想有真正属于自己的金属制品加工企业，见他食不甘味，很是心疼，便又劝道：“既然他们说要找省里批，那我们还是再找一下高大哥吧。他也是经贸厅的领导，说不定会帮上我们的。”

大华其实早就想到了去找高建平，只是考虑到自己给高建平添的麻烦太多，每次遇到困难都是找人家，未免于心不忍。因此，每当找高建平的念头一出现，马上就被自己否定了。“唉，高大哥帮了我这么多忙，我哪里还好意思找他？”

“有什么不好意思啊？他不是你大哥吗？你有困难找他帮忙，不是很正常的吗？”

“话是这样说。可是，我是真的不好意思再去麻烦他。”

“你不是想有自己的公司吗？不是想实现你多年的理想吗？你把你的这些想法好好跟高大哥说一说，我想他会赞成的。高大哥是一个站得高看得远的人，根本不会在乎你给他添麻烦，只要你用心把自己的企业做好，让他看到你是值得帮助的人，不仅不会生气，反而会替你高兴。”

金兰的话，一语惊醒梦中人。大华突然觉得，妻子的见识比自己真是高多了，真是“当局者迷，旁观者清”啊！他感动地抓着妻子的手，说道：“谢谢你，金兰！我这段时间真是忙晕了头，只想着怕给大哥添麻烦，没有想得你这么深。行，我明天就去找大哥，无论如何请他帮这个忙！”

“这就对了嘛——还愣着干什么，快吃饭吧，菜早都凉了！”

“对对对，快吃饭吧。”

第二天一早，大华便驱车赶往省城。由于事先已经电话约好，高建平早早就在办公室等着，见大华到来，埋怨道：“大华，你老板当大了，真不把我当大哥看了，没有事都不来看我了！”

大华知道高建平说的是玩笑话，便笑道：“哪里敢哟！你堂堂一个大处长，我怎敢轻易打扰？”

高建平也笑道：“好了，言归正传。说吧，你是怎么想的？”

大华便把生产铜丝、进行铜加工的想法说了一遍，把自己在丰城办证时遇到的困难也说了一下。“要是能够想到别的办法，真不好意思再来给你添麻烦。”

“什么麻烦不麻烦的？”高建平嗔道，“你有这样的想法是好事。丰城的废品收购业务这么大，早该有属于自己的金属加工企业。去年省里已经开了口子，在地级市放宽了金属制品加工的限制，引进了一些私营的外省企业。丰城是全国闻名的废品集散中心，理应放宽这个限制，让民营企业家参与进来。我已经跟厅领导汇报过，也跟一些处室的同志商量过，他们都非常同意我的想法。我这就给丰城的市领导打个电话，跟他们沟通一下。”

高建平当着大华的面，给市长打了电话。市长果然很重视，当场承诺立即照办。打完电话后，高建平两手一摊，摇摇头笑道：“其实事情本来很简单，被人为搞复杂了。他们总认为外来的和尚会念经，只相信招商引资企业，忽略了本地企业家这样一个潜在的庞大的力量。你回去后，就直接去找市长，要是还办不成，你再来找我。不过，我一句话要提醒你，既然你想做，就一定要扑下身子好好做。招商引资企业并非都比本土企业有优势，但他们在管理上有一定优势，你要多向他们学习，取彼之长，补己之短。要是不好好做的话，那就连我的面子一块丢了。”

“我知道。”大华连声说，“谢谢大哥！谢谢大哥！我一定会好好做，决不给大哥丢面子！”

高建平笑道：“我当然知道你会做好。我们认识这么多年，对你我还是了解的，不过是给你提个醒而已。好吧，我还要到外地去调研，就不留你吃饭了。”

“吃饭的时间也没有？”大华深感意外。

“我也想留下你，和你吃个饭，在一起多聊聊。可是，人在江湖，身不由己啊！像你这样的情况在全省还有好多，我们这里就这么十来号人，分身乏术，只好连轴转！”

“原来当官也不容易！”

“你以为啊？当一名称职的好干部，那就是一份苦差，辛苦着呢！”

“那好，我不打扰你。大哥，有空再到丰城去指导，我们全家人可都惦记着你呢。”

“一定，一定！”

回到丰城后，大华马不停蹄地去找市长，谁知市长开会到深夜，第二天又陪同一个外地考察团下乡考察。等了三四天，总算见上市长的面，市长亲自给经贸委的领导打电话，让他们大力支持。大华又去找经贸委的人，之后又找到几个部门。正所谓好事多磨，虽然大家态度都很诚恳很热情，有的还悄悄打听大华有什么通天的关系，竟然从上到下层层打电话为他疏通，对他非常羡慕，但各种证照办齐时，距离上次找高建平又过去了近两个月时间！

道路虽然曲折，前途却一片光明。大华立即启动公司改造项目，把原来的厂房进行改造，从浙江引进了两条铜丝生产线，把熔炼铝锭的小炉改造成大炉。一切准备停当，马上点火投产。

龙洲金属制品有限公司的投产运营，令全家人十分振奋。更令人振奋的是细华再次发布了一个惊人消息：他正在洽谈一笔上千万的业务，如果这笔业务做成功，将震动整个丰城，把家族企业推向一个顶峰！在众人的一再追问之下，细华这才得意扬扬地道出原委。

原来，就在年前细华冒着“非典”的危险外出收购废品的时候，认识了一位姓蔡的废品收购商。这位蔡老板叫蔡有成，四十多岁，早前是供电公司的职工，因为酗酒赌博，经常旷工，被公司开除。蔡老板迫于生计，只得从事废品收购，以养家糊口。没想到老天开眼，居然在一次收购废旧电缆线的时候，意外碰到以前的一位同事。同事见他下岗失业，很是同情，便介绍他去负责拆除一个工地上过期的电线电缆，拆下来的电线电缆全部归他。蔡有成虽说好酒贪杯，业务却十分娴熟，不仅很快完成任务，而且获得了几十吨铜线，赚了几十万元。蔡有成心想，类似老旧的电线电缆还有很多，如果能够承揽下这方面的业务，将是一个非常不错的生意。他早就知道，在解放前,东北修建了非常完整的供电系统,电线电缆非常多,而且这些电线电缆的铜芯质地很好,要是能把这些铜线的拆除业务揽下来,将是一笔巨大的业务。为此,他单枪匹马,独自前往东北,找到当地的电力部门,说明来意。凭着三寸不烂之舌,马上赢得了对方的信任,同意让他承接拆除电线电缆的业务。

蔡有成回到永修,立即在当地召集了十几位年轻力壮且有一定电工知识的人,组成一个专业拆线队,浩浩荡荡开赴东北。当时,东北方圆七八十万平方公里的土地上,的确遍布着纵横交错的电线电缆。随着改革开放不断深入,供电电网重新布局,这些电线电缆已经废弃,成为当地电力部门的一块鸡肋:拆除吧,耗费人力财力;不拆除吧,又影响观瞻,留下隐患。而当地人对这个潜在的市场还没有足够的认识,因此如何处置这些弃置的电线电缆,一直是当地电力部门头疼的问题。蔡有成一行人的介入,很快便得到电力部门的支持。短短一年下来,便拆除了上千公里的电线电缆,获得优质铜芯数百吨。

受"非典"影响,蔡有成和他的拆线队暂时回到永修休整。细华正好到了永修,在一次吃饭的时候,听到蔡有成和几位拆线队的兄弟谈论拆线的事,便主动找到他们,问他们有没有拆下的铜芯线需要销售。一番交谈下来,蔡有成很快和细华性格相投,称兄道弟,成了朋友。蔡有成邀请细华年后到东北一起干,但细华因为受到与杨老板合作的影响,不想与他们掺合在一起,只想单独做。蔡有成便拍着胸脯说,只要细华愿意去,可以把一个区域的电线电缆卖给细华。细华虽然表面上故作平静,心里却非常激动,痛快地答应了蔡有成提出的合作方案……

在细华侃侃而谈的时候,全家人都感到非常振奋。大华刚刚成立了公司,购进了拉丝的设备,正需要大量的原材料,没想到细华居然接下了这么一大单业务,足够让大华的公司开足马力放手生产了。就连大华也抑制不住内心的激动,开始想象着这批优质铜芯电缆到来之后,自己的公司将迎来怎样热火朝天的喜人局面!

不过,激动归激动,大华还是保持着清醒的头脑。他一边听细华介绍情况,一边快速思考着。听细华说完之后,冷静地说道:

"这倒是一笔不错的业务,比零打碎敲的收购强得多。但这毕竟是远离家乡在外地做生意,你有把握吗?具体运作模式是怎样的?"

"大哥,我晓得你会这样问。我刚开始也有同样的疑问,但是,在跟蔡大哥接触以后,我慢慢了解到,这些线全都是我自己负责拆,并且负责运回来。我会跟他们签下合同,做到有备无患。不过,在外地收购这么大宗的废旧电缆，需要有企业资质。所以，我还是想借用一下你以前那个金属回收经营公司的许可证，要是我自己再去注册这个证，恐怕时间上来不及。”

“用证没什么问题。这笔业务具体的数额有多少？”

“蔡大哥说了，他给我的这笔业务大概有五百吨，将近一千万元。”

亚琼惊讶地问道：“这么多钱，你到哪里去筹？”

细华笑道：“这个嘛，我想应该不是问题。我自己的存款加上库存的货，差不多三百万。我跟冬仔（福银的儿子）也说过了，他答应投一百万，这就是四百万。还有三个朋友也答应各投一百万，这就是七百万。剩下三百万的缺口，就在大哥身上了。”

“我？”大华问道，“你知道我的公司刚刚完成厂房改造，又引进了新设备，还要留一些作为材料采购的备用金。你怎么想到打我的主意？”

“大哥，这笔业务可不是小业务，最多半年，我就可以把这些电线电缆弄回来。到时候这些线可都是优先供应到你这里。你就算是预先支付给我材料款，这应该没什么问题吧？再说了，你的底细我也清楚，这三百万应该不会影响你的正常生产吧？”

大华其实也很希望能够收下这批优质铜芯线，正所谓“撑死胆大的，饿死胆小的”，做生意哪能不冒点风险呢？他想了想，问道：“细华，这个叫蔡有成的人靠得住吗？他在东北到底是什么情况，你有了解过吗？”

细华知道，这才是大哥最大的顾虑，担心自己再次上当受骗，便认真地说：“大哥，你就放心吧，蔡大哥是个靠得住的人。当时我听他和他的兄弟在聊天的时候，也多了一个心眼，担心他们是吹牛，所以一直在旁边听了很久。虽然我没去过东北实地了解，但是凭我的判断，我相信他所说的话都是可信的。”

“既然你这么有信心，那就去干吧。”大华终于答应了。

很快，细华和蔡有成的合作协议在南昌签署。这是细华提出来的，他也担心要是在永修甚至是东北签署协议的话，万一是陷阱，自己会很被动。蔡有成对细华的提议并没有反对。签完协议后，细华马上把一千万元款项通过转账的方式转给了蔡有成，蔡有成也安排了豪华酒席，宴请细华等人。

之后，细华请了几个工人，和蔡有成一道开赴东北。为了让细华心里有底，蔡有成特地带着细华沿途考察了电线电缆的分布情况。细华虽然早就听说过，不过当他看到现场的情况时，还是非常震撼，很庆幸自己遇到了蔡有成，遇到了这次发财的机会。

这笔业务涵盖三个县市数百公里，沿途密集的电线电缆令细华热血偾张。他特地下车,随意看了一段还未拆除的电线,剥开护套一看,果然是亮澄澄的黄铜。这种黄铜原材料时价将近两万元一吨,如果加工成铜丝,价格更高,市场需求也好。回到酒店后,细华专门请蔡有成吃饭,感谢他的关照,并希望这样的合作能够更多一些、更持久一些,最好能拿下整个东北的市场。

正当细华踌躇满志的时候,一个意外的消息传来:有一伙人正在协议范围内的一个区域拆线。细华忙拉着蔡有成赶过去。经过了解才发现,蔡有成在把这个区域的电线电缆卖给自己的同时,也卖给了安徽人!细华脑袋嗡地一下,当时就懵了。

他脸色铁青,一言不发地离开现场。上了车之后,他沉着脸,质问道:"蔡大哥,这到底是怎么回事?"

蔡有成脸上一阵红一阵白,辩解道:"这是去年卖给安徽人的。我看他们好久都没有来,以为他们不会来了,就卖给你了。"

"可是,你事先并没有告诉我啊!"

"兄弟,你别急,这事我会处理好的。这种废弃的电线多得是,我另外再给你换一段,保证不会让你吃亏!"

细华知道,生米已经煮成熟饭,如果此时翻脸,不仅生意做不成,自己投进去的一千多万元也很难要回来,这可是多少人的血汗钱啊!他冷冷地说:

"蔡老板,你说话可要算话,你知道我也是在江湖上混了这么多年的!"

"放心吧!再怎么说我们也是江西老乡,我不会让你亏本的。"

细华无奈,也只能如此。为了以防万一,细华抓紧了拆线进度,每天催促着请来的工人早出晚归,还经常请这些人吃饭、喝酒,让他们赶进度。很快,承包范围内的电线电缆拆除完成,细华粗略估算了一下,这些电线有三百多吨,价值超过六百万元。细华联系到火车皮,把这些电线运回丰城,全部堆放在大华的公司里。紧接着,他又马不停蹄地回到东北,要求蔡有成兑现承诺,把之前说好的另外一个区域交给他。而这个时候,蔡有成已经不再像之前那么客气、那么热情了,只说让细华再等等,然后每天四处奔波,故意回避细华,打他的电话,也是顾左右而言他,不肯交实底。

细华不相信当初情投意合的蔡有成会欺骗自己,而且自己也的确收回了大部分协议内约定的电线。他只是不想拖得太久,想尽快收回全部的电线,然后抽身回家。在东北一等又是一两个月,蔡有成仍然不肯给个准信,细华不希望跟他翻脸,又想着运回去的那些电线,便推说家里有事,先回家处理那批铜线。

冬仔和另外几个合伙人隐约听到蔡有成把电线卖给安徽人的事,几个人一商量，觉得细华是上了蔡有成的当。听说细华回来之后，以接风的名义，把细华约到酒店里吃饭。细华从他们的语气里听出了弦外之音，虽然心里不快，却也不想在脸上表露出来。他本是个极爱面子的人，上了这么大的当，哪里肯轻易承认。

“都是兄弟，你们就算不相信蔡老板，难道还不相信我吗？”细华拍着胸脯，信誓旦旦地说。

“不是不相信你，但是请去拆线的工人这么久没事干，不是白养着他们吗？”冬仔委婉地说。

几个合伙人也你一言我一语地说：

“是啊！拖得越久，成本就越高，我们也是想早点把货拉回来嘛。”

“对啊，早点拉回来就早点安心，也省得你在外面那么辛苦。”

“细华，我老婆追问我好多次了，问我什么时候可以收回这些钱，我们还想办个厂呢。”

大家虽然没有撕破脸皮，但细华清楚，他们这是商量好了联合逼宫。喝了几杯酒之后，说了一些宽慰的话，细华就匆匆离去。

细华来到大哥的公司，大华还没有回来。他心里不踏实，在厂里看了看，见运回的电线已经有一部分破拆完成，熔炼出黄澄澄的铜丝，他稍稍觉得宽心了一些。他打了个电话给大华，大华说正在谈判，让他放心，等回来之后再商量。

30　寻找出路

对于细华在东北遇到的情况，大华深感不安。见细华拉回了一部分电线，虽然有所放心，但又担心细华冲动，把与蔡有成的合作关系弄僵，难以善后，所以也是寝食难安。自己的钱几乎全都预支给了细华，公司周转已经十分困难，要是后面的货弄不回来，三四百万元的损失也是难以承受的。正在他为细华担忧的时候，招商局的徐局长找到大华，带来了一个听上去还算不错的消息，总算消除了大华的一些忧虑，马上便随市里的刘副书记和招商局的人到温岭考察去了。

原来，早在年初的时候，浙江就出台政策，取消所有金属废品加工企业的许可证，也就是说，将全面取缔全省范围内金属废品的低端加工业务。很多企业纷纷转产，一些较大规模的企业也在寻找新的出路。其中有一家温岭的企业老板联系到正在当地招商的徐局长，提出了到丰城投资的意愿。徐局长非常重视，向主管招商的刘副书记汇报过后，经过研究，决定把这个企业引进来，与本地最大的金属加工企业——大华的龙洲金属制品有限公司开展合作。大华正愁公司无法正常运转，听了徐局长介绍情况后，便答应去温岭考察一下。

到了温岭，与当地的企业老板刚一见面，大华和那个老板都是又惊又喜：这个老板不是别人，正是当年大华第一次夹带金属废品卖到这里时认识的汤老板！

久别重逢，二人不禁喜出望外。二人不顾刘副书记和徐局长在场，大声打了招呼之后，又热情拥抱起来。徐局长向大华使了个眼色，示意他刘副书记在场，注意一下场合。大华这才找了个旁边的位置坐下，眼睛一动不动地看着坐在刘副书记旁边的汤老板。刘副书记笑道：

"怎么，你们早就认识？"

"是啊，我们早就认识！"

汤老板高兴地说道。他高兴地回忆起当时第一次见到大华时的情景，又说自己曾经在丰城待过好长时间，对丰城的感情很深。前不久也是听说丰城的领导在这里招商，才主动找上门来，没想到丰城的领导办事效率这么高，更没想到会在这种场合遇到大华。

"好啊！既然是老朋友，既然跟丰城有这么深的渊源，那我们也就省得绕那么多弯弯，直截了当地谈吧。你说呢，王总？"

大华听到刘副书记点名，马上应道："一切听刘书记的安排！"

在来温岭的路上，大华一直在思考将会遇到什么样的老板，会提出什么样的合作条件。虽然这么多年来跟浙江人打交道不少，但真正与浙江人展开深层次的合作，还没有过。他想到了细华曾经合作过的杨老板，心里并无好感。当然他也不排斥浙江老板，商人本来就是一群逐利的人，要不然谁愿意冒着风险去做生意呢？他想，要是真像徐局长说的，利用自己的资质，延续浙江老板的加工业务，自己并不用担什么风险，这样的话还好说。令大华没想到的是，谈判对象竟然是汤老板！

他很是兴奋。虽然跟汤老板见面的次数不多，但第一次见面时就留下了十分深刻的印象。后来又有过多次供货的经历，也见过几次面，对于汤老板的为人，他是信得过的。他一边应答着刘副书记，一边又微笑着看着汤老板。

"那就好！"刘副书记说道，"汤老板，那我们就开诚布公吧。你有什么想法，可以说出来，不要有什么顾虑。"

“没有顾虑,没有顾虑!”汤老板痛快地说,“我上次就跟徐局长汇报过了我的想法。我们这边不让做,但是我还是不舍得放手。我做了这么多年的金属加工,现在年纪大了,让我改行我也做不了别的,所以还是希望能够继续做我的老本行。你们放心,我的设备是前年才更新的,还可以继续使用。我的销售渠道都还在,市场更是没得说。我的意思是,如果你们同意,我想把整个企业搬到你们丰城去。就是这样。”

刘副书记点点头,看了徐局长一眼。徐局长会意,微笑着说道:

“汤总的意向我们会慎重考虑。不过,我们江西在金属加工这一块审查比较严,即使可以办证,中间也需要一个较长的过程。我们的意见是,是不是可以暂时不考虑办证的事,直接跟我们的企业合作,至于合作细节,可以商量。这也是我们把王大华老板带过来的原因。王总目前是我们丰城最大的金属加工企业的老板,既然你们早就认识,中间环节也可以省掉。你说呢,王总?”

在来的路上,大家就商量了谈判的内容和策略,也考虑到了对方可能会提出办证的要求。刘副书记提了个稳妥的方案,最好不予办证,直接由王大华接收对方的企业,这样就可以大大缩短投资周期,尽快产生效益。要是对方提出独资办厂的要求,那就下一步再说。在刘副书记和徐局长的鼓励下,大华的思路越来越清晰,见徐局长问到自己,马上说道:

“我是非常愿意跟汤老板合作的。我们合作这么多年,我也非常相信汤总的为人,我相信我们合作一定会很愉快的!”

“原来你们早就商量好了要吃掉我啊?哈哈哈!”汤老板大笑了一阵,“请你们放心,我没有别的意思。我也相信王总的为人,只不过没想到这么多年没见,王总居然成了丰城最大的金属企业老板!我早就看出,王总不是一般人,我也非常愿意跟王总合作,所以即使你们想吃掉我的公司,我也没什么意见。”

徐局长呵呵笑道:“不是吃掉,是合作,真心诚意的合作!”

“不用解释啦!”汤老板也笑道,“我也只是开个玩笑,不管吃掉还是合作,只要能够继续做这一行就行,你们说是不是?”

刘副书记笑道:“汤总真是痛快人。你放心,丰城的投资环境还是非常好的,只要合作得好,一定不会让汤总失望。”他看了一眼徐局长,徐局长马上会意:“汤总,你和王总先详细谈一谈,我还有点事要向刘书记汇报,先走开一下。”刘副书记也笑着说:“你们先聊着吧。”说完,就起身离去,徐局长和招商局的另外两人也跟着离去。

大华知道,刘副书记他们是故意回避,好让自己和汤老板单独接触,等到谈得差不多了,他们才会出来,商定最后的细节,然后出席签字仪式。这种官场的老套路,他已经见识过了,因此并不意外。他回过头来看汤老板时,见汤老板正微笑着看着他,笑得有点神秘。

“怎么了?”他不解地问,“为什么这样看着我?”

“王总,你们是不是真的早就商量好了要来吃掉我的企业?”

“没有的事!”

“其实真的没什么了,就算你们真的要吃掉我,我也会答应。”

“为什么?”

“其实,在听到我们要取消许可证的消息后,很多内陆省份的领导来我们这里招商,也有一些人找过我,问我有没有意愿到他们那里去投资。说实话,我是有过考虑的。后来,我听说你们丰城的领导也在这里招商,就主动来找他们。虽然我离开丰城很多年,但是对丰城的好感,对丰城人的善良纯朴,还记忆犹新,一辈子都忘不了,所以我就打定主意要去丰城。没想到这次他们竟然把你带来了,这更坚定了我的决心。王总,办证的事我也不再提,我们就谈谈怎么合作吧。”

对于汤老板的坦诚,大华深为感动。同是生意之人,在利益和感情面前,有人选择利益,有人选择感情,很少人像汤老板这样胸襟坦荡,重情重义,知恩图报。有时候利益和感情也是可以兼容的,他觉得汤老板就是这样的人,而自己也一定会极可能多地照顾他的利益,决不会让他失去利益的同时,也失去对丰城人的好印象!他诚恳地说:

“汤老板,既然您推心置腹,那我也直言相告。我是这样想的,如果你愿意去丰城,愿意跟我合作,那么就把你的所有设备都搬到我的公司里去,你的供货渠道、你的销售渠道继续你自己负责,生产线也由你自己管理。说到底,就是我提供场地和资质给你,你在当地招收工人,并适当给我一些场地租金——你在这边办厂也需要支付租金的——你看怎么样?”

大华之所以提出这么优惠的合作条件,也有自己的考虑。到自己的厂里去,用当地的工人,既可以学到技术,培养技术人员,还可以学习汤老板的管理经验和营销策略。汤老板从事金属加工这么多年,而且做得这么好,早已有自己一套成熟的管理体系,这可是花钱也难买到的。今后,即使不再合作,把这些东西学到了手,也是一笔丰厚的财富。至于暂时的利益分配,倒在于其次了。

汤老板听大华一说,倒是颇感意外。在确认大华不是开玩笑之后,马上痛快地说:

“那就这么定了!除了按你们当地的价格支付租金,我另外再给你20%

的技术股份，作为你公司资质的佣金。”

“痛快！”大华不禁拍案称快。

根据大华和汤老板商定的内容，由徐局长主持草拟了合作协议，经过商讨之后，又进一步完善了细节。在刘副书记的见证下，二人正式签署了合作协议。刘副书记带领考察组一行凯旋。

回到家里时，细华正在焦急地等着他。这几天里，冬仔和另外三个人每天电话不断，有时是上门围堵，希望和细华商量东北电线电缆的事。细华被逼之下，一时拿不定主意，不敢接他们的电话，更不敢见他们的面，急于等着大哥回来商议。见大华回来，终于松了一口气。

“大哥，你总算回来了！”见到大哥回来，细华如释重负。

“到底什么情况？”大华知道细华急着找自己，想知道原因。

细华虽然之前也在电话里跟大哥说过在东北遇到的情况，但电话里毕竟沟通不方便，说得很笼统，完全没有这样面对面说得清楚。他略一沉吟，便再次把蔡有成两次出卖区域电线的事说了一遍，又把回来之后冬仔他们逼着还钱的事也简单说了。“大哥，我该怎么办？”他忧心忡忡地问道。

“我看这样吧。”大华冷静地说，“既然蔡老板答应了重新换一个区域的电线给你，你还是要去继续找他的。至于冬仔他们，担心自己的资金安全，心情也可以理解。我这段时间已经处理了一批电线，铜丝也已经发出去，我抓紧催一下款子，等这笔款到了之后，按照你们商量的利息，优先还给冬仔他们。”

“可是大哥，你这里的资金周转问题怎么解决？”

“我们自己的困难自己克服。做生意最重要的就是信誉，想要走得更远，就必须信守承诺。冬仔他们的钱不是还有一段时间吗？你不要躲，主动去找到他们，把我的话带给他们。你还可以告诉他们，我以公司担保，确保连本带息分毫不差地还给他们。”

“大哥！”细华感动得几乎要落下眼泪来。有了大哥做后盾，无异于吃下一颗定心丸，细华底气更足。大华又简要介绍了这次到浙江招商遇到汤老板并且准备合作的情况，细华很是羡慕，更加敬佩大哥的开明大气。

冬仔等人听说大华愿意出面担保，悬着的一颗心也落了地，反倒觉得自己做得太过分，不该听风就是雨，每天逼问细华还钱。

处理好冬仔等人的事情，细华心里踏实了许多。不过，毕竟还有将近四百万元的电线没有着落，时间拖得越久，风险越大。而且，大哥这边与汤老板即将开始合作，把他手上的周转资金全都帮自己垫付出去，会让大哥承受的压力更多。他刚刚稍稍放下的心又悬了起来，迫不及待地想回到东北，找蔡老板换个区域，早日把电线电缆拆回来。在家里没待上几天，就再次出发，赶往东北。

其时，已经进入深秋。北方的冬天来得早，冰雪天气不期而至。细华再次赶到东北时，迎面而来的是皑皑白雪，抬眼望去，山舞银蛇，原驰蜡象，到处冰天雪地。好在蔡有成并没有故意躲着他，听说他来了东北，反而亲自开车到火车站接他。

“这么冷的天，你干吗要亲自过来啊？”蔡有成关心地说。

“我要是不亲自来，你会主动帮我解决换区域的事吗？”细华把随身带来的一些土特产扔到车上，说道，“蔡总，这是我哥特地叮嘱我，让我带来送给你的，说你们长年在外，难得吃到家乡的特产。你看，我大哥够意思吧？”

“谢谢谢谢！回头替我谢谢你大哥！有机会的话，我一定要到丰城去拜访他。呵呵，快上车吧，我们到宾馆去，我已经安排好了酒席，我们一醉方休。”

“事情没落实下来，我哪里有心情吃饭？蔡老板，你还是行行好，早点把换过的地方告诉我！”

“兄弟莫急，我有数！你一路劳顿，先到宾馆去安顿好，我们等会儿边吃边聊，行吧？”

到了宾馆，稍事休息后，蔡有成便强拉硬拽把细华拉到酒店，果然，蔡有成的几个永修老乡已在那里等着了。

细华盛情难却，又不好拂了众人面子，便虚与应付。几杯酒下肚，细华这才借着酒兴，说道：“蔡大哥，蔡老板，你可把小弟我害惨了。我一回去，几个合伙人听说电线卖给了安徽人，差点没逼得我上吊。大哥，你要是够兄弟的话，就帮我一个忙，赶紧给我找一个区域，我赶紧拆完走人，再也不烦你了好不好？要不然的话，我可就真的没法活下去了！”

“兄弟你说哪儿去了？”蔡有成搂着细华的肩膀说道，“你看大哥我是不够意思的人吗？这么大的生意都让给你了，还差剩下这么一丁点儿？说句不吹牛的话，要说拆线业务，在整个东北还没有比得过我蔡有成的！你要是愿意，下次我再给你几个县，给你几个地区，我们再搞票大的，怎么样？”

“大哥，你就别忽悠了。我只要你赶快补上我的那一段，别的我也不敢奢望！”

“这话就说得没意思了！兄弟，什么叫我忽悠你？我是忽悠人的人吗？来来来，罚酒一杯！”

细华无缘无故，又被“罚”了一杯酒。但他的脑子还算清醒，又说道：“大哥，酒我喝了，话我也要说。你给我交个实底，到底什么时候才能给我补上我剩下的地段？”

蔡有成大笑道：“兄弟，你也算是个痛快人。在你来之前，我刚刚到鸡西那边转了转，那边的电线更密集，本想在那里划一段给你，可是吧又考虑那边太远，近一点的地方呢又都卖给别人了。你看这样好不好？现在马上进入大冬天了，即使给了你地段你也无法拆线，不如等过完冬天，明年再来怎么样？你放心，有了好的地段，我保证优先给你拆，不会让你吃亏的。来来来，喝酒喝酒！”

细华拗不过众人劝说，很快便头重脚轻，一头栽倒在桌子上。第二天，当他醒来的时候，已是晌午。他后悔自己喝得太多，耽误了正事，忙起床去蔡有成他们租住的地方找蔡有成。但是，只看到一个留在家里做饭看家的老头。细华问老头蔡有成去了哪里，老头摇摇头，叹了口气。细华递给老头一根香烟，套了半天近乎，老头这才说，蔡老板留下话说，要是细华找来的话，就说是去找线了。之后，老头又加了一句：天晓得这帮人又跑到哪里瞎混去了！

细华对蔡有成等人吃喝嫖赌的做派早有耳闻。此前，蔡有成也多次找过细华，让他跟着一块玩，说东北的花酒吃得怎么怎么有味，等等，说得天花乱坠。细华虽然喜欢玩，但在这人生地不熟的地方还是不敢造次，再者也担心生意受到影响，多次婉拒了蔡有成的邀请。听到老头这么一说，心里明白，这是蔡有成在躲着自己。他拨通蔡有成的电话，蔡有成说正在寻找线路，细华本来不相信，但是听到手机里传来火车的轰鸣声，却又有点将信将疑。

这样一拖又是一个多月，天气更见寒冷。中途虽然与蔡有成有过几次会面，但都被蔡有成和旁人以各种理由岔开，然后喝得醉醺醺。细华知道再这样拖下去也不是办法，即使现在拿到了线路也无法拆除，只得离开东北，又气又恨地回家。

这时，汤老板已经把所有的加工设备都运了过来，大华的公司里每天都是一派繁忙景象。到这年的年底，新运来的设备正式投入生产，第一批铝锭和铜丝生产出来的时候，正赶上新年的元旦。当全家人看到白花花的铝锭和黄澄澄的铜丝堆放有序，一车车往外运时，无不激动万分。

细华并没有到大哥的厂里看热闹。他独自躲在屋里，百无聊赖地喝酒抽烟，苦思冥想。春节之前，大华通知细华，让他到公司去结算铜芯电线的材料款，除了还掉冬仔等人的本金和利息，还有两百多万元的节余。大华让细华先拿走这些余款，细华坚决不同意，只拿了五十万元，剩下的全都还给大华，作为公司的周转资金。解决了这些问题，细华压抑许久的心情，总算舒缓了一些。新春刚过，细华便再次去往东北，开始了漫长而痛苦的追线之旅。直到两年以后，总算天可怜见，蔡有成告诉细华，有一段相对偏远但比较密集的电线电缆要交给他。细华早已心灰意冷，听到这个消息时，虽然没有了三年前的那种激动，但也不敢马虎，连忙从家乡找了一些工人过来，加班加点地拆线。拆完线装运完毕后，细华去向蔡有成告辞，没有找到，接待他的仍然是做饭看家的老头。老头十分同情细华的遭遇，悄悄告诉细华，说蔡老板能够这样对待细华，真是太阳从西边出来了。老人透露，这段线蔡老板又卖给了东北人，让细华赶紧离开这个是非之地。又说，被蔡有成连累的人不止细华一个，但像细华这样不吵不闹、一直客客气气的人非常难得。可能因为是老乡关系，也可能是自己的真诚感动了蔡有成吧。细华听得心惊肉跳，听从了老人的建议，半分钟也不敢停留，赶忙带着工人离开东北，离开这个让他既爱又恨的是非之地。个中详情不及细表。

好不容易从东北解套，全家人都松了一口气。细华也渐渐恢复了乐观开朗的性格，加上大哥的公司每天机声隆隆，由他从东北运回来的优质铜芯线很快变成铜丝，细华倍感自豪。更主要的是，自己的投资以及大哥垫付的资金总算安全撤回，并且赢得了不菲的回报，让细华内疚的心情大大减轻。

心情好了，钱也赚了，细华开始想学着大哥的样子，沉下心来创办自己的企业。经过反复与家里人商量，他决定办一家金属制品加工厂，这是他的老本行，大哥这里有现成的经验可学。他本想在民营企业园内选择一个地方建厂，但这里已经前后建起了七八家大大小小的金属加工企业，没有合适的地方。选来选去，细华看中了村旁的一块空地，有将近三十亩，而且毗邻国道，交通十分便利。细华打算把这块地买下来，找到村委会商量时，本以为会得到支持，没想到遇到了前所未有的阻力。

原来，正在蓬勃发展的废品加工业如火如荼之时，龙洲及周边几个村庄肝炎以及其他怪病的发病率持续升高，已经有多人因病辞世，越来越多的人到城里买房，把孩子送到远离垃圾的地方生活。整个龙洲及周边地区被愁云笼罩，很多人开始诅咒并抵制废品收购。

前不久，德高望重的老支书宝财突然去世。尽管红卫和金娥不停地向人们解释，父亲是因为一直有高血压，是因为脑血栓抢救不及时而去世的，但人们依旧把宝财去世归咎于环境污染。就连红卫的母亲杨丽华也相信了这样的话，对从事废旧塑料加工的儿子儿媳、对一直跟在大华身后从事废旧金属加工的孙子祥瑞变得异常冷淡，每天深居简出，饿了就自己做一点清淡的素食吃，坚决不接受儿孙们孝敬的东西。

之后，六十几岁的赣胜也意外病逝。赣胜的妻儿在众人的怂恿下，抬着棺材到废品集散市场大吵大闹，对外地废品供应商谩骂攻击，对本地废品收购部也是冷言冷语，围观人群一边倒地同情赣胜的家人。人们相信，这一切疾病的根源都是来自这些该死的垃圾，尽管很多人曾经不顾一切地从事并热爱过这个行业。这样一闹，所有曾经从事或正在从事废品收购、加工和销售的人，都卷入了这场纠纷，无法自拔。作为龙洲村乃至整个丰城废品收购行业风云人物的老“破烂王”九根和新“破烂王”大华，自然成为众矢之的。面对来势汹汹的舆论压力，全家人同样陷入了反思。

“怎么能这样干呢？”九根已经年近七旬，依然精神矍铄，精力旺盛，每天带着村里的理事会成员，巷头巷尾地巡查，维护村容整洁，他不相信这个罪恶的根源是“鸡毛换糖”带来的，更不能容忍赣胜的妻儿以及其他村民的无理取闹，他生气地说：“端起碗来吃肉，放下碗就骂娘。要是没有鸡毛换糖，要是都不去做生意，早就不知饿死多少人了，还能活到现在？还能过上这么好的日子？”

大华知道，父亲做了一辈子鸡毛换糖，早已视之为自己生命的一部分。他无法接受人们对这个行业的歧视和偏见。当然，他也知道垃圾对村庄环境造成了一定的污染，所以这十多年来一直不遗余力地当这个义务巡查员，经常出钱出力，改造排污系统，整治环境卫生。父亲已经做得够多了，不能因为污染事件，把他心目中鸡毛换糖这个精神支柱摧毁掉，坚决不能！

“爸，您莫生气。”大华劝道，“他们家里出了事，伤心难过肯定是难免的，您莫跟他们一般见识。”

“我跟他们一般见识？我跟谁一般见识？就说赣胜吧，当时要不是我带他出去换糖，他家里四个孩子能好好地活到现在吗？他老婆早就饿得快死了，一副身子跟芭茅似的，风一吹就倒。好了，现在赣胜死了，这些人不但不感激，反而怪到换糖头上来！什么世道！”

九根情绪激动，清瘦的脸上青筋暴露，呼呼地喘着粗气。细华也生气地说：

“就是！你看我们村，哪个人、哪个家不是得了换糖的好？哪个不是通过做废品生意发了财？到头来，反而都把气撒到这上头来，这不是自己打自己的脸吗？”

“二弟，你就少说两句吧。”金娥小声说。她还没有完全从宝财去世的悲痛中摆脱出来，听到人们的议论，也颇有些犹豫，对塑料的加工生产也产生了怀疑。“爸，要么您也搬到城里去住吧。我们在城里都有房子，住谁家都行!”

“不去! 我哪里都不去,就算死也要死在龙洲!”

细华瞪了金娥一眼,责怪道:“姐,你怎么也妥协? 难道害怕了吗?”

“我……”金娥眼泪在眼眶里打转,不知该怎么说。

祥瑞大声说道:“外公,舅舅舅妈,你们莫怪我妈。外公都快七十岁了,还一天到晚管村里的那些闲事,还要听那些冷言碎语,我妈也是关心外公的身体,担心外公受到别人的侮辱嘛。对吧妈?”

金娥一边抹眼泪一边点头。

大华沉吟道:“环境污染是事实。回想一下我们小的时候,天多蓝、水多清? 我们可以到水里捉鱼、洗澡,还可以喝港里的水。现在呢,抬头看看我们头顶的天空,哪一天不是灰蒙蒙的? 哪个厂里排出来的废气不是黑乎乎的? 哪条河道里的水不是臭气烘烘的? 就连压水井压出来的水都有一股子怪味。我们的环境的确受到了污染,我们得承认,我们也要理解乡亲们的心情!”他顿了顿,又说,“不过,污染归污染,工厂还是要建。问题是要建在哪里,怎样避免这些污染。”

细华不满地说:“那你说,我的厂要建在哪里?”

“具体问题具体分析。”大华眯着眼睛,看着洁白的墙面,“以前我们到浙江去卖货的时候,多么羡慕他们! 到处都是工厂,到处都是隆隆的机器声。现在呢,人家浙江那边开始规范起来,低端的、重污染的企业都拿不到证,不允许办下去,好多这样的企业都转移到内陆省份来。这说明,政府已经注意到环境污染的问题,正在想办法改变这种状况。”

“你别扯这些个大道理,我听不懂! 我就想晓得,我能到哪里办厂?”

九根瞪着细华,喝道:“你冲你大哥吼什么? 他说得有道理,也是大的形势,你要听得进去。我也是这个态度,我换了一辈子糖,我们龙洲人换了一辈子糖,我们从前人多田少,十年九涝,饿死了多少人? 要不是换糖,能有现在这么好吗? 所以,换糖的老本行不能丢。不过,既然污染是一个事实,大家对办厂搞加工的事这么敏感,我们也必须面对。我看还是再去找一下街道的领导,找一下市里的领导,听听他们的意见再说。”

细华拗不过父亲和大哥的情面,扭头就走。其他人也陆续离开,一家人不欢而散。

接下来的几天,细华四处找人,希望解决建厂用地的问题,但得到的回答几乎都差不多:鉴于人们对废品加工行业污染问题的反应激烈,建厂批地办证的事需要研究研究再说。所谓的研究研究,无非是一个托词,细华深知其中奥秘,也就是说,他建厂的事要无限期拖延下去。这个结果,令细华几乎绝望。

31　入驻园区

这一天，大华刚到公司，外甥祥瑞告诉他，有一个自称姓金的老板正在等他。走进接待室时，果见一位五十来岁、满脸络腮胡子的人坐在那里。

“您就是金总？”

“您是王总吧？呵呵，我姓金，叫金川，人们都叫我金胡子。”

二人见面，握手寒暄之后，马上切入正题。

原来，金胡子大名金川，也是丰城人。前些年以开汽车加油站起家，现在在多地开有五六家加油站，也算是家大业大。金川在外面开加油站时，多次接触过运送废品的货车，一问都是送到丰城的，或者是从丰城运往外地。他早就知道丰城废品集散市场在全国闻名，更主要的是他的父辈早些年也曾经从事过鸡毛换糖的生意，对这一行感情颇深。听说金属加工行业很赚钱，便也起了念头，想涉足金属加工行业。凭着他广博的人脉，很快便在赣州信丰县搞到了一个福利企业的许可证。可是，苦于他对这一行一无所知，经过打听，知道大华是本地金属加工行业的龙头老大，这才亲自找上门来，希望能够开展合作。

凭直觉，大华知道金川是个能成大事的人。他知道，福利企业的许可证审批程序非常复杂，在整个丰城也只有两家，其中一家还是浙江的杨老板以招商引资的名义审批下来的。他觉得这是个好机会，正好弟弟细华一直在为选址建厂的事犯愁，便马上打电话给细华，让他马上过来。

“我弟弟细华一直在寻找发展机会，我把他叫过来，你们接触一下。”他对金川说。

“好啊！你们王氏兄弟在我们丰城是家喻户晓的大企业家，能够结识细华兄弟，也是我的荣幸！”

正喝着茶，细华匆匆赶到。“什么事啊，哥？”他一进门，便迫不及待地问。

大华指着金川，笑着说：“细华，我给你介绍一下，这位是金总金大哥。”

金川站起来，与细华握手，说：“你好，细华兄弟，叫我金胡子吧。”

“金大哥，你好！”细华客气地叫了一声。

大华招呼大家坐下，简要把金川的情况和来意说了一遍，然后用征询的眼光看着细华。

“好啊!”细华摩拳擦掌地说,“金总有这个证,那就好办了!”这段时间,一直为选址办厂的事纠结着,没想到瞌睡碰到枕头,机会找上门来了!细华激动的心情溢于言表。

金川本来十分敬重大华的名望和地位,又见细华性格直爽,很对自己的脾气,也很高兴。两下里一拍即合,说干就干,很快商定在信丰筹建金属加工厂,并详谈了一些合作细节。几天之后,细华便与金川同赴信丰选址设厂。

对于细华能与金川合作,大华自然很高兴。他知道细华是个很有激情的人,只要沉下心来,一定会做出一番大事业。

没多久,细华和金川创办的“丰信金属制品经营有限公司”挂牌,大华亲自前往信丰,参加公司揭牌仪式,并为投产运营点火。细华如愿以偿,找到了施展拳脚的舞台,大华久悬着的一颗心,总算放了下来。此后的两年多时间,细华一直吃住在信丰,生意做得红红火火,直到2008年回到丰城,在循环经济园区办厂兴业,与大哥并肩作战。且按下不表。

正所谓“祸福相依”,大华与汤老板合作不到两年,生意顺风顺水。汤老板既严谨又大度,技术、管理方面对大华毫无保留,二人合作非常愉快。没想到,因为一场意外的车祸,汤老板的老婆孩子双双重伤住院。汤老板匆匆回去处理善后,一个月后回到丰城,告诉大华一个艰难的决定:中止合作。

大华对汤老板的决定很感意外。汤老板是他的合作伙伴,更是他的好朋友、好兄长,他十分不舍。但是,考虑到汤老板的实际情况,他又不得不尊重汤老板的选择。经过简单商量之后,汤老板把所有的生产设备折旧转让给大华,所有的销售渠道也都无偿提供给大华。

大华有了汤老板留下的设备、技术、管理和市场,更是如虎添翼。很快,他便与山西太原钢铁厂开展合作,生产不锈钢。由于巨大的资源优势和生产技术优势,大华成为太钢厂最重要的原材料供应商,每个月供应优质钢板两千多吨,销售收入达七千万元,成为名副其实的金属加工业龙头老大。

俗话说,“人怕出名猪怕壮”。大华的异军突起,引起各界广泛关注,也引起了省公安部门的高度重视。很快,一支由省经侦总队人员组成的调查队入驻丰城,对丰城最大的金属制品加工企业“龙洲金属制品有限公司”进行调查。理由很简单:企业发展这么大,必定是虚报了营业销售收入。他们根本不相信,一个民营企业有么大的实力,与太钢厂开展合作,而且销售量这么大,这在全省都是没有先例的啊!

当大华被传唤到调查组时，被这样一个奇怪的理由闹得哭笑不得。大华已经是市人大代表，丰城市金属制品行业协会会长，省经侦总队的人在参观大华的企业、检查他的出入库记录和账目之后，没查到什么问题，便很客气地打道回府了。但事情并没有就此了结，由于兹事体大，被省经侦总队盯上的企业，就一定有问题，这便是一些人的思维逻辑。省经侦总队的人前脚刚走，市经侦大队的人后脚就跟了进来。

“王大华，你到底有没有虚报营业销售收入？”经侦大队的李副大队长开门见山地问。

大华两手一摊，说道：“我都跟省经侦总队的领导说过了，他们该查的也都查了，哪里有什么问题？不信的话，你们还可以再查。”

“当然要查！省总队这么重视，宜春支队也做了专门指示，我们不能没有一个交代！”

“那就查吧。”

折腾了十多天，经侦大队的人一无所获。经侦大队的人一面通知工商局暂停对大华的公司提供发票，另一方面要求大华提供销售发票，跟存根核对是否相符。大华又急又气，急是的没有发票的话，公司就无法出货；气的是发票早就寄给了太钢厂，哪里去提供？大华找到相关领导，主动提出不享受免税政策，按正常的税点交税，但这事涉及省经侦总队，哪个领导敢出面？

又折腾了几天之后，经侦大队的人同样一无所获，把案件上报到宜春经侦支队，一拖就是两个多月，杳无音信。大华的公司几乎陷入停摆状态，大量金属制品堆积在厂区里，日晒雨淋，令他心疼不已。

这天，分管经侦工作的公安局苏副局长打电话给大华，说想请大华一起吃个饭。大华心想，也许案件有了转机，兴冲冲赶到苏副局长办公室，见苏副局长特地把门关上，不知是何用意，心里也不禁忐忑起来。

“王总啊，今天请你来的目的，其实你心里也很清楚。”苏副局长倒了一杯茶，端到大华面前。

大华忙站起来，客气地说了声“谢谢”，然后说道：“是关于我公司的那个案子吧？”大华早就知道苏副局长主管经侦工作，自然会往这上面想。

“没错！你是全市知名的企业家、纳税大户，又是市人大代表，也算是市领导跟前的大红人。这次省总队盯上你，也是事出有因。你知道的，省总队既然盯上了你，宜春支队又做了专门指示，我们也不能马虎是不是？”

“他们都查过了，我没有问题啊！”

“有没有问题不是你说的，也不是我说的，要用证据说话。”

“苏局长，您就说我到底该怎么办吧。”

苏副局长呵呵笑了笑，并不急于回答，而是点上一根香烟，深深吸了几口，然后缓缓吐出来，透过烟雾看着大华。

大华久经商场，自然与官场交道打的多，他知道苏副局长说半句留半句，是在故意留悬念，吊自己的胃口。凭感觉，他知道自己的事已经没有什么大碍，要不然苏副局长也不可能说出上面的话。苏副局长这是在向自己谈条件，逼自己妥协让步，给公安部门一个台阶下。他静静地看着苏副局长，看看他到底会提出什么样的条件。

静默片刻之后，苏副局长掐掉抽了半截的香烟，慢吞吞地从桌上拿起一个文件夹，打开文件夹后，看了看大华，递给大华："王总，这是经侦的同志查到的另一条线索。"

大华接过文件夹，仔细阅读过后，抗议道："苏局长，这有点'莫须有'的味道吧？请恕我直言，防洪基金不过是地方代收的一笔费用，与我的企业经营应该没有太大关系吧？再说了，在我每次报税的时候，都从来没有人提醒过我要交这笔费用，而且一年上百万，我们企业哪里承担得起？"

苏副局长收走文件夹，放到办公桌上，右手手指轻轻在上面敲着，似笑非笑地看着大华。"大华啊，"苏副局长换了一副亲热的笑容，俯身说，"依公来说，我是公安局副局长，你是市人大代表，我们有执法权，你有监督权。依私来说，我们也打了这么多年交道，私底下也算是很好的兄弟，我有个建议，不知你想不想听？"

"苏局长请讲。"

"是这样的。你提出的理由，其实也在情理之中，我非常理解。但是，我有一个折中的想法，希望你能拿出五十万元，作为罚款也好，作为补交防洪基金也好，这件事就这样了了。你看怎么样？"

"不行！"大华坚决地说，"我一没犯法，谈何罚款？二没偷税漏税，谈何补交？"

"大华，你听我一句劝，作为丰城最大的金属加工企业老板，这五十万元对你来说不过是九牛一毛。但是，如果你能带头支持我们的工作，我们也一定会全力支持你的企业发展……"

"如果是罚款，这事没得商量！哪怕撸掉我这个金属制品行业协会的会长头衔也无所谓！"大华说完，起身便准备离去，被苏副局长叫住。

"大华！"苏副局长沉下脸，马上又换了一副表情，故作轻松地说，"你不要激动。出钱的事如果一时想不通，那我们就再说。马上到饭点了，我们一起吃个饭吧，怎么样？"

大华冷冷地说道："谢谢，我还是回公司里吃吧！"说罢，扭头便走。苏副局长看着大华的背影，气得把文件夹推到地上，说了句："不识抬举！"

从苏副局长办公室出来，大华独自开着车在新城区兜了一圈，然后把车停到路旁，懒洋洋地靠在驾驶座上。他不明白，为什么别人可以放开手脚一心一意谋发展，而自己好不容易做出点成绩，却要被这些莫名其妙的"指控"纠缠不休？明明自己没有问题，为什么还要以所谓的"罚款"来息事宁人？

大华不相信因为被省经侦总队"盯上"，那些人就可以停掉自己的发票，中断自己的业务。时代的车轮滚滚向前，发展是大势所趋，只要自己照章纳税，依法经营，就没有什么人能够阻止得了。他想了想，马上打通了分管工商企业的杨副市长的电话，向杨副市长汇报了自己目前遇到的困境，希望他能从大局出发，帮自己解决这些问题。杨副市长非常重视，表示要亲自向主要领导汇报，并会马上调查，尽快给大华一个答复。

与杨副市长通完电话，大华才觉得心情舒畅了一些。回到公司之后，他继续正常生产，并着急地等待着杨副市长的答复。

三天之后，杨副市长亲自打来电话，请他到办公室去坐坐。大华不敢耽误，马上开车前往市政府大楼，直奔杨副市长办公室。

"杨市长！"大华主动走向杨副市长握手。

"大华来了？快请坐！"

杨副市长调任副市长位置上已经两年多，对全市工商企业非常了解，经常深入工矿企业调研，对大华的企业非常熟悉，也是他亲自挂点扶持的重点企业。见大华进来，便很客气地让座、倒茶。

"你反映的情况我向两位主要领导都汇报过了，"杨副市长开门见山，"两位主要领导都非常重视，认为这是在优化经济发展环境中遇到的新情况、新问题，指示我亲自调查，妥善解决此事。我给公安局的领导打了电话，详细了解了一下，他们已经认识到问题，正在开展内部排查，并准备开展学习讨论，彻底解决影响经济发展环境的问题，为市场经济的全面深入发展保驾护航。"

"谢谢杨市长！"虽然杨副市长的话都是些官话套话，说起来冠冕堂皇，落实起来未必尽如人意。不过，他是主管工商企业的市领导，大华不能不给他面子。因此，大华赔着笑脸，毕恭毕敬地说了句感谢的话。

杨副市长察觉到了大华的内心活动，笑了一笑，说："你不要以为我说的是面子上的话。我告诉你，这次我是动了真格的。我要求他们马上停止对你公司的所有限制，不信的话，你现在就可以安排财务人员到税务局去申请发票，看能不能拿到？"

大华将信将疑，当着杨副市长的面拨通公司财务人员的电话，让她马上去税务局申领发票。自从省经侦总队介入调查，已经有很多企业等着公司开具发票，涉及款项上亿元，大华为此事急得像热锅上的蚂蚁，寝食难安。

杨副市长笑道："不要担心。如果你的财务人员拿不到发票，我这个分管工商企业的副市长马上挂冠封印，回家种红薯去。"

大华尴尬地笑笑："我也是没办法，不给人家开发票，我的货款就收不回来。"

"我理解。所以我第一件事就是让他们收回成命，让他们尽可能地提供更多的便利，协助你们的发展，而不是人为地设置障碍，影响发展。"

大华这才相信杨副市长所说的是真的。果然，半个小时后，财务人员就兴冲冲打来电话，说一到税务局，就申领到了发票。大华丢掉电话，重新起身，紧紧握住杨副市长的手，感激涕零地道谢不已。

杨副市长摆摆手，说道："谢就免了。今天我找你来，不仅是这件小事，还有一件很重要的事，想听听你的意见。"

"杨市长请指示。"

"指示就免了。我之所以说这件事很重要，是因为这是市委、市政府的一项重大决策。我们丰城是全省最大的废旧物资集散中心，也是全国为数不多的废旧物资回收集散地之一。近年来，随着废品加工企业的增加以及人们环保意识的增强，人们对废旧物资集散市场以及周围的废品加工企业意见很大，上访投诉的人越来越多，尤其是以你们龙洲村为首的传统鸡毛换糖的村庄，以及民营企业园，环境污染问题尤为突出。相信你对这些问题也有一定的认识。"

大华想到前不久村里发生的抬棺阻挠废旧物品交易的情况，深有同感。他没想到引起了市领导的高度重视，便静静地听着，想知道市委、市政府接下来有什么重要举措。

"我们既要发展经济，更要保护环境。"杨市长款款说道，"以前，我们总羡慕沿海省份的发展迅猛，也多次到沿海发达省份去学习、去考察、去取经，我们要学习人家的长处，也要发展自己的经济嘛。我们发现，以前经济发展最快的沿海省份，最近几年几乎都出现了同样的一个现象，那就是大刀阔斧地砍掉重污染企业，同时花成倍的成本去改善以前因经济发展造成的污染。我们现在的发展模式，还停留在他们五六年前甚至更早前的时候，我们付出的环境代价也许比他们更多、更重。因此，我们要尽可能地不去重蹈覆辙，把问题解决在萌芽状态。"

大华之前也曾经思考过这个问题，不过想得并没有这么深，也没有这么透。他对杨副市长乃至于市委、市政府主要领导的高瞻远瞩和英明决策深感敬佩，他由衷相信，领导之所以是领导，是因为他们有着敏锐的洞察力和过人的远见卓识，能够高屋建瓴、运筹帷幄。他对杨副市长的这番见识深为赞同，不住地点头。

杨副市长很满意大华的态度，轻啜一口茶，继续说道：

“最近一年多来，我们结合丰城本地工业企业发展和环境保护的调研，在大量学习、考察外地经验的基础上，我们打算以工业园区的模式，着手规划建设我们自己的循环经济园区，让所有的废品加工企业全都搬到循环经济园区，并进行必要的技术改造，符合环境保护要求。我们决不能以牺牲环境的代价换取短暂的经济效益，我们要着眼于长远，既要发展经济，更要保护环境，让我们的子孙后代生活在宜居宜住的环境下，健康快乐成长。”

听到这里，大华情不自禁地站起来，声音几乎颤抖起来：“杨市长，您说的是真的？”他没有意识到，自己的眼泪已经在眼眶里打转了。

“真的，当然是真的！环境保护是大势所趋，也是经济社会发展的必然。我们不仅要金山银山，更要绿水青山，保护环境我们已经刻不容缓！”杨副市长慢慢站起来，踱步到大华面前，站在窗户前眺望远处，然后回过头来，“大华，你是丰城最大的本土企业家，也是连续多年的纳税大户，我想知道，对于市委、市政府的这个规划，你有什么看法？”

“我完全赞同！如果需要我做什么，我一定会义不容辞！”

“好！要的就是你这句话！”杨副市长兴奋地坐在大华对面，“现在，我们担心的是，我们规划建设了一个园区，却没人响应，没人理解，没人愿意搬进去。你是人大代表，又是金属制品行业协会的会长，在金属制品加工行业、在龙洲乃至整个丰城都有很大的影响力。如果你能够带头入园的话，我相信，不用我们做工作，别的企业都会跟着进去。这样，市委、市政府花巨资打造的循环经济园区就达到目的了，我们的良苦用心也就没有白费。”

大华激动地站起来，说道：“杨市长，请您放心，我一定第一个响应市委、市政府的号召！而且我也会动员我们龙洲十几个金属加工企业也搬到循环园区去，我也会动员下岗职工创业园的朋友一起都搬到循环园区去！”他感慨地说，“这也是我父亲一直以来的一块心病。”想到不久之后，所有的污染企业都将搬离龙洲，马上就可以恢复龙洲的青山绿水蓝天，老人孩子们又可以快乐地在家园生活，而不用离乡背井搬进城去，大华抑制不住内心的向往，已经有点迫不及待。

二人又聊了一些入园细节，大华越聊越兴奋。不知不觉已到下班时间，大华仍然不舍得走，便请求道：“杨市长，要不晚上请你吃个饭，我再请几位民企老板过来,继续聆听你的指示?”

杨副市长呵呵笑道:“吃饭就免了。关于循环园区的事,还会广泛听取大家的意见,只要你王大华能够支持响应,别的一切问题都会迎刃而解。我一会儿还要去见几个外商,就不留你了。”

大华依依不舍,正要离去,杨副市长又叫住他:“大华,你三弟小华现在怎么样?”

大华听得一愣,茫然地看着杨副市长。

32　志同道合

说起来,在兄弟姊妹五人中,老满小华是办事最稳当、最让全家人省心的一个。自从成立银华羽绒制衣厂以来,一直稳扎稳打,步步为营,不仅成为丰城羽绒收购、加工行业的龙头老大,而且与国内多家羽绒制品厂开展合作,承接了很多来料加工业务。在羽绒收购、加工行业越来越萎缩的大环境下,他能够顽强地生存下来,并且越做越大,殊为不易。

近年来,由于羽绒制品种类增多,本地羽毛收购已经无法满足生产厂家的生产需求。小华把目光投向了羽毛供应大省河南、山东,从这两个省大量收购羽毛,加工销售,这才勉强满足了生产需求。为了稳定货源,小华又在山东设立了收购加工基地,有自己的养殖产业,有自己的屠宰、加工厂。这样一来,他必须在丰城、共青城和山东来回奔波,每次回到家里,也只是打个照面就走。

按说,小华有如此强的事业心,一家人都应该感到高兴才对。不过,乖孩子也有让人操心的时候。现在,每次小华回来,家里人总是会同时提出一个问题:那就是小华的婚事!

中国人习惯把结婚生子称作“终身大事”,可见此事非同小可。小华已经三十五岁,十足的大龄青年。从个人条件上来讲,小华儒雅帅气,事业有成,兄弟姊妹也个个是人中龙凤,典型的“高富帅”。这样的个人条件,为什么偏偏就找不到一个合适的另一半呢?每次回到家里,父亲劈头就是一句话:“你要等到一百岁再结婚啊?”大姐金娥总是说:“三弟,莫挑花了眼睛撒。”二哥细华则说:“老满,还没玩够?”二姐银娥一般都会说:“三弟,柳春还在等着你,你莫耽误了人家。”只有大哥大华不在众人面前催问,只在没人的时候,故作漫不经心地漏出一句:“老满,年纪不小了,要上点心啊!”

小华对家人的关心应接不暇。刚开始的时候还有些不适应，慢慢适应下来，便也变得无所谓，不管谁说起他的婚事，总是呵呵一笑了之，不予正面回答。

其实，小华自己也一直处于烦恼之中。他的身边并不缺女人，缺的只是可以陪伴终身的伴侣。在小华看来，真正理想的伴侣，首先应该是无话不谈的朋友，可以一起笑，一起哭，一起面对人生的起起落落。其次，还要是孝敬父母、善待兄弟姊妹的贤妻良母。再次，还要是事业上的良师益友。在我们常人看来，能够满足这三点的伴侣少之又少，但小华既已打定主意，便再也无法摆脱出来。

无疑，公司的设计师黄琼很符合第三点。黄琼是服装设计专业的，在公司十多年的时间里，对企业运作、管理方面也有了一定了解，应该说是非常称职的合作伙伴。有几次，小华带着黄琼出差共青城、山东，黄琼不仅善于应酬酒桌上的场面，对合作伙伴提出的所有要求，也能够应对自如。小华认为，黄琼的确是不可多得的人才，因此对她也非常信任。而黄琼则片面地认为，小华的心里一直装着她，因此不顾年龄增长，一厢情愿地痴痴等候。

而在小华看来，黄琼只是非常好的合作伙伴，条件成熟的时候，他一定会提拔她当自己的助理或者副总经理。但黄琼性格乖戾、傲慢，自命不凡，除了对小华死心塌地外，其他人均入不了她的法眼，甚至包括谨小慎微的大华，尤其是玩世不恭的细华，至于金娥、银娥就更不在她的眼里了。小华对这一切非常清楚，只不过没有点破而已。

在小华的眼里，符合贤妻良母条件的，其实是制衣厂的会计，也是银娥的小姑子徐柳春。徐柳春是银娥丈夫的妹妹，比小华小七八岁。当小华和银娥成立银华制衣厂的时候，柳春不过是个刚刚考入财经大学的学生，每逢寒暑假，柳春都会主动来银华实习。说实话，要不是银娥说情，小华一定不会招录这个唯唯诺诺的小实习生，在半年多的实习期间，小华甚至正眼都没瞧过柳春，他不喜欢没有个性的人，包括女人。真正让小华意外并感动的是，柳春以优异成绩从大学毕业时，有很多企业甚至包括著名的国企向她发出了邀请，而柳春不假思索地选择了银华。

小华是个不善言辞的人，虽然工作中滔滔不绝，但谈完工作之后，便变得讷言寡语，让好多人无法接受。柳春的话也不多，但是很注意细节，每次看到小华筋疲力尽地从外面回来，总是马上把水烧好，给他沏上一壶温度刚好的茶水。每次小华提出要到什么地方见什么人，她也是细心地准备好相应的礼物，提醒小华不要拿错。而逢年过节小华为家里人备下的礼物，几乎全都出自柳春的建议。因此，小华对柳春充满感激，在多个场合托二姐银娥转达对柳春的谢意。而在柳春看来,这是小华对自己心有所属。

对于小华和柳春之间的眉来眼去,黄琼早就看在眼里。她认为,无论从姿色、气质或者职业上看,柳春都远远不如自己。从银华羽绒厂刚刚成立的时候,黄琼就应聘来到厂里,可以说是公司的元老,也是陪着小华一起打拼了这么多年的好朋友。就在黄琼认为与小华的情感关系水到渠成的时候,半路上杀出个徐柳春,把这件好事给搅黄了。因此,黄琼看柳春的时候,横竖不顺眼。随着年龄不断增长,黄琼也暗自着急,本想跟小华开诚布公地提出来,无奈女人的矜持制止了她的举动,让她除了干着急之外,无法进入实质性的进展。

小华对黄琼和徐柳春的内心活动,早就了然于心。他喜欢黄琼的才华横溢,也喜欢柳春的温柔贤惠,不过这两个女人似乎都缺少一种更令他喜欢的东西,那就是朋友之间的坦荡和投入。他相信,以黄琼的优雅和才华,一定可以从容应对各种大小场合;以柳春的温柔和贤惠,一定会协助他处理各种人情往来。一个是成功路上的革命伴侣,一个是逆来顺受的居家女人,这两种女人他都喜欢,都需要。但是鱼和熊掌不可兼得,他无法做出取舍。他更希望与两个人都能够成为朋友,不仅是事业,还有生活,可惜两个人一直在沿着自己的既定方向走,无法成为真正的知己。他很想选择,但到头来只有放弃,因为他不想迁就自己。

就在小华为个人问题感到困惑的时候,他遇到了生命中令他无法忘记的另一个女人:陆玲。这是他五年前进入山东青州时认识的,说起来也颇有点传奇色彩。当时,小华听说山东的畜禽养殖业很发达,便萌生了去那里收购羽毛的想法。找到青州的一家畜禽养殖场,接待他的并不是西装革履的老板,而是一个穿着工服、浑身透着青春气息的姑娘。他想,也许老板没时间接待自己,便问道:"姑娘,你这里养了多少鸭?"

"二十万羽。"姑娘毫不含糊地答道。

小华暗暗分析了一下,按一百万羽算,差不多可以达到省内三分之一左右的羽毛收购量。如果把这里的羽毛全都收购下来,自己的羽绒供应量就增加了百分之二十多,折算成利润,起码也在五十万元以上。他又问道:"那么,你们这里是以卖活鸭为主还是宰杀了之后卖肉为主?"

姑娘笑道:"如果你需要活鸭,那我就卖活鸭给你了。如果你图省事,我就宰杀之后卖肉给你。这个问题不该问我,而应该问你啊。你是想买活鸭还是买鸭肉呢?"

"这个……"小华愣了一下,心想也对,现在已经是市场经济时期,讲的是订单生意,市场需要什么,货主就供应什么,哪里有这样问的?他尴尬地笑笑，突然觉得眼前的这个姑娘有点意思，她不过是个普通的工人，就有如此的头脑，那么她的老板一定是个更有头脑的人了。他问道：“你们老板在吗？我有些事情想见见他。”

“你想见我们老板啊？”姑娘俏皮地笑笑，说道，“那我打个电话给他，看看他能不能赶过来。”

打过电话之后，一个头戴草帽，身穿一身迷彩服的年纪六十开外的老汉走过来，老远便朝姑娘问道：“玲子，叫我来做啥子？”

姑娘朝小华努了努嘴，笑道：“这个人说要见你。”

小华听得大吃一惊，明明说要见老板，怎么来了一个老汉？难道他就是这里的老板？小华不由得肃然起敬，迎着老汉说：“老板您好！”

老汉操着浓重的当地口音说道：“我哪里是什么老板，我不过是来这里打杂的，真正的老板是她，我的闺女！”他朝着正在水塘边干活的姑娘说道，“玲子，你怎么又忽悠人家呢？”姑娘传来一阵格格的笑声。

小华大吃一惊。这个穿着普通工服的姑娘居然是养殖了几十万羽鸭的养殖场老板？他迟疑地看着姑娘，只见姑娘从水塘边向他走来，摘掉头上的太阳帽，一头乌黑的头发如瀑布般倾泻而下。她又脱掉工服，露出一身紧身无袖衬衣，身材凹凸有致。她歪着头，主动向小华伸出手，说道：“你好！我叫陆玲，是这里的‘鸭司令’。”

小华瞠目结舌，合不拢嘴。好半天才回过神来，故作镇定地笑道：“你好，我姓王，从江西来的。”

“听出来了，你们南方的普通话很容易辨认。对了，我还在南昌读了四年的书呢。”

“是吗？”

“江西大学中文系，如假包换！”

闲聊了一会儿，小华才得知，陆玲在江西大学读书时，居然到过丰城采风，对丰城的废旧物资回收市场非常了解。大学毕业后，曾经在当地的县文联工作过一年多的时间，因为不习惯安逸的机关生活，便回到乡下，在政策扶持下，当上了“鸭司令”。第一年五千羽，第三年跃升到十万羽毛，这是她当“鸭司令”的第四年，已经有肉鸭二十万羽。她养的鸭不仅品种好，而且肉质也好，大部分送往北京，是“全聚德烤鸭”的主要供应商之一。

小华听罢，不由得肃然起敬。看陆玲的样子，不过二十五六岁，居然把养殖业做得这么大，而且做到了首都北京。他向来敬佩读过书的人，尤其是读过书的女人，而对于既读过书，又不拘泥于书斋的陆玲，更是钦佩有加，对陆玲油然而生亲近之感。

经过短暂接触之后，小华很快便与陆玲签订了收购全部羽毛的合作业务。之后，小华回到丰城，与陆玲保持着非常密切的联系，当然，这些联系仅仅停留于工作层面之上，并无逾越。

前不久，陆玲突然出现在南昌，打电话给小华，令小华喜出望外。当他匆匆赶到宾馆见到陆玲时，心里竟然涌上一阵难以言状的激动。陆玲长发飘飘，一袭白色长裙迎风飘舞，看上去优雅圣洁，哪里还是那个正在水塘边劳作的养鸭女？小华禁不住看得呆了。陆玲笑道："怎么，不认识了吗？"

"啊？噢！"小华缓过神来，忙伸出手，"你好！"

陆玲与小华握了手，指着宾馆，笑道："进去坐坐？"

"好！"

宾馆大厅一侧，有一隅安静的咖啡室，二人找了个临窗的位置坐下。陆玲叫了两杯咖啡，二人相视一笑，然后又各自避开对方的眼神。

"最近忙吧？"

"怎么到江西来了？"

二人几乎同时开口询问对方，然后同时笑了起来。陆玲笑道："这是怎么了，一见了面话都不知道怎么说了？"

"你是说我吗？"小华笑问道。

"不是说你，是说我自己呢。"陆玲说道，"我昨天就到了。本来一到南昌就想打电话给你，约你出来见个面，没想到被他们给搅忘了。"

小华问道："昨天就到了？是有事吗？"

"也没什么大事。外甥准备去英国读书，大姐说一去就要几年，非要叫我过来玩几天。我想正好南昌离你家近，所以就过来了。"

陆玲说完，脸上一阵绯红，便低下头，轻啜了一口咖啡。小华听得心里一动，陆玲的话很明显，要不是因为他，她也许就不会来呢。他嚅动了一下嘴唇，本来想说声"谢谢"，但还是没说出口。"大姐在南昌？"他问道。

"是的，大姐大学毕业后，就跟着姐夫到南昌来了。"

"是吗？"小华觉得很意外，怎么没听她说起过呢。不过，他记得她曾经在南昌读了四年的大学，没想到还有这层关系在里面。

"对了，告诉你一件事。"陆玲兴奋地说道，"昨天晚上我跟姐姐他们聊天的时候，无意中谈到了跟你合作的事，没想到我姐夫突然变得很激动，说他认识你，跟你一家人都很熟。他还跟我讲了好多你们家的事，还有你大哥的事。你说是不是太巧了？"

"是吗？你姐夫是？"

"高建平。"

"高大哥？真是太巧了！我和我大哥好久都没见过高大哥了，好想他！"

"姐夫也是这样说的。他说，你们一家人都很有本事，很能吃苦，经历了很多磨难，不过现在都已经功成名就。他现在工作很忙，一直没有时间到丰城去看你们。"

小华点了点头。他早就听说，高建平前几年就升任省政府办公厅副秘书长，工作一定很忙，所以一直都不好打扰他。没想到，居然从陆玲这里，又进一步走近了这位令人尊敬的大哥！

他又进一步了解到，原来，高建平在读研究生时，便认识了刚入校门的大一新生陆虹。二人相互吸引，陆虹毕业后，便主动要求分配到江西，与高建平在一起。后来，二人结婚生子，便一直在江西安家。陆玲比姐姐小了十几岁，从小便是跟着姐姐长大，高考填志愿时，毫不犹豫地选择了江西大学，在姐姐身边。要不是父母日渐年长，陆玲说不定也会在南昌找份工作呢。

对于陆玲和姐姐的奇特经历，小华听得非常用心。他相信，这便是人们所说的"缘分"，要不然，为什么老天会安排他跟陆玲见面呢？一直以来，小华都在为"另一半"的事发愁，没想到，这个人终于出现了。

他再次有种怦然心动的感觉。他甚至产生了一个新的念头：以陆玲的养殖基地为依托，在青州建立羽绒加工厂。这样一来，既可以解决原材料供应短缺的问题，更可以就此走近陆玲。当这个念头在脑海中闪过之后，他抑制不住内心的激动，开始思考加工厂的筹建和生产事宜，以至于盯着陆玲的时候，他很快便走神了。

"想什么呢？"陆玲轻轻地问道，把小华从憧憬拉回到现实中来。小华不好意思地笑笑，说道："没什么……陆玲，有做羽绒加工的想法吗？"

陆玲愣了一下，说道："当然想。不过现在我的基地刚起步，还要承担屠宰的压力，一时忙不过来。再说，对于羽绒加工我一窍不通，要是能得到你王总的支持，就一切都迎刃而解了。"

"如果你愿意，我到你们那里去建个羽绒加工厂如何？"

"那当然求之不得！"陆玲也从小华的神态里看出了他的心思，她本来就对小华的印象很好，经过昨天与姐夫聊天，更进一步了解了小华一家人的发展经历，对小华的好感又加深了一层。她的心里升起一阵异样的感觉，她发现，自己已经爱上眼前的这个男人了！

后面的事情其实已经很明显，两个对前途充满激情和梦想的年轻人相爱了。之后，小华马上着手在青州筹建羽绒加工基地，二人的感情也日渐升温，很快到了谈婚论嫁的地步。不过，接下来的问题现实而棘手，陆玲的父母坚决不同意她远嫁他乡，说见一趟大女儿已经不容易了，再把小女儿也嫁到江西来，无论如何都不同意。而小华自然不可能到青州去安家，这并不是因为传统观念作怪，而是他的所有产业都在江西，不可能把事业丢掉。这样，一对深情相爱的男女，不得不面对现实。

一晃又是三年过去，当年轰轰烈烈的爱情，已经被现实折磨得疲惫不堪。小华依然经常奔波于江西和山东两地，陆玲依旧坚守着她的养殖场，光环始终照耀在他们的头顶。但两人每次见面时，都会感到痛苦，这种感觉只有他们品味得到。

岁月的车轮滚滚向前。有的人因成长而欣喜，有的人因成熟而开心，也有的人因为不满岁月这把杀猪刀无情地在脸上刻出一道道皱纹而变得焦虑不安。黄琼就是。当年那个自信而高傲的女设计师，已经是个三十出头的“剩女”，再也无法矜持下去了。当小华再一次从山东回来的时候，黄琼把他约出去吃饭，直截了当地问道：“王小华，你到底有没有想过要娶我？”

王小华其实早已经领教过她的质问，但多次时候是拐弯抹角的，没想到现在来得这么直接。“对不起，我真的没想过。”

“不可能！”黄琼不甘心失败，“那你为什么经常带我去出差，有时还要在众目睽睽之下挽着我的手？”

“那是宴会的场合，是出于礼节，与私人感情无关。”

“可是，别人问我们的关系时，你为什么不清楚告诉他们，而要含糊其辞地敷衍过去呢？”

女人在正常情况下，和男人的智商没有任何差别。但也有例外的时候，比如爱上一个男人的时候，智商保不准会出现问题，而且是大问题。现在，智商极高的黄琼便出了问题，她把在宴会上的礼节当成了公开两人关系的场合，把别人的逢场作戏当成了真心话。小华不敢告诉她这些，只是苦笑了一声，说道：“黄琼，我真的没有这样的想法。我觉得你完全可以找一个适合你的男人，不要再等了，再等也还是这句话。”

“我不相信！”黄琼尖声叫道，“你明明爱我，为什么不肯承认，为什么不肯娶我？难道你又看上了柳春，是吗？柳春哪一点比得上我，不就是比我年轻吗？我也年轻过，我年轻的时候比她漂亮多了，也比她优秀多了！这样的人你也看得上？你告诉我，是不是她在从中捣鬼？”

“黄琼！”小华看了看周围的人，都在头挨头肩挨肩手抓手你侬我侬，安静而暧昧的大厅里只能听到蚊子叫般轻轻的呢喃。他小声说道，“不是你想象的那样，我不可能喜欢她。”

“那你到底喜欢谁？”黄琼也压低了声音。

小华知道，再不拿话堵住她，她是不会彻底死心的，便如实说道："我心里有人了，是外地的。"

"不可能吧，从来没听你说过，也没听银娥姐说过。"

"是真的，我很喜欢她，她也喜欢我。"

黄琼虽然半信半疑，但她知道小华是个实诚的人，不可能拿这种事开玩笑。她盯着小华看了半天，这才心灰意冷地说："好吧，那我祝你幸福！"她拿起坤包起身便要走，刚迈出一步，又坐下来，说，"王总，我现在就提出辞职申请，希望你批准。"

这回轮到小华吃惊了。他知道，黄琼是个个性很强的人，说要辞职也许就真辞了。虽然设计师并不难请，但这么多年来厂里的所有设计资料全都在她手上，要是她因爱生恨，一气之下全都毁掉或者泄露出去，那可是巨大损失。他按住黄琼的肩膀，说道："黄琼，冷静点，不要说这种冲动的话。"

黄琼看着小华真诚的脸，慢慢冷静下来，眼眶里开始湿润，眼泪一点点积聚，终于从眼角涌了出来。

小华心里一软，不由得感到一阵愧疚。虽然他没有对她承诺过什么，但这些年来，她一直以厂为家，为厂里的发展出谋划策，为服装的款式加班加点，而且多次跟随自己辗转各地，推销新款服装，可以说鞠躬尽瘁、尽心尽职了。他深悔自己平时没有好好跟她沟通，甚至没有把她当作推心置腹的朋友，以至于让她产生种种错觉，直到弄成现在的局面。"对不起！"他真诚地道着歉。

"对不起有什么用？"黄琼抽泣起来，"对不起就能弥合我内心的伤痛吗？"

小华见她哭泣，有点手足无措，怔怔地坐在那儿，除了抽出几张纸巾递给她，别的什么也做不了。

黄琼继续抽泣道："其实，我早就知道你不喜欢我，可是我就是不死心，总是幻想着能够嫁给你，和你一起面对困难和压力，一起生产出更多更受喜欢的羽绒制品。我等了你十来年，到头来却一无所有。你说一声对不起就能补偿得了吗？"

小华迟疑地抬起手，在她的肩膀上轻轻拍了拍。黄琼趁势把身体靠过来，想要靠在他的肩上。小华稍稍挪动一下身子，与她保持着一定距离。黄琼生气地哭道："你就不能让我靠一下吗？"小华只好正坐不动。黄琼靠在小华的肩膀上，抓着小华的手放在自己的腰间，小华赶紧抽回。黄琼又哭道："你就不能抱抱我吗？"小华愣了几秒钟，还是果断地拒绝了她。

"黄琼，我不能这样做。"他说道，"如果你同意，我们还是朋友，是共同打拼的好朋友。好吗?”

黄琼嘤嘤哭了好一阵,这才慢慢安静下来,揩干眼睛,整理一下好看的假睫毛,说道:“王小华,我想先休一星期的假。你总要给我点时间,让我自己调整一下。”

“好!我现在就同意。”

一周后,黄琼重新回到厂里上班,并且再也不提辞职的事。大家发现,黄琼变得更开朗,也更随意了,见到谁都有说有笑,一点也没有高傲冰冷的样子,像是换了个人一样。小华清楚,她终于从暗恋中摆脱出来了,“心底无私天地阔”,大概便是她这个样子吧。

小华暗自庆幸终于不用背负被暗恋的包袱,本以为可以心无旁骛地去想他和陆玲的事,没想到二姐银娥又横插一杠子,令他好不容易安静下来的心再次波澜起伏。

银娥是主动替柳春提亲的。这个温柔贤惠的女孩,甚至连主动表白的胆量都没有,只是一门心思地投其所好,给小华端茶递水,准备他爱吃的东西,甚至帮他洗衣熨衣。银娥早就看出了这位小姑子的心思,当初辞掉很多地方的邀请,执意来到银华羽绒厂,便是冲着小华来的。不过,当时柳春年龄还小,社会阅历也很浅,未必懂得真正的爱情,所以银娥也隐而不说。

转眼过去五六年,当年那个稚气未脱的大学生,早已成长为知性温柔的成熟女人。更难能可贵的是,她很快便拿到了中级职称,并且考到了注册会计师,这在普通的私企可是个“香饽饽”。银娥越来越喜欢柳春,曾私下里跟小华说过多次,希望他能够注意到柳春,但小华都以个人问题不要插手为由,堵住了银娥的嘴。但是作为姐姐,面对三十大几的弟弟的婚事,哪有不管不问的呢?这一天,银娥终于忍耐不住,拖住小华问道:

“老满,你能不能认真考虑一下自己的婚姻大事?你也老大不小了,柳春也等了你这么多年,你就不能自己上点紧吗?”

小华刚摆脱黄琼的纠缠,好不容易轻松下来,没想到二姐又把柳春扯了进来。他皱着眉,不耐烦地说道:“姐,你能不能关心点正事,莫成天想这些事?”

“这不是正事吗?”银娥数落道,“你不结婚,全家人都替你操心,这还不算正事?”

“好好好,我说不过你,好吧?”小华求饶道,“我还要去接待宁波来的客商,今天就不谈这个好吧?”

“又要躲吗?宁波的客商要傍晚才到,还有好几个小时。你想什么我还不知道?就是想回避这个问题!你说柳春有哪点不好,都不知道有多少人上门求亲呢。可是她就是一万个不答应,因为她的心里只有你!”

小华与陆玲恋爱得火热,但因为困难太大,他并没有跟家里人提及。二姐的话说到这个分上,他也不知怎么回答,况且已经耽误了黄琼,要是再不把话说清楚,说不定柳春就会成为第二个黄琼,被自己耽误掉大好青春。他只得如实说道:“姐,我心里已经有人了。”

银娥非常意外,问道:“有人了? 我怎么一点也不知道?”

小华便把自己与陆玲相恋的事简单说了一遍,中间隐去了她和高建平的关系,以及她父母不允许远嫁的事。银娥果然很高兴,说道:“原来我们家老满早就名花有主了,难怪要大老远跑到山东去建加工厂! 你也真是的,怎么不早说呢? 害得全家人都替你着急。既然你们这么相爱,为什么还不结婚?”

“再等等吧。那边的加工厂刚起步,还有好多事要处理。”小华自己也不知道如何面对接下来的问题,只得含糊其辞,敷衍过去。“姐,柳春的事,你该知道怎么处理了吧?”他马上把话题岔开。

“既然这样,柳春的事就不劳你费心了,喜欢她的人排着队呢。你放心,我会做好她的工作。只是你自己的事要抓紧点,真的不能再拖了!”

“我晓得。”小华总算把这一节应付过去,稍稍宽了些心,又补充道,“姐,这件事暂时莫跟家里人说。”

“为什么?”

“你先莫说出去就行。”

“好吧,我保证不说出去,到时候再给大家一个意外的惊喜。”

插曲接二连三,令一向稳重老练的小华,也着实伤透了脑筋。可是,又有谁能理解他的苦衷?

33　雏鸟于飞

大华告别杨副市长,心事重重地回到家里。妻子金兰忙问发生了什么事,大华只是把市里设立循环园区的事说了一下,金兰高兴地说:“这是好事啊,你为什么还不高兴呢?”大华重重地坐进沙发里,一言不发。

金兰沏好一杯茶,放到大华面前,重新打量着他,说道:“不对!”

“什么不对?”

“你肯定还有什么事瞒着我!”

大华叹了一声，这才说道："杨副市长要给老满做媒。"

"这是好事啊！小华已经三十好几的人了，不能再拖下去。"

"哎呀，你不晓得呢。"他沉吟半晌，这才缓缓把杨副市长提亲说媒的事说了一遍。

原来，杨副市长谈完工作后，又把大华叫住，询问小华的婚事。当得知小华还没有确定对象时，杨副市长马上提出要介绍自己的姨妹给小华。杨副市长的姨妹是一名高中老师，已经快三十岁，仍是单身一人，为此，家里人都很着急。杨副市长的爱人每天都在枕边唠叨，说杨副市长位高权重，认识的人多，而且又都是场面上的大人物，一定要帮妹妹找一个门当户对的好人家。杨副市长推辞不得，用心明察暗访，好不容易打听到羽绒行业的龙头老大居然三十几岁还没成家，这才矮下身子，主动向大华提出。"你要知道，妻命难违。我这也是没办法，要不然也不会沦落到做媒婆的地步！"末了，杨副市长说出这句貌似俏皮实则无奈的话。

"好事好事，天大的好事！"金兰高兴地说，"找老师最好了！老师知书达理，假期又多，最适合不过。而且，人家的家庭条件也不错，能够找到我们家小华，也算是我们高攀呢。"

大华闭着眼睛，倚靠在沙发上。金兰奇怪地问道："你怎么一点也不高兴？赶紧去把小华找来，好好商量一下这事啊！"

"好吧。"大华想了许久，这才打通小华的电话，让他过来，说是有要事相商。

小华不知大哥有什么事，赶忙赶到大哥家里。一进门，便见嫂子喜形于色，而大哥则蜷缩在沙发里，似乎很疲惫。他在大哥身边坐下，问道："哥，你找我过来，到底什么事？"

大华本来还没有理清头绪，不知该如何跟小华说，也不知是该劝他答应还是劝他拒绝。想了好久，觉得还是照实说的好，毕竟小华已经是这么大的人，会有自己的主见。于是，他把杨副市长提亲说媒的事重新又说了一遍。

小华好不容易撇清了和黄琼、柳春的事，正在思考和陆玲的事，没想到又半路上杀出个程咬金，跳出了一个杨副市长的小姨子来！他不快地说："哥，你怎么也这么八卦，做起这种事来了？"

"怎么了？"满心欢喜的金兰听得一头雾水，仍不甘心地说，"这不是挺好的事吗？"

小华说道："好什么好？我自己的事我自己会看着办，你们不要瞎操心好不好？"

大华本来就没想好怎么说，要不是金兰催得急，他肯定会认真思考之后，再单独和小华商量。现在看小华的态度，似乎并不是很情愿，他便有些后悔自己这么草率，匆匆把小华叫来。金兰还想要说什么，大华瞪了她一眼，便知趣地走开了。大华说：“老满，现在只有我俩在这儿，既然说到这事，我们今天就好好聊一聊。你跟我掏句实话吧，你到底是什么个情况，为什么拖到现在还不结婚成家？”

小华一向十分敬重大哥，就像敬重父亲一样。既然大哥郑重其事地问起，他便也只好实话实说了。“大哥，我也不瞒你。早些年吧，一心想着如何把厂子搞好，把生意做起来，确实没往这上面去想。这一来二去的，也就拖了这么多年。后来，意识到这个问题了，也想找一个合适的，却一直没找到。”

大华也隐约听银娥说过黄琼和柳春的事，只不过他相信小华自己会处理好这些关系，加上自己的公司一直碰到这样那样的问题，很少有精力去考虑小华的事。此刻，见小华推心置腹地说着，便点了点头，用心地听着。

“前几年，我在山东的时候，认识了一个办养殖场的姑娘……”他把认识陆玲的过程以及对她的印象和盘托出，褒奖之意溢于言表。大华听出来了，小华这是动心了，马上精神一振，坐正身子，饶有兴致地听着。

“大哥，你晓得吗？陆玲和我们家还有一些渊源呢，说起来你也一定会感到意外。”小华又把陆玲与高建平的关系说了一遍。

大华果然大吃一惊：“真的吗？真有这么巧的事？”

“当然是真的！”小华两眼放光，表情灿烂而快乐。

“真是太巧了！”大华情不自禁地拍着小华的肩膀，说，“简直太好了！”

小华马上神情一变，变得黯然而沮丧。大华捕捉到了弟弟的表情变化，问道：“怎么了？”小华便把陆玲的父母不希望女儿远嫁的事说了一遍。“大哥，你说我该怎么办？”

“这有何难？”大华快速地思忖道，“既然你们真心相爱，还担心什么距离远近？再说了，你在青州已经建了厂，在那边的时间肯定也会多。小陆那边的羽毛也主要供应给你，肯定也要经常到这边来。如果实在担心她父母不肯她远嫁的话，你就在青州买套房子，把家安下来。等她的父母百年之后，你们再搬回来，不就什么问题都解决了吗？”

“可是，我担心爸爸他……”

“放心吧，爸爸的工作我来做，只要你真的喜欢小陆，你们真心相爱，别的都不是问题！”

“谢谢大哥！”

心结打开，小华的脸上又恢复了阳刚和自信，由衷地说道：“大哥，我想了好久都没有想通这个问题,没想到你三言两语就帮我解开了!”

大华笑道:“谢就免了。对了,我得给高大哥打个电话,告诉他你们的事,我相信他一定会替你们感到高兴的。”

小华道:“不用这么急吧?等我和陆玲商量一下再说也不迟。”

大华又笑道:“要是再不急点的话,杨市长那边我就不好交差了。”

“好,我一切都听大哥的!”

小华听从了大哥的建议,终于与陆玲喜结良缘,全家人都为他松了一口气。后来,小华夫妇以山东为中心,辐射到整个北方地区,做成了江南最大的羽绒加工供应商之一,每年向各地羽绒生产厂商供应优质羽绒达上千吨,仅此一项营业额就达三四亿元。其后,夫妇俩又进一步拓展加工业务,不仅承接各地的羽绒服、羽绒被、鸭绒被等来料加工订单,而且自己注册成立“华羚羽绒制品有限公司”,生产自己的各种羽绒制品,开始走出国门,征战全球。这是后话,且按下不表。

这个时候,受到全球金融危机的冲击,铝、铜等金属价格暴跌,大华的公司资产大幅缩水,其他人的公司也缩水严重。有的囤货较多的公司,因为承受不起冲击,不得不关张停产。好在大华家大业大,囤货也不多,勉强得以维持下去。

没多久,丰城市循环经济工业园区正式投入运营。作为龙头企业,大华带头响应,第一个签约入园,购买了五十多亩地,成立“龙华铝业有限公司”,扩建新的厂房。大华趁着价格低靡,大量购进各地滞销的废旧铝、铜原材料。次年价格开始温和回升,他开足马力,当年便实现年产万吨铝锭的规模,此后,以年递增近万吨的业绩,继续保持着龙头老大的位置。在他的带动下,龙洲十数户大大小小的金属加工企业纷纷入园,把产业重心从小小的龙洲村周边转移到了规模宏大的循环园区。

二弟细华与金胡子在信丰的金属加工福利企业生意倒也顺风顺水,波澜不惊。但由于大部分原材料及上下线供销链全都集中在丰城,信丰的企业一直不温不火。细华耐不住寂寞,不喜欢这种毫无悬念的生活,最终还是决定与金胡子分手,回到丰城,也注册成立了一家金属制品公司。这些从龙洲村走出来的第二代换糖人,接过父辈传下来的手艺,在专业而广阔的循环园区的大舞台上,指点江山,挥斥方遒,开始书写生生不息的生命传奇,再次引起世人瞩目。

现在,我们的目光要关注一下大华兄弟的大外甥祥瑞了。说起来,祥瑞的年纪也不小了，更主要的是，他一直不愿意跟在父母后面，做那些小打小闹的塑料加工业务，而是始终跟在大舅身后，跟着大舅搞加工，跑业务。言传身教中，不仅学到了许多关于金属废品收购、加工、销售的诀窍，也从大舅身上学到了敢想敢干、开明大气的性格。

祥瑞的五观既有父亲的俊俏，也有母亲的端庄。而他眉宇之间，则更多地让我们看到大华的影子，沉着、稳健而不失睿智。丰城民间有一句话，“外甥像母舅”，照这个解释，祥瑞自然是像着了大舅大华，举手投足之间都像。

由于奶奶杨丽华越来越自闭，父亲红卫又是独生子，在红卫的坚持下，祥瑞二十出头便结了婚，娶了个邻村换糖人家的女孩。女孩名叫钟小慧，人如其名，长得虽然小巧，却非常聪慧。结婚之时，正是大华的公司行情低落的时候，不久，又遇到令人恐惧的“非典”事件，钟小慧便在家里陪着公公婆婆，一起收购废旧塑料，粉碎塑料片，炒制塑料颗粒，日子辛苦而艰难。

很快，祥瑞的大儿子出世，没过几年，女儿也出了世。儿女双全，自然令红卫和金娥很高兴，九根一家人也非常高兴。不过，祥瑞也头一回感受到了来自生活的压力。现在，除了父母还在做着塑料加工这个小本行业之外，三个舅舅和小姨都做得风生水起，成为各自行业中的领军人物，令祥瑞既羡慕又有点不安。自己不过是大舅公司里的一个小跟班，妻子只能在家里打打杂，这对于从小就生活在经商环境里的祥瑞来说，是一件无法接受的事。在大舅、二舅的公司入驻循环园区之后，年轻气盛的祥瑞也打起了自己的小算盘。

“大舅，既然你们搬到了循环园区，就把民营企业园的小厂转给我吧。”几经思考，他终于向大舅说出了自己的想法。

“你想单独做？”大华对祥瑞这个想法感到很意外。他一直以为，祥瑞是个懂事听话的孩子，既不调皮，也不逾矩。有时，他甚至想过，再干几年，就把厂子交给祥瑞去管理。没想到祥瑞居然有了自己的主见！他好奇地问：“现在都到循环园区去，循环园区的政策那么好，你为什么还要守在这里？”

祥瑞胸有成竹地说：“大舅，不是我不想到循环园区去，而是我还没有那个实力，租场地、买设备都要钱，我都没有。我是想，利用您留下的这些场地和旧设备，先慢慢自己摸索一下，等到条件成熟的时候，我再入园。”

大华心想，祥瑞既然提出这个想法，说明已考虑得差不多。他感到很欣慰，尽管这个外甥年纪还轻，可自己十几岁就出道，到他这个年纪时早已名声在外了。年龄不是问题，关键是祥瑞是换糖人的后代，有换糖人独有的冒险、担当和开拓精神。这很难得。在几个晚辈中，除了祥瑞一直跟着自己从事废品收购加工之外，他和细华的孩子还有银娥的孩子都专心于读书，对这些祖传的手艺毫无兴趣。因此，大华第一反应，便是支持祥瑞去创业，把换糖人的老手艺传下去，把换糖人的精气神传下去。他问道：

“这事你跟你爸妈和小慧商量过吗?”

“商量过，他们都很支持！我妈答应把这些年攒下的钱全都给我们，还交代我要好好向几位舅舅学习，莫丢了舅舅们的脸。”

“既然这样，我把这些设备都留给你。生意上碰到什么问题的话，也可以跟我说，我们一起想办法。”

“谢谢大舅！有什么问题的话我一定会向您请教的。还有一个请求，希望大舅能够同意我进入您的销售渠道，您放心，我不会砸您的牌子。”

“没问题。”大华爽快地答应了。

就这样，祥瑞和妻子小慧搬进了大华之前的厂房。要说祥瑞也真争气，每次外出收购废品，从来不打着大舅的旗号，而是凭着自己的经验，收购一些自己需要的金属废品。废品收回来之后，小慧陪着丈夫一起拆解，一起分拣，一起熔炼。就这样，二人夫唱妇随，起早贪黑，倒也做得顺风顺水。他们生产出来的铜、铝制品，进入大华之前的销售渠道，赢得了很好的口碑。之后，祥瑞又尝试着拓展自己的市场，脱离大舅的渠道，另辟蹊径。

一年之后，市政府开始取消民营企业园的优惠政策，引导一些小微型加工企业入驻循环园区。祥瑞认为，是时候进入循环园区，和舅舅他们并肩作战了。

很快，祥瑞便在循环园区获批了一块地，虽然没有大舅二舅的规模大，但毕竟有了属于自己的舞台。夫妻二人一鼓作气，重新购进新设备，开始和两位舅舅一样，大规模生产铝、铜产品。他的产品通过自己的渠道源源不断地销往外地，令大华、细华兄弟刮目相看。

“不错啊，祥瑞这小子有财运，一进来就碰到铜价上涨，现在都快要跟我们平起平坐了。”细华来到大哥的办公室，一进门便打趣道。

“不是财运好，是有眼光。”大华赞许地说，“祥瑞和小慧年纪轻，干劲足，思维又活跃。要是再过上几年，说不定就超过我们了。”

“怎么？害怕了?”

“害怕？我们从鸡毛换糖开始到现在，打拼了几十年，中间起起伏伏，吃过多少苦、受过多少委屈、经历过多少磨难，我们害怕过吗？我的意思是说，我们这些人年纪渐渐大了，现在的孩子们对祖辈留下来的老手艺都不感兴趣，难得祥瑞有这份心，能够接我们的班。就算现在他超过我，我也不会担心的，更不要说什么害怕。”

“说得好啊，大哥！说实在的，我们能够走到今天，也的确不容易。当年要不是家里穷,谁愿意背井离乡去做这个啊?现在总算做出点名堂,没有把祖辈留下的手艺丢掉,我们还是很庆幸啊!就像你说的,要是这些后生们都不做这个的话,到时候还真不知把这门手艺交给谁呢!"

兄弟一边回顾从前的苦难,一边欣慰于祥瑞的成长,都是嘘唏不已。细华突然笑道:"我们这是干吗呢,在这儿长吁短叹的。既然你那么喜欢祥瑞,我们不如到他厂里去看看,看看这小子到底在干什么,好不好?"

"好,我们这就过去看看。"大华赞同地点点头,见细华准备掏手机,忙制止道,"打枪的不要。我们不要通知他,悄悄过去,来个微服私访怎么样?"

细华笑道:"我不是通知他,我是让他准备上好的酒菜,好好请两位舅舅大人喝两杯。听你的,给这小子来个突然袭击。"

兄弟二人大笑着走出办公室。二人的坐骑早已换成高档轿车,并排停放在办公室前的空地上。细华道:"大哥,坐我的车去吧,刚换的,一百多万。"大华看了看弟弟的车,笑道:"下次再坐吧,今天正好没事,我们就慢慢走过去,反正也不远。"

二人沿着平坦开阔的园区一路走着,路旁不时出现一幢幢高耸矗立着的厂房,二人偶尔停下来指指点点。这些工厂的老板他们都认识,几乎都是从小一起换糖收废品走过来的,回想着从前的种种经历,二人不时发出爽朗的笑声。

祥瑞的工厂位置较偏,厂区也较小,只有十几亩。不过,办公大楼建得倒是非常气派,比之大华的板房,倒是高档了许多。二人站在工厂门口,看着"瑞祥金属制品有限公司"的厂名,笑了一阵。细华调侃道:"这小子真粗心,连厂名也写反了。明明是'祥瑞',却写成了'瑞祥'。"大华笑道:"不是粗心,这说明人家是动了心思的。公司的取名不容易,光用一个名字很简单,能够把名字倒过来用,而且意境更加深远,就不简单了!"

细华敲了敲保卫室的门,看门的保安不认识二人,让他们登记。细华本想骂他,被大华制止,认真登记过后,这才被允许进去。

二人直接进入加工车间。加工车间内机器轰鸣,十几个工人挥汗如雨,紧张地忙碌着。二人一边参观,一边不住点头称赞,不时看看炉子里的火,或是刚刚熔炼出来的铝锭,看得很投入,以至于小慧什么时候来到身后都没发现。

"大舅二舅,你们怎么来了?"

二人吓了一跳,回过头来,见是身穿工服的小慧。细华指着小慧戴着的脏兮兮的手套,问道:"你怎么也干这种活?"

"我们人手少,忙不过来,所以我每天都要和这些工人一起干活。"

大华点点头,问道:“祥瑞呢?”

小慧指着外面,说:“他在废品拆解车间。所有的原材料都是由他亲自把关。”

细华说道:“这小子可以啊,这是大干快上,要超过我们的节奏啊!”

小慧笑了笑,说道:“大舅二舅,这里太吵,我们还是到办公室去坐吧。”

出了加工车间,大华在小慧的指点下,来到拆解车间,果见祥瑞正专心致志地和几位工人拆解着一些废旧机械。小慧叫了一声,祥瑞这才看到他们,忙跑过来,问道:“你们怎么来了?”

大华看着满脸油污的祥瑞,心疼地说:“看你的样子!指导一下就行,干吗要亲自做?”

细华也佯嗔道:“人手不够不会多请几个工人啊?省这点钱干吗?”

祥瑞不好意思地笑笑,说:“厂子刚建嘛,总要自己多做点。——小慧,带二位舅舅到办公室坐吧,我马上过来。”

进入祥瑞的办公室,却是另一番景象。桌椅茶几、办公用品摆放整齐,一尘不染。墙上悬挂着数张照片,其中一张竟然是九根六十大寿时所拍,那个时候祥瑞不过几岁,站在外公的前面。另几张是父母、几位舅舅姨妈等人的照片,以及祥瑞一家的合影照。和其他公司喜欢悬挂与领导、大老板合影不同,祥瑞似乎更看重亲情,大华不禁感慨不已。

细华指着最上面的合影照,得意地说道:“大哥,你还记得吧?这可是我的手笔,当时第一次买照相机,第一次拍照片,连我都没想到拍得这么好!”

大华笑道:“是啊,我也没想到你还会照相,现在看来,这张照片比一般照相馆拍得都好呢。对了,这张照片你那里还能找到底片吧?”

“我……找不到了,就连照片也不知放哪儿去了。”细华惭愧地笑了笑。

大华点头道:“我那张照片也褪了色,本想找到底片重洗一下的。既然找不到底片,那就翻拍一下,重新洗一张大点儿的。”

不一会儿,祥瑞进来。他已经洗了脸,身上也换了件干净的T恤。“大舅二舅,你们说什么呢?”

小慧笑道:“他们在说,我们这些照片保管得好,也挂得好。”

祥瑞说道:“这都是小慧的主意。她说,墙上要挂就挂家里人的照片,这样,在顺利的时候就有人一起分享,在逆境的时候就会有依靠,不会感到孤独。我一想也是,就听了她的意见,把这些照片找出来,有的是翻拍的,挂到了墙上。好多人来到这里,都说这样的布置很新颖、很温馨呢。”

大华兄弟不由得敬佩地看了小慧一眼,以前因为工作忙,她又很少到公司来,很少注意到她。没想到,她是这样一个重亲情、有情怀的人。大华连连点头道:“嗯,不错,不错!”小慧被二位舅舅夸赞,倒有些不好意思。

祥瑞问道:“大舅,二舅,你们怎么不说一声就过来了?”

细华嘿嘿笑道:“就是要给你一个突然袭击,看你小子一天到晚到底在干些啥。”

“我还能干啥?厂子刚起步,很多外面的事需要协调,厂里的生产又不能停,头绪这么多,所以只好加班加点地干。”祥瑞又指着小慧说道,“还好小慧吃得苦,又很用心,每天陪着我加班加点,给我减轻了不少压力,要不然我真的顶不住。”

大华又看了小慧一眼,看来她还真不简单,对她又多了几分好感。

细华问了些公司进出货的情况,以及每天的生产、销售量。大家都是行家里手,一听就知道,祥瑞的公司虽然刚刚起步,效益却是不差。聊了一会儿,祥瑞对小慧耳语了几句,小慧便起身出去了。

眼看到饭点,细华不停地看着手表,忍不住问道:“小子,马上该吃饭了,你打算怎么打发我们两个舅舅啊?”

祥瑞愧疚地笑笑,说道:“不好意思。我这里虽然建了食堂,但暂时还没请厨师,工人早晚都是在家里吃,中午一般都是小慧做饭。菜是大清早去买的。我已经让小慧去做饭了,如果二位舅舅不嫌弃,就跟我们一起吃个工作餐,怎么样?”

细华不满地说:“你没搞错吧?我们可是你舅舅,在你家里都是要坐上席的,你就请我们和那些工人一起吃工作餐?太抠门了吧?”

祥瑞笑道:“两位舅舅多担待哈。我刚才专门叮嘱了小慧,让她加几个菜。菜冰箱里都有,就是要多等一会儿。不会介意吧?”

大华笑道:“既然我们不告诉你,就是要了解一下你日常的生活。我看连菜都不要加了,你们吃什么我们也吃什么,这样就更能了解你们的日常生活了。”

细华叫道:“那哪行?要加要加,多加几个菜!你这里有酒没有?要是没酒的话就到我厂里去拿。”

祥瑞道:“酒当然有,只是难得有时间喝。既然二位舅舅有雅兴,我今天就破例,陪二位舅舅喝几杯。”

“这还差不多。”细华拍拍祥瑞的肩膀。

34　王者荣耀

花开花落，冬去春来。

随着产能的不断扩大，大华决定再筹建“龙华铜业有限公司”，专门用于生产各种铜制品。但这个时候循环园区的用地已经饱和，且没有成片的土地可供选择，大华便盘下了位于工业园区的一个倒闭厂区，也有五十亩的占地面积。经过数月改造，大华采购了一个日熔数百吨的大炉子，并很快便正式投产。从此，大华开始跻身年纳税亿元级的富豪俱乐部，并以每年递增税收亿元的速度增长，成为省内著名的民营企业家。以大华为首的换糖人，凭着坚韧不拔的毅力和敢为人先的精神，再次演绎着鸡毛换糖的传奇，重塑“破烂王”的辉煌。丰城也因此成为江西主要的金属生产地，国内著名的废旧金属集散地之一，受到省、市领导的高度关注。

这天，几辆小车悄然开进“龙华铜业”的厂区。大华闻声，赶忙迎出来，不等陪同的领导介绍，他马上在人群中看到了一个熟悉的身影，激动之下，不由得失声叫道：“高大哥！”

众人愣了一下，一位领导忙上前笑着打圆场：“高省长曾经在我们丰城工作过，非常熟悉丰城的一草一木，在丰城人心中留下了非常难忘的印象。”他特地把“省长”两个字说得很重，意在提醒大华注意身份，不要唐突。

高建平笑道：“什么省长不省长，我跟大华认识都三四十年了，一直以兄弟相称，在这里就不要讲究这些了。对吧大华？”

众人很是意外，没想到大华居然与高建平有这层关系。饶是如此，大家还是不住地朝大华使眼色，希望他注意场合。大华已经平静下来，周围数台摄像机正对着他和高建平，像是在提醒他，这是官方场合，是领导视察，不是在家里，不是私人场合。现在，高建平已经是省人民政府副省长，他也要和这些前呼后拥的官员一样，称呼“高省长”了。“高省长，欢迎您到敝公司来视察指导工作！”他热情地说。

“嗯，好！”高建平深深地看了大华一眼，“那就请王总带我们到你的车间里参观一下吧。”

“好的。”

在大华的带领下，高建平及一众官员从材料车间到生产车间再到成品仓库走马灯似的看了一番。大华很想向高建平仔细介绍企业的发展经历、生产经营状况，让这位大哥能够真正了解他的创业经历，分享他的成功喜悦。但还不等他开口，随行的本地官员便主动当起了解说员，说得头头是道，滔滔不绝，甚至比大华自己说得还清楚、还系统。大华虽然很佩服这些官员的口才，以及对企业了解程度，但内心深处，却隐隐有些失落，站在高建平身旁，一言不发。

从车间里走出来，又参观了办公区，最后来到公司会议室。一干人坐下之后，高建平提出，很想了解一下园区企业的发展现状、面临的问题、今后的打算，希望大家畅所欲言。高建平边说边用眼睛瞟着大华，鼓励他大胆说。但是，高建平话音刚落，市领导马上就接话，介绍本市发展循环园区的目的意义、优惠政策以及下一步打算。接着管委会的领导又介绍了入园企业数量、经营情况、产值税收、跟踪服务等。高建平耐着性子听了半天，这才打断其他领导的话，笑着说道："让王大华也说几句吧。"王大华感激地看了高建平一眼，缓缓说道：

"我想讲的话，刚才领导都讲到了，讲得非常清楚，我也就不再重复了。我想讲的就是三句话，第一句话是感谢。说实在的，我真的很感谢市委、市政府，感谢管委会和街道的大力支持和帮助，这才有了我们民营企业今天的规模。在这里，我要代表所有的入园企业，向各位领导表示衷心的感谢！第二句话是坚持。我从事废品收购也就是平常所说的'鸡毛换糖'三四十年，最大的感受就是坚持。我们龙洲村庄虽然大，但人口并不多，为什么？就因为我们那里十年九涝，种粮食粮食会浸死，种蔬菜蔬菜会冲掉，没有收成，好多人都饿死了。这就逼着大家出去讨生活，这才有了'鸡毛换糖'这门老手艺。这门老手艺坚持了好多年，传了好多代，传到我们手上，总算修成正果，还得到了'破烂王'的荣誉。要是没有坚持，我们这些人早就饿死了，活不到现在，更做不出现在的规模。第三句话是发展。好多年以前，我和许多换糖人走南闯北，特别是沿海发达地区，去卖废品，去卖低端的半成品。那个时候，看到沿海发达地区做得那么好，就一直不服气，一直想跟他们比着干，一直想有自己的加工厂，发展自己的废旧物品加工业。他们能做的，我们也能做，而且不会比他们做得差。事实证明，我们成功了，我们发展起来了。但是，我认为我们还不能满足，我们还要做得更大、更好、更强，我们不仅要做到全省最好，还要做到全国知名，还要冲出亚洲，走向世界！"

众人响起热烈的掌声。高建平点头道："刚才王大华王总在发言的时候，我感觉到了他的真诚、他的纯朴，我相信他说的都是肺腑之言。我为我们丰城、我们江西能够有这样有思想、有气魄、有胆识的民营企业家感到高兴，感到自豪！"

他停了一下，扫视了一下在场的各级官员，继续说："丰城并没有铜矿、铝矿，却做成了全省最大的铜、铝加工基地，这说明什么？说明许多和王大华一样的换糖人，通过他们的坚守，通过他们不服输的精神，硬是把一个被别人看不起的鸡毛换糖、收破烂的下等行业，做成了高大上的规模企业、明星企业。我在丰城工作过几年，对丰城的历史文化也略知一二。丰城历史上有雌雄宝剑的传说，我认为，这些换糖人身上就有剑的精神和气质，纯朴、锋利、执着而又高贵。丰城剑气是你们的宝贵文化遗产，而这种鸡毛换糖的精神，更是你们的宝贵财富。希望在座的诸位，要好好珍惜、好好爱护这些换糖人，好好珍惜和爱护鸡毛换糖的精神，继续把废旧物品、把城市矿藏挖掘好、利用好、发展好！这样，你们的园区才能越做越大，才能像王大华王总所说的那样，冲出亚洲、走向世界！"

众人又是一阵雷鸣般的掌声。大华用心听着高建平所说的每一句话，他相信，高大哥所说的每句话都是对他说的，高大哥是在告诉自己：一定要坚持下去，决不能放弃！

座谈会又持续了一会儿，在市领导的再三提醒下，高建平才不得不结束座谈。起身之后，高建平示意随行人员先走，然后把大华叫住，满意地说："不错！我知道你这些年发展得很好，但是今天来看了之后，才发现远远超出我的想象。不容易啊！"

大华激动地说道："高省长……"

"现在没人，就别叫省长了。"

"高……大哥，谢谢您一直以来的关心帮助！我……我其实一直想去拜访您，又担心您太忙，会打扰您，所以……"

"所以就准备忘掉我这个大哥了？"

"不是，他们……我……"

"他们都在外面等，我也就长话短说吧。小华现在真是不错，你嫂子每天都夸她这个妹夫能干、有魄力，是个干大事的能人。只可惜他们结婚的时候我正在国外考察，没有参加他们的婚礼。这次听说我来丰城考察，你嫂子还专门叮嘱我，要我请你们家里人到南昌去坐坐，她也好想认识你们家的人呢。"

"好，一定去拜访嫂夫人！也代我问嫂夫人好！"

"好了，闲话不多说。听说细华也入园了，可惜今天没看到他。你们还是要紧盯着国内乃至国外的顶尖金属加工企业，有目标才会有进步，才会有发展。我希望听到你们更多好消息！"

"好的，我一定会牢记大哥的话。"

走出会议室，众人都用狐疑的眼光看着他俩。高建平笑道：“都上车吧，去下一个地方看看。”众人这才陆续上车，离开厂区。

高建平到园区视察的新闻，很快便通过电视、报纸和网络传遍整个丰城。细华来到大华办公室，翻出手机上的新闻，责怪道：“大哥，高省长来这里，你为什么不告诉我？风头都让你一个人抢去了。”

大华也正在细细地浏览关于高建平视察的各种新闻，听细华说完，笑道：“我也不知道是他亲自来啊！园区管委会的人只说有省领导会来，没想到是高大哥亲自来了。再说，安排到哪里参观、要见谁也不是我说了算，领导早就安排好了，你想怪也怪不到我头上！”

兄弟正热烈地议论着，祥瑞急匆匆地赶来，激动地说道：“大舅，高省长跟您说了些什么？”

细华嘲笑道：“说了什么不是网上都有吗？是不是高省长没有接见你，你心里不满啊？”

“我算哪根葱啊？”祥瑞笑了笑，说道，“我是想，高省长和大舅是兄弟，一定会说一些悄悄话，带来一些利好消息。快告诉我吧，大舅！”

大华笑道：“悄悄话是说过，利好消息也大大的有，只不过能不能接得住招，就看每个人的造化了。”在细华、祥瑞的追问下，大华这才简略地把与高建平见面的谈话内容说了一遍，还特地说了高建平很欣赏小华的事，令细华和祥瑞羡慕不已。

“老满厉害啊，把小陆哄得团团转。”细华戏谑道。

大华笑骂道：“能不能正经点啊？老满也够不容易了，一天到晚满世界跑，难得看到人。虽说生意已经做到了国外，可人家不像我们这么轻松，光是鸭子就养成了几十万只，还要加工，还要生产，还要销售，比我们可是辛苦多了。我们至少还守着老家呢，他到现在还东奔西跑，说不定这会儿还在天上飞呢。”

祥瑞随着大华的手势仰望了一下天空，由衷赞道：“三个舅舅都是能人，是名人，真羡慕你们！”

细华怪笑了一下，又想冷嘲热讽几句，被大华制止，说道：“祥瑞，你也行的。看你现在的发展速度，已经非常快了。只要坚持下去，就一定能做得更大、更强。到时候，舅舅们也要羡慕你了。”

“真的？我也行？”祥瑞欣喜地说，“其实今天来，我还有一个想法，我也想再上一台炼铜的大炉子，把产能提上去。就不知有没有把握，能不能拿得下来。”

细华道:“刚才你大舅不是说了吗?只要坚持下去,就一定能做得更大、更强。”

大华看细华一眼,沉吟道:“我觉得吧,上大炉子的事还是慎重点为好。毕竟你的厂子规模还比较小,原材料和市场都没有保障。现在铝和铜的价格虽然在攀升,但还是不大稳定。我建议你暂时还是先把自己的基础打扎实,等过几年再考虑提升产能的事。你觉得呢?”

“其实我和小慧都有这样的顾虑。既然大舅这么说,我们就听您的,过几年再说。”祥瑞欣然接受了大舅的建议。

之后不久,祥瑞的公司由于员工过度加班,导致工作失误,生产车间突遭大火。虽然损失不大,但也让大华等人很是震惊,纷纷来到他的厂里察看灾情,宽慰祥瑞夫妇。饶是祥瑞夫妇再坚强,头一次遭此大劫,也是惶然无措,背地里不知落过多少泪。

正所谓“屋漏偏逢连夜雨”,虽然祥瑞夫妇打算重整旗鼓,但这个时候资金上出现了一些问题。早几年积攒下来的家业,被朋友东拆西借,账面上资金并不多。祥瑞和小慧分头外出催款,却一时难以追回。更令夫妇生气的是,有一位朋友两年前借走三千万元,结果工厂倒闭,人也找不到,一直处于失联状态。祥瑞夫妇曾想过通过法律的途径维权,到法院一打听,起诉他的人已经排起了长队,法院也找他不着。

怀着失意的心情回到家里,夫妇俩相对叹息。坏消息还在不断传来,就在他们四处追讨欠债的时候,钟小慧也被人起诉到了法院。原来,前段时间由于金属价格不稳定,为了维持运营,曾以钟小慧的名义向别人拆借过一笔债。公司突遭变故,债权人曾上门追讨过,担心利益受损,便先下手为强,一纸诉状把小慧告上法庭。小慧始料未及,竟被关进了拘留所。

大华听说这些情况,主动找上门来,向祥瑞了解情况,责备他为什么遇到这么大的困难也不找舅舅们商量。祥瑞自尊心极强,不肯轻易服输,让舅舅们笑话,让家里人担心,基本上没有跟家里人说及这事。大华得知事情原委,主动替小慧代还了欠款,让债权人主动撤诉,小慧这才全身而退,重新回到家里。

身心俱疲的祥瑞夫妇失望之极,开始苦苦寻找破解困境之策。二人一边四出追讨货款,一面寻找商机,熬过了几个月最痛苦最艰难的时光。在朋友建议下,二人来到贵溪。

贵溪是国内著名的铜业基地,有着悠久的冶炼加工历史,有成熟完善的铜加工产业链,也有非常发达的铜文化创意产业。二人在朋友的带领下,参观了贵溪多个铜加工企业,对这里的铜文化创意产业产生了浓厚的兴趣。

他们知道，丰城的铜加工行业已经非常成熟，也非常有影响力，但铜文化创意产业还是一个空白，必须有人去尝试，去实践。

古代先贤说过“山重水复疑无路，柳暗花明又一村”“天无绝人之路”，早就替这些失意者安排了出路，指明了方向。二人当即决定，入股一位朋友的铜文化创意公司，重新披挂上阵，学习这里的铜文化产品的创意设计、生产加工、市场渠道。他们甚至庆幸有了厂里的那一把火，竟然烧出了一个全新的领域、全新的视野来！

当他们把自己的想法跟大舅沟通时，大华也非常赞成，并鼓励说：“还是你们年轻人思路开阔。我们这些人一直在家里做，坐井观天，还沾沾自喜，已经成了典型的井底之蛙。你们好好做、好好学，我们丰城需要这样的产业，我们的市场也需要这样的产业。把文化融入金属产业，把传统的手艺做出特色，做到千家万户，也只有你们才有这个想法，有这个胆识和见识。好好干！”

得到大舅支持，祥瑞夫妇心里更加踏实，便在贵溪安顿下来。不久，考虑到孩子太小，而且厂房一直搁置在那里也不是办法，二人便商量，让小慧回到丰城去，一是可以照顾到孩子，二也是寻找机会，重新洗盘，恢复生产。果然，受到“一带一路”倡议的影响，国内的基础设施投入明显加快，金属材料需求大大增加，钢铁、铝、铜的价格全面快速回升。祥瑞夫妇认为时机已经成熟，决定装修，重新点火生产。在大华及家里人协助下，“瑞祥金属”很快恢复铜产品生产加工，产品供不应求。祥瑞夫妇非常清楚，自己的公司再大，单纯从铜加工上远远无法超越大舅和其他一些大的公司，他们决定，一边继续生产铜产品，一面规划引进铜文化创意产业，把祖辈留下来的老手艺进行创新、突破，让古老的“鸡毛换糖”真正走进寻常百姓家。

金属价格全面回升，整个循环园区一片火热气象。大华的几个公司产能不断提升，年产值以十亿元级的数量增长，税收也以亿元级的数量增长，已经达到年纳税总额超五亿元，与省内众多国企平起平坐。

信心十足的大华，并不满足于现状。他相信，祖辈数代人留下的“鸡毛换糖”的老手艺，已经迎来了腾飞的新时代。作为换糖人的后代他必须也一定能够把握机遇，再创辉煌，让换糖人的精神代代传承，让“鸡毛换糖”的故事传遍全国、全世界！

为了顺应发展需要，大华决定成立集团公司，把目前的几个公司以及新成立的物流公司整合起来，甚至把细华的几个公司以及姐姐的塑料加工、弟弟的羽绒加工也整合进来。有可能的话，还要把祥瑞夫妇的铜文化创意产业也整合进来。目前，他旗下的铜、铝、压铸、塑料等企业年产值已达五十亿元,他相信,只要自己努力,做成八十亿、一百亿元甚至更多也不是不可能。他要把公司做成巨无霸,商业帝国,永远不沉的商业航空母舰!

正在大华踌躇满志、为自己的宏大目标兴奋得手舞足蹈时,一个更大的喜讯传来,更令大华激动不已:他心目中真正的铜业航母“龙江铜业”的董事长华林先生要来丰城考察,有意把龙江铜业整体搬迁到丰城来!

大华对龙江铜业早有耳闻,早几年也去参观过,非常感叹那里的技术、管理、市场的优势。龙江铜业位于温州,是浙江最大的铜业集团,主要生产国际顶尖的高精度铜板带、H62 铜带、磷铜带等,是国内罕见的具有月产万吨优质铜制品能力的著名铜企之一。最主要的是,龙江铜业的设备是从美国原装进口的,这种设备在国内极少,每套设备价值上亿美元,而即使下了订单,也要两三年才能拿到货,可见这个企业潜在的优势。这对于大华来说,有着巨大的诱惑力。经过多方打听,大华终于了解到考察团的安排路线,并争取获得了陪同考察、近距离接触的机会。

华林先生年逾六旬,早年也曾走南闯北,从事过废品收购的工作。他言语不多,却针针见血,看得出是一位非常冷静也非常专业的铜企老板。经过接触,华林先生对大华产生了好感,并约他晚上到酒店单独见面,场地便在华林先生的套房外间。一番客套之后,华林说道:

“王先生,我很想到丰城来投资,但不知丰城有什么地方能够吸引我?”

大华知道,华林这是在考验自己的思想和智慧,莞尔一笑,说道:“若说‘物华天宝,人杰地灵’的典故,或者丰城的区位优势、投资环境、优惠政策,想必先生在动念到丰城之前,早已有所了解。我想说的是,丰城最大的优势其实是人,是与生俱来的‘鸡毛换糖’的精神。”

“哦? 此话怎讲?”

“‘鸡毛换糖’的精神,包含着三方面意思。第一层意思是‘无中生有’。先生想必知道,丰城是没有铝矿、铜矿的,但丰城已经成为江西乃至全国最重要的铝、铜加工基地。这得益于我们的先辈在极其贫穷的年代,冒着极大的风险外出讨生,形成了独特的‘鸡毛换糖’行业,把外地的这些资源收集过来。第二方面的意思是‘变废为宝’。这一点您也看到了,不管是金属,还是塑料,还是羽绒,到了丰城人的手里,就变成了紧俏的商品,变成了与人们生活、经济发展息息相关的重要物资。第三就是‘敢为人先’。丰城人的手工业自古就很发达,从唐代六大青瓷名窑之一的洪州窑,到近代遍及两湖两广的金银饰品加工,再到现代闻名遐迩的丰城木雕,无一不体现着丰城人敢想敢干、敢为人先的精神。我们的金属加工业虽然起步晚,同样做出了巨大的成绩,引起了包括您这样的铜业大亨的关注。所以我认为,就金属制品业而言，丰城最大的优势就是人，是‘鸡毛换糖’的精神。”

为了吸引华林的注意，这几天大华一直在苦心思考如何说服他把企业搬到丰城来。他知道，华林必定会观察他、考察他，而要在短时间内说服这位铜企大佬，必须拿出最具说服力的东西来。因此，在苦思冥想之后，大华又查阅了大量资料，才有了这篇宏论，既有理有据，又滴水不漏。

在大华滔滔不绝大发宏论的时候，华林偶尔插入一两句话，但多数时候还是静静地听着。听大华说完，华林满意地点点头，微笑道：

“谢谢王先生！看得出来，王先生是一位很有实力也很有诚意的企业家，您的这番话的确让我从另一个角度了解了丰城，也增强了投资丰城的信心。回去之后，我会跟董事会好好研究的。”

大华又主动询问了一些关于投资意向、合作方式、用地规模、市场销售等方面的情况，华林都进行了解答。按照华林的意思，如果董事会同意，他将把整个龙江铜业搬到丰城来，在此基础上，筹建中部地区最大的铜制品生产加工基地。这个宏大的规划，与大华的设想不谋而合，令大华热血沸腾。

之后不久，华林安排秘书主动打来电话，说在华林先生的极力坚持下，董事会已经同意签订意向性合作协议，准备下月再来丰城面签，并商谈具体合作事宜。

听到这个重大喜讯，大华激动得彻夜未眠。由于兹事体大，涉及的问题很多，必须提交市级层面进行解决。他连夜拟写了一份报告，说明龙江铜业投资丰城的重要意义，提出了企业用地、优惠政策、基础设施配套等一系列问题。眼看天已大亮，大华便洗漱穿戴整齐，看看时间尚早，在路边吃了一碗炒粉，然后早早来到市长办公室门口守着，希望第一时间找到市长，把报告递交给他。

市长听完大华汇报，非常重视，当即拿着他的报告找到市委书记进行汇报。书记之前曾经陪同华林先生参观考察，也很希望能够引进这个重大项目，对大华的表现非常满意，当场决定成立项目领导小组，亲自挂帅指挥调度。

很快，领导小组第一次调度会议在市委常委会办公室召开。根据安排，大华首先介绍了龙江铜业的背景、引进龙江铜业的重要意义、当前具备的优势条件，以及需要领导小组协调解决的问题。市委书记强调，这个项目必须拿下，在这个前提条件下，各部门各司其职，全力配合。他又根据大华提出的问题，逐条调度，责任到人，现场落实。

大华对市委、市政府如此重视，也非常满意，当即马不停蹄地展开规划设计工作。为了让华林安心，大华还及时向他通报工作进展，得到华林的高度肯定。引进龙江铜业的序幕正在徐徐拉开……

天朗气清,惠风和畅。

玩累了的鲁生倚靠在爷爷怀里,仰面看着院子角上的一棵柚子树。九根顺着鲁生的目光,看着柚树上挂满的金柚,问道:“鲁生,是不是想吃柚子?你看上了哪个,爷爷用竹竿给你敲下来。”

鲁生说道:“不吃。”他扭过头问道,“爷爷,你们怎么也不吃啊?树上长了这么多柚子,浪费了多可惜!”

九根呵呵笑道:“以前没有饭吃的时候,别说是柚子了,见到什么东西都想吃。现在大家的口都吃刁了,再好的东西吃得也没味。”

“那我们就把柚子树砍掉嘛,又不好看,又不喜欢吃,留着它干吗呀?”

“呸呸呸!不要乱说,柚子树不是能砍的。”

“为什么?”

九根把鲁生抱到另一条腿上,缓缓说道:“柚子树是有讲究的。鲁生,你有没有发现,在我们龙洲村,家家户户的门口都种了柚子树?”

“好像……是吧。”鲁生挠着脑袋,迟疑地说,“好像路边上老是有柚子掉下来。”

九根郑重地说道:“你要记住,在我们这里,柚子不仅是用来吃的,还有很深刻的寓意。第一,‘柚’字和‘佑’字谐音,‘柚子’就是‘保佑子孙’的意思,希望子子孙孙健康平安。第二,‘柚’又和‘有’谐音,‘柚子’也包含‘有子有孙’的意思,就是希望家里有子有孙,儿孙满堂。所以,家家户户在做屋的时候,都要在门前种上柚子树,就是希望全家人健康平安,儿孙满堂。如果过路的人渴了饿了,问你讨一个柚子吃,你一定要很热情地送给人家吃,这样老天会保佑你的。懂了吗?”

鲁生似懂非懂地点点头。

九根又说道:“这棵柚子树,说起来也有好多年的历史了。在爷爷很小的时候,它就有碗口这么粗。那个时候,树上的柚子结的不多,还没等它成熟,就会被摘下来吃掉。后来,结的柚子慢慢多了,吃不完了,你奶奶就会把柚子皮剥下来,又是炒又是腌又是晒,变着花样做出好多好吃的菜,柚子也不会浪费,而且很好吃。再后来,大家的条件都好了,就没有什么人吃,变成了摆设。但是,就算是摆设,也不能随便砍掉,知道吗?”

鲁生瞪着水灵灵的大眼睛,看着挂满枝头的柚子出神。他的目光透过柚子树,投向蔚蓝色的天空,一架银白色的飞机正好从头顶飞过。鲁生幽幽地说道:“爷爷,我想爸爸妈妈了。”

九根也抬头仰望着刚刚飞过的飞机,说道:“你爸你妈这几天就会回来了，说不定就坐在那架飞机上呢。”

“真的吗？”鲁生的眼睛忽闪忽闪，兴奋起来。

九根笑道：“傻孩子，我怎么能确定是不是真的呢？不过，你爸头几天就打了电话，说是一定会回来参加你大伯的公司与浙江龙江铜业集团的签约仪式。”

“那大伯他们哪天签约？”

“你大伯正在浙江跟龙江铜业的董事长进行最后的磋商。他说了，如果不出意外的话，这个月的月底就可以正式签约，到时候你爸你妈、大伯二伯、大姑小姑、你表哥他们都会去参加。那个时候，我们一家人就又可以聚在一起了。”

“太好了，爷爷！”

鲁生从爷爷怀里跳下，快活地拍着巴掌，在院子里开心地叫着、笑着。柚树上憩息着的一群小鸟，被鲁生的笑声惊扰，不知发生了什么事，扑腾腾振翅飞起，很快便融入蔚蓝色的天空里，消失不见了。

2019 年 4 月 21 日初稿
2019 年 5 月 12 日第二稿
2021 年 3 月 16 日第三稿